CHILDREN OF THE RUNE

WINTERER

1

전민희
장편
판타지

룬의 아이들

윈터러

새벽을 택하라

CHILDREN
OF THE
RUNE
WINTERER

엘릭시르

19 장

I AM THE MASTER OF MY FATE, I AM THE CAPTAIN OF MY SOUL

20 장

ONE MEETS HIS DESTINY OFTEN IN THE ROAD HE TAKES TO AVOID IT

21 장

NATURE SEALS HER PROMISE OF SPRING IN WHITE

겨울을 지새우는 자여,
그것은 아주 길고 긴,
끝나지 않는 겨울일지도 모른다.

서리와 눈보라를 이기고
바람과 눈물을 견뎌
마침내 찾아올 그 봄은

네 시체 위에 따뜻한 햇살이 되어 내릴지도 모른다.

그러니 마음을 푸른 칼날처럼 세워
천년의 겨울을 견디도록 대비하라.

반드시 살아남아야 한다.
반드시 살아남아야 한다.
반드시 살아남아야 한다.

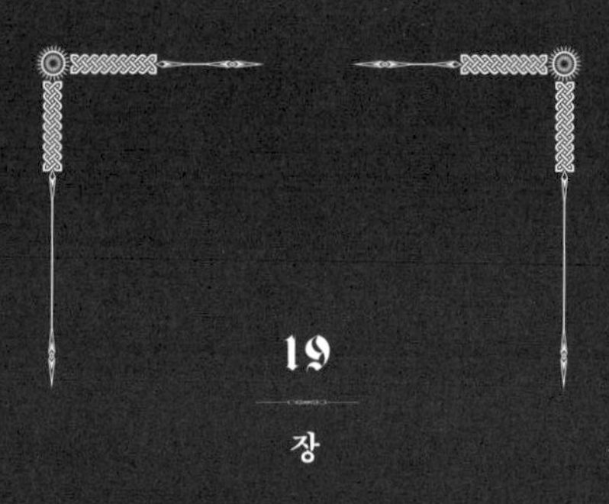

19
장

I AM THE MASTER OF MY FATE,
I AM THE CAPTAIN OF MY SOUL

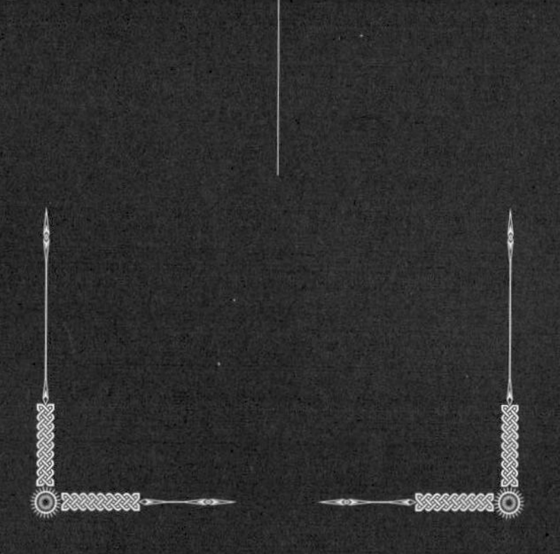

다시 만난 소녀

렘므의 바다는 전과 다름없이 차가웠다.

몇 달 전에도 보았던 바다다. 그러나 거친 물결은 처음 섬으로 들어가던 겨울을 닮아 있었다. 마치 그날의 겨울이 오늘의 봄으로 이어진 것만 같았다.

호송자들과 헤어지고 홀로 남은 그는 이제 섬사람 다프넨이 아니었다. 다시금 보리스 진네만이었다. 오늘 같은 날을 예감하기라도 한 듯, 옛 이름은 잘 맞는 옷처럼 기다리고 있다가 다시 그의 것이 되었다. 다시 살아갈 터전이 된 대륙, 귀에 설기도 하고 익기도 한 렘므 사투리, 바다가 가로놓이지 않자 한층 가까워진 고향, 그 모든 변화 중에서도 옛 이름에 금세 익숙해진 자신이 가장 낯설었다. 한낮의 긴 잠에서 깨어난 것처럼 그가 투쟁했던 자들도, 사랑했던 자들도, 꿈속의 그림자로 변한 것만 같았다.

섬이 보리스에게 한때 삶으로, 일상으로 존재했다는 것을 이젠 누구도 확인해주지 못하리라. 바다 너머에 숨겨진 섬, 누구도 가보지 못한 신기루 같은 존재. 이렇듯 아무렇지도 않게 걷는 건 그래서인지도 모른다.

엘베섬 연안에 이르러 유물 사냥꾼들의 돛배와 여러 번 마주쳤다. 전에는 몰랐지만 지금은 그들이 건지려는 유물이 누구의 것이며 왜 거기에 있는지 잘 알고 있었다. 가나폴리의 왕위 계승자가 탔던 비행선에는 얼마나 많은 희귀한 보물이 실려 있었을까. 얼마나 많은 배가 또한 그 곁에 누워 있을까.

보리스는 나우플리온이 찾아가라고 일러준 사람들을 찾아가지 않았다. 혼자 떠나는 보리스를 염려한 그가 여러 장의 소개 편지를 써주었지만 보리스는 한 장도 열어보지 않았다. 나우플리온이 친필로 쓴 편지는 그것을 받아볼 사람들보다 보리스 자신에게 더 소중했기에 내용이야 어찌됐든 나중에, 정말로 간절히 보고 싶어질 때 뜯어볼 생각이었다.

보리스가 가야 할 곳은 따로 있었다. 그는 트라바체스에서 온 추적자들에게 정보가 들어갈 것을 우려하여 일부러 엘베섬에 상륙하지 않았고, 나우플리온과 여행했기 때문에 익숙한 님 반도 쪽으로도 가지 않았다. 보리스가 호송자들에게 부탁해서 상륙한 지점은 엘베섬 아래, 동티보 만을 끼고 튀어나온 노아미드 반도 안쪽 해안이었다.

노아미드 반도는 명목상 렘므의 땅이지만 필멸의 땅이 서서히 넓어지면서 황무지화가 일어나 실질적으로는 어떤 나라도 관리하지 않는 지역이었다. 나라와 나라 사이를 넘나드는 자들의 드문 통로로 이용될 뿐인 이곳이야말로 사람들의 눈을 피해 상륙하기에 제격이었다. 그 예상이 들어맞아 상륙 이후 보리스가 하루 동안 만난 사람은 다섯 명에 불과했다. 그나마 모두 자기 갈 길 재촉하기에 바빠 지나가는 여행자에게 최소한의 관심조차 보이지 않았다.

하루 반나절을 걸은 끝에 쇠락해가는 변경 항구 노아미드에 도착했다. 노아미드는 한때 융성했으나 점차 심해지는 모래먼지 때문에 드나드는 사람이 줄어들어 지금은 규모에 비해 주민이 극히 적은 쓸쓸한 곳이었다. 보리스는 그곳에서 하루 동안 머무르며 그가 갈 곳에 대해 정보를 얻었다. 그리고 여행 비용을 마련하라며 나우플리온이 쥐여줬던 금 세공품을 몇 개 팔았다.

필멸의 땅은 너른 황무지라고 알려져 있었지만 동쪽과 서쪽은 험준한 산맥이 가로막고 있어서 접근할 만한 지점은 몇 군데로 제한되어 있었다. 물론 대부분의 사람들은 가까이 가는 것조차 꺼렸지만, 예전에 야니카 일당이 말했던 것처럼 필멸의 땅 변두리를 맴돌며 위험한 사냥을 업으로 삼는 사람들이 아주 없지는 않았다. 겁 없는 용병, 또는 보물을 찾아 한건 올리는 것이 인생의 목표인 그런 자들이 주로 모이는 집결지가 남쪽에 하나, 북쪽에 하나 있었다. 남쪽은 일찍이 필멸의 땅과 자국 영토의 경계가 희미해져버린 레코르다블의 변경 도시 마하자파드나였다. 북쪽은 노아미드에서 사나흘 거리 떨어진 곳에 있는 작은 마을 율드루이였다.

율드루이에 도착한 것은 대륙에 도착한 지 꼭 닷새 만이었다. 해그림자가 늙은 미행자처럼 길게 늘어져 흐늘거렸다. 삼층집 꼭대기에 달린 풍향계가 빙그르르 돌았다. 마치 바람을 몰고 온 것처럼 마을 어귀에 들어선 보리스는 이윽고 풍향계 달린 바로 그 집으로 다가가 문짝에 달린 쇠고리로 두 차례 문을 두들겼다.

"손님은 5시까지야, 알아?"

문짝 머리에 달린 쪽창이 열렸다가 쾅 닫히고, 매부리코 주인이 문을 열어 보리스를 들여보냈다. 새치 섞인 금발이 불에 탄 것처럼 부숭부숭 들뜬 쉰 살 남짓한 사내였다. 보리스가 들어오고 나자 주인은 다시 문을 닫고 빗장을 단단히 질러놓았다.

안에는 사람이 꽤 됐다. 테이블 일고여덟 개가 가득찼고, 부엌 앞으로 구획 겸 길쭉하게 만들어놓은 바에 십여 명의 사내들이 서넛씩 머리를 맞대고 있었다. 문소리가 나자 그들은 이야기를 뚝 그치고 뒤를 돌아보았다. 어둑해질 무렵이면 방문자의 발길이 끊기는 이곳에 새로 나타난 자가 누구인가 확인해두려는 눈빛이었다.

바다 냄새가 덜 가신 소년이 입구에 서서 안쪽을 살피는 모습이 보였다. 온몸을 가린 망토, 두건 아래로 빠져나온 긴 머리채, 소년답지 않게 단단해 보이는 턱, 그 모두에서 단지 착각만은 아닌 소금내가 감돌았다. 본래 내륙에서 태어나 자랐던 보리스는 거친 섬에서 이 년을 보내고서 이제 스물 먹은 젊은이들만큼이나 큰 키, 균형 잡힌 몸, 그리고 바닷사람들의 날카로운 눈매를 지니게 됐다. 누구의 눈에도 트라바체스 사람으로는 보이지 않을 테지만, 스스로는 잘 깨닫지 못했기에 늘 망토에 달린 두건을 깊게 내려 얼굴을 감췄다.

구석 테이블을 택하는 대신 바 앞으로 다가간 보리스는 맨 끝 의자에 앉아 낮은 목소리로 데운 포도주를 주문했다.

몇십 년 전 이 일대에서 부흥했다는 어느 종교의 교회당을 개조한 이 여관은 율드루이에서 유일하게 사철 영업을 하는 곳이었다. 장사는 제법 잘됐다. 필멸의 땅으로 가서 한몫 잡으려는 자들이 꾸준히 모여들어 매상을 올려주는 덕택이었다. 이곳 주인도 한때 손님들처럼 필멸의 땅 변경을 드나들며 돈벌이를 하다가 정착한 자였다.

흔히 '황무지 사냥꾼'이라고 불리는 무리들이 이 여관을 본거지로 삼아 드나든 지 십 년도 더 됐다. 탐험에 필요한 물품들도 대부분 이곳에서 팔았다. 대륙 각지에서 일하다가 용병일이 드문 철이 되면 슬슬 모여들어 지난해의 안부를 주고받곤 하는 곳이다 보니 손님들은 서로의 얼굴을 잘 알았다. 국적도 각양각색이어서 렘므 사투리도 거의 들려오지 않았다. 새 얼굴은 해마다 몇 명씩 채워질 뿐이었다. 이들 무리의 어설픈 기억력 탓일지도 모르지만 신참내기의 수는 지난해에 돌아오지 못하게 된 자들의 수와 딱 일치한다는 소문이 있었다.

보리스 곁에 앉은 자들이 나직이 수군댔다. 그래, 올해엔 오브렌이 안 왔지 않나. 아냐, 그 작자는 하이아칸에서 큰 건을 물었다는 거야. 내년까지는 오지 않을걸. 그러면 역시 율대신인가. 그자야말로 작년부터 소식이 없지 않나. 그 패거리는 유령이 잡아갔다던데.

주인의 의동생인 애꾸눈 사내가 보리스 앞에 포도주 잔을 탁, 소리 나게 놓으며 물었다.

"님 반도에서 왔나?"

"아니요."

"냄새가 그쪽인데."

보리스는 포도주를 반 잔 마셨다. 주위에 용병이 가득하다 보니 두건은 내리지 않았다. 돈만 주면 무슨 일이든 하는 이런 자들이 혹 보리스를 잡으려는 자들과 안면이 있을지도 모르는 일이었다.

이윽고 밖이 캄캄해졌다. 필멸의 땅과 맞닿다시피 한 이곳은 밤이 되면 자칫 유령들의 관심을 끌까 싶어 빛이 새어 나가지 않도록 문이며 창문을 단단히 닫아걸었다. 그때부터는 손님도 받지 않았다. 검은 그림자들이 달아나는 사냥꾼들의 뒤를 따라와 마을에까지 큰 피해를 끼치는 경우가 적지 않기 때문이었다. 보리스도 그 얘기를 노아미드에서 들었기 때문에 해 떨어지기 전에 도착하려고 걸음을 재촉했던 것이기도 했다. 그런데 반시간쯤 지났을까, 문을 두드리는 소리가 들려왔다.

바에 앉아 있던 손님들이 기분 나쁜 얼굴로 고개를 저으며 말했다.

"열지 마쇼, 주인장."

"해 떨어지고 문 두드리는 건 여행자를 가장한 유령들이야."

"아니면 유령을 뒤에 달고 오는 녀석이거나."

다시 한번 두드리는 소리가 들렸다. 주인은 망설이다가 무시하려는 듯 주방으로 들어가버렸다.

잠시 조용해졌을까.

잊어버린 체 떠들면서도 황무지 사냥꾼들은 자꾸만 문 쪽을 돌아보았다. 이들은 필멸의 땅에 떠도는 유령들을 실제로 보았고, 심지어 쫓겨보았기 때문에 보통 사람들이 막연하게 겁을 내는 것보다 훨씬 구체적인 두려움을 갖고 있었다. 동시에 그걸 견뎌내는 자신에게 대단한 자부심도 품고 있었다.

그러나 보리스는 그만의 특별한 경험 덕택에 유령이라는 존재를 크게 겁내지 않았다. 그래서인지, 유령이 겁난다고 밤중에 쉴 곳을 찾아온 사람을 모르는 체하는 것이 썩 마음에 들지는 않았다. 그렇다고는 해도 사람들의 눈에 띄어가며 굳이 나설 마음까지는 없었다.

그만 가버린 것이 아닐까 생각할 즈음, 문 두드리는 소리가 크게 두 번 울려 퍼졌다. 흠칫 놀란 사람들의 얼굴에 짜증스러운 기색이 솟아났다. 테이블을 치우던 애꾸눈 사내가 문을 향해 소리쳤다.

"욜드루이에서는 5시 넘으면 문짝 닫아거는 거 모르나! 늦게 와서 시끄럽게 굴지 말고 자기 운명은 자기가 찾아가란 말이야!"

고작 밖에서 밤을 새우는 일 정도로 '운명' 따위 거창한 단어를 꺼내는 것도 이곳이 아니면 보기 힘든 풍경이었다. 그런데 그 말이 떨어지기가 무섭게 놀라운 일이 벌어졌다. 1층 홀의 천장인 줄로만 알았던 지붕 구석에서 네모진 문짝이 덜컹 소리를 내며 열렸다. 동시에 몇 년은 쌓였을 먼지와 낙엽 따위가 우수수 쏟아져 내렸다. 늘어져 덜렁거리는 문짝 밖으로 보이는 것은 분명 별이 뜬 하늘이었다.

모두의 눈이 천장에 가 박혔다. 가장 놀란 사람은 부엌에서 음식을 만들다 말고 냅다 튀어나온 여관 주인이었다. 그는 고개를 젖힌 채 벌린 입을 다물지 못하다가 중얼거렸다.

"저게 내가 만든 문이었던 것 같긴 한데……."

그러나 충격을 받기엔 일렀다. 입구에서 쿵, 하는 소리가 한 번 더 들리더니, 지붕을 타고 오는 가벼운 발소리가 그들의 머리 위를 지나쳐 문짝이 있는 곳으로 향했다.

"다들 비켜!"

가까이 있던 자들이 황급히 일어나 비키는 가운데 의자가 넘어지고 서로 밀치는 소동이 벌어졌다. 무기를 꺼내 든 자도 여럿이었다. 보리스는 바 한쪽에 앉은 채 그냥 위를 올려다보았다. 지붕을 가로질러 오는 발소리는 굉장히 가벼웠다. 이런 상황이 아니었다면 다람쥐 같은 짐승이 지나가는 줄 알았을 것이다.

발소리가 문짝 앞에서 멈췄다. 휙, 뛰어내렸다.

언뜻 보인 것은 허공을 가르는 은빛 물체였다. 누가 먼저랄 것도 없이 검을 찔러간 자들은 칼끝을 낚아채는 강한 힘을 느끼며 손에 든 것을 놓치고 말았다. 곧 두 자루의 소검, 한 자루의 곡도가 주인의 손을 떠나 마룻바닥에 꽂혀 흔들렸다. 한 명이 외쳤다.

"어린애잖아!"

보리스는 앉은 채로 일어난 일을 다 보았다. 상대의 무기를 낚아채는 빠른 몸놀림이 기억 한구석에서 되살아났다. 그러나 전보다 더 강하고 능숙해졌다. 단숨에 세 자루의 무기를 무력화하고 나머지를 피한 소녀는 똑바로 서서 자신을 공격한 자들을 바라봤다. 그러나 표정에 분노는 없었다.

사람들은 소녀의 재빠른 움직임에 당황한 나머지 혹 유령과 비슷한 존재가 아닐까 의심쩍었던 모양이었다. 주인이 얼빠진 목소리로 질문했다.

"넌 도대체 뭐냐? 사람이냐, 유령이냐?"

소녀의 손에는 무기가 없었다. 처음부터 공격 의사가 없었다는 의미였다. 레코르다블 용병들이 흔히 쓰는 터번 아래로 땋아 늘인 은빛 머리카락이 흔들리다 정지했다. 비록 대답은 없었지만 소녀가 손을 쓰지 않자 웅성거리던 사람들도 이윽고 무기를 내렸다.

사람들을 둘러보던 소녀의 무감정한 눈이 보리스와 마주치는 순간, 보리스는 확신했다. 다른 사람일 리가 없었다. 예프넨과 함께하던 시절에 형제를 도와줬던 용병 소녀, 그 아이다. 이곳에 용병이 많이 모인다고는 들었지만 이런 식으로 만나게 될 줄은 상상도 못 했다.

그런데 이름이 생각나지 않았다.

"……."

소녀 쪽에서 보리스를 알아보았는지는 알 길이 없었다. 소녀는 가까운 의자에 앉더니 곁에 서 있던 애꾸눈 사내에게 짧게 말했다.

"물."

아무것도 설명하지 않는 소녀를 향해 애꾸눈 사내도 적당한 행동을 취했다. 즉, 물을 한 잔 떠다준 뒤 물었던 것이다.

"식사?"

"응."

긴장했던 사람들은 예상을 한참 벗어난 소녀의 행동에 당황했지만, 아무도 내색하고 싶지는 않았던 모양이다. 그래서 그들도 슬슬 제자리를 찾아가 앉았다. 조그만 소녀 하나 때문에 그렇게 요란한 반응을 보인 것이 무안했고, 주위의 같은 업계 종사자들이 자신의 행동을 기억하지 않기를 바랐기 때문이다. 몇몇은 바닥에 박힌 자신들의 검을 찾아갔다.

그러나 애꾸눈은 한 가지 궁금한 점을 참을 수 없었다. 그래서 접시를 가져다 소녀의 테이블에 놓으며 자못 은근한 목소리로 물었다.

"저 문은 도대체 어떻게 열었지? 문 여는 장치는 숨겨져 있었을 텐데. 저기 저런 문이 있는 줄은 어떻게 알았고?"

"당신이 찾으라고 말했어."

애꾸눈은 조금 전에 '자기 운명은 자기가 찾아가라'고 말했던 것을 기억해냈다. 소녀는 이미 고개를 돌린 채 수프를 휘휘 젓고 있었다.

이럭저럭 여관이 조용해졌다 싶을 즈음, 보리스는 사다리를 타고 기어 올라가는 등 소동을 벌여가며 천장 문을 닫고 내려와 불편한 표정을 하고 있는 여관 주인에게 말을 붙였다.

"황무지 가장 깊은 곳까지 들어갔던 사람이 누굽니까?"

이 사람들은 저들을 가리켜 '황무지 사냥꾼'이라고 하듯 필멸의 땅도 그냥 황무지라고 불렀다. 필멸의 땅이라는 이름은 그곳을 삶의 터전으로 삼는 입장에서 왠지 재수가 없었다. 렘므와 레코르다블 등지에서 쓰는 케이레스 사막이라는 이름은 성질 급한 그들이 발음하기에는 지나치게 거창했다.

"황무지에 가려고?"

율드루이에 오는 이방인에게 뻔하디 뻔한 목적이었지만 여관 주인은 말리고 싶은 것처럼 목소리를 높여 반문했다. 보리스는 간단히 고개만 끄덕이고 대답을 기다리며 입을 다물었다. 조금 있자니 주인이 마뜩잖은 표정으로 대꾸해왔다.

"두말할 것도 없이 라라자비 그 여자지. 황무지를 절반이나 횡단했다는 소문도 돌았거든. 금붙이는 하여간 무지하게 많이 가져오는 걸 내가 직접 봤으니까. 그 돈으로 어디 하이아칸에 별장이나 짓고 살 일이지, 끝내 사냥꾼 짓거리에 미련을 못 버리는 서글프게 웃긴 여자였지."

"어디 가면 만날 수 있습니까?"

"뻔한 거 아냐? 혼은 지옥에, 몸은 흙으로 갔지. 그런 식으로 살면서 제 명에 죽길 바랄 수야 없지 뭘."

옆에서 한 사내가 참견했다.

"이봐, 주인장. 시체도 보기 전에 죽었다고 딱 잘라 말하긴가. 이러다가 나도 여기 몇 년 안 오면 알아서 관짝에 넣어주겠군그래."

그러자 주인도 목청을 높였다.

"라라자비는 항상 여기서 장비를 준비한 다음 황무지로 나갔고, 사냥이 끝나면 여기로 돌아왔단 말이다! 마지막으로 떠날 때 내게 맡긴 물건들이 아직 저 구석에 멀쩡하게 있다고. 그런데 몇 년째 돌아오질 않잖나? 죽은 게 아니면 유령한테 시집이라도 갔단 소린가?"

"혹시 정말로 그런지 누가 알겠어? 흐흐흐……."

잡스러운 논쟁으로 번지기 전에 할말을 해두는 편이 나을 듯했다.

"좋습니다. 어쨌든 그런 사람이 있었다니 기분이 한결 낫군요. 장비를 살 테니 지도를 보여주시겠습니까?"

보리스는 노아미드에서 대강 이야기를 들어서 이곳에 대륙에서 가장 나은 필멸의 땅 지도가 있다는 사실을 알고 있었다. 사냥꾼들이 제각기 새로 탐사한 영역을 추가해 넣기 때문에 지도는 해가 갈수록 좋아지고 있었다.

"지도 보려고? 그럼 티보 은화 한 개는 주셔야지."

보리스가 주머니 안쪽에서 은화 한 개를 꺼내 테이블에 얹어놓자 애꾸눈 사내가 지도를 가지고 왔다. 펼쳐놓고 보니 꽤 큰 지도였다. 다른 나라들은 대충 위치만 표시되고, 필멸의 땅만 크게 그려진 가운데 변경의 지리적 특성들이 상세하게 표기된 것이 보였다. 물론 일정 거리 이상 안쪽은 펜 자국 하나 남지 않은 백지였다. 보리스는 대략 훑어보고서 손가락으로 백지 가운데 한 지점을 짚었다.

"여기까지 갈 테니 필요한 물품들을 준비해주십시오."

옆에서 부질없는 논쟁을 계속하던 사내들이 흘끔 지도를 보다가 보리스의 손가락이 가리킨 지점을 보고 미친 게 아니냐는 표정이 되었다. 잠시 후 주인이 킬킬거리며 웃어댔다.

"이봐, 늙고 병든 주인 붙들고 장난치자는 거야, 뭐야? 거기가 어딘 줄 알고 가니 마니 떠들어? 새파랗게 젊은 사람이 어디 할 짓이 없어서 죽을 자리 찾아 그쯤이나 가나? 죽고 싶으면 근방에도 좋은 건수가 얼마나 많은데!"

"근방에서 죽으면 무덤에 시체라도 넣을 수가 있지."

"율드루이에 빈 무덤이 없수로(얼마나) 많은지 안다라? 알고 싶수면 채마밭 뒤에 묘지에 가보그다라!"

"라라자비가 황무지를 횡단하겠다고 호언장담했을 때는 이미 그 땅을 열두 번도 더 드나든 뒤였어! 객기로 내버릴 목숨이라면 나 같은 늙은이한테나 적선할 일이지!"

보리스는 그들이 말을 마칠 때까지 기다렸다가 다시 한번 말했다.

"여기까지 갈 테니 필요한 물품들을 준비해주십시오."

주인이 웃음을 멈추고 보리스의 얼굴을 자세히 보려 했다. 그러나 내려진 두건 때문에 보이는 것은 코와 다물린 입언저리뿐이었다. 주인이 다시 무어라 말하려 하는데 애꾸눈 사내가 참견했다.

"로크모드 형님, 그냥 내주시구려. 대신 얼마 가지도 못하고 돌아와서 장비를 도로 팔려고 할 때는 절대 반값도 쳐주지 마시구려."

주인, 즉 로크모드는 양쪽 입끝을 내리며 눈을 내리깔더니 테이블에 놓인 보리스의 손을 봤다. 손 모양을 보며 조금 생각하는 눈치더니 물었다.

"왜 거길 가려 하나?"

"볼일이 있습니다."

"큰돈이 필요한 사정이라도 있나? 내가 빌려줄 만한 사람을 소개해줄 수도 있어."

"고마운 말씀이지만 돈이 필요해서가 아닙니다."

"그럼 도대체 무슨 사정인가? 가나폴리 왕국을 연구하겠다고 마법사들이 종종 오긴 하지만, 검깨나 잡았을 법한 자네 손을 보니 그것도 아닌 것 같군. 거기에 뭐가 있다고 생각하나? 깊이 들어간다고 많은 금붙이를 얻으리란 보장은 없어. 남쪽으로 갈수록 모래땅이고, 보이거나 보이지 않는 유령들이 밤낮으로 자네 몸을 차지하려 노릴 걸세. 자칫 그놈들에게 몸을 빼앗겼다간 우리 손으로 죽여주는 것 말고는 다른 방법이 없어."

보리스는 두건 안에서 조금 고개를 들더니 대답했다.

"만일 제가 그렇게 된다면, 제발 그래주십시오."

"……."

표정이 굳어진 로크모드는 더 말하지 않고 몸을 돌려 부엌 옆문으로 들어갔다. 이윽고 물건들을 꺼내 오더니 바 위에 차례로 쌓기 시작했다. 자루에 든 비스킷과 곡식 가루, 줄로 엮어놓은 말린 과일들, 가죽 물주머니 여러 개, 주목 지팡이, 담요, 수건 몇 장, 작은 삽, 돌덩어리 같은 암염 조각 등등. 그리고 새 지도를 한 장 갖고 나오더니 처음의 지도를 접고 그 자리에 펼쳐놓았다. 이 지도에는 대강의 지형 외에는 별다른 표시가 없었다. 로크모드는 펜을 잉크에 찍어서, 율드루이 마을로부터 필멸의 땅 안쪽으로 한 뼘가량 휘어지는 선을 그렸다.

"여기엔 가나폴리 왕국의 옛 도로가 남아 있다. 헤매다가도 여기를 찾아내면 최소한 돌아올 길을 잃지는 않지."

이번엔 그 선에서 좀 떨어진 곳 두 군데에 동그라미를 그렸다.

"여기, 그리고 여기에는 사냥꾼들이 확인해놓은 샘이 있다. 지금 계절에는 확실히 물이 있을 테니 가려는 길에서 벗어나더라도 반드시 들러서 가도록 해라. 그렇다고 해도 물은 많이 모자랄 거다."

보리스가 고개를 끄덕이자 로크모드는 물주머니 한 개를 들어 보이며 말했다.

"이 주머니에 하나 가득 채워서 가져가면 하루하고 반나절을 견딘다. 하루에 다섯 번 마신다고 생각하고 양을 조절하는 거야. 낮에 걷지 않고 저녁과 밤, 그리고 이른 아침에만 걸으면 그 정도로도 돼. 갈증이 날 때 작은 돌멩이를 하나 입에 물고 있으면 도움이 되지. 하지만 그보다 더 아끼려고 하면 멀리 가기는커녕 몸이 먼저 버티지 못한다는 걸 알아둬라."

거기까지 말한 로크모드가 고개를 갸우뚱하며 조금 생각하더니 말했다.

"그런 식이라면 마지막 샘에서 양껏 보충했다고 해도 갈 수 있는 곳은 기껏해야……."

그가 한 군데 손가락을 짚더니 펜으로 가위표를 그렸다.

"여기까지가 한계겠군."

보리스가 처음 가겠다고 가리킨 곳보다 훨씬 가까운 지점이었다. 그러나 보리스는 고개를 끄덕이며 말했다.

"충고는 꼭 기억하겠습니다."

보리스는 돈을 깎거나 하지 않고 주인이 요구하는 그대로 치렀다. 황무지에서 필요한 것을 한꺼번에 팔기 때문인지 다른 곳에 비해 반 배는 비싼 편이었는데도 그랬다. 17티보의 가치를 갖는 시드 은화 다섯 개와 50티보 금화 한 개, 그리고 엘소노 동전 몇 개를 꺼내 올려놓았다.

그때, 등뒤로 누군가가 다가오는 것을 느낀 보리스는 빠르게 몸을 긴장시켰다. 그러나 다가온 손은 테이블 위에 몇 개의 은화들과 금화, 그리고 동전들을 올려놓았을 뿐이었다. 액수는 보리스가 낸 것과 똑같았다.

목소리가 들렸다.

"저것과 같은 것."

보리스는 돌아보았다. 뒤에 선 사람은 조금 전의 용병 소녀였다. 로크모드가 미심쩍은 표정으로 물었다.

"너도 혹시 황무지 가운데로 갈 참이냐?"

"아니."

"그러면?"

소녀는 손가락을 들어 아노마라드 남부의 한 지점을 가리켰다.

"여기."

로크모드는 도대체 무슨 소리냐는 표정이 되었다.

"거기라면 로젠버그 관문을 넘어가야지? 이 젊은이는 지금 황무지 가운데로 들어가려는 거야. 꼬마 아가씨한테는 이런 장비가 필요 없어. 아니, 들고 가는 것부터 무린데."

"로젠버그?"

소녀의 눈동자가 조금 움직이더니 렘므와 아노마라드 사이의 관문, 로젠버그가 있는 곳을 정확히 짚었다.

"여기?"

로크모드가 소녀의 손가락을 잡더니 지도 위로 이동시켰다. 북쪽의 동티보 만으로 나가서 배를 타고, 서티보 만 쪽으로 돌아서 렘므의 수도 엘티보에 내렸다가, 다시 서남쪽 로젠버그 관문으로 가고, 거기서부터 남쪽으로 죽 내려가는 경로가 그려졌다.

"이런 식으로 가면 된단 말이다."

소녀의 대답은 짤막했다.

"너무 멀어."

그러더니 로크모드의 손에서 손가락을 빼서 자기가 원하는 지점으로 이어지는 직선 경로를 그렸다. 욜드루이에서 필멸의 땅을 가로질러 아노마라드까지.

"이쪽이 빨라. 그러니 같은 장비를 줘."

"……."

이제 로크모드는 할말을 잊었다. 주위 사람들도, 보리스조차도 말문이 막혀 소녀를 내려다봤다. 열두어 살이나 되었을까 싶은 얼굴에 체구도 자그마한 소녀였다. 갈색 피부에 뺨은 발그레했고 하얀 속눈썹으로 둘러싸인 눈동자는 정교한 인형을 닮았다. 표정이 없었기에 더욱 그랬다.

그런 소녀가 혼자서 필멸의 땅을 관통하겠다고 주장한 것이다. 로크모드는 조금 전에 보리스에게 조언을 한 것과 달리 소녀에게는 아무 말도 해주지 않았다. 보리스가 보기에도 이 소녀에게 그 길이 얼마나 위험한지, 그게 얼마나 비현실적인 계획인지 일깨워줘봤자 아무 소용이 없을 것 같았다. 소녀는 불안해하거나 망설이지도 않았고, 지름길을 택하는 것이 너무 당연하다는 얼굴로 주인을 올려다보고 있을 따름이었다. 로크모드가 두 손 들고 여행 물품들을 꺼내올 때까지 주변의 어떤 물음에도 대꾸하지 않았다.

로크모드는 금화와 은화들을 챙겨 넣은 다음 '더 참견해봤자 소용없지' 하는 표정으로 두 손바닥을 펼친 채 어깨를 으쓱했다.

"요즘 애들한텐 이런 게 유행인가?"

소녀의 이름은 나야트레이라고 했다.

분명 듣긴 했었지만 발음이 낯선 탓에 금세 머릿속에서 지워져버렸던 것이다. 더구나 나야트레이를 만났던 당시의 보리스는 스쳐가는 사람들을 주의해서 기억할 여유가 없었다. 그때 그의 마음은 부서질 듯 불안한 현실에 온통 매달려 있었다.

나야트레이에게는 성姓이 없었다. 달의 섬에서 그랬듯, 그리고 레코르다블과 루그란 사람들이 그렇듯이. 그나마 루그란 사람들은 이름에 출신지나 가문의 별명 등을 붙이곤 하지만 레코르다블에는 그런 것도 없었다. 심지어 그곳엔 가문이라 할 만한 것조차 몇 개 없었다. 덕택에 보리스 역시 이름으로만 소개하는 것이 자연스러웠다. '보리스'는 실버스컬에 출전했을 때도 굳이 바꾸지 않았을 정도로 꽤 흔한 이름이었다.

둘은 가고자 하는 길이 같았다. 아니, 완전히 같지는 않았지만 어느새 둘은 동행 취급을 받고 있었다. 여기서 일 년쯤 기다리더라도 이 이상 길이 겹치는 동행을 만날 가망도 없었다. 그 정도로 비현실적인 계획이었다. 지금도 여관 곳곳에서 저 많은 장비를 사들인 둘이 정말로 떠날지 궁금해하는 사람이 한둘이 아니었다. 어떤 사람은 저들이 내일 오후가 되기 전에 돌아온다는 데 10티보를 걸기도 했다.

보리스는 로크모드가 말해준 대로 가나폴리의 옛 도로를 따라갈 생각이었다. 그가 가려는 곳은 가나폴리의 수도였던 아르카디아였다. 물론 지금은 누구도 아르카디아가 어디에 있는지 모르지만, 그런 큰 도로는 수도로 이어지기 마련인 것이다.

반면, 나야트레이는 필멸의 땅을 서쪽으로 가로질러 아노마라드 동부로 가려 했다. 정확히 말하자면 트레비조 근처가 목적지였다. 필멸의 땅은 물론이고 대륙의 등뼈에 해당하는 드라켄즈 산맥으로도 가로막힌 길이다. 그 산맥 덕택에 아노마라드가 필멸의 땅에서 오는 사막화의 힘을 피하고 있지만, 그건 다시 말해 산맥이 무척 높다는 의미이기도 했다.

물론 로크모드도 같은 점을 지적했다. 그러나 나야트레이는 한마디로 그의 우려를 잘랐다.

"길을 알고 있어."

나야트레이의 발언은 보리스에게 자못 이채롭게 들렸다. 어쩌면 나야트레이는 필멸의 땅에 이미 가보았거나, 또는 그곳에서 살아남는 방법을 아는지도 모른다. 워낙 범상치 않은 소녀다 보니 그런 상상도 하게 되는 것이겠지만.

주위 사람들이 의심쩍은 눈빛으로 한 무리인 양 몰아붙이는 통에 어쩌다 보니 두 사람은 같은 테이블에 앉게 되었다. 보리스의 첫마디는 이러했다.

"넌 무모해."

나야트레이는 눈을 내리깐 채 의외로 쉽게 대답했다.

"너와 같은 길이지."

보리스도 곧장 대꾸했다.

"난 황무지 안으로 들어가야만 할 이유가 있어. 하지만 넌 다른 길이 얼마든지 있지. 내가 네 입장이라면 절대로 그런 길을 택하지는 않을걸."

나야트레이는 잠시 가만히 있더니 말했다.

"묘족의 방식은 오직 묘족만의 것."

"묘족?"

나야트레이는 더 대꾸하지 않았고, 보리스 역시 남의 일에 깊이 개입하는 성격이 아닌지라 곧 말하는 것을 그만두었다. 묘족이라는 부족은 한 번도 들어본 일이 없었다. 그러나 모른다 해도 그만이었다.

식사를 끝낸 뒤 두 사람은 인사도 없이 헤어져 각자의 방으로 올라갔다.

다음날 오후 늦게 여관을 떠난 보리스는 로크모드에게 들은 대로 특별한 장비를 사러 갔다. 필멸의 땅에 들어가려는 모든 사람이 사들이지는 않지만, 보리스처럼 긴 여행을 계획하는 사람에게는 더없이 필요한 것이었기에 가격이 꽤 비싼데도 선택의 여지가 없었다.

목장이 딸린 허름한 농가로 들어가 50티보 금화를 여섯 개나 내고 그들이 라마lama라고 부르는 짐승을 샀다. 몸집은 작은 노새 정도고 북슬북슬한 흰 털이 온몸을 덮은 이 짐승은 타고 다닐 수도 있었지만 주로 짐을 싣는 용도로 사육된다고 했다. 특히 황무지나 고원 등에서 물과 사료 없이도 오랫동안 버텨내기 때문에 필멸의 땅과 같은 환경에서는 더없이 적합한 수송 수단이었다.

본래 유순한 동물인지, 보리스가 산 라마만 그런지 모르지만 라마를 처음 보는 보리스도 큰 무리 없이 고삐를 끌고 나왔다. 라마를 파는 사람이 라마 등에 물주머니 여러 개를 매다는 법을 가르쳐주었다. 가죽 주머니에 물을 채우려고 강가로 가던 보리스는 또 하나의 낯익은 얼굴과 마주쳤다.

그 녀석은 보리스가 오기를 기다리기라도 한 것처럼 길모퉁이에 점잖게 앉아 앞발로 얼굴을 닦고 있었다. 예나 다름없이 험상궂은 얼굴에 작은 호랑이처럼 억센 어깨와 앞발을 가진 녀석이었다. 보리스가 다가가자 녀석은 일어나 반쪽뿐인 꼬리를 쳐들고 슬금슬금 모퉁이를 돌아갔다. 놀라서 걸음을 멈추고 있자 녀석은 모퉁이 저쪽에서 고개를 쏙 내밀더니 보리스를 물끄러미 쳐다보았다. 왜 따라오지 않느냐고 묻는 것처럼.

고양이였다.

로젠버그 관문에서 만났던 고양이와 너무 흡사한 나머지 몇 년의 세월이 흘렀다는 사실이 실감나지 않았다. 사실 같은 고양이라기에는 지리적으로도 너무 멀었지만. 당시, 혼자서 관문을 넘어가려 애쓰고 있던 보리스는 우연히 고양이를 따라갔고, 거기서 어찌된 셈인지 나우플리온과 다시 만났다.

그런데 이 고양이가 또 따라오라고 하는 게 아닌가?

보리스는 혼자 빙그레 웃었다. 섬을 떠난 뒤로 처음 입가에 올린 웃음이었다. 그런 다음 고양이 뒤를 가벼운 걸음으로 따라갔다. 그때처럼 아이다운 기분이 된 것은 아니었지만, 추억이 미소를 가져다주었다.

조금 더 걷다가 보리스는 멈춰 섰다. 무심코 그 일을 '추억'이라고 정의했다는 걸 깨달았기 때문이다. 언제부터 그 시절이 추억이 된 걸까? 추억이라는 말은 부드럽게 닳은 나무 탁자나 가죽 같은 색채를 띠고, 돌이켜보는 사람에게 따뜻한 기분을 가져다주는 그런 것이라고 생각했다. 그러나 그 시절 삶과 죽음의 문제, 고통과 침묵의 문제였던 것들조차 시간이 흐르면 단지 추억이 되어버린단 말인가?

어느새 고양이는 벽을 타고 뛰어내려 어느 집 처마 밑으로 들어가더니 울타리 틈새로 빠져나가려 애쓰고 있었다. 그동안 고양이의 몸집도 좀 커진 것인지 쉽사리 구멍을 통과하지 못하고 한동안 낑낑대는 모습이 자못 우습기까지 했다.

'추억'이라는 단어에 결벽이랄 정도로 민감한 반응을 보였지만 그것은 머릿속의 거부감이었지 실제로 느낀 감정은 아니었다. 보리스는 저도 모르게 다시 피식 웃고 말았다. 힘겨웠던 과거가 준 영향은 이제 타고난 본성이었던 것처럼 행동과 생각에 깊이 스며들었고, 전처럼 당시의 일을 떠올리는 것만으로도 뺨이 달아오르거나 가슴이 서늘해지는 일은 없어졌다. 고통은 나쁜 '추억'이 되는 순간 그 자리에 멈춰 더이상 영향을 끼치지 못했다.

과거가 지금의 보리스를 만들었다. 그러나 미래의 그를 바꾸는 것은 새로 겪을 일들뿐이다. 만약 그가 몇 년 전의 일 때문에 당시와 마찬가지로 생생한 고통을 느낀다면 그건 마음이 그 시절에 멈추어 있듯, 성장 역시 그 시점에서 정지되어 있다는 의미일 것이다. 그렇다 해도 갚아야 할 마음의 빚, 다하지 못한 책임, 한번 품은 애정에 대한 신실함은 여전히 마음속 중심에 새겨져 있었다. 그런 채로도 웃을 줄 알게 된 것이 차이일 뿐.

어느새 그런 생각을 할 만큼 자란 보리스는 곧 다가올 여름이면 열여섯 살이었다. 열두 살 여름에 절망과 공포로 달아나고, 돌아보고, 또 넘어지기를 되풀이하던 그는 사 년 동안 살아남았고 기억과 추억을 구별할 줄도 알게 되었다.

고양이는 울타리 틈에서 해방되었다. 결국 튼튼한 어깨로 한쪽 널빤지를 부순 것이다. 그때도 보통 놈이 아니었지만, 정말로 같은 놈이라면 사람도 못 건너는 필멸의 땅을 건너온 고양이가 아닌가. 고작 울타리 따위가 그런 놈을 막아낼 리 없고……. 그런 생각이 차례로 떠오르면서 보리스는 점점 기분이 유쾌해졌다. 고양이는 뒤를 슬쩍 돌아보고 걸음을 재촉하여 달려갔다.

보리스는 라마 고삐를 잡은 채 고양이를 따라갔다. 얼마 가지 않아 마구간처럼 생긴 판자 건물이 나타났다. 한쪽에 쌓인 말먹이용 마른풀 더미 뒤에 조랑말 같은 짐승의 등이 언뜻 보였다. 고양이는 마른풀 더미로 뛰어들었다. 녀석이 다시 나오기를 기다리고 있는데 말을 거는 소리가 들렸다.

"너도 샀군."

그제야 건초 더미 뒤에 서 있던 짐승이 자신이 산 것과 같은 라마였음을 알았다. 그 라마는 털이 갈색이었다. 좀 떨어진 곳에 쌓인 상자 더미 꼭대기에 나야트레이가 앉아 있었다.

보리스는 뭐라고 답할까 궁리하다가 말했다.

"다른 수가 없으니까."

그런데 나야트레이를 보자니 어쩐지 이상했다. 상자 위에 편안히 앉아 있는 품이 누군가를 기다리는 듯했던 것이다. 아니나 다를까, 나야트레이가 상자 더미에서 뛰어내리더니 말했다.

"왔으니 이제 갈까."

그 말이 자신을 기다렸다는 것처럼 들려 보리스는 의아해졌다. 나야트레이는 라마 고삐를 잡더니 몇 걸음 걷다가 보리스를 돌아봤다. 고양이가 그랬던 것처럼. 둘은 한참이나 빤히 마주보고 있었다. 결국 보리스가 먼저 물어볼 수밖에 없었다.

"같이 가자는 거야?"

"응."

"왜?"

"성지聖地에는 누구도 혼자 가지 못해."

그걸로 설명이 되었다고 생각하는지 나야트레이는 몸을 돌려 걷기 시작했다. 가나폴리의 옛 도로로 이어지는 바로 그 방향이었다.

'성지'라는 말이 필멸의 땅을 가리키는 것 같긴 한데 왜 그렇게 부르는지, 혼자 가지 못하는 이유는 무엇인지, 정말로 그것 때문에 같이 가자고 하는 것인지, 마지막으로 이 동행에 반론을 제기하는 것이 과연 옳은 일인지 모두 헷갈렸다. 그러나 계속 서 있을 일도 아니었다. 어쨌든 나야트레이가 가고 있는 길은 보리스가 가려 했던 그 길이었으니까.

몇 걸음 걷다가 보니 고양이는 전과 마찬가지로 어디론가 사라지고 없었다.

마을 입구에 이르자 방금 욜드루이에 도착했거나, 필멸의 땅으로 막 떠나려 하는 용병들이 여럿 모여 있었다. 저들끼리

수인사를 나누기도 하고 요란스레 재회를 반기며 어깨를 두드리는 모습이 작은 시장 거리를 방불케 했다. 말은 물론 마차도 여러 대였고, 라마는 그보다 훨씬 많았다.

그들 사이로 라마 두 마리와 소년과 소녀가 지나갔다. 두건을 푹 눌러써 수도사처럼 보이는 소년과 터번으로 환한 은발을 감춘 소녀는 다른 용병 무리에 섞여 황량한 지평선 쪽으로 걸음을 재촉했다.

용병들 틈에서 젊은 남자 하나가 다른 용병을 발견하더니 반가운 기색으로 끌어안고 양뺨에 키스를 퍼부었다. 그는 언뜻 보기에도 이곳에 몰려드는 용병들과는 외모가 좀 달랐다. 머리가 부드럽고, 턱이 좁고, 얼굴이 희었다. 그와 비슷한 사내 하나가 바로 뒤에서 그가 볼일을 끝내길 기다리고 있었다.

"요즘 경기 좋나? 그때 그 시골 귀족은 잘 털어먹었어? 햐, 좋았겠다. 내 손엔 도무지 쓸 만한 건수가 걸리지 않아서 말이야. 요번에는 웬 집나간 아들 녀석을 찾아달란 얼빠진 인간이 있어서 그런데, 뭣 좀 물어보자고. 혹시 이렇게 생긴 녀석 본 일 없어? 이건 오 년 전의 얼굴인데 말이지."

젊은이가 품에서 닳아빠진 초상화를 한 장 꺼내 용병에게 보여준 직후, 보리스와 나야트레이가 그들 곁을 지나갔다. 젊은이도 그들을 언뜻 보긴 했지만 아무 관심도 보이지 않았다. 초상화 속의 작고 여려 보이는 소년이 저런 체격으로 자랐으리라고는 상상도 못했던 것이다.

초상화를 살펴본 용병이 코웃음을 치며 대꾸했다.

"모르겠는데. 이런 곱살하고 약해빠진 녀석이 율드루이 같은 위험천만한 동네에 제 발로 기어들 리가 있겠어? 이런 자식은 필시 어느 번화가의 노름판 같은 데 자빠져 있을 게 뻔해."

제멋대로 단언한 용병이 초상화를 밀어버리더니 은근한 목소리로 물어왔다.

"그나저나 유리치, 너도 이딴 짓거리는 버리고 우리 패랑 금붙이나 긁어모으러 가는 게 어때? 네 실력이면 한몫 단단히 나눠줄 수 있는데."

황무지 여행

사흘 뒤, 보리스와 나야트레이 곁에는 누런 흙과 맞닿은 파란 지평선만이 남았다.

이틀이 채 가기 전에 용병들은 자기들의 관심거리를 찾아 떠나갔다. 계속해서 가나폴리의 옛 도로를 따라 걷고 있는 사람은 둘뿐이었다. 두 마리의 라마만이 타박타박 뒤를 따라왔다. 그러나 둘조차도 일행이라 하기엔 뭣한 것이, 사흘 동안 함께 걸으면서 하루에 세 마디 이상 한 적이 없었다. 그 세 마디란 '식사하자', '출발하자', '야영하자'였고 그것조차도 한쪽에서 말을 꺼내면 다른 쪽에서는 고개나 끄덕이는 정도였다.

그 한쪽이 꼭 보리스였던 것은 아니었다. 보리스 역시 그리 사교적인 성격은 아니라서 시시한 화제를 굳이 꺼낼 필요를 느끼지 못했다. 그렇게 그들은 계속 남쪽으로 나아갔다.

필멸의 땅은 사막이라고도 불리지만 못 견디도록 더운 곳은 아니었다. 그들이 렘므에 가까운 북쪽에 있기 때문이기도 했지만. 그래도 보리스와 나야트레이는 가능한 한 태양을 피해 저녁과 밤, 그리고 아침나절에 걸었고, 식사는 하루 두 번만 했다. 물의 양을 정확하게 조절하는 것이 가장 큰일이었다. 보리스는 닷새째 되는 날 샘이 있다는 방향으로 진로를 돌릴 생각이었다. 그러면 특별히 헤매지 않는 한 물 한 주머니의 여유를 두고 샘에 도착할 듯했다.

그런데 아무것도 나타나지 않는 것이 이상했다.

필멸의 땅을 떠도는 피에 굶주린 유령들에 대해서는 어린 시절부터 익히 들어온 터라 마음을 단단히 먹고 있었다. 그런데 유령은커녕 신기루도 하나 보지 못했다. 하긴, 아직 몸의 상태가 좋았으므로 신기루를 보기엔 일렀다.

얼마 후 보리스는 그들이 따라 걷고 있는 오래된 길로 관심을 돌렸다. 큰 마차 두 대가 나란히 지나갈 수 있을 정도로 널찍한데다 포석과 모르타르로 꼼꼼하게 포장되었던 흔적이 남은 길이었다. 돌보는 사람도 없을 텐데 원형이 그리 훼손되지도 않았다. 바스러져 꺼진 곳도 얼마 되지 않았고, 좌우의 가장자리도 드문드문 금이 가 있을 따름이었다.

이내 보리스는 도로를 포장한 솜씨가 그가 섬에서 본 환각,

아니 섬의 이공간에서 본 포석들과 같다는 것을 눈치챘다. 당연한 일이었다. 섬의 유령들은 본래 가나폴리 사람들이었고, 그들은 자신이 살아온 나라를 본떠서 그들의 세상을 만들었을 것이다. 그러나 이공간에서 보았던 아름다운 푸른 돌들은 모조리 누런 먼지를 뒤집어쓴 거친 돌로 변해 있었다.

다시 떠오른 태양이 천년 묵은 돌들을 서서히 데울 즈음, 두 사람은 야영할 준비를 했다. 준비는 간단하지 않았다. 주위에는 햇빛을 가릴 나무나 바위 같은 것이 전혀 없었기 때문에 모래땅을 파고 잠자리를 마련해야 했다. 물론 그렇게 마련한 땅속 잠자리는 몹시 더웠다. 그러나 한나절 내내 진흙 인형처럼 볕에 구워지는 것보다는 나았다.

도로와 가까운 지반은 아직도 단단한 편이어서 작은 삽으로 파낼 만한 땅을 찾으려면 대략 백 걸음은 도로에서 벗어나야 했다. 마땅한 곳을 찾으면 각자 들어가 누울 곳을 팠다. 방향을 잊지 않기 위해 도로가 놓인 방향과 교차되게 파는 것을 잊지 않았다. 그렇게 판 굴 속에 가까스로 몸이 들어가면 수건으로 얼굴을 덮었다. 조금 있으면 모래가 서서히 흘러내렸고, 몸을 뒤채기 힘들어질 즈음에는 이미 잠들어 있었다.

다만 라마를 매어둘 곳이 없어 큰일이라고 생각했는데 나야트레이가 자기 짐에서 수상한 재질의 검은 천을 꺼내 펼치더니 라마들의 몸에 덮어씌웠다. 이상한 일이지만 라마들은 그 천 속에서 꼼짝도 하지 않고 밤이 되도록 서 있었다. 천은 뻣뻣했지만 이상한 광택이 있었고, 약 냄새 비슷한 것도 났다.

저녁 무렵 보리스는 문득 잠에서 깨어났다.

아직은 해가 있었기 때문에 수건을 치우지 않고 잠시 그대로 있었다. 들려오는 소리는 없었다. 그러나 분명 뭔가가 그의 잠을 깨웠다. 보리스는 가만히 귀를 기울이다가 모래 구덩이 안에 같이 넣어둔 검의 자루를 잡았다. 자신을 깨운 감각이 무엇인지 모르면서도 그는 스스로를 믿었다.

주변에 분명 무언가가 있었다. 그의 가슴을 옥죄는 것은 모래의 압력이 아니었다. 본시 유령이 돌아다니는 땅이 아니던가. 무엇이 나와도 이상하지 않다.

잠시 후 귓가에 낯선 소리가 들려왔다. 새된 음색의 짧은 멜로디가 반복되었다. 작은 피리 같았다. 그러자 주변을 채웠던 압박감이 풀리면서 공기처럼 투명한 뭔가가 스르르 빠져나가는 느낌이 들었다. 보리스는 수건을 치우고 몸을 일으켰다.

구덩이 밖으로 나와보니 나야트레이가 이미 나와 앉아 있었다. 예상대로 피리는 그녀의 손에 들려 있었다. 피리라기보다는 작은 대롱에 가까운 물건이었다.

"뭐지?"

나야트레이는 대꾸 없이 피리를 품속에 갈무리하고는 일어서서 주위를 둘러보았다. 한참 동안 무언가에 감각을 집중하던 그녀가 이윽고 보리스를 돌아보며 말했다.

"가자."

평소보다 이른 출발이었다. 빠르게 짐을 챙긴 둘은 그 자리를 벗어나 도로가 있는 곳으로 돌아왔다. 그러는 동안 해가 떨어져 주위가 어두워졌다. 보리스는 다시 걸으면서 이번에는 확실히 물어보아야겠다고 생각했다.

"그 피리는 유령을 쫓는 건가?"

"……."

"그래, 그렇군."

갑자기 나야트레이가 보리스를 바라봤다.

"그렇다니?"

보리스는 애매한 눈빛으로 나야트레이를 마주보다가 요령 좋은 대꾸를 찾아냈다.

"그렇잖아?"

"그래?"

"그래."

"그렇군."

실로 기가 막힌 대화가 오고간 뒤 둘은 다시 한참을 묵묵히 걸어갔다. 부츠 바닥에 모래가 끌리는 소리에 무심코 귀를 기울이고 있는데 놀랍게도 나야트레이가 먼저 입을 열었다.

"조심해."

"뭘?"

"네 뒤."

보리스는 더 묻지도 않고 검을 빼 들더니 홱 돌아서며 허공을 내질렀다. 사 년 전에는 상상도 못 했을 완벽한 동작이었다. 그리고 칼끝은 무언가를 찔렀다.

소리는 없었다.

"!"

접힌 공기를 꿰뚫듯 손에 기묘한 느낌이 왔다. 그러나 뚫은 뒤는 다시 아무것도 없는 허공이었다. 마치 누가 팽팽하게 펴 들고 있는 시트에 검을 찔러 넣은 기분이었다. 보리스는 검을 뺐다. 이젠 아무것도 느껴지지 않았다.

돌아보자 나야트레이가 등을 돌리고 서 있었다.

"……."

나야트레이는 아무 말도 하지 않았지만 상대에게 등을 보호받으려 한다는 것만은 알았다. 그건 옳은 판단이었다. 곧 때가 왔다.

보리스는 다시 한번 공기의 압력을, 그리고 나야트레이는 그것과 조금 다른 무언가를 느꼈다. 각자의 감각에 의지하여 둘은 앞을 방어했다. 보리스는 나우플리온이 준 검으로, 나야트레이는 손잡이까지 합쳐 두 뼘이나 될까 싶은 예리한 단도로.

그러나 이번엔 둘 다 아무것도 찌르지 못했다.

라마들이 불안하게 발을 들썩이는 소리가 들려왔다. 라마 등에는 물과 식량 등 생존 물품들이 대부분 실려 있었다. 혹 어둠 속으로 라마가 달아나기라도 한다면 그야말로 큰일이었다. 또한 정체 모를 적의 손에 라마가 죽는다면 여행은 극도로 힘들어질 것이다. 그러나 당장 어쩔 도리가 없었다.

서로의 등은 닿지 않았지만 긴장이 전해져왔다. 줄곧 길을 따라 걷기만 하면 되니 그들은 불을 켜지 않았다. 주위는 캄캄했고, 보이는 것은 달빛뿐이었다. 보리스는 그가 떠나와야 했던 달여왕의 땅을 떠오르게 하는 달을 좋아하지 않았다. 그 불편한 달이 지평선 위에 걸려 그를 빤히 보았다. 보이지 않는 것을 보려는 그를 비웃는 것처럼.

그러나 보리스는 또다시, 밀려드는 압력을 감지해냈다. 좌우로 휘두른 검은 흡사 앞서의 시트를 찢기라도 한 듯 날카로운 파열음을 냈다.

찌익!

다시 사라졌다. 그러나 무언가 있다는 것을 안 이상, 덫에 걸리기라도 한 것처럼 꼼짝도 할 수가 없었다. 얼마간 아무 기척도 없어 긴장이 최고조에 이르렀을 즈음, 갑자기 나야트레이가 입을 열었다.

"아노마라드에 가보았어?"

갑자기 왜 그런 것을 묻는지 짐작도 가지 않았지만 보리스는 짧게 답했다.

"응."

"어떤 데지?"

왜 이런 순간 그런 걸 묻지?

"……풍요로운 데지."

"그리고?"

"그리고…… 대륙의 다른 곳들처럼 다양한 사람들이 살고 있고."

"오래 살았어?"

"어느 정도 알 만큼은."

"그곳, 좋아했어?"

긴장을 풀려는 것인지 몰라도 정신을 집중할 수가 없어 신경이 날카로워졌다. 평소에 얼마든지 물어볼 시간이 있었는데 왜 하필 이런 순간에 묻는지 이해가 안 갔다. 보리스는 짜증이 나서 약간 불쾌하게 답하고 말았다.

"마음에 들지는 않았어. 지금 그런 것을 묻고 있는 너처럼."

그 직후, 나야트레이가 뛰어나가며 단도로 짧은 금을 그었다. 보리스의 귀에도 들렸다. 찌익, 하는 파공음이. 그리고 보리스의 왼쪽 뺨에도 낯선 바람이 느껴졌다. 검을 왼쪽으로 끊어 쳤을 때 나야트레이도 그쪽으로 뛰어드는 것이 보였다.

서로의 움직임을 알아보기도 힘든 어둠 속에서 두 검이 같은 대상을 양쪽으로 흩어놓고, 또 하나의 얇은 막을 찢어놓았다. 서로를 보호할 틈도 없었다. 보리스는 그의 시야로 순식간에 다가왔다가 멀어지는 단도 날을 보았다. 싸악, 머리칼 한줌이 베어지며 흩어져 날았다.

둘의 동작이 멈췄을 때, 나야트레이의 목소리가 들려왔다. 평소보다 더 침착한 음성이었다.

"저들을 끝내는 건 틀렸어. 일격에 죽이지 못하면 다음은 없어."

땀방울이 관자놀이를 타고 흘렀다. 보리스가 물었다.

"유령과 대적해본 일이 있어?"

"아니, 하지만……."

나야트레이는 두 번 뒷걸음질쳐 보리스와 다시 등을 맞댔다.

"두 번째 베면 죽은 굴Ghoul도 되살아난다는 건 알지."

"굴이라고? 그게 뭐지?"

그러나 더 말을 주고받을 틈이 없었다. 둘은 각자 다시 쉿 소리를 내며 검을 내리그었다. 서로의 동작을 살필 겨를도 없이 자신의 몸을 방어하는 데 열중했다. 이제는 라마의 발소리도 들리지 않았다. 밤은 싸늘했지만 그들은 진땀을 흘리며 보이지 않는 상대의 무언지 모를 몸을 베고 찢었다. 그러나 뭘 하고 있는 건지 모르겠다 싶을 정도로 같은 일만 연속될 뿐이었다. 한 방울의 피도, 상처 입은 기색도 보지 못했다. 견디다 못한 보리스가 다시 등뒤로 다가온 나야트레이를 향해 소리쳤다.

"아까 그 피리를 쓸 수는 없는 건가?"

냉담한 목소리가 대답했다.

"말했다시피, 두 번 베기 시작한 굴은 쫓을 수도, 죽일 수도 없어."

기가 막혔다. 굴이 무엇인가에 대한 의문은 둘째 치고, 그럼 두 사람은 지금 무얼 하고 있단 말인가?

"우리가 아무 쓸모 없는 짓을 하고 있다는 거야? 그걸 알면서도 계속하는 이유는 뭔데?"

"그냥 죽을 수는 없으니까."

다른 뜻이 있나 의심하기 힘들 정도로 스스럼없는 대답이어서 무어라 반박할 수조차 없었다. 나야트레이는 농담을 한 것이 아니었다. 그냥 죽을 순 없다면, 지쳐 쓰러질 때까지 의미 없는 일이라도 계속하다가 죽잔 말인가.

굴이란 것이 유령의 일종인지 무엇인지 몰라도 두 번째 벨 때부터 죽이지 못하게 된다니, 그런 어이없는 이야기는 들어본 적도 없었다. 검으로 베어지는 존재라면 당연히 죽일 수도 있어야 하지 않나? 물론 그런 존재라면 반대로 그들을 죽일 수도 있을 것이다.

손톱 긴 손가락 같은 것이 어깨를 확 잡아채는 것이 느껴졌다. 순식간에 왼팔이 찌르르해지며 팔꿈치까지 마비되었다. 왼팔이 잡아주던 균형이 사라지자 오른손이 흔들리며 움직임이 부정확해졌다. 바로 직후, 같은 손이 다시 오른손 손목을 잡아챘다. 무언가 느끼기도 전에 검이 바닥에 떨어졌다. 보리스는 빈손이 되었다.

있을 수 없는 실수를 하고 만 보리스는 반사적으로 손을 등 뒤로 돌려 윈터러를 뽑고 말았다. 흰 칼날이 빠르게 허공을 찔러갈 즈음에야 자신이 저지른 일을 깨달았지만 이미 돌이키기엔 늦어 있었다.

「……!」

알아들을 수 없는 외침이 울리고, 거무튀튀한 액체가 사방으로 튀었다. 이어 비슷한 외침이 몇 군데에서 울렸다. 짐승의 울부짖음 같은 것이 아니라 보리스가 모르는 언어로 무어라 외치는 것 같았다.

보리스는 무언가에 꽂힌 윈터러를 잡아 뽑으려 했지만 마음대로 되지 않았다. 걸쭉하고 검은 액체가 칼날을 타고 날밑까지 흘러내렸다. 소매 끝이 액체에 닿자 파르스름한 불빛을 내며 삭아버렸다. 보리스는 간신히 칼끝을 아래로 낮추었다.

등뒤에서 나야트레이가 말했다.

"죽었어."

잠시 후 어둠 속인데도 검은 윤곽이 스르르 무너져 내리는 것이 보였다. 흘러내리던 액체는 그 윤곽 속으로 빨려 들어갔다. 그리고 사라졌다.

보리스는 윈터러를 내렸다. 정신을 차리고 보니 이마와 뒷목에 땀이 흥건하게 배어 있었다. 그러나 이상할 정도로 침착한 나야트레이 앞에서 당황한 모습을 보이고 싶지 않았다. 나야트레이도 단도를 닦아 넣었다. 둘은 서로 돌아보지 않은 채 그 자리에 천천히 주저앉았다. 등을 기대어도 좋으련만, 둘 다 그렇게 하려 하지 않았다.

"아까는 죽이지 못한다고 했잖아."

"아니, 너는 굴에게 단 한 번의 일격을 가했어."

"우리는 아까부터 줄곧 그들과 싸우고 있었어. 이미 몇 번은 찔렀을 거야."

"너의 새로운 검. 그걸로 단 한 번 찔러 죽였어. 그건 뭐였지?"

나야트레이가 몸을 돌려 보리스가 쥐고 있는 윈터러를 보려 했다. 보리스는 자신도 모를 본능으로 재빨리 검을 칼집에 꽂았다. 다른 사람에게 보여줘서 좋은 일이 일어난 적이 없는 검이었다. 그래서 나야트레이는 윈터러의 손잡이에 친친 감긴 흰 천조각만을 보았을 뿐이었다.

잠시 후 보리스가 말했다.

"라마들이 사라졌어."

"아침이면 돌아올 거야."

밤이 얼마나 깊은 걸까. 난데없는 전투를 벌이는 바람에 시간 감각이 흐려졌다. 라마를 되찾자면 자리를 떠나선 안 되었고, 그대로 주저앉은 채 기다리는 도리밖에 없었다. 나야트레이가 윈터러에 대해 더 묻지 않는 것처럼, 보리스 역시 나야트레이가 무엇을 더 알고 있는지 묻지 않았다.

그러나 침묵만으로 지새우기에는 밤이 너무 길었다.

별자리들이 갓 닦아놓은 유리 목걸이처럼 휘황하게 번쩍거렸다. 캄캄한 하늘엔 푸르스름한 기운마저 감돌았다. 모닥불도, 먼 곳의 불빛 하나도 없이 사방이 텅 빈 이곳에 동행자라고는 말없는 소녀뿐. 지도에서 보았던 필멸의 땅은 대륙의 4분의 1에 달했는데, 그토록 넓은 땅이 누구의 소유도 아니며 인간의 질서 중 어느 것도 통하지 않는다.

왕과 귀족, 통령들은 저들이 세운 질서로 백성들을 지배하고 다른 나라에도 강요하고자 바라리라. 그러나 그들이 만약 전 대륙을 자기 영토로 한다 해도, 필멸의 땅만은 인간의 역사를 비웃으며 이대로 존재할 것이다. 마법 왕국은 이제 없지만 그들이 살았던 땅조차 '보아라, 세상에는 불가능한 것이 있다'라고 말하는 것 같지 않은가.

어쩌면 그래서 여러 나라의 왕들은 대륙의 통일을 그리 꿈꾸지 않는지도 모르고…….

"귀를 기울여봐."

나야트레이의 목소리가 보리스를 상념에서 깨웠다. 드물게 들려와서였을까, 그제야 깨달았지만 나야트레이의 목소리는 샘에 떨어지는 이슬 소리처럼 차랑했다. 그러나 나야트레이가 귀를 기울이라는 소리는 찾아내지 못했다.

"라마가 돌아온 건가?"

"아니."

목소리를 의식하자 보리스는 문득 이솔렛을 떠올렸다. 그녀의 약간 허스키한 목소리는 찬트를 노래할 때 온 세상 어떤 소리와도 비교 못 할 천상의 음으로 변했었다. 그에 비해 나야트레이의 목소리는 곱지만 비교적 아이다운 맛이 있었다.

"아무 소리도 안 들려."

"발소리."

긴장해서 귀를 세웠지만 역시 아무 소리도 들리지 않았다. 갑자기 나야트레이가 말했다.

"너를 미워하는 사람이 있어?"

조금 전 아노마라드에 가본 일이 있느냐고 물은 것처럼 난데없는 질문이었다. 이 아이와 다니려면 이런 식의 대화에 익숙해져야 되는가 싶었다.

"많아."

"그중 누구의 증오심이 가장 강하지?"

보리스는 미간을 찌푸렸지만 싸우고 싶지 않았으므로 대강 대답하려고 머리를 굴렸다. 그런데 마땅한 사람이 쉽게 떠오르지 않았다. 그를 뒤쫓는 암살자들도 보리스에게 개인적 원한은 없을 테고, 선불리 벨노어 백작 이야기를 꺼낼 수는 없었다. 섬사람들 중에서도 딱히 고르기 어려웠다. 질레보 선생은 죽었고, 헥토르는 예전과 좀 달라졌다. 그렇다면 에키온인가?

"내가 자기 형의 걸림돌이라고 생각하던 어떤 녀석. 이젠 내가 그곳을 떠났으니 별로 관심 없을지도 모르지."

"그는 살아 있겠지?"

문득 보리스는 깨달았다.

"그래, 살아 있어. 유령은 아냐."

유령은 살아 있는 사람에게 관심이 있기 마련이다. 산 사람 주위를 맴돌며, 산 사람이 하는 일상사 이야기에 귀를 기울인다. 기록하고, 모방한다. 왜 지금껏 오는 내내 나야트레이가 말이 거의 없었는지, 그리고 위기의 순간에야 이런 질문을 하는지 알 듯했다. 대화는 유령을 부르니까. 이미 존재를 들킨 이상, 사정거리 밖에서 도사리고 있던 유령들은 인간들의 시시한 이야기를 듣고 싶은 충동을 참지 못하고 검이 닿는 곳으로 다가오고 말 것이다.

유령들이 가까이 왔는지 나야트레이가 일어나 품에서 피리를 꺼내 나직이 불었다. 연주라고 할 정도는 아니었지만 귀에 거슬리지는 않았다. 그러나 곧 피리 불기를 뚝 그치고는 어둠을 향해 손가락을 뻗었다.

"넌 이미 죽었어."

유령들은 때때로 자신이 죽었다는 사실을 모르고 행동하곤 한다고 들었다. 보리스는 여전히 어떤 기척도 느끼지 못했지만, 조금 전의 경험으로 보아 나야트레이에게 미지의 존재를 빨리 알아채는 능력이 있다고 생각할 수밖에 없었다. 보리스는 일어나려다가 이번에도 윈터러를 써서는 안 되겠다 싶어 아까 떨어뜨렸던 검을 쥐었다. 윈터러를 꽂아두려 했을 때 갑자기 무언가가 그의 몸을 덮쳐 넘어뜨렸다.

아무것도 보이지 않았고 심지어 무게도 느껴지지 않았다. 그러나 어깨며 가슴을 내리누르는 힘만은 분명히 느껴졌다. 보리스는 애를 썼지만 이 무게조차 없는 적을 도저히 밀쳐낼 수가 없었다. 분명 힘이 가해지고 있는데도 손에는 아무것도 잡히지 않았다. 머리 위에서 나야트레이가 단도를 휘두르는 모습이 보였다. 그래도 저 애가 나를 도우려 하긴 하는구나, 라는 어이없는 생각이 스쳐갔다.

그러나 이번에는 나야트레이의 공격도 소용이 없었다. 보이지 않는 손이 보리스의 품속을 마구 헤집는 것이 느껴졌다. 무언가를 찾아내려는 것처럼. 그러나 품에 든 것은 가죽 칼집에 든 여행용 단도 하나뿐이었다. 아니, 그렇다고 생각했다.

또르르, 무언가가 바닥에 떨어져 굴렀다.

파앗!

눈 깜짝할 사이에 벌어진 일이었다. 사방 몇 걸음 이내가 대낮처럼 환해지면서 둥글게 쌓은 우물이 나타났다. 심지어 우물은 보리스의 몸 위에 나타났다. 다시 말해 그것은 환각이었다.

청색 꽃잎, 흰 꽃술의 꽃이 우물 주위에 만발했다. 비록 환각이지만 실재하는 풍경을 그대로 가져온 것처럼 현실적이었다. 보리스는 순간 섬에서 있었던 일을 떠올렸다. 먼 곳에 있는 숲의 제단을 마법으로 끌어오고, 심지어 그 위에 실버스컬을 얹어놓지 않았던가.

캬악!

이번에야말로 짐승 같은 울음소리가 울려 퍼졌다. 보리스의 몸을 타고 앉았던 낯선 힘이 단번에 사라졌다. 보리스는 벌떡 일어나면서 검을 잡아 앞을 방어했다. 그러나 더이상의 공격은 없었다.

그러나 환각은 쉽사리 없어지지 않았다. 사방은 여전히 푸른 꽃이 만발한 정원과 우물이 있는 대낮이었다. 그러나 범위가 넓지 않아 그 너머로 여전히 어둠이 보였다. 낯선 환각 속에 남겨진 둘은 긴장하여 주위를 경계했다.

삐걱.

우물 속에서 소리가 들려온 것은 그때였다. 누가 먼저랄 것도 없이 우물 앞으로 달려간 둘은 거의 동시에 각자의 무기를 찔러갔다. 캄캄한 우물 밑에서 무언가가 기어 올라오고 있었다. 난데없이 나타난 환각과 빛도 두려운데 우물에서 올라오는 괴물이라니. 여간해서 놀라지 않는 두 사람의 등골도 서늘해졌다.

덜그럭, 시잇, 자그락.

소리가 점차 다가와 코앞에서 들릴 즈음에도 정체 모를 적은 모습을 드러내지 않았다. 갑자기 소리가 멎었다. 그리고 천만뜻밖으로 말을 거는 소리가 들려왔다.

"여어."

천 년 전의 생존자

“오, 이거참 좋은 물건이군.”

상아 주사위는 순식간에 ‘그자’의 손으로 넘어갔다.

“한 개뿐이라서 유감인데. 혹시 몇 개 더 없나? 주사위 놀이를 해본 지 천 년은 된 기분이야. ‘추격자’ 할 줄 알아? 내가 가장 좋아하는 주사위 놀이인데.”

보리스는 애매한 표정으로 망설이다가 대꾸했다.

“‘추격자’라면 할 줄 알지만…… 주사위는 그것뿐이고…….”

유령의 땅에서 엔디미온의 아버지인 섭정왕에게 배웠던 주사위 놀이가 바로 ‘추격자’였다. 보리스는 나야트레이를 흘끔 바라봤다. 평소 놀라는 모습을 보인 일이 없는 꼬마 아가씨가 무슨 표정일지 궁금해서였다. 그러나 나야트레이는 단지 눈을 좀 크게 뜨고 있을 뿐이었다.

"하는 수 없지. 세상에 완벽한 건 없다니까. 놀이 상대가 있고, 상대가 놀이 규칙을 알면, 놀이 도구가 없지. 그래도 놀이 도구도 있고 규칙도 잘 아는데 상대가 없는 것보단 나아. 상대가 있으면 다른 놀이를 하면 되니까. 주사위 한 개 갖고 하는 놀이가 뭐가 있더라……."

유쾌하게 지껄이던 '그자'는 낡은 두건을 덮어쓴 머리를 갸웃거리다가 곧 실망한 듯 말했다.

"너무 오래되어서 생각이 잘 안 나는데."

실망한 듯했다는 것은 '그자'의 어조와 고개의 움직임 등으로 미루어 짐작한 것이었다. 세워진 채 까딱거리는 손가락의 움직임도. 그러나 그것을 손가락이라고 불러도 좋을까?

정확히 말하자면, 그건 손가락 뼈였다.

환각의 우물 속에서 기어나와 보리스와 나야트레이 앞에 나타난 '그자'는 두건 달린 검은 망토 차림에 키는 중간 정도…… 그 밖의 것은 무어라 설명하기 힘든 모습이었다. 얼굴 생김새, 머리빛깔, 체격, 그는 그런 것을 갖고 있지 않았다. 두건 안쪽에 들어 있을 얼굴은 보이지 않았고, 한쪽 소매 밖으로 드러난 것은 살이라고는 조금도 붙어 있지 않은 푸르스름한 뼈였다.

나야트레이가 핵심을 찔러 말했다.

"죽은 거야? 아니면 산 거야?"

"죽었다면, 이제 와서 해묵은 주사위를 보고 감회 겨워 할 일도 없겠지. 살았다면, 내 몸에 붙어 있던 내장과 살은 어디로 갔는가? 비록 살은 생전에도 별로 붙어 있지 않았지만, 뭐. 묘족 아가씨는 방금 말한 두 가지 외의 것을 고려할 필요가 있어."

그러나 나야트레이의 대답은 간단했다.

"모든 인간은 둘 중 하나야. 죽었거나, 살았거나. 아니라면 넌 인간이 아니야."

"옳아. 그런데 내 몸을 이루고 있는 건 한때 인간의 뼈였지. 그 인간은 물론 죽었어. 그리고 나는 여기에 있고. 생전에 그자는…… 에피비오노라고 불렸지."

어디선가 들어본 듯한 이름이었다. 섬사람들이 갖는 그런 이름이었다. 그러니 가나폴리의 이름이기도 할 것이다. 어디서 들어보았더라? 이공간의 오벨리스크에서 보았던 수많은 이름들, 사람들의 입술에서 흘러나왔던 죽은 자의 이름들, 그 밖의 수많은 기록들…….

이름들 속에서 익사하기 직전, 보리스는 고개를 흔들어버리고 나야트레이와는 다르지만 그의 성격상 핵심적인 질문을 던졌다.

"우리는 당신의 적입니까?"

"그렇지."

두 사람은 거의 동시에 물러나며 무기를 잡았다. 그러나 '그자'는 별 반응 없이 이어 말했다.

"본래 난 너희를 죽여야 해. 너희가 처음 이 땅에 발을 들여놓았을 때부터 그럴 작정이었어. 왜 그런지 알아?"

보리스는 당황하지 않았다.

"당신은 가나폴리의 옛 땅을 지키는 수호자나 그런 존재겠죠. 아니라면 다른 망령들과는 달리 멀쩡한 인격을 갖고 있으면서 이곳에서 혼자 떠돌 까닭이 없으니까. 당신이 우리를 죽여야 할 불청객이라고 생각하면 이 자리에서 서로의 운을 시험해볼 밖에 다른 방도가 없겠죠."

"틀려, 반드시 '내가' 죽여야 한다는 말이야. 그래야 다른 시체들의 손에 죽을 일이 없으니까."

'그자'는 보리스를 향해 손을 내밀었다. 중지 손가락뼈 끝에 엔디미온이 준 주사위가 교묘하게 얹혀 있었다. 보리스의 품속에서 떨어졌던 물건이었다.

"다른 시체의 손에 죽으면 그들에게 몸을 뺏긴다. 너희는 혼만 남게 되고, 몸을 되찾는 것은 불가능하니까 미친 혼이 된다. 하지만 난 지금의 이 몸에 대만족……하고 있어서가 아니라, 본래 이 상태를 영원히 벗어날 수 없기 때문에 욕망 없이 너희의 몸을 깨끗하게 소멸시켜줄 수 있는 거야."

보리스는 보았다. '그자'의 손가락에 얹힌 주사위를 향해 빛이 빨려 들어가는 것을. 처음에는 빛처럼 보였지만 곧 정체를 알았다. 주사위는 주위에 생겨났던 풍경을 흡사 연기에 그린 그림인 양 빨아들여 없애버렸다. 우물도, 꽃도 사라졌다. 그리고 마지막으로 빛을 한 번 낸 뒤 잠잠해졌다.

"좋은 주사위라고 한 이유를 알겠지?"

보리스는 무심결에 주사위를 돌려받으려 하다가 움찔하며 손을 거두었다. 그리고 의혹으로 이맛살을 찌푸렸다. 엔디미온의 주사위에 그런 힘이 들어 있었다면 왜 지금까지 아무 일도 없다가 이 순간 갑자기 효과를 발휘했을까? 그리고 그 힘은 정체가 무엇일까?

나야트레이가 말했다.

"본래 죽여야 했다는 건, 이제는 아니란 거야?"

해골 손을 지닌 자는 긍정도 부정도 하지 않은 채 해골 손을 올려 두건을 내렸다.

날이 서서히 밝아왔다. 어둠 속에서 푸르스름한 손뼈만 보이던 상대방의 얼굴도 윤곽이 드러나기 시작했다. 보리스는 그의 얼굴을 보기가 약간 두려웠다. 손과 마찬가지라면 그의 얼굴은 아마 반쯤 풍화되어가는 해골일 것이다. 심지어 턱뼈를 움직이며 말을 하고 있을 것이다. 그런 섬뜩한 광경이 달

가울 리 없었다.

그러나 예상은 어긋났다. 드러난 것은 허연 해골이 아닌 푸른 잿빛의 짧은 머리였다. 그가 고개를 들고 보리스를 향해 고개를 돌리자 스물서넛이나 되었을까 싶은 젊은이의 윤곽 또렷한 얼굴이 눈에 들어왔다.

동녘 하늘이 겨울밤 화로처럼 발갛게 달아오르는 시각이 왔다. 낮이 돌아와 누런 황무지를 소금 사막처럼 따갑게 달굴 것이다. 잠자리 준비는 끝났지만, 라마들이 돌아오기를 기다려야 하는 터라 보리스도 나야트레이도 아직 잘 수는 없었다.

그들이 기다려야 하는 자는 또 있었다.

보리스는 동쪽 지평선을 바라보며 앉은 '그자', 다시 말해 에피비오노의 뒷모습을 바라보았다. 에피비오노는 검은 망토로 몸을 감싼 채 저 뜨거운 태양을 눈 한번 떼지 않고 바라보고 있었다. 사람이라면 망토 속에서 끓어오를 열기를 견디기 힘들었을 것이다. 그러나 그는 무심하게, 좋은 바람이 부는 언덕에서 서늘한 풀밭을 내려다보듯 그 자세 그대로 있었다.

일종의 의식일까.

에피비오노라는 이름을 어디서 들었던가, 다시 한번 기억해보려 했지만 여전히 실패였다. 하지만 들어보았던 이름인 것만은 분명했다. 그는 기다려달라고 했다. 태양이 뜨는 동안

만은 해야 할 일이 있다고, 얘기는 그후에 하자며 멋대로 저렇게 앉아버렸다. 그리고 거친 황무지가 금빛을 품은 굴조개 껍질처럼 영롱해지는 시각까지 꼼짝도 하지 않았다.

처음 얼굴을 보았던 때 보리스는 저도 모르게 에피비오노의 손을 다시 내려다봤다. 여전히 뼈뿐인 그 손과 젊고 깨끗한 얼굴이 도저히 어울리지 않았기 때문이었다. 필멸의 땅에는 수많은 유령들이 있거니와 모습 역시 다양하다고 했다. 에피비오노의 모습도 결국 유령의 일종일 테지만, 다른 어떤 괴물과 마주쳤더라도 지금처럼 기분이 이상하지는 않았을 것이다.

새벽이 끝나고 아침이 열릴 즈음 에피비오노는 일어나 보리스와 나야트레이에게 왔다.

"소개라도?"

"……."

보리스가 의심쩍은 얼굴로 침묵을 지키는 동안 놀랍게도 나야트레이가 대답했다.

"나야트레이."

"그래, 난 에피비오노라고 부르면 될 거야. 내 이름은 몹시 저주스러운 뜻을 갖고 있지. 그 때문에 내 의지와 관계없이 너희 같은 방문자들을 몸소 벌하거나 또는 이야기를 주고받게 됐지. 아참, 이야기를 주고받는 건 처음이군그래."

더 놀랍게도 나야트레이는 보리스를 가리키며 다시 말했다.

"보리스."

"아, 그렇군."

에피비오노가 악수를 청하지 않은 것이 다행이었다. 보리스는 그가 무심결에 악수를 청하려 했던 듯, 손을 조금 움직이다가 멈추는 것을 보았다. 잠깐 머뭇거리던 그는 해골 손을 소매 속에 감추었다.

해골 손을 지녔다 해서 에피비오노는 유령처럼 반투명하지도 않았고, 시체처럼 창백하지도 않았다. 흰 이마 아래 크고 선명한 비췻빛 눈동자를 가진, 드물게 맑은 인상의 사내일 따름이었다. 짧은 인중과 치켜 올라간 눈초리는 흔히 약빠른 느낌을 주기 마련인데, 워낙 섬세해서인지 오히려 요정의 용모를 닮은 듯 느껴졌다. 그럼에도 불구하고 드물게 고풍스러운 억양을 듣고 있으면 예전에 만난 유령들이 자꾸만 떠올랐다.

"왕국의 옛길을 따라 걷고 있었군? 이 길은 수도 아르카디아로 가는 길이다. 너희는 아르카디아에 볼일이 있는가?"

'왕국'이라는 것은 물론 가나폴리를 가리키는 말이었다. 숨길 필요가 없었으므로 간단히 긍정했다.

"적어도 저는 그렇습니다. 이곳에는 생명이 없다고 들었는데 당신은 아직 이성을 잃지 않은 유령인가요?"

젊은 에피비오노는 주위가 밝아질수록 더 말갛게 빛나는 눈동자로 보리스를 한참 뜯어보다가 묘한 미소를 지으며 고개를 흔들었다.

"내게 일어난 일인데 나조차도 쉽사리 설명할 수가 없구나. 그 설명은 서로를 좀더 잘 알게 된 후로 미루지. 아르카디아로 간다고 했는데, 누구나 알다시피 아르카디아는 오래전에 흙속으로 사라졌잖은가. 보물을 얻고자 그곳을 찾는 자들이 많았지만, 누구도 아르카디아의 부서진 첨탑 하나 눈에 담지 못했어. 그러나 너희는 놀랍게도 이곳까지 왔다. 누가 너희를 인도하고 있지? 네가 지닌 검인가?"

보리스는 상대가 윈터러를 언급한다는 것을 깨닫고 긴장했다. 아직 정체를 모르는 상대 앞에서 솔직한 설명을 하기는 어려웠다.

"제 검의 일로 아르카디아를 찾는 것은 맞습니다. 그러나 그 이상은 밝히기 어렵군요."

에피비오노는 보리스를 바라보더니 낮게 웃었다.

"숨기지 않아도 좋아. 너는 왕국에서 탈출하여 살아남은 자들의 후예를 만났겠지? 그들로부터 조언을 듣고, 무언가 문제를 해결하기 위해 위험을 무릅쓰고 이곳에 온 것이 아닌가?"

에피비오노는 마음을 들여다보는 게 아닐까? 보리스는 당황해서 대꾸했다.

"그 말은 맞지만, 어떻게 아셨습니까?"

"네 주사위. 그건 왕국에서 만들어졌고 더구나 왕족의 물건이다. 그들의 호의가 아니라면 어떻게 네가 손에 넣었겠나? 내가 살피건대 네게 왕족을 위협하거나 해칠 힘이 있다고는 생각되지 않으니."

그렇게 말하며 에피비오노는 다시 꺼낸 해골 손으로 주사위를 내밀었다. 보리스는 좀 망설이다가 받아들고는 말했다.

"그렇게 말하는 당신은 누굽니까? 정말로 이곳의 위험한 유령들과 다르다면 왜 우리 앞에 나타났는지 설명해서 근심 걱정을 덜어주시지요."

"재미있는 단어 배열이야. 좋아, 내 입장은 좀 복잡하지만, 간단히 말하자면 금붙이를 손에 넣으려고 이곳에 발을 들이는 어리석은 인간들의 혼을 빼내 산산이 부숴버리는 것이 평소 일상이다. 너희한테 처음 베풀어주려 했던 그 호의 말이야."

호의라기에는 끔찍한 이야기였지만 얼굴에 드러내지 않으려 애쓰면서 다시 물었다.

"그렇다면 왜 우리를 내버려뒀습니까?"

"너희가 더 잘 알지 않는가? 미안하지만 천 년 넘게 홀로 제정신을 갖고 지내오자니 너희 같은 몇십 년짜리 생명들의 마음은 쉽사리 들여다보게 되어버렸어. 묘족 아가씨가 여기 온 목적은 너무 어처구니가 없어서 더 말할 가치를 못 느끼겠고, 네 목표는…… 확실히 중대한 것이라 더 묻지 않을 수가 없다. 어쨌든 당장 없애지 않고 대화를 할 필요를 느낀 방문자가 실로 얼마 만인지 모르겠는데. 어, 혹시 처음일지도 모르겠어."

"마음만 먹으면 당장 없애버릴 수 있다고 생각하십니까?"

보리스가 특별한 반감이 있어서 그렇게 말한 것은 아니었다. 그러나 일말의 불편한 심정은 있었다. 자만할 실력은 없다고 생각하지만 그렇다고 처음 만난 상대에게 바로 허리를 굽힐 정도로 초라한 실력이라고는 생각하지 않았다. 나우플리온도, 누군가의 목숨을 끊을 수도 있는 기술을 수련할 때는 최소한의 자신감이 요구된다고 말한 일이 있었다.

"글쎄, 그거야 모를 일이겠지. 네가 아는지 모르겠지만 그 검은 너희의 물건도 우리의 물건도 아니야. 그보다는 재갈 풀린 맹수와 비슷한 존재이니, 그것이 내게 더 위험할지 네게 더 위험할지 알겠나?"

"그렇게 생각하신다니 솔직히 말하죠. 그 재갈을 도로 묶기 위해 갑니다."

둘은 또다시 서로의 눈을 빤히 보았다. 둘의 키는 비슷했다. 그때, 귀로 들려야 할 목소리가 보리스의 머릿속에서 울렸다.

—그렇다면 늙은이의 우물을 찾는가?

퍼뜩 엔디미온이 생각났다. 그 애가 이마를 맞대고 생각을 머릿속으로 불어넣어주던 것과 똑같았다. 눈앞의 에피비오노는 여전히 보리스를 주시하고 있었다. 천 년을 살아왔다는 자의 스무 살 청년처럼 맑은 눈 속에 흐르는 바람이 보였다. 원하지 않았던 생애를 계속 살게 된 자……. 죽고자 해도 죽지 못하는 생존자……. 드디어 그의 이름을 어디서 들었는지 기억해냈다.

'살아남는다'는 뜻을 지닌 이름, 에피비오노. 멸망 속에서도 살아남게 한 이름의 힘은 얼마나 강대한 것인가. 아니, 오히려 운명이 예견되었기에 그런 이름을 갖게 되었을까?

이윽고 보리스는 고개를 끄덕였다.

"예, 이제 알겠군요. 당신이 누구인지, 왜 내게 왔는지 알 것 같습니다."

푹 자고 일어나니 다시 저녁 무렵이었다.

보리스가 눈을 떴을 때 에피비오노는 또다시 등을 돌린 채 서쪽을 향해 앉아 있었다. 이미 져버린 해를 바라보고 있었던 것이 틀림없었다. 천 년을 혼자 살아오는 동안 세월을 세듯 저절로 갖게 된 버릇일까? 잿빛 머리카락이 저녁 공기 속에서 푸르게 반들거렸다. 나우플리온과 대륙을 돌아다니던 시절, 어느 밤엔가 보았던 은회색 늑대의 털빛처럼.

보리스가 깬 것을 알아채고 에피비오노가 고개를 돌렸다.

"저기 너희의 짐승들이 돌아와 있군."

정말이었다. 라마 두 마리가 얌전히 어스름 가운데 선 것이 보였다. 보리스는 몸을 일으키다가 조금 의아해져서 물었다.

"당신은 잠을 자지 않습니까?"

에피비오노는 소맷자락 속의 해골 손을 슥 내밀어 보였다.

"망토로 가려져 있으니 모르겠지만 내 몸은 대부분 이런 상태거든. 인간의 몸에 필요한 휴식이나 영양 같은 것은 전혀 소용없지. 내 몸을 유지하는 데 필요한 건 자아를 위한 정신의 힘뿐이야."

"……."

보리스는 나야트레이를 깨워 간단히 식사를 했다. 그리고 셋은 길을 따라 출발했다.

'에피비오노'는 보리스가 오이지스의 일로 어른 유령들을 만나 가나폴리의 멸망에 대해 들었을 때 언뜻 나왔던 이름이었다. 그들의 말에 따르자면 '일곱 살 때부터 천재로 이름을 날렸던 젊은 에피비오노'는 새벽탑 시메로노에 모여 아르카디아의 재앙을 막으려 한 마법사 가운데 한 명이었다.

그랬으니 왕녀 에브제니스의 '소멸의 기원'이 실패했을 때 그 역시 죽었어야 했다. 그러나 그곳의 유령들이 가벼운 의문을 제기했던 것처럼 '살아남는다'는 뜻의 이름을 가진 에피비오노는 정말로 살아남았다. 그것도 망토로 가리지 않으면 안 되는 시체의 몸과 죽을 당시의 아름다운 얼굴이 공존하는 기괴한 상태로. 그는 그후 천 년이나 혼자 살아왔다. 무엇이 그를 그렇게 만들었는지는 에피비오노 자신조차 설명하지 못했다.

물론 엄밀한 의미에서 혼자는 아니었다. 이곳에는 다른 유령들이 있었다. 그러나 그들은 의사소통이 가능한 존재가 아니었다. 솔직히 외로울 수밖에 없었던 에피비오노는 그 유령들의 의식을 되찾아주려 노력했지만 끝내는 포기하고 지배하는 쪽을 택했다고 말했다.

"저 완전히 죽지 못한 자들은 어떤 긍정적인 욕망도 갖지 못해. 오직 뭔가 불쾌하고 불만족스럽다는 것만을 느낄 뿐, 자신을 만족시킬 방법도 찾을 줄 몰라. 따라서 그 기묘한 불만족을 채우고 싶어 파괴와 살해를 저지르는 것이야. 그러므로 그들을 제압하는 것은 오직 두려움뿐이고, 그들이 두려워하는 내 곁에 있으면 너희는 이 땅에서도 안전하다."

에피비오노가 외로웠다고 말했을 때, 보리스는 그의 얼굴을 새삼 쳐다봤다. 인간은 단 며칠간의 고립으로도 끔찍한 고통을 받을 수 있는데, 수십 년도 수백 년도 아닌 천 년을 혼자 산다는 것이 가능한 일일까?

"천 년을 혼자 지내는 기분이 어떨지 짐작하기 힘드네요."

"흥, 겪어보기 전엔 나도 몰랐어."

그는 심지어 농담마저 즐겼는데 천 년 전의 인간이 하는 말 치고는 놀랍게도 대부분 이해가 가는 농담들이었다. 말투가 고풍스럽긴 해도 어휘력 역시 지금의 인간들과 비슷했다. 보리스는 유령들이 '인간의 삶을 곁에서 지켜보지 않으면 자아를 유지하기 어렵다'고 했던 말을 기억해내고는 물었다.

"당신은 여기서만 지낸 것은 아니겠군요?"

"그럼 십 년도 아니고 백 년도 아닌데 종일 황무지만 바라보며 사는 건 '편-집-광(그는 이 낯선 단어를 말하며 상당히 만족해했다)'이나 할 만한 일이 아닌가? 한때 못 견디게 답답해졌던 시절이 있어 대륙 곳곳을 돌아다녔지."

"그 모습으로요?"

말하고 나서 약간 실수했나 싶었지만 에피비오노는 망토 속의 정체 모를 어깨를 으쓱하며 대꾸했다.

"요새 사람들은 가나폴리의 마법사를 도대체 뭘로 보는 건지. 모습 바꾸는 것쯤이야, 요즘 마법사들도 그쯤은 하겠군. 내가 설마 요령이 부족해서 너희 앞에 모습을 드러냈다고 생각하는 거야? 그런 오해는 유감천만이라고."

천 년을 살아왔다고 해도 마법사는 마법사였다. 저 정도 자신만만함은 그들의 필수적 덕목에 가까웠다.

나야트레이의 태도도 나름대로 흥미로웠다. 그는 에피비오노가 해골 손을 갖고 있든 천 년을 살았든 궁금해하지도 두려워하지도 않았다. 심지어 경계하는 것 같지도 않았다. 나야트레이가 낯선 기척에 얼마나 예민한지 알고 있는 보리스는 그녀의 동물적인 감각이 이자가 위험하지 않다고 판단한 거라면 그걸 믿어도 좋지 않을까 혼자 생각해보았다.

에피비오노는 그들 둘을 늙은이의 우물로 인도해주겠다고 약속했다. 드넓은 땅을 무작정 걸어가려 하던 그들에게는 매우 고마운 제안이었다. 보리스가 왜 친절을 베푸느냐고 묻자 에피비오노는 '너의 위험, 나의 위험, 과거의 위험, 현재와 미래의 위험을 피하기 위해 그렇다'라고 대답했다. 보리스는 그 말의 뜻을 며칠에 걸쳐 생각하다가 결국에는 잊어버리고 말았다.

그리하여 그들은 닷새 동안, 에피비오노의 기억력을 믿는다면 '보레이오스 가도街道'를 따라 남으로 또 남으로 내려갔다. 보리스가 중간에 샘이 있다고 들은 방향으로 가야 한다고 말했지만 에피비오노는 특유의 뭐든 안다는 표정으로 고개를 흔들었다. 물을 보충하는 문제라면 다 방법이 있다는 투였다.

드디어 물이 떨어졌을 때, 에피비오노는 길에서 벗어나 동쪽으로 한참 가더니 땅바닥이 여기저기 갈라진 곳을 발견하고 두 사람을 불렀다. 바짝 말라 물기라고는 이슬 한 방울도 찾아볼 수 없는 그곳에서 에피비오노는 느긋한 어조로 "물 보충을 한댔지?"라고 물었다.

나야트레이는 아무 의심도 없이 시키는 대로 바닥에 앉았다. 보리스가 미심쩍은 눈초리로 쳐다보자 에피비오노는 소년처럼 나직이 키득거리더니 말했다.

"의심 많은 어린 친구, 제발 부탁이니 마법을 믿어."

망토 속에서 팔짱을 낀 채 서 있던 에피비오노가 별다른 주문을 외우거나, 하다못해 바닥에 룬이라도 그린 것은 아니었다. 그러나 얼마 안 가 바닥에 앉은 보리스와 나야트레이에게도 서서히 강해져오는 땅울림이 느껴졌다. 조금 후 눈앞의 갈라진 틈을 메우며 차오르는 검은 물을 본 보리스는 눈이 휘둥그레졌다. 황무지 한가운데에서, 바다조차 그토록 먼데 물이 솟아나다니?

게다가 그건 포도즙이 아닐까 생각될 정도로 새카맣고, 또한 반짝거리는 물이었다. 물이 높이 차오르자 보리스는 저도 모르게 비키려 했다. 그러나 물은 갈라진 틈에서 조금 넘쳐오르다가 그치고는 더 올라오지 않았다.

에피비오노가 손짓하는 걸 본 보리스가 당황하며 반문했다.

"저 물을 마시라고요?"

"색깔이 거슬리나? 독약도 아니고 오염된 물도 아니니까 걱정 마. 오히려 흔히 보는 맑은 물보다 훨씬 좋은 거지. 흐음, 이봐. 나름대로 친절을 베푼 건데 망설이고 있으면 이쪽에서 무안하잖아?"

천 년 전의 인간 주제에 저렇게 요령 좋게 권하는 법은 어디서 배웠는지, 하여간 물이 있는 쪽으로 다가간 보리스는 마시기 전에 손끝에 묻혀 조금 맛을 보았다. 물은 조금 쓴 듯도 했으나 보통 물맛과 크게 다르지 않았다.

그런데 보리스는 옆의 나야트레이를 흘끔 보고는 또 한 번 당황했다. 나야트레이는 아무렇지도 않은 듯 두 손으로 물을 떠서 연거푸 마시고 있었다. 그걸 보니 아무리 말을 나누지 않는 사이라 해도 한마디하지 않을 수 없었다.

"이럴 땐 속 편한 네가 부러운데."

기대하지 않았던 대꾸가 들렸다.

"흑요수黑曜水야. 너무 귀해서 한 해에 두 모금도 마시기 힘들었어."

옆에서 에피비오노가 맑은 웃음소리를 냈다.

"묘족이 아직 흑요수를 알고 있구나. 황금 고양이가 없는 요즘도 흑요수를 찾을 줄 알다니 놀랄 만한 이야기야. 어쨌든 좋은데. 그래, 한 해에 두 모금만 마셔도 충분히 도움이 됐겠지. 천 년 전이나 지금이나 이런 것 없이 황무지란 살아가기 힘든 곳이니까."

"잠깐, 천 년 전에는 이곳이 황무지가 아니었을 텐데요?"

에피비오노는 한쪽 눈썹을 올렸다.

"가나폴리가 본래 사막 위에 세워져 있었다는 것을 모르는군."

"그때도 사막이었다고요?"

이게 무슨 소린가 싶었다. 가나폴리를 상상할 때 떠올렸던 풍경은 유령들의 땅에서 본 푸른 돌로 지은 성과 집, 그리고 마음의 숲처럼 촉촉하고 울창한 자연의 모습이었다. 더구나 보리스는 유령들의 힘을 빌려 아르카디아의 모습을 직접 본 일이 있었다. 사막은커녕 깨끗하고 웅장하며 아름다운 도시가 아니었나?

에피비오노가 이어 한 말은 보리스를 더욱 놀라게 했다.

"가나폴리뿐 아니라 섬 전체가 본래 사막이었는데?"

"섬이라니요?"

"우리가 딛고 있는 이 땅 말이야. 아참, 너희는 대륙이라고 부르던가? 하지만 대륙치곤 좀 작지 않아? 어쨌든 우리가 대륙이라고 부르던 땅은 따로 있어서."

보리스는 말문이 막혀 있다가 갑자기 기억을 떠올렸다.

"아……. 혹시 가나폴리를 떠난 비행선 선단이 가려고 했던…… 그곳이 그 대륙인가요? 거긴 어디죠?"

이제야 생각이 났다. 달의 섬은 불시착한 곳이었을 뿐, 가나폴리 사람들이 가려 했던 대륙은 따로 있었다고 했다. 그러나 지금의 대륙 사람들은, 심지어 섬사람들도 그런 대륙의 존재를 모르지 않던가?

"어차피 너무 멀어서 요즘 인간이 찾기는 무리야. 잊어버려. 어쨌거나 사막이었던 이 섬을 지금 같은 모습으로 바꾼 것도 우리 조상들이었어. 다만 지금 우리가 걷고 있는 북부, 즉 보레이오스 지역만은 황무지인 채로 내버려두었지. 여러 가지 이유가 있지만 설명하기 귀찮으니 넘어가고."

에피비오노가 황무지를 휘둘러보더니 말을 이었다.

"그런데 요즘 다른 지역 말이야……. 아-노-마-라-드(그는 최신 지명에 약했다) 같은 곳은 굉장히 아름다운 땅으로 변모했던데? 난 아직도 그것이 누군가가 건 마법의 힘인지, 또는 실제 자연을 가꾸어 개조한 것인지 잘 모르겠어. 어쨌든 그런 땅에서 다들 잘도 살아가고 있더라고. 하긴 뭐, 마법이었다 해도 그걸 풀어버릴 대단한 마법사도 이젠 없을 테니 안심해도 상관없을지도."

천 년 전 인간의 관점으로 세계를 보는 것은 낯설고 이상했다. 보리스가 속한 익숙한 세계가 에피비오노에게는 단지 관찰의 대상일 뿐이고, 보리스로서는 짐작할 엄두도 나지 않는 까마득한 옛일이 에피비오노에게는 일상의 추억인 것이다. 신비롭고, 뜻밖이고, 심지어 충격적인 이야기들 역시 에피비오노의 입에서는 비밀을 폭로하듯 심각하지 않았고, 기껏해야 이웃 소문 전하는 정도의 어조로밖에 나오지 않았다.

한때 사막이었다던 이 대륙, 그곳에서 마법 문명이 남긴 은

혜조차 잊고 저들의 일에만 몰두하며 사는 인간들 가운데는 자신도 있었다. 그러나 지금 보리스는 옛일들을 무엇이든 물어볼 수 있는 상대와 함께 여행하고 있었다. 마법사들의 나라였던 가나폴리에서조차 천재라고 불렸다던 사람이 아닌가?

"가나폴리 사람들은 모두 마법사였다고 들었는데, 그중에서 천재라고 할 정도면 다른 사람들과 어느 정도 차이가 있는 거죠?"

에피비오노는 주저앉아 검은 물에 손가락뼈를 좀 축이더니 말했다.

"너와 나 정도의 차이."

"그럼 제가 가나폴리 사람들의 수준이란 말인가요?"

물론 농담이었다. 그런데 에피비오노는 당연하다는 듯 대꾸했다.

"나와의 격차에 비하면, 당시 가나폴리 사람들과 너의 차이 정도는 별것도 아닐걸."

마법사들의 자부심이란 것은 '적당히 필요한 수준'이 아닐지도 모른다는 생각이 들기 시작했다.

두 사람이 검은 물을 물주머니마다 가득 담고 나자 에피비오노가 말했다.

"이제부터 보레이오스 가도를 벗어나서 클라자니냐 쪽으로 가자. 북중부에서는 제일 큰 도시였지. 그곳의 '거울'이 너희를 받아들여줄지는 모르겠지만, 성공한다면 아르카디아로 가는 길을 크게 단축할 수 있겠지."

인형 전투

클라자니냐.

그 단어도 어딘가에서 들어보았다. 보리스는 나흘 더 여행하여 에피비오노가 말한 '클라자니냐의 거울' 앞에 이르고서야 해답을 얻었다.

한때 북중부 최고의 도시였다는 클라자니냐는 이제 제대로 된 주춧돌 하나 찾아보기 힘든 곳이 되었다. 그러나 도시 입구로 추정되는 곳을 지날 때부터 단 하나 뚜렷하게 보이는 구조물이 있었다. 커다란 돌 받침대였다. 가까이 가서 보니 받침대 좌우로 가늘고 튼튼한 금속이 팔을 뻗고 있었다. 그 사이에 무언가가 끼워져 있었던 것처럼.

에피비오노는 분명 거울이라고 불렀지만 거울 같은 것은

아무데도 보이지 않았다. 소년 하나, 소녀 하나, 라마 두 마리, 그리고 천 년 전의 인간 하나가 그 앞에 섰다. 에피비오노는 자신이 하는 것을 잘 봐두라고 하더니 몇 걸음 물러서서 받침대를 올려다보았다. 그는 조금 전부터 기분이 무척 좋아 보였다. 잠시 후 느릿한 콧노래가 흘러나오기 시작했다.

두 번 정도 되풀이되자 가사가 더해졌다. 그런데 거기에…… 익숙한 신비로움이 깃들어 있었다.

물속의 구슬 그 안의 세계
네 안의 마법 그 속의 노래

잃은 것을 영원히 버려 성스러워지며 맑아지리라

돌 위의 거울 그 맑은 길에
네 가진 바람 이끄는 대로

품은 뜻을 진실로 따라 찾아낼 것이며 다다르리라

그때 보리스는 클라자니냐라는 말을 어디에서 들었는지 생각해냈다.

그르르르르……

보이지 않는 거울이 소리를 냈다. 거대한 물레가, 또는 바퀴가 잠에서 깨어나 돌아가는 소리였다. 곧 어른 둘의 키를 넘는 커다란 원반이 받침대 위에 나타나는 것이 보였다. 정오의 태양 아래 타버릴 듯 하얗게 번쩍이는 거울이었다.

보리스는 그것을 보자마자 유령들을 찾아갔을 때 수많은 영상을 보여주던 번쩍이는 샘을 떠올렸다. 그것은 먼 땅의 과거를 비추는 거울이었다. 그렇다면 이것은?

"노래가 무언가를 불러내다니 이상하게 보일지도 모르지만, 지금 건 흔한 노래와는 달라. 찬트는……."

"기원의 힘이죠."

설명을 뚝 그친 에피비오노가 눈을 둥그렇게 뜨더니 반문했다.

"어떻게 알지?"

에피비오노가 놀라는 걸 보니 어쩐지 말한 보람이 있었다.

"전에 짐작하셨잖아요. 이곳을 탈출한 사람들의 후예가 있는 모양이라고. 오랜 전승들도 몇 가지는 살아남았거든요."

"신성 찬트의 전승자가 있다고? 이거 놀라운데. 그게 설마 너야?"

보리스는 고개를 저었다. 아무렇지도 않게 말하려 했지만 목소리가 서서히 잦아들었다.

"……그 땅을 떠날 때 다 잊기로 맹세했습니다."

“어쨌든 널 가르친 사람이 있을 것 아닌가? 신성 찬트는 마법적 전승 중에서도 가장 어려운 것들 중 하난데 아직도 이어지고 있었다니. 아참, 그건 제대로 된 거였어? 직접 배우기까지 했다니 알겠지? 내가 부른 것과 비교하자면 어떻지? 좀 곤란한 비교인가. 게다가 찬트란 겉으로 나오는 아름다움만으로 가치가 결정되는 건 아니지만…….”

이것만은 분명히 답할 수 있었다.

“저를 가르친 분의…… 노래는 제게 천상의 음악으로 들렸기에……. 그 이상의 것을 다시는 듣지 못할 거라고 생각합니다.”

조금 후 보니 에피비오노는 약간 토라진 것 같기도 했다.

클라자니냐의 찬트 역시 이솔렛이 가르쳐주었다. 보리스가 풀밭에 앉아 연습 삼아 불러보았던 때, 곁에 있던 나우플리온이 ‘클라자니냐의 찬트’라고 말해줬던 것도 기억났다. 추억 속의 이야기였다. 이제 다시는 돌아가지 못할 시절의 좋았던 이야기들이다.

그런 생각을 하자 보리스도 에피비오노를 달래줄 기분이 들지 않았다. 그런데 두 남자가 데면데면하니 서 있자 나야트레이가 자리를 옮겨 둘 사이에 서는 것이었다.

찬트가 끝나고도 거울 표면은 조용히 번쩍이며 흐르고 있었다. 잠시 후 에피비오노는 마음이 풀렸는지 보리스를 불러

거울 안을 보라고 했다. 자신이 가려 하는 장소에 마음을 집중하면서. 흐름을 멈춘 거울이 곧 맑아졌다.

보리스는 무너진 탑을 보았다. 외벽이 거칠게 벗겨지고 허리를 잘린 탑이 허공으로 솟은 나선 계단의 소용돌이에 붙들려 우뚝 서 있었다. 하늘은 파랬고 지평선은 아득히 멀었다.

탑 벽에 새겨진 미세한 장식 주름이 쓰러진 고목의 나이테처럼 허망했다. 청색 반구형 지붕 곳곳에 하얀 별들이 새겨진 건물도 눈에 띄었다. 그것 역시 가운데가 푹 꺼져 있었다. 허공으로 뻗다가 뚝 끊겨, 죽은 뱀 반 토막처럼 보이는 허공다리의 흔적은 당혹스러울 정도로 생생했다.

손에 잡힐 듯, 눈앞인 듯.

눈을 감았던가……. 기억나지 않았다. 거울 속을 들여다보고 있는 줄로만 알았는데, 어느새 보리스 일행은 한때 아름다웠으나 이제 폐허만 가득한 천 년 전의 도시, 아르카디아에 서 있었다.

"미칠 노릇이야……."

그렇게 중얼거린 것은 보리스도, 나야트레이도 아니었다. 도시의 번영을 기억하고 있을 단 한 사람, 에피비오노였다. 그는 위로할 사람도 없이 혼자서, 은총을 잃고 무너져버린 도시를 보아왔을 것이다.

보리스가 물었다.

"천 년이나 지났는데 아직도 그때의 기분이 느껴지나요?"

에피비오노는 잠시 고개를 떨어뜨리고 있다가 대꾸했다.

"그럴 수 있다면 얼마나 좋았겠어."

보리스가 휘둘러보니 조금 전 거울을 통해 봤던 무너진 탑은 상상 이상으로 규모가 엄청났다. 그 탑 하나만으로도 보리스가 살아생전 보아온 모든 건물의 위용을 능가했다. 입구는 수십 명이 나란히 들어갈 크기였고, 탑의 남은 부분만 어림해 봐도 서른 길은 될 높이였다.

나야트레이가 다가가 무너진 기둥 하나를 쓰다듬었다. 먼지를 쓸어 내자 돌은 빛깔은 희었다. 보리스가 뒤따라가 단검을 꺼내 다른 돌의 표면을 긁어냈다. 그 돌의 속빛은 푸르렀다. 바로 '전당'을 지었던 돌, 청석靑石이었다.

보리스는 파랗게 드러난 돌 표면을 물끄러미 들여다보았다. 빛깔이 얼마나 곱던지 긁어낸 자리가 모래에 묻힌 보석으로 보일 정도였다. 표면에는 미세한 은가루 같은 것이 은은히 박혀 있었다.

뒤에서 에피비오노의 목소리가 들렸다.

"마법이 스러져도 돌은 여전히 푸르구나. 다시 그 돌에 마법을 불어넣을 자는 없으니 이젠 보통 돌과 다를 것이 없겠지."

보리스는 그 돌로 지은 건물이 얼마나 아름답고 장엄한지 알고 있었다. 그렇기에 먼지 속을 구르는 청석과 백석白石을 보는 심정이 한층 씁쓸했다. 고개를 들어 쓰러진 탑을 다시 한번 올려다보았을 때, 그런 기분은 절정에 달했다. 탑은, 다름 아닌 장서관이었다.

"장서관……."

제로가 일리오스와 함께 평생에 걸쳐 흉내내려 했던, 바로 그 건물이었다. 폐허에 불과한데도 보는 사람을 압도하는 장려함을 접하고 보니, 섬의 장서관은 참 보잘것없었구나 싶었다. 다만 겉으로 보이는 구조만은 놀랄 만큼 흡사했다. 진짜 장서관을 한 번도 보지 못했을 일리오스와 제로가, 단둘이서 만들어냈음을 감안하면 기적에 가까운 작업을 해낸 것이다. 그랬기에 그들의 꿈이 한층 안타까웠다.

제로가 이 광경을 본다면 얼마나 황홀해하고, 또 아쉬워할까. 지상에 세워진 책의 성전이 누구의 걸음도 닿지 않는 황무지에 쓰러져 있다니. 그러나 그것을 재현하려 한 섬의 장서관 역시 불타 없어지고 말았다.

돌에서 몸을 일으킨 나야트레이가 에피비오노를 돌아보았다.

"여긴 당신 고향이야?"

에피비오노는 어깨를 움츠리며 웃었다.

"굳이 따지자면 마음의 고향이겠지. 난 본래 시골뜨기라서."

보리스는 에피비오노가 새벽탑의 의식에 참여하기 위해 아르카디아로 왔던 마법사들 중 하나라는 것을 알고 있었다. 하지만 태어난 곳이 아니더라도 모든 마법사들에게 아르카디아는 고향과도 같았을 것이다. 나야트레이가 탑을 돌아보더니 다시 물었다.

“저기가 당신이 책 읽던 곳이야?”

“나뿐이겠어? 수만 명이 읽었지. 책이 몇 권이었느냐고는 묻지 마라. 그 당시에도 몰랐으니까. 도서관을 지은 청석에 박힌 별빛보다 책이 많을까 적을까 내기를 한 적도 있었지. 난 많다는 쪽에 걸었는데 내깃돈은 못 받았어.”

“왜 못 받았는데?”

에피비오노는 눈을 가늘게 떠 보이고는 몸을 돌렸다. 등뒤에서 대답이 흘러나왔다.

“가나폴리가 망해서 못 받았다.”

농담처럼 들려도 웃을 수가 없었다. 에피비오노는 허리에 한 손을 얹고 고개를 젖혀 장서관을 바라봤다. 허리라기보다는 척추를 짚고 있는지도 모른다. 손이 누른 망토 자락이 비정상적으로 움푹했다. 잠시 침묵이 흘렀다. 세 사람은 저마다 장서관을 보며 생각에 잠겼다. 저 안에는 책이 조금이라도 남아 있을까? 아니면 다 먼지로 변해버렸을까?

보리스가 말했다.

“옛일을 잘 기억하시는군요.”

"잘 기억한다고?"

에피비오노는 보리스를 향해 눈썹을 올려 보이더니 고개를 휘휘 내저으며 눈을 감았다. 뼈뿐인 손으로 눈꺼풀을 눌렀다. 한참 뒤에 회한 어린 목소리가 흘러나왔다.

"마지막 순간, 내가 알 수 없는 절대자의 의지에 농락당해 홀로 살아남았을 때……."

다시 눈을 뜬 그는 간절한 눈빛으로 주위를 휘둘러보았다. 눈을 감은 사이에 폐허가 꿈처럼 사라졌기를 기대했던 것처럼. 물론 그런 일은 없었다.

"내게는 이상할 정도로 강한 기억력도 주어졌어. 내가 아무리 천재적인 머리를 가졌다 해도 천 년 동안 대화 상대도 없이 지내면서 옛일을 잊지 않는 것은 불가능하지. 그런데 난 기억하고 있거든. 어린시절로부터 가나폴리의 마지막날에 이르는 삶을. 그 마지막날, 내가 갖고 있던 능력들이 고스란히 내 몸에서 영원한 생명을 획득한 것처럼. 그래, 나처럼."

믿어지지 않는 이야기였다. 보리스는 조금 당황하면서 되물었다.

"그때의 일을 전부 기억한다고요?"

"그래, 아직도 그날만을 되풀이해 살아가는 것처럼 그때 가물거리던 것은 지금도 가물거리고, 그때 확실하던 건 지금도 확실해. 그후에 일어난 일들은 예전처럼 쉽게 기억되지가 않아. 어쩔 수 없겠지. 지금의 인생은 덤일 뿐이니까. 하지만 그런 기억력이 달가운 선물일까?"

"……."

에피비오노가 다가와 돌멩이를 하나 집어 들었다. 돌과 뼈가 부딪혀 다각거리는 소리가 선명했다.

"모두 잊는 것보다는 좋은 일이 아닐까…… 싶긴 합니다."

"글쎄, 확실히…… 다 잊어버리는 편이 좋았을 거라고는 나도 말하지 못하겠군. 자기 자신조차 잃고서 가진 거라곤 악의뿐인 저 떠도는 유령들처럼 되는 건 싫어. 하지만 이날까지 홀로, 천 년을 삭아온 폐허를 보며, 이 위대한 도시가 무한히 번영하리라 믿었던 가장 아름다운 날을 완벽히 기억하는 것이야말로 형용 불가의 지독한 고문 아니겠나? 차라리 조금만 기억이 흐려진다면……."

그러나 그렇게 말하는 에피비오노는 무표정했다. 안타까워하는 얼굴이 아니었다. 그런 표정을 하고서, 입에서는 한층 참담한 이야기가 흘러나왔다.

"아르카디아와 함께 고귀한 왕녀는 죽었고 다시는 되살아나지 않아. 천 년 전 내 가슴을 갈가리 찢어놓던 비극도 이제는 구차한 추억담, 그보다 못한 부재不在의 노래가 돼버렸지. 누가 내게 이런 운명을 내린 걸까? 누군지 안다면 멱살을 잡고, 아니 무릎을 꿇고 이유라도 물을 텐데 그조차도 내겐 허락되지 않았지."

에피비오노가 들었던 돌멩이를 떨어뜨리고 허공을 보았다.

"아니, 허락되지 않은 것 가운데 가장 지독한 건, 내게 미칠 자유조차도 없다는 거다. 내 정신은 이까짓 시체나 다름없는 몸에 거머리처럼 단단히 달라붙어 있고, 아무리 끈을 놓아버리려 발버둥쳐도 하루만 지나면 나는 나 자신, 멸망한 왕국의 마지막 마법사, 쓸모없는 불멸자 에피비오노로 돌아와 있는 거야."

보리스도, 나야트레이도, 폐허 속의 버려진 석상처럼 꼼짝도 하지 않았다. 에피비오노의 목소리는 격렬했으나 낮았다. 감히 상상조차 어려운 고통을 말하고 있는데도, 이젠 분노하고 절망할 신경조차 닳아 없어지고 말았다는 것처럼 오히려 담담한 면이 있었다. 천 년 동안 하루도 빠짐없이 생각한 끝에 이제는 그런 의문 자체에도 익숙해져버렸을까.

"하다못해 내게 술 한 잔만이라도 허락될 수 있다면 얼마나 좋았겠어."

에피비오노는 심지어 먹을 수도 마실 수도 없는 몸을 지닌 것이다.

천 년 동안 제정신이라는 것은 얼마나 끔찍한 경험일지, 에피비오노가 말했듯 '겪어보기 전엔 모를' 일이었다. 좋은 기억은 좋았기에 고통으로 변하고, 나쁜 기억은 흐려지지도 않고 천 년이나 계속된다. 그건 고문이 맞았다. 이유를 말해줄 상대가 없다는 것도 마찬가지였다.

"실은 긴 세월 동안 고통도 흐려지고 번뇌도 흩어져 정말로 뼈처럼, 탈색된 뼈처럼 머릿속이 희석된 듯해. 내가 말하고 있는 이 감정은 진짜일까?"

그 순간, 에피비오노의 새파랗게 젊은 얼굴에 처음으로 고뇌의 빛이 서렸다. 지나치게 오래 살아버린 노인의 고뇌가.

나야트레이가 다가와 에피비오노의 해골 손을 붙들었다. 이어 다른 손을 올려 에피비오노의 뺨을 살짝 건드렸다.

"할 수 있는 말이 없기에 아무 말도 하지 않아."

나야트레이가 말하자, 에피비오노의 비췻빛 눈이 살짝 흔들리더니 조금 후 웃음이 터져 나왔다.

"하하하……."

모순적으로 느껴지는 웃음이었다. 방금 전에 하던 이야기는 순식간에 잊은 듯 소년처럼 웃는 에피비오노를 보는 보리스는 기분이 이상했다. 그건 정말로 에피비오노가 단지 '기억하고' 있을 뿐 실재하는 고통은 아니었단 말인가?

"묘족 아가씨는 현명하군. 아가씨의 미래는 매우 좋을 거야. 어려서 힘들었던 만큼 커서는 좋아질 테지. 내 눈에는 잘 보여."

딸깍.

보리스는 듣지 못했다. 그때까지만 해도 아무도 귀를 기울이지 않았다.

"묘족이라는 말을 자주 듣게 되는데 도대체 무슨 뜻입니까? 나야트레이, 네가 속한 소수 부족의 이름이야?"

나야트레이가 대답했다.

"묘족은 이제 없어."

달그락.

나야트레이가 갑자기 고개를 홱 돌렸다. 그러나 아무데도 움직이는 것은 없었다.

"없다고? 그럼 넌?"

"부족이 되려면 나 하나가 아니라 사람이 많아야 해."

나야트레이는 에피비오노의 손가락을 놓더니 조그마한 누이동생인 것처럼 그를 올려다보았다. 에피비오노는 그때까지도 미소를 짓고 있었다.

달칵.

갑자기 에피비오노가 오른팔을 뻗어 나야트레이를 번쩍 안아 올렸다. 보리스가 본능적으로 물러섰을 때, 보리스의 귀에도 드디어 이상한 소음이 들렸다.

따르락.

무엇이 먼저이고 나중이었는지 보리스는 보지 못했다. 머리 위로 날아든, 아니 덮쳐든 그림자 무리, 부서진 돌 틈에서 번뜩이는 그림자, 순식간에 두 길이나 솟으며 그림자를 튕겨 낸 반투명한 마력 방패, 그리고 사라짐.

지잉!

사라졌던 마력 방패는 에피비오노가 손을 한 번 내젓자마자 다시 허공으로 뻗어올랐다. 새로운 적이 부딪혀 떨어지는 것을 보고서야 위험했다는 것을 알아차렸을 정도로 빠른 대응이었다. 틈이 나자 에피비오노가 보리스에게 소리쳤다.

"이쪽으로!"

그쪽으로 가는 잠깐 사이에 같은 공격과 방어가 세 차례 되풀이됐다. 이윽고 에피비오노의 곁에 선 보리스는 세 사람을 포위한 적들을 둘러보고 경악을 금치 못했다. 그건 괴물도 아니고 유령도 아니었다. 암살자도, 용병도 아니었다. 그가 상상할 수 있는 어떤 적도 아니었다.

가까운 곳에 보리스와 비슷한 또래로 보이는, 놀랄 만큼 아름다운 단발머리 소녀가 서 있었다. 푸른 원피스에 앞치마를 덧입고, 무기도 들지 않은 여자아이였다. 소녀의 빈손이 에피비오노의 마력 방패에 닿는 순간 애처로운 비명이 울리고, 소녀는 서너 걸음 밖으로 튕겨 날아가 돌바닥에 떨어졌다. 흙먼지가 풀썩 일어났다. 그런데 조금 후, 아무렇지도 않게 팔짝 뛰어 일어난 소녀가 다시 이리로 달려오는 게 아닌가?

그들을 상대하는 에피비오노의 표정도 진지했다. 또 다른 소녀가 몇 걸음 앞까지 다가오자 뻗어나간 방패가 그녀의 하얀 팔을 찢었다. 소녀는 멀찍이 나가떨어졌다. 투명한 방패에 묻었던 피는 방패가 사라지자 바닥으로 후두둑 떨어졌다.

보리스가 외쳤다.

"도대체 무슨 짓이죠? 저들이 위험한 상대입니까?"

"위험하냐고? 그걸 증명하기 위해 시험 삼아 죽어볼 마음은 없겠지? 한때 살아 있었던 유령들의 마음속에는 공포라도 있지만, 저들에게는 그런 것조차 없어. 다시 말해 내 지배 밖의 존재란 거다."

보리스는 자신이 잘못 생각했다는 걸 깨달았다. 당황한 나머지 목소리마저 떨렸다.

"잠깐, 저들은 무엇인지……. 가나폴리의 사람들은 모두 죽었다고……."

"그럼, 사람들은 죽었지. 보면 모르겠어? 저건 모두 인형이야."

"인형이라고요?"

"그래, 심지어 미친 인형이지!"

에피비오노는 가까이 다가온 자들을 모두 튕겨내고 나자 방패 대신 보호막을 내려 일행을 감쌌다. 그러나 범위가 좁았기 때문에 결국 수십 개의 인형들에게 빼곡히 둘러싸인 꼴이 되었다. 유리 덮개 속의 구경거리를 보듯 푸르고, 검고, 초록색, 갈색인 수십 개의 눈동자들이 표정조차 없이 그들을 주시했다.

보리스는 믿기가 힘들었다. 책에서 읽고, 이야기로도 들어왔지만 이들이 인형이라는 사실을 받아들이기가 어려웠다. 발그레한 뺨, 자연스러운 생김새, 부드러운 몸놀림과 무엇보다도 생생한 피부, 그 모두가 인간의 것이 아니라고? 인간의 힘으로, 인간의 모습을 본떠 만든 모조품에 불과하다고?

그러나 보리스는 곧 이들이 왜 비인간적인지 알아차렸다. 만일 이들이 가나폴리가 멸망할 당시 살아남은 자들의 후손이라면 저렇게 말끔하고 아름다운 모습일 수 없었다. 인간은 이런 황무지에서 살아가며 찢어진 옷깃도, 더럽혀진 손도 없이 혈색 좋은 얼굴로 아름다움을 간직하지는 못한다.

"인형이 어떻게 미칠 수가 있어?"

나야트레이의 무미건조한 목소리가 보리스에게 현실감을 되찾아주었다. 에피비오노가 대답했다.

"'미친 인형'이라는 건, 인형을 만든 주인이 죽어서 영영 명령을 고치지 못하게 된 인형을 말하는 거다. 인형은 마법사들이 만드는데, 창조자 본인만이 명령을 내리거나 거둘 수가 있어. 한번 명령을 내리면 인형들은 완전히 부서져 마력이 사그라지지 않는 한 그 임무만을 끝없이 되풀이하지."

보리스가 책에서 읽었던 이야기와 같았다. 그러나 그 속뜻은 막연한 상상 이상이었다.

"그런 인형들의 위험성 때문에, 가나폴리에서는 죽기 전에 자신이 만들었던 인형들을 모두 없애도록 되어 있었어. 인형들은 창조자의 말 한마디면 서슴없이 자기 자신조차 파괴하니까. 반면 매우 끈질기기도 해서, 창조자가 죽어버린 경우 억지로 부수는 것은 간단하지가 않거든? 물론 그걸 쉽게 해결하는 방법이 하나 있긴 했지……. 모두가 싫어하는 방법."

그들을 포위한 인형의 수는 점차 불어났다. 생명이 사라져버린 이 땅에서, 자신을 창조한 마법사가 죽고도 천 년 동안 임무를 되풀이해온 인형들이었다.

"이 인형들은 일종의…… 침입자를 없애라는 명령을 받고 있는 겁니까?"

"아마도. 인형들에겐 도저히 명령을 수행할 수 없는 극한 상황에서만 발현되는 '본성'이란 것이 주어지는데, 보통 자신이 속한 도시의 방어, 자신의 보호, 마법사들의 보호, 셋 중 한 가지로 정해지지. 나 혼자 여기 왔을 땐 이런 모습을 본 일이 없어. 난 가나폴리 사람이니까. 너희의 존재에 반응하는 이들의 본성은 아마도 첫 번째겠지. 그렇다면……."

에피비오노는 인형들 너머로 고개를 빼더니 낮게 중얼거렸다.

"드디어 왔어. 끔찍한 꼴을 보겠구나."

그들 자신의 운명에 대한 이야기가 아니었다. 몰려온 인형들 너머로 다른 인형 십여 개가 나타나더니 다짜고짜 일행을 둘러싼 인형들을 공격하기 시작했다. 인형들은 인간이 아니었기에 동정심이나 동족 의식 따위는 없었다.

"저들은 마법사 보호를 본성으로 갖고 있는 인형들이야. 나 때문에 온 거지."

그 모습을 보자 보리스는 에피비오노가 말한 '모두가 싫어하는 방법'이 무엇인지 알 듯했다. 나직한 중얼거림이 보리스의 생각이 옳았음을 확인시켜주었다.

"인형의 힘으로 인형을 없애는 것이…… 가장 쉽지. 미친 인형을 없애려면 다른 인형 둘에게 명령을 내리면 되는 거야. 그럼 셋 모두 부서지고 문제는 해결되거든."

처참한 광경이었다. 인형들은 신체 공격에 민감하게 반응하여, 포위를 풀고 새로운 인형들과 대치했다. 처음에는 단순히 몸싸움을 벌이는 것처럼 보였다. 그러나 조금 후, 무리 밖으로 찢겨진 팔다리가 내던져지는 것을 보고 보리스는 말문이 막혔다.

부서진 인형은 석고나 점토 조각이 아니었다. 꺾여서 덜렁거리는 머리에서 초점을 잃고 까뒤집힌 것 역시 색칠한 유릿조각 따위가 아니었다. 떨어져나간 팔은 인간의 몸에 붙어 있었던 것처럼 얼마간 꿈틀거리다가 경련을 멈췄다.

학살은 계속되었다. 인간이었더라면 말리러 달려가거나, 비난하거나, 괴로워하기라도 할 텐데. 어떤 감정을 품어야 옳을까? 인형의 몸에서는 인간의 피와 꼭 같은 붉은 액체가 흘러나왔다. 생명이 없다고 하지 않았나? 그렇다면 어째서 하필 붉은 피를!

조금 전까지 그들이 인간과 꼭 닮았지만 인형일 뿐이라고 애써 생각하려 했던 보리스에게 그 광경은 참을 수 없는 혐오감을 안겨주었다.

“도대체 무슨 악취미입니까? 인형이 살아 있지 않다면 왜 굳이 붉은 피를 갖도록 한 거죠? 가나폴리 사람들이 모두 머리가 어떻게 된 게 아니라면 어째서……!”

“그게 가장 바람직하니까. 다른 이유는 없어.”

“바람직하다고요? 그럼 창조자가 인형을 죽일 때는 살인하는 기분을 느끼겠군요? 저라면 피 따위는 한 방울도 흐르지 않게 만들겠습니다! 그리고 저렇게 인간과 닮게 만들지도 않고요!”

인형들을 보고 있던 에피비오노가 고개를 돌려 보리스를 쏘아보았다. 비췻빛 눈에 냉소가 어렸다.

“인형들을 위해서? 아니면 사람들을 위해서? 천 년 전의 일을 네 멋대로 재단하고 싶은가? 너는 솜뭉치나 석고로 만든 인형을 원하는 모양인데, 그런 인형은 없앨 때 죄책감을 느끼지 않아도 좋을 것 같아서냐?"

에피비오노는 다시 인형들을 휘둘러보더니 눈을 빠르게 깜빡였다. 미간에도 힘이 들어갔다.

"인간과 닮았지만 인간은 아닌 존재를 어떻게 대해야 할지 생각해본 적이 있나? 인간뿐인 세상에 살고 있으니 그런 생각은 해본 적이 없겠지. 분명한 건 인형들에게 생명이 없다고 해서 함부로 대하거나 내키는 대로 죽여도 좋은 존재는 결코 아니라는 거다! 너 같은 생각을 하는 자들이 한번 만든 인형을 손쉽게 없애고 또 만들어내고 하는 걸 숱하게 봐왔지!"

보리스도 차갑게 말을 받았다.

"잘 아시는군요. 인형은 걱정 안 합니다. 단지 사람을 닮은 인형을 없애면서 사람을 죽이는 기분을 느끼고, 그래서 사람도 인형처럼 별것 아니게 생각하게 되는 것이 끔찍할 뿐이죠. 인형과 다를 게 뭐가 있을까요? 사람도 칼로 베면 잘라지고, 찌르면 피가 튀어나오는데!"

에피비오노의 눈썹이 홱 치켜 올라갔다. 너무 오래 살아 화를 내지 못하게 된 것이 아닌가 생각했던 에피비오노는 스물 먹은 젊은이처럼 입술을 파르르 떨고 있었다.

"그러니까 넌 인형과 함께 살아본 일이 없는 이 세상의 인간인 거야……. 인형은 생명이 없지만, 나를 비롯한 가나폴리의 마법사들은 인형을 어딘가 부족한, 몸이 아픈 동생처럼 생각해왔어. 누가 인형을 쉽게 만들고 쉽게 죽인단 말인가? 물론 무책임한 자들은 있었어. 만일 인형을 부술 때 석고 가루밖에 튀지 않는다면 그들은 열 배나 쉽게 인형을 만들고 또 없앴을 테지!"

에피비오노는 자기 손바닥을 내려다보았다. 한 번 쥐었다가 천천히 도로 폈다. 그 안에 들어 있었던 무언가를 연상하는 것처럼.

"인형이 처음 눈을 뜨면 몇 달에 걸쳐 말씨와 행동을 가르치고, 아기처럼 타이르고 칭찬하고, 인형에게 무슨 일이 생겼다고 하면 만사를 제쳐놓고 달려가는 자들의 마음을 네가 알 거라고 생각하나? 내가 '니에니즈'를 결국 내 손으로 부수고…… 아르카디아의 최후를 위해 새벽탑의 마법사들에게 가던 때의 심정을…… 네가 어떻게 짐작한단 말이야!"

"나는 모릅니다. 당신은 알겠군요? 그렇다면 왜 지금 당장 저들을 구하러 가지 않는 건가요?"

그때 인형들은 동료들의 학살을 끝냈다. 너덜거리는 몸 조각들을 내던진 그들은 다시 일행을 향해 돌아섰다. 어느 귀족의 영애처럼 잘 손질된 고수머리를 늘어뜨린 소녀가 손에 묻힌 피를 당연한 듯 치마에 닦는 것이 보였다. 검사 차림을 한 젊은이는 검을 바닥에 짚고 어떻게 요리할까 생각하는 것처럼 그들을 바라보았다. 그들의 생각은 표정에 반영되지 않는 듯, 얼굴은 가벼운 미소 그대로였다.

고민은 오래가지 않았다. 원을 그리며 둘러선 그들이 일제히 보호막에 부딪쳐오기 시작했다. 하나 뒤에 또 하나, 쉴 새 없이 충격이 되풀이되자 보호막이 떨리는 것이 느껴졌다.

에피비오노는 오랜만에 자신을 지배한 격한 감정이 익숙하지 않은 듯 거친 숨을 내쉬다가 갑자기 손을 들어올렸다. 손의 움직임에 따라 보호막이 걷혀버렸다. 인형들은 순간적인 충격을 입은 듯 네댓 걸음 밖으로 나가떨어졌다.

에피비오노의 목소리가 들렸다.

"한번 인형을 죽여봐라. 그러면 인형이 인간과 어떻게 같고, 어떻게 다른지 알게 될 테니까. 인간을 닮은 인형을 죽이고, 인간에 대한 생각이 달라지는지 스스로 시험해봐."

"뭐라고요?"

지금까지 그렇게 친절했던 에피비오노는 몸을 돌리더니 허공에 흡사 계단이라도 존재하는 것처럼 걸어 올라갔다. 그리고 보이지 않는 무언가에 다리를 늘어뜨리고 앉더니 말했다.

"죽이지 않으면 죽게 된다는 건 알고 있겠지?"

따질 여유가 없었다. 인형들이 쇄도해왔다. 모두 더할 나위 없이 사람다운, 닮은, 심지어 미소 짓고 있는 그들이 무기조차 없이 몰려들었다.

보리스가 순간적으로 망설인 반면, 나야트레이의 결단은

빨랐다. 정면으로 달려든 여자 인형의 하얀 이마를 향해 왼손을 내지르자 무언가가 푹 꽂혔다. 피가 물처럼 흘러내리는 가운데 오른손이 날아들어 목을 그어버렸다.

나야트레이가 오른손에 쥔 것은 폭이 좁은 단검이었다. 왼손 손가락 끝에는 세 자루의 작은 단도가 끼워져 있었다. 본래 그런 단검으로 사람의 목을 자를 수는 없었다. 그러나 인형의 몸은 사람과 같지 않았다.

아름다운 인형은 목을 절반 잃고 비척거리면서도 그 자리에 서 있었다. 이윽고 떨리는 두 손을 내밀었다. 잡아주고 싶을 정도로 고통스럽게……. 그러나 그런 행동조차 공격을 위한 것일 따름이었고, 보리스 옆의 피를 두려워하지 않는 소녀 역시 똑같이 반응했다. 단도가 날아가 두 손목을 잘라버렸던 것이다.

"저들이 인간을 닮은 것 따위는 네게 아무것도 아닌가?"

"저들이 인간이라 해도 적이라면 죽일 텐데, 인간도 아닌 바에야 무얼 망설인다는 것인지 모르겠어."

보리스의 앞에도 짧은 금발머리를 한 소년이 다가와 있었다. 그의 손이 보리스의 왼팔을 붙들었다. 순간 믿기 힘들 정도로 센 압박이 가해졌다. 생명의 위협이었다.

반사적으로 검을 뽑으면서 상대의 팔을 쳤다. 그런 순간에도 잘라지지 않도록 비껴쳤다고 생각했는데 소년의 팔꿈치가 이상한 모양으로 비틀려 꺾이는 것이 보였다. 잠시 당황한 것일까, 그래서 그렇게 꺾인 팔조차 똑같은 힘으로 그를 칠 것이라고는 생각하지 못했다.

턱!

불시의 타격인 탓인지, 아니면 인형의 힘이 비인간적으로 강했기 때문인지, 휘청거리며 뒤로 물러난 보리스는 인형이 때린 왼쪽 팔꿈치가 말을 듣지 않는다는 것을 알았다. 오른손만으로 검을 세워 방어 자세를 취했다. 극도로 불리했다. 상대는 수십이고, 그들은 둘뿐이었다. 선택이 정해져 있음을 그도 알고 있었다.

다른 길은…… 없다.

마음을 결정한 보리스가 드디어 검을 뻗었다. 최초의 인형이 목젖 아래를 꿰뚫려 피를 쏟아내자 보리스의 눈이 일순 가늘어졌다. 그러나 계속할 수밖에 없었다. 끈덕지게 달려드는 상대의 손을 가르고 머리의 절반을 날려버리고 나니 겨우 조용해졌다. 그 모습을 다 봤을 테지만 다음 인형은 또다시 겁도 내지 않고 뛰어들었다.

살인이 아니다……. 그러나 분명 살해였다. 인형을 '부순다'고 했던가? 그래, 부수고 있다. 목과 머리가 분리되고, 팔다리 관절은 뒤집혀 꺾이고, 피부는 종잇장처럼 잘라진다. 그러나 결코 쉽게 죽일 수는 없다. 생명을 쉽게 멈추게 할 수 없듯, 생명을 흉내낸 저들도 마찬가지다. 연약한 몸으로도 최후의 한순간까지, 천 년 전에 주어진 명령을 따라 움직이고 또 움직인다…….

보리스의 검은 망설이다가 뻗어나가고, 다시 베며 인형들을 무수히 부쉈다. 시체의 산보다 더했다. 쓰러져도 그들은 끝까지 움직였던 것이다. 심장을 찌르고 목을 베어도 죽지 않았다. 부러진 팔도 꿈틀거리고, 머리가 없어도 달려들고, 둘로 갈라진 몸이 각자 움직였다. 발목을 붙드는 것이 있어 내려다보면 어김없이 잘라진 손이 달라붙어 있었고, 밟으면 짓이겨졌다. 여러 조각으로 잘라진 몸의 공격은 이미 위협적이지 않았으나 심리적인 저항감 때문에 오히려 고통스러웠다.

수십 개의 인형을 베고 난 보리스 앞에 맨 처음의 검은 단발머리 소녀가 다가와 있었다. 이미 나야트레이의 단검이 긋고 지나갔는지 오른쪽 눈을 잃은 그녀는 눈꺼풀을 내린 채였다. 두 팔을 벌리고 우뚝 선 채, 사라진 눈동자로 보리스를 보고 있었다.

눈시울이 찢어진 인형이 흘리는 피가 흡사 피눈물처럼 보였다. 바람에 흔들리는 단발은 검정 비단 같고 창백한 얼굴은 마법 깃든 백석처럼 곱다. 감긴 눈 안에 압생트 술의 탁한 암녹색이 들어 있던 것을 기억해냈다. 그때 소녀가 잘리지 않은 왼쪽 눈을 떴다. 한쪽 눈시울을 끊임없이 피로 적시면서, 소녀는 입술을 열고 알아들을 수 없는 언어를 말했다.

뭐라고 말했을까.

유언이든 저주든, 한마디도 이해할 수가 없었다. 인간과 인형의 거리보다 더한, 천 년의 장벽이 가로놓였기에 일껏 시도한 소통조차 무용지물이 되고 만다. 바람 소리보다 못한 말이 흩어지고 전할 수 없는 심정은 마음속 깊이 가라앉았다.

나야트레이의 목소리가 들렸다.

"너의 대검이라면 둘로 가를 수 있어. 그쪽이 간단히 끝나."

대답 없이 검을 높이 올렸다. 소녀의 장밋빛 손가락이 뻗어오는 것이 보였다. 내리쳤다. 충분히 날카롭게 갈아놓았어. 제발 한 번에 끝나주기를.

수만 개의 핏방울이 흩어졌다. 그 피의 절반을 뒤집어쓰고도 보리스는 잠자코 서 있었다. 반원을 그린 검이 발치에 와 닿았을 때, 왼손을 들어 눈가에 묻은 핏물을 닦아냈을 뿐이었다. 인형의 피는 인간의 것보다 점성이 부족한지 맺히지도 않고 그저 뚝뚝 떨어졌다.

잘라진 머리카락 한줌이 고인 피 속에 검은 무늬를 그리며 떨어져 있었다. 그것을 내려다보던 보리스의 마음이 약하게 경련했다. 자신이 부순 것이 참을 수 없도록 아름다워서, 자신 쪽이 악惡이 된 기분을 떨칠 수가 없었다.

아름다운 것은 저렇게 쉽사리 부서져선 안 돼.

저렇게 쉽게 부서져버릴 것을 아름답게 만들어선 안 돼.

이윽고 수십 구의 인형 시체들이 폐허와 함께 긴 잠을 자게 될 오후가 찾아왔다. 보리스와 나야트레이가 검을 내리고 영원히 망가져버린 인형들을 내려다보는 동안, 비극 속에 둘을 내버려두었던 에피비오노가 내려왔다.

눈이 마주쳤을 때, 에피비오노의 얼굴을 본 보리스는 도저히 그를 비난할 수가 없었다. 에피비오노는 몇 번이나 말을 삼킨 끝에 겨우 말했다.

"그래, 난…… 오래전부터 누군가가 이 인형들을 죽여줬으면 했어. 그들을 보며 위안받고 있었지만, 그러면서도 그런 날이 와야 한다고……."

에피비오노의 힘으로 몇십 개의 인형들을 단숨에 학살하는 것쯤은 아무것도 아니었을 것이다. 그러나 그는 인형을 혈육처럼 사랑했던 가나폴리의 마법사였다. 위안을 받았다는 말대로, 그는 인형의 모습에서 옛사람의 그림자를 보며 잠시 자신의 처지를 잊기도 했을 것이다. 그러나 그게 의미 없다는 것도, 인형들의 존재가 허망하다는 것도 알고 있었다.

그리고 역설적이지만, 인형들을 죽이고 나서야 보리스도 에피비오노의 마음을 이해하게 되었다. 보리스는 고개를 숙인 채 짧게 말했다.

"그렇게 되어서 다행입니다."

"인형은 세월을 몰라. 천 년도 그저 한 해처럼, 또는 하루처럼 느끼지. 주인들이 돌아오지 않아 의아했을 거야. 그렇지만 영영 돌아오지 않을 거란 생각은 또 할 줄 모르거든. 그래서 그들은 의심 없이 하던 일을 되풀이했어. 빈 그릇으로 주인의 아침을 차리고, 실을 잣고, 망가진 건물의 바닥을 닦으면서. 측은해서 견딜 수가 없었지. 멈추게 해야 했지만 나로선 도저히 못 할 일이었어. 화를 낼 테면 내라. 인형들에 관한 한 나는 한마디도 변명거리가 없어."

"……."

에피비오노는 시선을 돌려 인형들을 내려다보았다. 그의 입가가 미소 비슷한 것을 만들어냈다. 그는 바닥에 쪼그려 앉더니 핏속에서 인형의 잘라진 손을 집어 둘로 쪼개진 가슴 위에 얹어 놓았다.

"아일라노레."

그러자 아일라노레라고 불린 소녀 인형이 잘라진 입술을 열어 알아들을 수 없는 몇 마디를 했다. 에피비오노 역시 가나폴리의 언어로 대답했다. 인형은 곧 잠잠해졌다.

"잘 자라."

일어선 에피비오노가 해골 손을 들어 바닥을 가리키자 연기가 피어오르기 시작했다. 나야트레이가 인형들의 잔해 속으로 걸어가더니 손으로 무언지 모를 도형을 만들며 기도하는 것이 보였다. 이럴 때의 그녀는 마치 작은 사제 같았다.

연기는 점차 짙어져 바람도 다 흩어놓지 못했다. 인형 조각들은 불꽃도 없이 느리게 탔다. 혼이 없는 인형들이 이제야 혼으로 변하려는 것처럼 수십 줄기의 매운 연기가 하늘로 올라갔다.

이윽고 주위는 고요해졌다. 딸깍대고, 바스락대는 소리 하나 없었다. 천 년 동안 아르카디아를 지켜온 인형들이 이제 전부 임무를 그만두기로 했기에, 하늘부터 땅까지 모두 조용했다.

늙은이의 우물

맹수 조각들은 모두 잠들어 있었다.

부서진 것도 있었지만, 부서져서 움직이지 않는 건 아니었다. 부서지기는커녕 흠집조차 거의 없는 조각들도 마법을 잃고 진짜 조각으로 되돌아가 있었다. 예전에 유령들이 보여줬던 영상 속에서 서로 이야기를 나누거나 심지어 논쟁을 벌이던 조각들을 기억하는 보리스는 이들의 침묵이 오히려 생경했다.

아르카디아는 넓었다. 도시를 둘러쌌던 성곽은 시가지를 관통하는 강변으로도 이어져 있었다. 그것을 넘자 숱하게 늘어선 유령 같은 건물들이 껍데기뿐인 위용을 자랑했다. 햇빛에 빛나는 허공다리들의 교묘함은 이제 무너져 내릴까 두려워 피해 다녀야 하는 이유일 뿐이었다. 탑 꼭대기에서 불타던 신비로운 불은 사라졌고, 아름답던 부조와 조각품 들도 먼지에 묻혀 빛을 잃었다. 묘지라면, 세상에서 가장 크고 장려한 묘지일 것이다. 흔적조차 남지 않은 사람들을 위해 만들어진 저 많은 정묘함, 미려함, 활달함, 웅대함, 가파름, 조화로움.

고삐에 끌려 걷는 라마 두 마리의 발소리가 뒤따라오는 누군가처럼 느껴져 뒤를 돌아본 것이 몇 번이었다. 죽은 인형들 탓일까. 피와 압생트가 흐르던 두 눈, 아일라노레의 마지막 목소리가 자꾸만 머릿속을 어지럽혔다.

아일라노레는 에피비오노의 옛친구가 만들었던 인형이라 했다. '소멸의 기원'이 실패하지 않으리라고 믿었던 마법사들은 새벽탑의 의식에 참여하면서도 자신의 인형들을 굳이 없애려 하지 않았다. 그건 그들이 인형에 무심해서가 아니라 오히려 애착이 강해서였다. 한번 죽은 인형은 되살아나지 않았고, 굳이 되살린다 해도 처음과 똑같은 인형으로는 결코 돌아가지 않았다. 그래서 그들은 소중한 인형들을 지레짐작으로 부수고 싶어 하지 않았다. 결국 천 년 동안이나 주인 없이 내버려두는 결과가 되고 말았지만.

인형들은 주인 외의 존재를 중요하게 인지할 줄 모르기 때문에 다른 인형들과 교류하여 서로를 위로하는 것은 불가능했다. 에피비오노는 현명하게도, 또는 어리석게도 새벽탑으로 가기 전에 자신의 인형을 없애버렸다. 결과적으로 새벽탑의 의식이 실패할지도 모른다는 그의 예상은 옳았지만, 아르카디아를 배회하는 수십 개의 인형들과 함께 살아남게 된 그의 곁에는 그가 만들었던 인형이 없었다.

"여기다."

앞서 걷던 에피비오노가 잿빛 담으로 둘러싸인 곳 앞에서 멈췄다. 무너진 입구 너머로 죽은 정원이 보였다. 그 너머에 야트막한 성이 있었다. 성이라기보다는 별장에 가까울지도 몰랐다. 성벽은 장식 없이 거칠었고, 입구는 부서져 있었다. 여러 개의 화단으로 나뉜 정원에는 풀포기 하나 남아 있지 않았다.

정원을 통과해 성으로 들어간 보리스는 주위 풍경이 익숙한 것을 느끼고 드디어 목적하던 곳에 왔음을 알았다. 엷은 햇살이 흩어지는 모랫빛 회랑을 끝까지 따라가자 작은 정원이 나왔다. 그곳에, 그가 도달하려 했던 우물이 있었다.

하지만 너무 오래 버티었을까. 둥글게 쌓은 돌은 이끼조차 말라버린 회색이었다. 곳곳이 무너지고 바스러져 흙으로 돌아가는 중이었다. 보리스는 다가가려다가 멈칫하며 에피비오노를 돌아보았다.

"저 안에 아직도 물이 있습니까?"

에피비오노는 팔짱을 낀 채 회랑 기둥에 기대섰다.

"네 마음에 달렸지. 그 안에는 잃어버렸던 것도 있고, 이제부터 찾으려는 것도 있고, 지금의 진실도 있고, 그리고 물도 있어. 그러나 모든 사람에게 그게 보이는 건 아니야."

보리스는 엔디미온이 최초로 저 우물에 대해 했던 말을 생각했다. '결코 잃어선 안 되는데 잃고 말았던 것들'이 그 안에 있기에 사람들은 지금의 자신을 잃어버릴 각오를 하고 그 안을 들여다본다고 했다.

나야트레이는 회랑 끝에 앉아 머리를 다시 땋고 있었다. 표정이 없기에 상념도 없어 보이는 얼굴이 그지없이 평화로웠다. 저 애가 왜 이곳까지 따라왔을까 궁금해졌다. 아노마라드로 가려 했다면 벌써 오래전에 헤어져 다른 길을 갔어야 했는데. 단지 필멸의 땅에서 혼자 살아남기 어려워서 따라오고 있는 걸까?

머리를 다 땋은 나야트레이가 리본을 꼭 매며 고개를 들어 보리스를 보았다.

"준비가 다 되었어."

"무슨 준비?"

"여행 준비."

에피비오노가 기둥에서 몸을 떼어 그들에게 다가왔다. 그리고 보리스에게 말했다.

"묘족은 가나폴리가 융성하던 시절부터 여러 땅의 경계를 떠돌던 유목민이야. 이 땅에 대해서는 너보다 훨씬 많이 알고 있어. '늙은이의 우물'을 찾아온 네가 무엇을 하려 하는지도 이미 알 거다. 이유는 모르겠지만 묘족 아가씨가 너와 함께 가려고 작정한 모양이야."

이어 에피비오노는 나야트레이를 한번 돌아보더니 싱긋 웃으며 덧붙였다.

"뭐, 이유를 물어도 대답을 들을 수 없다는 것쯤은 너나 나나 잘 알잖아?"

에피비오노까지 이렇게 생각하고 있었다니.

"……그럴지도요."

"그럼, 헤어질 때가 된 것 같군."

에피비오노가 해골 손을 들어 보이며 쾌활하게 말했다. 우물 쪽을 바라보던 보리스가 망설이다가 입을 열었다.

"에피비오노, 가기 전에 한 가지만요. 전부터 물어보고 싶었던 것이 있었거든요. 실례가 될지 모르지만……."

에피비오노는 가볍게 대꾸했다.

"뭔데?"

"오래전에, 아르카디아의 재앙 때에 죽음을 결심하고도 무언가 아쉬움이 있지 않았어요? 그러니까 지금 죽어선 안 될 것 같은, 조금 더 살아야 할 간절한 이유랄까……. 그런 문제를 갖고 있지 않았는지……."

"내가? 왜 그런 걸 묻는데?"

"저, 당신은…… 이런 말이 좀 그렇지만 산 몸을 가졌다고 할 수도 없고, 그렇다고 죽은 것도 아니고, 굳이 말하자면 중간에 걸려 있다고 해야 될까……. 제게 죽은 형이 있는데……. 예전에 누군가가 말하길 그가 저에 대한 안타까움과 집착 때문에 삶과 죽음의 경계에 걸려 있다고 했거든요. 당신도 혹시 꼭 지키고 싶었던 사람이나…… 또는 인형이 있었던 것은 아닌가요?"

에피비오노의 비췻빛 눈이 조금 커졌다가 가라앉았다. 눈빛이 워낙 투명해서 머릿속까지 비쳐 보일 듯했다.

"있었어."

사뭇 달라진 목소리였다. 장난치듯 일부러 현대의 말투를 따라하던 그가 아니라 멸망 이전, 진짜 스물 몇 살이었던 때 가졌을 법한 맑고 치기 어린 목소리였다.

"하, 그것참. 네게 그런 질문을 받을 거라곤 생각도 못 했는데. 물론 인형은 아니었어. 하하, 하하……."

"혹시 아일라노레의 주인이 아니었나요? 친구분은 아마도…… 아가씨였죠?"

언제부터 사람의 마음을 이 정도로 읽어내게 됐는지 스스로도 잘 몰랐다. 에피비오노는 솔직하게 고개를 끄덕였다. 입가에 어색한 미소가 걸렸다.

"그래, 맞아. 일부러 친구의 인형이었다고 했는데 잘도 알아보는군. 좋아. 그럼 한 번만 더 맞혀봐. 그 아가씨가 누구인지 알 것 같아?"

보리스는 숨을 들이마셨다가 조심스럽게 입을 열었다.

"제 생각에 그분은…… 고귀한 왕녀이셨을 것 같습니다."

"……."

새 소리도 벌레 소리도 없는 정원에서 바람에 감겨도는 것은 모래뿐이었다. 입을 다문 두 사람 사이로 세상 어디든 비추는 태양만이 긴 그림자를 그렸다.

"너와 헤어지는 것이 좀 아쉬워졌어."

에피비오노가 뼈뿐인 손가락을 들어 허공에 선을 그었다. 손끝을 따라 빛나는 선이 나타나며 이어졌다. 잠시 후, 빛으로 그린 윤곽 속에 생생한 그림이 나타났다.

다갈색 머리를 허리까지 늘어뜨리고 머리에는 관 대신 긴 띠를 두른 아가씨였다. 그림에 불과한 그녀는 꼼짝도 하지 않았지만 눈동자는 살아 있는 사람처럼, 하늘을 담은 듯 반짝거렸다. 신중하지만 자유롭고, 진지하고도 사랑스러우며, 상냥하면서도 대담한 옛 왕녀였다. 그 얼굴이 누군가를 닮았다는 느낌이 들었는데 곧 보리스는 기억을 더듬어냈다. 엔디미온이었다.

"에브제니스는 이름처럼 고귀한 왕녀였지만 아버지를 제

손으로 죽이게 되리란 예언을 타고났지. 그리고 끝내 그 예언을 이뤘고. 어려서 함께 공부했기에 우린 누구보다도 서로를 잘 알았어. 미래를 약속했지만, 칠 년간 서로 만나지 못했지. 철이 들어 저주스러운 예언의 내용을 알게 된 왕녀께서 그걸 거스르기 위해 그때까지 친아버지라고 믿었던 국왕 폐하의 곁을 떠났기 때문이야."

에브제니스는 아르카디아를 떠나 왕국 곳곳을 방랑했다고 했다. 돌아왔을 때 에브제니스의 곁에는 이미 '진리의 원탁'이라는 강대한 마법사 조직이 따르고 있었다.

"나는 그동안 고향에서 재능을 감춘 채 은둔하다시피 했어. 사람들은 소년 시절에 이름을 날렸던 나를 가끔 얘깃거리로 삼았을 뿐, 내 존재를 거의 잊고 있었지."

보리스는 문득 눈을 크게 뜨며 말했다.

"그렇다면 왕녀 전하의 생부는……."

"짐작하겠어? 그래. 마법사 회의의 수장이자 현자로 불렸던 지티시, 그가 바로 에브제니스의 친아버지였지."

에브제니스는 한때 가나폴리의 왕이었던 지티시의 하나뿐인 자식으로 정당한 왕위 계승자였다. 그러나 저주스러운 예언이 내려지자 지티시는 예언을 어그러뜨리기 위해 왕위를 동생에게 물려준 뒤 에브제니스와의 혈연을 끊고 동생에게 입양시켰다. 다만 당부하기를, 이후 동생에게 자식이 있을지라도 왕위 계승권은 에브제니스의 것으로 하라 하여 맹세를 받아냈다.

그러나 세월이 흐르자 새 왕의 권위가 지티시의 것보다 높아졌고, 국왕은 에브제니스 대신 친자식인 왕자 티시아조를 왕위 계승자로 삼고 말았다. 지티시는 분노했지만 할 수 있는 일이 없었다. 그는 왕국을 사랑했고, 무엇보다 오랫동안 마법사 회의의 수장으로서 선의의 대표자답게 살아온 까닭에 사사로운 원한에 얽매여 평화를 해치는 것을 스스로 용납할 수 없었기 때문이다.

지티시가 우물 속의 세계를 들여다보고, 그 안에서 심지어 악의 세력을 도우며 즐거워하게 된 것이 그때부터였다. 보통 사람도 때로는 악인의 가면을 쓰고 연기하기를 즐길 수 있는데, 지티시의 경우에는 억눌린 분노가 남몰래 악해지고픈 욕구를 더욱 부채질했던 것이다.

결과는 보리스가 유령들에게 들은 것과 같았다. 에브제니스는 자신의 아버지인 것을 모르고 끝내 지티시를 죽였다. 그리고 진상을 알고 나자 되풀이되는 죄악을 끊기 위해 아르카디아를 구할 '소멸의 기원'에 자신을 바치기로 결심하고 말았다. 그 직후, 에브제니스는 칠 년 만에 아르카디아로 달려온 에피비오노와 재회했다.

"칠 년 만인지라…… 둘 다 많이 변해 있었지. 에브제니스는 천성적인 쾌활함을 잃고 깊이 팬 어두운 눈을 갖게 되었더군. 나는 은둔자였던 탓에 나름대로 괴팍해져 있었고. 긴 이별 끝에 만난 우리가 가장 먼저 한 것은 어이없게도 말다툼이었어."

에피비오노가 고개를 절레절레 저었다. 스스로도 어처구니없다는 것처럼.

"둘 다 자신을 억제할 수가 없었어. 아무것도 아닌 문제들로, 한마디 사과만으로도 용서될 것들이었는데, 최후가 가까이 왔다는 절박함이 둘 모두를 신경질적으로 만들었어. 우스운 일이지. 보통은 그런 상황에 이르면 절대 화해 못 할 문제들도 용서하고 그러지 않나? 그런데 나중에 돌이켜 생각해보니 에브제니스는 내가 자기를 따라 새벽탑의 의식에 참여하지 못하게 하려고 일부러 그랬던 것 같아."

에피비오노는 갑자기 몸을 꺾으며 가벼운 웃음을 터뜨렸다.

"푸후훗……. 그게 될 법이나 한 일이겠어? 내가 죽음을 각오하지 않았더라면 내 인형을 죽였을 것 같아? 그래놓고 난 심지어 에브제니스를 비웃으면서 내 도움 없이 저 진리의 원탁인가 뭔가 하는 떨거지들을 이끌고 소멸의 기원이 성공할 것 같으냐고 이죽거리기까지 했어. 왕녀께선 물론 매우 화를 냈지. 돌이켜 생각해보면 정말 한심한 일이야. 왜 살아서 함께 하는 마지막 순간을 그런 쓸모없는 언쟁으로 날려버렸는지 모르겠어. 이렇게 천 년 동안 에브제니스 없이 힘들어할 줄 알았더라면 결코 그렇게 안 했을 텐데."

에피비오노는 웃는 건지 슬퍼하는 건지 모를 표정으로 입을 꾹 다물었다. 보리스는 그의 기분을 놀랄 만큼 잘 이해했다. 그 역시 이솔렛을 생각할 때마다, 함께했던 소중한 시절을 어째서 하찮게 날려버렸는지 고통스러웠기 때문이다.

허공에 나타났던 그림은 서서히 흐려지더니 반짝거리는 가루로 변해 사라졌다. 그걸 멍하니 바라보던 에피비오노가 말했다.

"그보다 더 슬픈 건, 내가 에브제니스를 잊어가고 있다는 사실이야."

"잊는다고요? 당신은 천 년 전의 일을 전혀 잊지 못한다고 하지 않았던가요?"

"물론. 기억 자체는 사라지지 않아. 하지만 그것과 관계없이 사라지는 것도 있지. 감정이랄까. 상황은 뚜렷이 기억해도 그때 가졌던 내 느낌은 보관되지 않거든. 그건 마음의 문제여서…… 그 시절 우연한 눈짓 하나까지 다 기억하는데, 그 눈짓 때문에 무슨 생각을 품었는지까지도 떠오르는데, 그게 전부야. 그날의 기분은 내 가슴에 되살아나지 않는다고. 이것처럼, 기능은 하지만 진짜 손은 아닌 것처럼."

에피비오노가 자기 손을 쥐었다 폈다 하더니 쓴웃음을 지었다.

"네 말이 옳다면, 나를 이 모양으로 살아남게 만들기까지 한 집착과 고통이 이젠 다 생각나지 않아. 희석되고, 닳아 없어지고…… 색깔을 잃어서…… 내가 겪은 일이 아니라 책에서 읽은 이야기가 아닐까…… 그런 생각까지 드니 말이야."

보리스는 입을 다물었다. 천 년이란 시간이 긴 것도 알고, 그렇게 오랫동안 모든 것이 그대로일 수 없다는 것도 알고 있었다. 그런데 인간을 지배하는 가장 간절한 감정조차 세월이 지워버린다는 사실을 받아들이기가 쉽지 않았다. 세계가 사라져도 영원할 것 같던 마음이, 고작 시간이 지나고 또 지나면 흐려져버린단 말인가.

"좀더 지나면 안타깝다는 것조차 느끼지 못하게 될까. 어쩌면 그쪽이 지금보다 나은 상태일지도 모르겠구나."

등뒤에서 바스락거리는 발소리가 들렸다. 보리스의 뒤에 선 나야트레이의 목소리가 들렸다.

"하지만 넌 천 년을 살지 못하잖아."

보리스는 조금 생각하다가 놀랐다. 나야트레이의 말은 보리스가 생각하고 있던 것을 정확히 찔렀던 것이다. 네가 천 년을 살아가지 않는 이상 감정을 잃을까 봐 두려워할 필요는 없지 않느냐고.

에피비오노도 목소리를 달리하여 말했다.

"이제 두 사람 다 가는 게 좋겠어. 아니, 선물을 하나 주지. 나와 망토를 바꾸어 입도록 하자. 도움이 될 거야."

보리스는 고개를 끄덕이고는 망토를 벗었다. 도움이 되든 안 되든 에피비오노의 제안을 거절하고 싶지 않았다. 그런데 보리스의 망토를 받아 든 에피비오노는 부끄러워하는 것처럼 잠시 침묵하고 있더니 말했다.

"내가 망토를 벗고 입는 동안 돌아보지 말아줬으면 좋겠군. 그건, 음……."

보리스는 굳이 이유를 물으려 하지 않고 돌아섰다. 듣지 않아도 이해할 수 있었다. 에피비오노는 고귀한 왕녀와 사랑에 빠졌던 자존심 강한 마법사였다. 모양을 짐작하지 못하더라도, 틀림없이 끔찍하게 반쯤 삭아버렸을 몸을 누구에게인들 보이고 싶겠는가.

에피비오노의 망토는 크게 낡지도 않았다. 무릎 정도까지 내려오는 길이에 새카맣게 물들인 망토였다.

"두 마리 짐승은 풀어주는 편이 좋을 거다. 묶어둬서는 너희가 돌아올 때까지 살아남을 방도가 없으니까. 그리고 너희가 가는 곳에 여행 물품은 필요가 없어. 가면 알겠지만, 너희를 기다리는 누군가가 있을 거야."

보리스의 망토를 걸친 에피비오노가 싱긋 웃으며 둘을 우물 앞으로 데려갔다. 보리스는 들었던 이야기 때문에 조금 망섰이다가 우물 속을 들여다보았다. 그러나 캄캄할 뿐, 아무것도 보이지 않았다. 옆에서 에피비오노가 농담조로 말했다.

"이런, 그새 물이 말라버린 모양인데."

보리스와 나야트레이가 우물 안쪽으로 다리를 늘어뜨린 채 걸터앉자 에피비오노가 몇 가지 주의를 주었다. 들어가서 가장 먼저 만난 자를 무조건 따라가라는 것, 혹 여러 사람을 만난다 해도 누가 인도자인지는 금방 알게 된다는 것, 그리고 위험한 일이 있을지도 모르니 조심하라고 말한 그는 특별히 보리스를 보며 덧붙였다.

"엔디미온 폐하의 물건도 잘 간수하면 도움이 되겠지."

보리스는 당황해서 물었다.

"엔디미온을 압니까?"

"네 주사위가 소년왕 엔디미온 폐하의 것인 줄은 처음부터 알아보았어. 그땐 너를 의심해서 말하지 않았지만, 이젠 뭐. 거기엔 강력한 환각 마법의 힘이 들어 있거든. 다룰 줄만 알게 되면 대단한 물건이지."

"소년왕이라면?"

"가나폴리의 옛 왕이야. 재임 기간이 소년 시절에 그쳤기에 소년왕이라고 기록됐지. 네 또래에 죽은 셈이니 현명한 왕이었다고 할 것까진 없지만 왕이란 본디 나라 제일의 마법사들이거든. 그분은 생전에 소년다운 마법 장난감을 몇 개 만들어냈는데 네가 가진 주사위는 가나폴리의 궁전에 보관되었던 거야. 아마 재앙의 날에 누군가가 가지고 나갔겠지. 돌고 돌아 이렇게 아르카디아로 돌아왔지만.”

보리스는 엔디미온을 직접 만났다고 이야기하려다가 그냥 말을 삼키고 말았다. 에피비오노에게는 엔디미온이 왕인데, 보리스에게는 친구라는 것을 어떻게 받아들일지 몰라서였다.

“돌아오거든, 일러줬던 대로 남동쪽 광장 근처에서 클라자니냐에 있던 것과 같은 거울을 찾으면 돼. 그 앞에서 너희가 가야 할 곳을 생각하라고. 내가 없어도 그쯤은 어렵지 않을 거야. 그럼 조심해서 여행하길. 어, 요새 사람들은 이런 때 뭐라고 하더라. 그렇지, 돌아올 때 기념품 부탁해.”

“잠깐, 다시 만날 수 있는 건가요?”

너무 간단한 대답이 이어졌다.

“아니.”

“아니라고요? 그러면 기념품은 어떻게 주죠?”

에피비오노가 피식 웃었다.

“글쎄, 아쉬우니까 백 년쯤 지나서 다시 보기로 할까.”

“백 년이라니, 농담하지 마세요.”

“천 년쯤 살다 보면 백 년 정도는 아무것도 아니라고.”

“하지만 전 백 년이든 천 년이든 그렇게 오래 살 순 없다고요!”

더 말할 수가 없었다. 에피비오노가 둘의 등을 살짝 밀었다. 그 가벼운 손짓에 둘의 몸은 거짓말처럼 우물로 떨어지기 시작했다.

우물 밑에서 강렬한 빛이 솟아올랐다. 빛에 휩싸이자 곁에 있을 나야트레이의 모습조차 보이지 않았다. 에피비오노의 마지막 대답이 우물 벽을 희미하게 울리며 들려왔다.

네 선택에 따라서는 가능할 수도 있을걸.

더 강한, 더 찬란한 빛이 계속되다가 어느 순간 사그라지며 극한의 어둠이 몸을 감쌌다. 낙하 속도조차도 느낄 수 없는 적막한 무無의 공간이었다.

보리스는 나야트레이를 불렀다.

"나야트레이!"

대답은 들려오지 않았다.

낙하와 어둠이 계속되는 동안 꽤 오래 정신을 차리고 있었다고 생각했지만 착각이었다. 문득, 등허리에 싸늘한 기운을 느끼며 보리스는 눈을 떴다.

얼마 동안 이러고 있었을까? 사방을 둘러보니 새벽인지 저물녘인지 모를 박명薄明 속에 설원이 펼쳐져 있었다. 지평선이 불그레했지만 동서남북을 판별할 수가 없다 보니 해가 뜨려는 것인지 지려는 것인지도 불분명했다.

좌우를 돌아보자 왼쪽에 숲이 활 모양을 그리며 끝나고 있었다. 보리스는 벌떡 일어나며 생각했다. 숲 모양이 인위적인 것을 보면 근처에 사람들이 사는 게 틀림없다고.

그러나 일어나고서야 깨달았다. 보리스는 흠칫 놀라 주위를 두리번거리며 소리쳤다.

"나야트레이! 어디 있지!"

대답은 물론 기척조차 없었다. 주위를 보니 자신이 누웠던 자리만이 눈 속에 자국을 남겼을 뿐, 걸어온 흔적도, 걸어나간 흔적도 없었다. 하늘에서 뚝 떨어졌나 하는 황당한 생각이 머릿속에 떠올랐다. 위를 올려다봤지만 물론 우물 입구가 보이지는 않았다. 기이한 빛이 뒤섞인 드높은 하늘뿐이었다.

그리고 몹시 추웠다.

"후우……."

입김이 나오는 것은 물론이고, 살갗이 뻣뻣하게 당기는데다 눈 속에 누워 있던 뼈가 아렸다. 망토를 단단히 둘렀는데도 턱이 부르르 떨렸다. 겨울이 깊은 땅에서 자라고 악명 높은 렘므의 겨울도 쉽사리 났던 보리스였는데, 이렇게 추운 것은 처음이었다. 쓰러져 있는 동안 눈 속에 파묻혀 있었을 손은 이미 파랗게 얼어 있었다.

조금 후 숲 위로 창백한 달이 걸렸다. 달의 모양은 보리스가 기억하던 것과 비슷했다. 보리스는 이곳이 낯설긴 해도 아직껏 가보지 못한 대륙의 어딘가가 아닐까 추측해보았다. 다만 머리 위로 펼쳐진 하늘의 강렬한 빛깔이 그런 판단을 망설이게 했다. 달이 뜬 걸 보면 밤인데도, 하늘은 밤의 검정도 낮의 푸름도 아니었고 지평선은 주황, 머리 위는 보라색으로 물들어 기괴한 혼돈을 이뤘다.

낯선 우물로 들어왔는데 대륙 어쩌고 하는 건 헛생각인 것 같기도 했지만, 중간의 기억이 끊겨 있어 자꾸만 별다른 곳이 아닐 거란 쪽으로 생각이 흘렀다. 실은, 조금 두려웠다. 어려서부터 낯선 땅을 수없이 방랑했던 보리스였지만 지금은 오던 방향도 갈 방향도 모르는데다 하나뿐인 일행은 사라졌다. 마음의 안정을 되찾기 위해서는 무언가 확실한 것이 필요했다.

천천히 기억을 더듬어보았다. 에피비오노의 마지막 말이 먼저 떠오르고, 곧 그가 주의를 주었던 말들이 하나하나 생각났다. '맨 처음 만나는 사람이 인도자가 될 것'이라고 했던 말이 되새겨지자 겨우 기댈 곳이 하나 생긴 느낌이었다. 그는 누군가를 만나기 위해 이곳까지 온 것이다. 여기가 사람이 사는 세계든 짐승이 사는 세계든, 보리스는 인도자를 만나 윈터러를 최초로 만들었다는 그분을 찾아가야 하는 것이다.

서서히 현실감각이 되살아났다. 마음을 다져먹으며 뻣뻣해진 몸을 추슬렀다. 눈밭을 걷기 시작했다. 처음엔 베어낸 숲 가장자리를 따라 걸었다. 무심코 인가人家가 나타날 것을 기대했던 모양이다.

잠시 후 보리스는 걸음을 멈췄다. 오랜 여행으로 다져진 본능적 감각이 주위에 위협이 다가오고 있음을 알렸다. 검을 빼 들었다. 이곳까지 와서 피부터 보고 싶은 마음은 조금도 없었다. 그러나 공격해온다면 인형에게 그랬듯 베어야 했다.

크르르…….

크릉! 컹! 컹!

개 짖는 소리 비슷했지만 좀 달랐다. 겨울 숲을 배회하는 잿빛 이리들이 틀림없었다. 몇 마리 정도라면 보리스의 실력으로도 충분히 해치우겠지만, 무리를 지었다면 사정이 달랐다. 그러나 구릉 밑에서 뛰어오르며 나타난 적의 모습은 보리스의 예상을 뛰어넘었다.

캬르르릉! 캬우!

틀림없이 이리를 닮긴 했다. 그러나 놈의 몸집은 지금껏 본 가장 큰 이리의 두 배가 넘었다. 이리라기보다 말에 가까운 체구의 야수였다. 털은 잿빛 섞인 은백색이었다. 검푸른 털을 가진 놈들도 뒤따라 나타났다. 다리며 어깨가 사람의 목쯤은 건드리는 것만으로도 꺾어버릴 듯 억셌다.

저런 이리가 세상에 존재하던가?

보리스는 곧 생각해냈다. 만일 여기가 가나폴리의 대마법사 지티시가 들여다보았다는 그곳이라면, 또는 윈터러의 힘을 받아들이지 못해 다른 세계로 보내고 말았던 세계라면, 이곳의 모든 악은 몇 배로 사악하고, 몇 배로 잔인하며, 몇 배로 거대할 것이다.

한입거리도 안 될 소년을 날쌔게 둘러싸던 놈들은 벌써 승리를 예감한 것처럼 킁킁거리며 콧소리를 냈다. 이대로 갈기갈기 찢겨 죽을 운명이란 말인가? 보리스는 공포를 누르며 윈터러의 힘을 빌리면 저들을 막아낼 수 있을까 생각해보았다.

결론은 없었다. 그러나 어찌됐든 여기까지 와서 죽을 순 없다!

그리하여 첫 번째 이리가 달려드는 순간, 보리스는 본래의 검을 내던지고 흰 날의 윈터러를 뽑아 들고 있었다. 놈의 앞발보다 먼저 뻗어나간 칼끝이 이리의 두 눈 사이를 꿰뚫었다. 새삼 윈터러의 날은 어떤 뼈도 살처럼 잘라낸다는 것을 느끼며 보리스는 검을 도로 뽑고 몸을 낮췄다. 뒤이어 등뒤에서 달려든 늑대를 돌려 베었다.

거대한 이리들은 민첩하고 강했다. 보리스가 윈터러의 힘을 빌려 무시무시한 속도로 검을 휘두르는데도 치명상을 피해 물러나고, 다시 연합하여 공격해왔다. 이리의 앞발이 그의 상박을 긁었을 때, 급히 몸을 뺐는데도 살점이 뜯겨나가며 눈밭에 피가 뿌려졌다. 모든 이리들이 그렇듯, 피 냄새가 풍기자 놈들은 더욱 흉포하게 변했다.

십여 마리를 베었지만 남은 수십 마리는 조금도 물러설 기세를 보이지 않았다. 끝없이 달려드는 이리들 너머로 불그레한 빛이 감돈다고 느낀 순간이었다. 서쪽 지평선을 흘끗 본 보리스는 조금 전까지 자욱하던 구름 때문에 보지 못한 것을 발견하고는 흠칫했다. 이 상황이 설마 꿈은 아닐 텐데. 분명 조금 전에 달이 떠오르는 것을 보았는데, 지평선에는 죽어가는 별처럼 흐릿한 태양이 황동빛 피를 흘리며 머물러 있었다.

태양과 달이 동시에 뜬 이 불길한 하늘은 대체 무엇이란 말인가!

윈터러의 속도가 더 빨라졌다. 보리스는 정신을 차리기 위해 이를 악물었다. 분명 검의 기술은 자신의 것이었다. 그러나 폭풍 같은 속도와 증폭된 날카로움은 윈터러의 것이었다. 그리고 이리의 피 맛을 보고 흡사 신들린 듯 무리 속으로 파고드는 호전성도…… 윈터러의 것이었다. 조금 더 지나면 모든 것은 하나가 되어버릴 것이다.

차라리 모든 것이 빨라져 이 학살조차 얼른 끝나주기를 바랐다. 마침내 즐비한 이리의 시체 위에서 마지막 한 놈의 목을 꿰뚫었을 때, 보리스는 몸보다 정신이 지쳐 자칫 검을 손에서 놓칠 지경이었다.

조용해졌다.

낯선 세계로 오자마자 눈밭을 피로 물들이고 만 자신을, 그 자신이 누구인지 되찾기까지 잠깐 시간이 걸렸다.

“후…… 하…….”

넋 놓은 얼굴로 숨을 몰아쉬다가 주위를 둘러보니 마흔 마리는 넘을 거대한 이리의 시체가 언덕처럼 쌓여 있었다. 어쩐지 몸이 부르르 떨렸다. 윈터러를 내려다보니 하얗고 고귀해 보이는 날에는 여전히 피 한 방울도 묻어 있지 않았다. 감당할 수 없도록 강한 무기였다. 그러나 그걸 가진 보리스는 기쁘지도, 다행스럽지도 않았다. 이리들의 시체를 둘러보며 저들의 운명이 자신과 마찬가지가 아닌가 하는 고통스러운 혼란이 찾아왔다.

그러나 고요는 오래가지 않았다. 보리스가 윈터러를 꽂아 넣고 이리 시체 속에서 피에 물든 나우플리온의 검을 찾아내 쥐었을 즈음, 이번에는 땅을 울리는 발소리가 다가왔다. 보리스는 고개를 내저으며 생각했다. 이마와 관자놀이에 식은땀이 배어났다. 새로운 적이라면, 이번에는 어찌할 것인가? 감당할 수 있을까? 여기는 자신처럼 약한 인간 따윈 살지 않는 건가?

저 거대한 울림으로 보건대 저것은…….

안개 속에서 키 큰 전나무만 한, 이른바 거인이 모습을 드러냈다. 인간을 닮은 몸집은 아름드리나무처럼 육중하고 거무스레했다. 굵은 팔다리에는 세로 주름이 잔뜩 잡혀 있었다. 목은 없었고, 머리에 해당하는 융기가 낮게 솟아 있는데 중앙에 큼직한 눈이 단 하나 박혀 있었다. 코나 입은 보이지 않았다.

거인은 이리들의 시체 앞에 우뚝 섰다. 희번덕거리는 눈이 주위를 훑는 동안 보리스는 등골이 서늘해지며 머릿속의 모든 생각이 백지로 변해버리는 듯했다. 도망이고 뭐고 꼼짝하기조차 힘들었다.

거인은 쿵 소리를 내며 바닥에 주저앉았다. 머리 아래에 메기처럼 널찍하게 벌어지는 입이 드러났다. 놈은 이리 시체를 게걸스레 먹어치우기 시작했다.

"……."

다행히 이 거인이 보리스를 노리고 달려온 것은 아닌 듯싶었다. 그렇다면 이 자리를 피해야 했다. 사방을 메운 이리 시체들 때문에 최소한의 동작으로 달아나는 것이 쉽지 않았다. 가능한 한 은밀히 움직인다고 생각했는데 이리의 뼈와 가죽을 갈기갈기 찢고 부수던 거인이 끔찍한 눈을 문득 치떴다.

망설일 틈이 없었다. 거인의 큰 주먹이 바로 눈앞을 내리쳤다.

쾅!

피와 내장이 튀며 으스러지는 이리 시체를 보니 정신조차 혼미해지려 했다. 두 번의 주먹을 가까스로 피했다. 거인은 눈앞의 물체가 움직이지 않으면 쉽게 인지하지 못하는 모양이었다. 간신히 이리들 사이에 몸을 숨기고 섰는데 산 너머 산이라고, 이번에는 반대쪽에서 그와 같은 거인이 셋이나 나타났다.

이젠 꼼짝할 수 없었다. 아무리 눈이 나쁘다 해도 넷이나 되는 거인의 눈을 모두 속일 방도는 없었다. 이리 시체에서 나는 피 냄새가 어디까지 퍼진 건지, 곧 이어 하늘을 나는 생물들까지 나타났다. 까마귀를 닮은, 그러나 갈고리 같은 부리를 가진 거대한 새들이었다. 이 새들 역시 독수리는 고사하고 좀 전의 이리들만큼 컸다.

포위당한 꼴이었다. 좌우 사방과 하늘까지. 이대로 있다가는 이리 시체들에 섞여 저들의 먹이가 되기 딱 알맞았다. 아니나 다를까, 큰 까마귀 한 마리가 보리스의 머리 위로 덤벼들었다. 어쩔 도리 없이 검으로 허공을 그었다.

푸득!

까마귀는 상처 입지 않고 날아갔다. 그러나 곧 세 마리가 한꺼번에 공격해오기 시작했다.

생지옥이 따로 없었다. 사방에 흥건한 피와 악취, 김이 오르는 내장을 드러낸 고깃덩이, 시체를 먹는 거인들과 피를 노리는 맹금들. 그 가운데 단신으로 버티고 선 보리스는 숨 쉴 틈도 없이 몸을 움직여야 했다. 남은 힘을 다해 찌르고, 베고, 돌리고, 쳤다.

여러 번 상대해봐서 움직임이 예측 가능한 인간보다 낯선 괴물들을 상대하는 싸움은 훨씬 어려웠다. 그리고 보리스가 손에 쥔 것은 윈터러가 아닌 나우플리온의 검이었다. 아직도 조금 전의 싸움이 남긴 열기로 빰이 붉게 달아오른 채였다. 다시 한번 윈터러를 사용하다간 자신을 잃을까 두려웠다.

에피비오노가 생각났다. 위험할지도 모르니 몸조심하라고? 이 지경일 걸 설마 알고 한 말은 아니었겠지? 이 상황은 당신 같은 천재 마법사나 헤쳐나갈 만한 수준이잖아!

최악의 상황이 다가올수록 손은 더 빨라지고 검은 더 매서워졌다. 윈터러를 쥐었을 때처럼 신기에 가까운 몸놀림을 보이진 못해도, 이미 그의 몸에 깃든 살기가 팽팽하게 차올라 검을 통해 뻗어나갔다. 보리스는 알고 있었다. 더 깊어질수록, 맹세가 깨어질 뿐이라는 것을. 그러나 죽음 전에 택할 마지막 방법이 이것뿐이란 것도 알고 있었다.

촤악!

보랏빛 숨을 뿜는 대기 속에 까마귀 깃털이 검은 눈발처럼 흩날렸다. 천천히 내려앉았고…… 드디어 거인들이 그를 둘러쌌다. 나우플리온의 검은 이미 수없이 많은 적을 베어 날이 무뎌졌다. 그런 검으로 거인의 두꺼운 살갗이 베어질 것 같지 않았다. 택할 방법은 하나뿐이었다.

보리스는 검신을 내려 맨 먼저 다가온 거인의 발을 내려찍었다. 이어 검을 놓으며 다리 사이로 굴러 빠져나갔다. 그리고 그의 마지막 선택인 윈터러를 잡았다.

백색 날이 지평선에 걸린 태양빛을 반사하여 주홍빛으로 타올랐다. 어느 날엔가, 예프넨이 석양 아래서 잡았던 윈터러의 모습도 이랬다. 그때처럼 해내겠다고 결심하고 첫 공격을 감행하는 순간이었다.

태양이 가려졌다.

"아……."

보리스는 눈앞에서 육중한 팔을 휘두르던 거인이 순식간에 재로 화하는 것을 보았다. 아니, 그것이 재였을까? 희미하던 태양보다 훨씬 강렬한 빛이 하늘 높은 곳에서 내리꽂혔다. 거인은 불꽃을 한차례 쏟으며 검은 목탄 조각처럼 변하더니 와르르 부서져 내렸다.

보리스가 몇 걸음 물러나는 동안 같은 재앙이 다른 적들에게도 내리 닥쳤다. 검은 핵을 품은 불덩어리가 까마귀 떼를 일시에 흩어놓았고, 조금 후 희고 긴 잔상 같은 것이 허공을 수평으로 훑었다. 다음 순간 보리스가 본 것은 피투성이가 되어 바닥에 떨어진 수백 구의 까마귀 시체들이었다. 타는 냄새가 고약하게 코를 찔렀다.

새로운 존재가 나타나 있었다. 언뜻 새처럼 보였으나 자세히 보기에는 너무 빨랐다. 아니, 정확히 말해 움직임 자체를 포착하기가 불가능했다. 그 존재는 보랏빛과 주황빛이 휘몰아치는 하늘 곳곳에 나타났다가 사라지고, 또 다른 곳에 나타나며 순간순간 자신의 무서운 무기를 휘둘렀다.

쿠오오오!

남은 거인들이 울부짖으며 저항했다. 그러나 비슷한 잔상이 휙 스치자 금세 목이며 팔을 잃고 허물어졌다. 너무 빨라서 잔상만 보이는 것인지, 아니면 잔상 자체가 무기인지도 불분명했다. 그러나 그것이 저 갑충보다 단단한 거인들의 뼈와 살을 단번에 잘라버린다는 것만은 분명했다.

믿을 수가 없었다. 저토록 압도적인 힘이 있다는 것도, 보리스를 위해 나타나기라도 한 것처럼 적들을 몰살시키고 있다는 것도, 그리고 그 싸움이 끝난 뒤에 닥칠 운명도……. 아무것도 믿을 수 없었다.

까마귀들이 지르는 괴성이 귀를 막아야 하는 소음에서 점차 지저귐보다 작은 것으로 변해갔다. 이윽고 침묵이 찾아왔다. 들리는 것이라고는 어디선가 떨어지는 핏방울 소리뿐이었다.

도망쳐봤자 소용없다고 생각한 보리스는 위를 올려다보았다. 상대를 똑바로 보려 했다. 정체도 모르는 자에게 목숨을 내줄 수는 없었다.

허공에 어떤 존재가 떠 있었다.

"……."

침이 말라붙었다. 날개……. 그것은 에메라 호수의 괴물을 연상하게 했지만 실제로는 전혀 달랐다. 거대하긴 해도 새의 것과 비슷했다. 등허리에서 뻗어나가 하늘을 뒤덮으며 장려한 교차를 이루는 네 장의 날개, 그것이 한차례 올라갔다가, 내려오는가 싶은 순간이었다. 눈을 한 번 깜빡이자 그자는 보리스의 눈앞에 있었다.

다가오고서야 알았다. 하늘 빛깔에 섞여 깨닫지 못했던 날개의 깃털은 섬뜩한 적포도줏빛이었다. 그러나 신비롭게도 그의 모습은 인간을 닮았다. 차디찬 얼굴이 스스로 광채를 지닌 듯 빛났다. 목부터 발목까지 붕대처럼 보이는 백색 천을 둘렀지만 몸 곳곳이 드러나 있어 의복 같진 않았다. 그러나 천이라는 건 정확한 설명이 아니었다. 실제로는 안개나 연기처럼 끊임없이 움직이는 물질이었다. 어쩌면 몸의 일부가 아닌가 생각될 정도로.

그의 얼굴은 아름답다거나, 강인하다거나, 그 비슷한 말로 표현될 만한 것이 아니었다. 보리스가 살던 세계의 인간과 근본적으로 비슷한 윤곽인데도 인간다움이 전혀 느껴지지 않았다.

관악기의 쇳소리와도 비슷한 목소리로 그가 말했다.

"겨울검, 윈터러의 주인이 드디어 왔군."

상대의 말을 알아들었다는 사실에 오히려 놀랐다. 가나폴리의 인형들조차 보리스가 모르는 언어로 말하지 않았던가? 그런데 대륙 어딘가도 아니고, 지금껏 들어본 적도 없는 낯선 세상에서 같은 언어를 말하는 상대를 만나다니? 그리고 무엇보다 저자는 윈터러를 알고 있지 않은가!

상대에게 악의가 있는지 없는지는 아직 몰랐지만 말이 통하는 이상 반드시 해야 할 말이 있었다.

"고맙습니다. 덕분에 살아남았습니다."

"감사를 하고 싶은가?"

보리스는 조금 망설였으나 곧 강한 어조로 말했다.

"물론입니다. 방법을 알려주시면, 제가 할 수 있는 일이라면 하겠습니다."

그때 보리스는 이어질 말을 조금도 짐작하지 못했다. 그리하여 그자의 입에서 천만뜻밖의 말이 흘러나왔을 때 지어야 할 표정도, 해야 할 말도 찾지 못했다.

"그 검, 내게 주지 않겠나?"

강한 것은 반드시 악이 되는가?

푸른 밤과 금빛 낮 사이로 안개가 흘러갔다.

하늘을 날며 내려다본 세계는 한층 무시무시했다. 바람이 선뜩 불어와 구름을 불어 보내고, 번쩍, 하고 모든 것이 밝아졌다가 다시 캄캄해졌다. 젖은 기운이 뺨을 스치는가 싶으면 어느새 머리카락에서 물방울이 뚝뚝 듣곤 했다. 천변만화의 세계였다. 기괴한 광채의 세계였다.

한동안은 사방이 먹구름뿐이었다. 조금 후 구름이 흩어지자 머리 위로 탁 트인 하늘이 드러났다. 저 아래 땅처럼 깔린 구름이 청색과 보라색으로 꿈틀거리며 갖가지 모양으로 변해갔다. 태양도 달도 사라진 하늘은 어디서 빛을 받는 것일까. 모든 것이 이상한 그림 같았다. 보라, 녹황색, 적자주색, 무서울 정도로 선명한 색채의 세계가 소용돌이치고 있었다.

"당신은 이곳의 영웅인가요? 아니면 신인가요?"

'이곳'이라고는 했지만 사실 여기가 어디인지도 몰랐다. 보리스를 껴안은 채 하늘을 가로지르고 있는 자가 대답했다.

"네가 짐작할 수 없는 자이지."

"그렇다면 여기는……."

"네가 영원히 알지 못할 곳이다."

날개를 가진 자는 어떤 것도 묻지 않았다. 보리스를 전부터 알고 있는 것처럼 망설임 없이 행동했다. 보리스는 이자가 에피비오노가 말했던 인도자이리라고 믿었다. 그래서 그를 따라가며 목적지를 묻지도 않았다. 다만 함께 날아가며 기이한 세상을 둘러보자니 수많은 물음이 떠올라 묻지 않고는 견딜 수가 없었다.

"이름조차 말해줄 수 없는 겁니까?"

그자가 남자인지 여자인지조차 정확히 몰랐다. 이 세상에 남녀 구별이 있는지 그것도 불확실했지만, 굳이 짐작한다면 남자에 가깝다고는 생각했다. 그의 머리카락은 나야트레이의 머리채처럼 희었다.

"난 네 이름을 묻지 않았지."

냉정하지만 효율적인 대답이었다. 보리스는 잠시 입을 다물었다가 다시 물었다.

"그러면 이것만이라도……. 제 일행을 혹시 보지 못하셨습니까? 당신처럼 은빛 머리를 지닌 여자아이입니다. 분명 함께 들어왔는데 어디로 사라졌는지 몰라 걱정되어서요."

그리 기대하지 않았는데 뜻밖의 대답이 들렸다.

"소녀는 안전하다."

급히 다시 물었다.

"어디 있죠?"

"그 아이는 자신의 여행을 하고 있다. 너와는 다른 길이지."

바닥의 구름이 걷혔다. 일부가 갈라진 것뿐이지만 동시에 날개 달린 자가 하강하기 시작했다. 대지의 풍경이 차례로 나타났다. 푸르게 얼어붙은 땅이 보였다. 검은 이끼 같은 것이 펼쳐졌고, 더 내려가자 그것이 검게 마른 잡목숲임을 알았다. 완만한 구릉을 따라 스칠 듯 날아갔다. 첨탑처럼 솟은 바위산 앞에 이르러 그들은 내려섰다. 산밑의 검은 동굴이 입을 벌려 그들을 맞았다.

발이 바닥에 닿고서야 현실감이 살아났다. 하늘을 나는 동안 기이한 색채의 향연에 사로잡혀 취한 듯했던 기분도 가라앉았다. 그러나 적자줏빛 날개를 보자 마음이 또다시 동요했다. 날개 달린 자는 바위산 너머 담황빛으로 번뜩이는 하늘을 보고 있었다.

한참의 침묵이 흐르고 그가 입을 열었다.

"다시 한 번만 묻자. 역시 검은 줄 수 없는가?"

보리스의 몸이 일시에 긴장했다.

"그렇습니다. 아까 말씀드린 대로입니다."

"……."

빼앗으려 한다면 얼마든지 그러고도 남았을 것이다. 그러나 날개 달린 자는 우울한 눈으로 보리스를 내려다볼 뿐이었다. 그자가 말했다.

"내게는 형제들이 있다. 나는 사내 중 셋째로, 형님들의 힘과 능력에 비하면 아직 보잘것없지. 우리에게는 단 하나의 누이가 있는데 그녀는 우리 중 누구보다도 어리지만 실상 가장 큰 누님으로서, 우리 모두에게 무엇보다도 소중한 분이다. 나는 그분을 위해 너의 겨울검을 필요로 한다."

기분이 이상했다. 형님, 누이, 그런 단어와는 도저히 어울릴 것 같지 않은 상대여서였다. 오히려 신이라고 말했다면 믿었을지도 모른다. 무엇보다 조금 전 그가 싸우는 모습을 보았기에, 그보다 강한 누군가가 있다는 말이 도저히 믿어지지 않았다.

그러나 이곳은 보리스의 인지로 깨닫기에는 너무나 넓고, 낯설고, 거친 세계였다. 여기서 보리스가 해치웠던 가장 약한 적도 본래 있던 세계에서는 끔찍한 재앙이 될 정도로.

"그분이…… 왜 필요로 하십니까?"

절대자에 가깝다고 생각한 존재가 가족을 위해서였다고 말하는 것을 들으니 자신의 거절이 큰 실례가 된 기분이었다. 양보할 수 없는 것을 말하면서도, 보리스는 진심으로 상대의 입장을 이해하려 노력하며 그렇게 물었다.

"누님은 우리 형제들과 달리 유한한 생명을 타고났기에, 위대한 어머니께서 그분을 오래도록 잠들게 하셨다. 그러나 유예의 세월도 끝나 긴 잠에서 깨어날 날이 임박했고, 곧 세상에 나아가 짧디짧은 생애를 시작하게 될 것이다. 그것이 얼마나 허망할 것인가. 이미 헤아릴 수 없는 세월을 살아온 우리 형제에게 그 삶이란, 한철 만에 피었다 시드는 꽃처럼 안타까워 보였다. 그렇기에 나는 누님께 불멸을 드릴 방법은 없을지 고민해왔고, 너의 검이 그 답이다."

보리스의 눈이 의아함으로 커졌다.

"제 검이 불멸과 무슨 관계가 있습니까?"

"겨울검이, 주인을 불멸자로 만들어주는 힘을 갖고 있단 사실을 모른단 말인가."

난데없는 충격으로 멍해진 보리스는 날개 달린 자의 얼굴을 한참이나 쳐다보았다. 무표정한 그의 눈에서 감정을 읽는 것은 불가능했다. 스스로를 불멸자라 칭하고 있는 그가 보리스와 이런 대화를 나누는 자체가 어쩌면 몹시도 몸을 굽힌 일일 것이다.

보리스는 가까스로 짧은 대답을 내뱉었다.

"전혀…… 몰랐습니다."

"모든 주인이 불멸의 힘을 꺼내어 누리는 것은 아니다. 너와 같이 짧은 생애를 사는 종족은 더더욱 알기 어려울 터. 너는 다른 수많은 희생자들처럼 겨울검의 손아귀에 붙들려 고통받는 혼이 되기 쉬우리라."

보리스의 눈앞에 오래전에 보았던 영상들이 스쳐갔다. 그들 모두가 한때 의지를 품었지만, 결국은 검에 서린 그림자로 남았다.

"나는 너의 선택을 존중해야만 하나, 실은 네게서 검을 빼앗아 가는 것이 너를 돕는 길일지도 모른다. 그 검의 거대한 힘을 필멸자가 가눌 수 있다고 생각하지 않는다. 큰 힘이 약한 자의 손에 있으면 필연적으로 악惡이 된다."

그 순간 보리스는 저도 모르게 대꾸하고 말았다.

"그럼, 강한 자의 손에 있으면 선善이 됩니까?"

눈이 마주쳤다. 그러나 보리스는 상대의 눈이 뿜는 광채를 오래 견디지 못하고 곧 고개를 돌렸다.

"너는 필멸자답게 너 자신을 믿는구나. 그들의 용기는 아름답지만, 매우 덧없지."

보리스는 무어라 답해야 좋을지 몰랐다. 날개 달린 자는 손을 이마에 대고 긴 한숨을 토했다. 과장될 것 없는 동작인데도 보리스는 그의 감정에 전염된 듯 슬픔으로 오싹해졌다.

"당신은 아마도 신神이거나…… 적어도 그에 필적할 존재로 생각됩니다. 어느 쪽이든 저의 무례를 용서하십시오. 말씀대로 저는 과거도 미래도 짧아서 끝내 자신밖에 믿을 것이 없습니다. 이 검을 놓지 못하는 것도 어리석은 집착에 불과할지 모릅니다. 그러나 불멸자가 되기 전에는 불멸자의 삶을 짐작할 수 없듯, 저의 한계대로 살아가는 것밖엔 도리가 없습니다."

날개 달린 자는 흰 이마를 젖히며 다시금 바위산을 보았다. 그의 날개가 펼쳐졌다. 한쪽 날개의 길이만도 키의 두 배에 달하니 움직임도 장려하기 이를 데 없었다. 그는 바위 동굴을 가리켰다.

"저곳으로 들어가라. 그곳에 네가 찾는 이가 있다."

보리스는 깊이 허리를 굽혀 감사를 표했다. 하고 싶은 말이 많았지만 감히 입 밖으로 내지 못했다. 불멸자가 되지 못한 그의 누님을 위해, 필멸자인 자신이 해줄 위로가 있을 리 있겠는가?

보리스가 머뭇거리자 그는 날개를 더 넓게 펼치며 짧게 말했다.

"가라."

돌아서기 직전, 보리스가 말했다.

"저는 보리스 진네만입니다."

네 장의 날개를 모두 펼치자 자줏빛 깃털 속의 은빛 머리카락이 기괴한 조화를 이루었다. 한 번 날갯짓해 날아오른 그는 보리스를 굽어보며 말했다.

"내 누님에게나 너에게나, 주어진 운명이란 쉽사리 꺾을 수 없는 것이군. 윈터러의 젊은 주인이여, 나는 요르단스다."

동굴 안은 몹시 어두웠다.

작은 빛조차 없는 그곳을 벽을 더듬으며 나아갔다. 조금 지나자 손이 곱아져 감각이 없어졌다. 얼음벽으로 된 동굴인 모양이었다. 다만 손이 닿아도 얼음이 녹는 기색은 없었다.

발끝에 걸리는 돌부리와 먼 곳의 물방울 소리만이 꿈이 아니라 깨어 있음을 알려주었다. 굳이 한 가지 더 들자면 지독한 추위였다. 바람이 없는 동굴 안으로 들어왔는데 어찌된 셈인지 점점 더 추워졌다.

차츰 깊이 들어가자 동굴은 완만한 경사를 그리며 아래로 이어졌다. 그러고도 한참을 더 내려갔다. 벽을 붙들고 따라가던 자신이 문득 한 바퀴 돌아 같은 장소로 돌아왔음을 깨닫고서야 널찍한 곳에 이르렀음을 알았다. 더이상의 통로는 없는 건가? 보리스는 보이는 것도 없는 동굴을 천천히 훑어보았다.

「두리번거리면 무엇이 보인단 말인가?」

갑자기 들려온 목소리에 깜짝 놀랐다. 목소리는 노인 같았지만, 젊은이 수십 명이 말하는 것처럼 힘찼고 쇠그릇을 울리는 듯한 따가움이 섞여 있었다.

유령들과 교류하며 어느새 이런 일에 대담해진 보리스는 목소리가 다시 들려오지 않자, 직접 되물었다.

"누구십니까? 제가 찾는 분이 당신입니까?"

그때 주위가 확 밝아졌다.

창백한 빛이랄까, 파르스름한 기운까지 도는 광채가 사방의 벽에서 흘러나오고 있었다. 예상대로 벽은 얼음이었다. 겹겹이 무시무시하게 얼어붙은 모양이 불을 갖다 대도 녹기는커녕 불조차 얼려버릴 것처럼 보였다.

「밝은데도 여전히 보지 못하는 걸 보니, 빛이 아니라 관찰력의 문제인 모양이군.」

한동안 두리번대던 보리스의 눈에 드디어 뭔가가 보였다. 얼음벽 속에 서린 희미한 그림자였다. 또는 그 너머의 공간에 있는 것일까? 목소리가 들리지 않았더라면 발견하지 못했을 정도로 흐릿한 윤곽이었다.

「여기가 어디라고 생각하나?」

난데없는 질문이었다. 보리스는 어색하게 고개를 저었다.

「세계의 끝이야. 아니, 세계의 시작이야. 경계석이야. 무지막지하게 두꺼운 얼음이지. 다른 세계들과의 국경이랄까. 네가 본 세계는 이 얼음 위에 서 있다.」

"전 저희 세계의 어떤 우물을 통해 이곳으로 들어왔습니다. 그럼 이 얼음 너머로 가면 제 세계가 있는 건가요?"

「궁금하면 얼음을 뚫고 가보지그래.」

쿨룩거리는 웃음소리가 퍼졌다. 보리스는 모습이 보이지 않는 자의 목소리가 들려오는 얼음의 방에서 약한 오한을 느꼈다. 이런 곳에서 기이한 문답이나 주고받으며 시간을 보낼 만큼 여유롭지 않았다.

"저는 제 검, 겨울검 또는 윈터러라고 불리는 이 검을 만든 분을 찾아왔습니다. 당신이 그분인가요? 맞는다면 제 질문에 답을 주셨으면 합니다. 이 두려운 검을 왜, 어떻게 만드신 건가요? 그 검을 지닌 저는 어떻게 해야 좋습니까?"

「대답도 듣기 전에 멋대로 질문해버리는구나. 그럼 질문도 듣기 전에 멋대로 대답해볼까. 대장장이가 검 벼리는 법을 구구히 설명함은 무용無用하다. 만든 까닭이라면 그보다 좋은 법이 없었기 때문이다. 즉, 그 검의 존재는 내 죄이자 내 공功이다. 너는 너희 세계에서 그 검을 간직할 방법을 알고자 할 터, 말하건대 흰 갑옷은 겨울검, 윈터러의 짝이 아니며 내가 만든 것도 아니다. 겨울검이 머물렀던 어느 세계에선가 만들어진 흰 갑옷은 본디 그 검에 힘을 더함이 아니라, 감減함이다. 갑옷과 짝지은 결과 겨울검은 긴 세월 침묵하였다. 그러나 눈빛 흰 갑옷은 이제 자물쇠의 힘을 다하였으니 다시는 겨울검의 재갈이 되지 못할지니라. 이제 네가 검을 지니고 내 앞에 이르렀으나, 스스로를 위해서는 검을 버린다는 간단한 선택만이 있을 뿐임을 재차 말할 필요는 없을 것이다.」

한꺼번에 놀라운 이야기가 쏟아졌다. 하나하나 받아들이는 것조차 쉽지 않았다. 특히 스노우가드가 본래 윈터러의 짝이 아니라, 나중에 윈터러의 힘을 제어하기 위해 만들어진 '자물쇠'라는 말은 보리스에게 상당한 충격을 안겨주었다. 그렇다면 두 물건을 분리시켜놓은 자신은 세상에서 가장 어리석은 일을 저지른 셈이었다. 그 결과 지금껏 검의 무지막지한 힘을 홀로 버텨야 했던 것이다.

그렇다면 정말로 검을 내버리고 도망치는 것 말고는 방법이 없단 말인가?

"그것뿐인가요……. 이곳까지 온 결과치고는 한심할 정도로군요. 그런데 이곳에 계시면서도 제게 일어난 일을 잘 아시는 것 같으니 하나 여쭙겠습니다. 흰 갑옷 때문에 산 자도 죽은 자도 아니게 되어버린 제 형제를 편히 쉬게 해줄 방법이 있겠습니까?"

「내 앞에 오면 그 검이 겪은 일들이 훤히 들여다보인다. 검에 갇힌 자들도, 그들의 온갖 실수와 타락과 거부하지 못한 유혹들도 전부 보인다. 그런다고 내가 그걸 어찌할 수 있는 건 아니야. 나는 그저 세상의 경계에 언 두꺼운 얼음 속에서 무상한 세월을 보내고 있는 늙은 대장장이일 뿐. 너의 형제라고? 그는 검이나 갑옷 따위에 붙들려 있지 아니하다. 오직 네게 매여 있을 뿐이지. 그러니 가장 쉽게는 네가 죽어 없어지는 방법이 있을 것이다. 크허허허…….」

"정말로 그뿐입니까?"

보리스는 웃지도 않고 되물었다. 신랄하게 말하던 대장장이는 잠깐 입을 다물었다가 물었다.

「허어, 정말로 그럴 마음이 있다는 것이냐? 형제를 쉬게 하기 위해 네 목숨을 버릴 수가 있어?」

그 순간 눈앞을 흘러간 수많은 일들에 마음이 흔들리지 않았다면 거짓말일 터였다. 나우플리온, 이솔렛, 그 밖의 여러 사람들, 기뻤던 일, 분노했던 일, 소중한 기억, 그 모두가. 그러나 보리스가 살아남은 사 년이 누구의 삶과 맞바꾼 것이었던가. 에메라 호수에서 예프넨이 보리스가 그랬던 것처럼 혼자 살려고 도망쳤더라면, 살아남은 사람은 당연히 예프넨이었을 것이다. 그러나 예프넨은 그러지 않았다. 마지막 순간까지도 동생에게 미래를 남겨주고자 자신의 가능성을 깨끗이 내버린 형이었다.

더구나 나우플리온이나 이솔렛은 이제 영영 만나지 못한다. 그 사실을 떠올리자 생각보다 너무나 쉽게 대답이 나왔다.

"그것뿐이라면, 그렇게 할 겁니다."

갑자기 얼음 방이 큰 망치로 내리쳐지기라도 한 듯 울렸다. 보리스는 견디지 못하고 귀를 막았으나 소용없었다. 울림이 얼음벽을 타고 몇 바퀴 돌자 대장장이가 들어 있던 쪽의 얼음이 쩍 갈라졌다. 조각조각 으스러지고, 비늘처럼 부서져 바닥에 흩어졌다. 깊이, 더 깊이 벽이 무너지며 통로가 뚫렸다. 높이는 키의 두 배 이상, 깊이는 대략 스무 걸음은 될 통로였다.

"우스운 놈이군. 그 말은 네가 이 세상에 미련이 없다는 얘긴데, 살아 있으면서 그런 말을 하는 놈치고 진심인 놈을 보지 못했어. 순간의 치기나 허세뿐이지. 그러니 너는 네가 한 말이 진짜라는 걸 증명해야 돼."

통로가 생기자 목소리의 울림도 사라졌다. 깨진 얼음 속에서는 해빙기에 막 녹기 시작한 흙의 축축한 냄새가 났다. 냄새는 점차 가까워졌다. 얼음 속에서 무언가가 걸어나왔다. 그것은 이윽고 눈앞에 와 섰다.

보리스는 얼음과 진흙으로 만든 조각상이 아닐까 싶을 정도로 기이한 피부를 가진 노인을 보았다. 얼음 속에서 어렴풋이 비치던 그림자와는 달리, 노인은 거인이었다. 키만 큰 것이 아니라 몸의 모든 부분이 두 배로 컸다.

"네 얼굴, 바로 보자."

노인의 얼굴은 푸르스름하게 얼어 있었으나 세세한 윤곽은 보통 인간과 다를 바가 없었다. 그러나 인자함과는 거리가 먼 인상이었다. 한 조각의 자비심도 없어 보이는 매서운 눈, 관자놀이를 넘기도록 자란 눈썹, 하얗게 앉은 서리가 특히 그랬다. 입을 열 때마다 보이는 비죽비죽한 이는 사람을 잡아먹는다고 해도 믿을 지경이었다.

조금 후 노인은 노성을 내질렀다.

"그냥 아무것도 모르는 어린것이로구나! 고작 십오 년을 살아온 녀석이 그래, 남을 위해 목숨을 던지겠다고? 세 살 먹은 녀석이 사자를 잡아오겠다고 호언장담하는 꼴이 아닌가? 내 앞에서 그런 소리를 지껄인 놈치고 자기 말을 책임진 자는 없었지. 어려서 주제를 모른다고 봐줄 줄 아나? 잘 봐라! 여기가 어딘가를! 내가 누구인가를!"

얼음이 갈라지던 때와 같은 굉음이 다시 방을 울렸다. 보리스는 또다시 귀를 막으려다가 문득 느꼈다. 이 소리, 이건 대장간의 망치가 모루를 치는 듯한 소리가 아닌가? 스스로를 대장장이라 하는 이 노인은 자신이 윈터러를 만들었다고 했다. 어떤 불과 어떤 쇠로? 그것을 만든 강대한 망치와 모루는 어디에 있는가?

"너를 여기로 데려다준 자는 그자의 세계에서 강력한 반신半神 중 하나이다. 그러나 그조차도 내게 오고 있는 너를 억압하여 겨울검을 빼앗지는 못하지. 나의 얼음 동굴은 어느 세계에도, 어떤 힘에도 속하지 않는다. 이곳에 들어온 자들의 목숨은 내 것이다. 죽일 수도, 살릴 수도, 죽지도 살지도 못하게 만들 수도 있다. 나는 이미 수없이 그렇게 했다."

말의 내용도 내용이었지만 노인의 목소리는 악귀처럼 무시무시하여 보통 사람이라면 듣는 것만으로도 혼이 빠질 지경이었다. 보리스도 강침처럼 뇌리에 꽂히는 그 목소리에 몸이 와들와들 떨렸다. 보리스는 몰랐지만, 만일 조금 전에 한 말 가운데 거짓이 섞여 있었더라면 노인의 목소리가 품은 마력에 눌려 쓰러지고 말았을 것이다.

쓰러지지는 않았다 해도 여전히 물러날 수도, 돌아설 수도 없었다. 두 발이 바닥에 달라붙은 것처럼 움쭉달싹도 못 했다. 보리스는 두려움을 참으며 노인의 커다란 눈을 올려다보았다. 눈동자조차 얼음 같은 회색이었다. 그를 바라보는 보리스의 눈 역시 회색이었다.

"앞서 하신 말씀대로라면 제가 여기서 죽더라도…… 제 형제가 고통스러운 굴레에서 해방되는 것은 마찬가지겠지요? 그렇다면 제발 죽지도 살지도 못하게 되는 상태만은 참아주세요. 그 말이 사실이라면 전…… 여기서 반드시 죽어야만 되겠습니다."

그때, 윈터러의 존재가 갑자기 보리스의 의식으로 뛰어들었다. 가만히 서 있었을 뿐인데 머릿속에 떠오른 검이 강렬한 빛을 발하며 정신을 장악했다. 어떤 다른 생각을 해도 떨쳐지지 않았다. 눈꺼풀이 떨렸다. 앞이 보이지 않았다.

속삭임이 서서히 커졌다.

'네 생명이 네 것이라 생각하나?'

'네 생명은 내 것으로 예비되어 있다.'

보리스는 눈을 부릅떴다. 들어본 목소리였다. 폐허가 된 윗마을에서 괴물을 만나기 직전, 집요하게 그를 유혹하던 목소리였다.

'진심이라면, 검을 들고 목을 찔러봐라.'

'아마 절대로 하지 못할걸?'

흡사 광기의 손짓 같았다. 보리스는 저도 모르게 손을 뻗쳐 윈터러를 잡고, 빼 들었다. 무엇 때문에? 죽고자 마음먹었기 때문인가, 아니면 목소리에게 의지를 증명하려는 것인가?

그 순간, 귓가에 한때 들었던 문장이 또렷하게 들려왔다.

'내가 선택한 너는 죽을 수 없어.'

'죽을 수 없어.'

'죽을 수 없어.'

'내 피에 입을 맞추고…… 영원한 삶을 살자.'

'영원한 삶을 살자.'

'영원한 삶을 살자.'

'세례받은 자는 모든 죄로부터 자유롭다.'

'모든 죄로부터 자유롭다.'

'모든 죄로부터 자유롭다.'

손에 쥔 윈터러가 덜덜 떨렸다. 보리스가 손을 떨고 있는 것이 아니었다. 애써 눈을 뜨고 앞을 보았다. 그러나 보이는 것은 검뿐이었다. 빛나지도 않고 특별한 기운을 내뿜지도 않는 하얀 검 한 자루였다. 그 검을 손에서 놓을 수가 없었다. 오래전 헥토르의 계략으로 낡은 공회당에 쓰러져 있다가 깨어났을 때처럼, 자신도 모르게 잡은 그 검에서 손을 뗄 수가 없었다.

그러나 조금 후 보리스는 입술을 짓씹으며 뇌까렸다.

"네 노예 따위는 되지 않아……."

칼날을 아래로 해서 몸 쪽을 향하도록 잡았다. 예프넨의 마지막 모습이 떠올랐다. 긴 검으로 자신을 찌르기가 어려워, 형은 검을 바닥에 꽂아놓고 몸을 던지는 것을 택했다. 그러나 지금 윈터러는 자루도 없이 천으로 둘둘 말아놓았으니 천조각에 의지하여 좀더 짧게 쥘 수가 있었다.

칼날이 가까이 다가오자 목에서 무언가가 울컥거리며 솟아났다. 이젠 팔과 어깨까지 떨렸다. 그것이 윈터러의 암시 때문인지, 자신의 두려움 때문인지 구별이 되지 않았다. 머릿속에서 기억과 판단이 하나씩 지워져갔다. 최후에 남은 것은 잉크 몇 방울 정도의 기억뿐인 백지白紙 위의 의식이었다.

그럼에도 불구하고 스스로의 의지로, 보리스는 거의 자신을 찌를 뻔했다.

땅! 땅! 땅……!

쇠와 쇠가 부딪는 굉음이 일어나 모든 소리를 삼켰다. 불길 같은 망치가 그의 의식을 두드려 깨부쉈다. 대지가 모루가 되고 천둥이 망치가 된 듯, 폭풍을 풀무 삼아 지옥 불에 달군 쇠가 내리쳐지고 또 내리쳐져 혼돈을 부수고 운명을 부쉈다.

보리스의 눈앞에 얼음 속에서 불타는 화덕이 보였다. 환각처럼 흐릿하게 시작하여, 손이라도 데일 듯 명확해졌다. 모루 위에는 이상한 쇳덩어리가 있었다. 그것이 정말로 쇠인가? 한 번 내리칠 때마다 불길이 튀어 오르는 세찬 망치질에도 끄떡 않고 제 모양대로 버티는, 놀랍도록 새하얀…… 물질이 있었다.

"저것이 네가 쥔 검, 너를 유혹한 검이다. 여러 세계에서 '사악한 흰 뱀', 또는 '피의 짐승'이라고 불리기도 했지. 한때 패배하여 약해졌을 때 내가 간신히 거두어 백여 년간 달구고 두드렸다. 그렇게 해서야 겨우 검 형태의 고정체로 만들어냈다."

백 년 동안 저 망치로 두드린다면 높은 산이라 해도 한줌 모래가 될 것이다. 그러나 윈터러는 그 세월을 거쳐 고작 검의 모습으로 가다듬어졌다.

"그때 검의 힘은 10분의 1만을 남기고 봉인되었다. 그러나 너도 알지 않느냐? 봉인된 겨울검조차 어느 세계에서도 받아들이지 못하는 무시무시한 존재임을. 그것이 바로 너의 검이다."

보리스는 모루 위의 흰 덩어리가 순식간에 세월을 건너뛰어 검으로 변해가는 모양을 지켜보았다. 보리스가 알고 있는 익숙한 날과 자루, 그에 어울리는 백색 칼집이 보였다. 저렇게 고귀한 자태의 검으로 변모한 그것이, 본래는 재앙의 주재자였단 말인가?

"'흰 뱀'의 실체에 대해서는 수많은 세계를 주재하는 현자들, 초월자들, 그리고 나조차도 알지 못한다. 이 어찌 아니 놀라우랴. 그것이야말로 누구인지 모를 창조주의 대적자, 또는 그의 아들일지도 모르는 것이야."

간신히 정신을 되찾은 보리스가 물었다.

"그렇게 사악한 존재라 하셨는데 창조주의 아들이라니, 그게 무슨 말씀입니까?"

"사악하다거나 재앙을 부른다거나 하는 것은 검의 힘을 가누지 못해 타락하고 만 자들의 변명에 불과해. 그것이 흰 뱀의 모습을 했을 때조차 직접 세계를 파괴하거나 타락시킨 일이 없거늘, 뱀의 강함을 보고 공포, 외경, 탐욕에 사로잡힌 자들이 제 의지로 힘을 빌려놓고는 종말에 이르러 흰 뱀이 자신을 타락시켰노라, 검이 악의 기운을 내뿜었노라 탓한다."

대장장이는 보리스가 든 검을 가리켰다.

"보라. 나는 흰 뱀의 의지도, 그것이 모든 세계에 현신하는 의미도 알지 못한다. 어쩌면 이렇듯 괴이하게 뭉쳐진 초월적 힘이 존재한다는 사실 자체가, 창조주가 절대 의지를 보이기 위해 일부러 세상에 남긴 흠집일지도 모르는 것이야. 그렇다면 그야말로 창조주의 의지를 실천하는, 자식이라 할 법하지."

망치와 모루의 소리가 사라져갔다. 보리스는 완전히 정신을 차렸다. 귓가에 맴돌던 목소리들도 사라졌다. 그는 간신히 검을 꽂아 넣었다.

그러나 밝혀진 것은 훨씬 두려운 진실이었다. 보리스는 문득 이 무시무시한 대장장이가 자신을 시험하고 있는 것은 아닐까 생각했다. 보리스가 검에서 나온 목소리들에 이끌려 미망迷妄에 빠지도록 내버려두고, 마지막 순간에 그것을 깨뜨렸다. 왜 그랬지?

"그토록 위험한 흰 뱀을 검의 형태로 봉인하신 분께서도…… 그걸 파괴하거나 길들일 방법을 달리 갖고 계시지 않다는 것입니까?"

노인이 보리스의 얼굴을 향해 고개를 숙였다. 번쩍이는 큰 눈이 심판자처럼 면밀히 보리스를 훑어보았다.

"내가 왜 너를 이곳까지 오게 했는지 아느냐? 너를 직접 보고자 까다로운 안배가 필요했음을 아느냐? 내가 검의 형태로 벼린 뒤 수천 년간 그 모습 그대로 존재해왔던 겨울검이다. 그런데 네 손에서, 처음으로 '검'이라는 외관을 일부 뚫고 지금의 모습으로 변했다. 그 모양이 흰 뱀을 닮아 있음은 너도 부정하지 못할 터. 너의 무엇이 이 검의 본질을, 잠들어 있던 흰 뱀의 성질을 불러일으켰을까?"

보리스는 지금껏 검이 변한 이유가 모르페우스가 가나폴리의 물건과 감응시켰기 때문이라고만 생각했다. 그런데 그것이 보리스 자신 때문이란 말인가?

"그래서 나는 혹, 네가 흰 뱀의 의지를 세계에 구현할 가공할 악이 될지도 모른다고 여겼지. 그런데 직접 보니 정말로 열다섯 살 어린애에 불과하지 않은가? 도대체 무엇인가? 네게는 무엇이 있는가?"

보리스로서는 이 말밖에 할 수가 없었다.

"저는…… 모릅니다. 제겐 아무것도 없습니다. 정말로……. 적어도 저는 모릅니다."

노인은 화가 난 것처럼 혀를 차더니 냉랭하게 말했다.

"조금 전에 너를 부른 것은 겨울검이 아니라 그 검에 흡수된 악령들이었다. 힘을 잃고 갇힌 그들은 세상에 풀려 떠도는 유령들보다 훨씬 더 미쳐 있기 때문에 무엇이든 죽이고 파괴하고 싶어 몸을 떨고 있지. 바로 곁에 있는 너야말로 가장 좋은 사냥감이 아니겠느냐?"

보리스는 꽂혀 있는 검을 내려다보았다. 칼집 밖으로 나온 흰 슴베에서 빛이 조용히 일렁였다.

"그놈들은 네가 저들 같은 꼴이 되어 혼을 빼앗기기만을 열망한다. 오래 미쳐 있던 만큼 놈들은 교활해서 어린 너의 생각쯤은 훤히 들여다보고 교묘히 말을 꾸며 파멸로 유혹한다. 거기에 휘말려 자신을 파괴하려 하다니, 네놈도 어리석기 짝이 없구나. 그런 네게 도대체 무슨 특별한 점이 있는지 모를 일이다. 혹 네가 단지 텅 빈 그릇이라 흰 뱀이 네 안에 담기려고 술수를 부렸는지도 모를 일이군."

"……."

기분이 이상했다. 물론 보리스는 자신에게 스스로도 모르는 특별한 힘이 있다고는 생각하지 않았다. 만에 하나 그런 것이 있다면 왜 좀더 일찍, 꼭 필요했을 때 발휘되지 않았을까?

절실히 힘이 필요했던 때가 그에게도 있었다. 그때 그를 구원하지 못했던 힘 따위는 있다 한들 앞으로도 도움될 리 없다고 여겼다. 어린 나이에도 불구하고 보리스는 낯선 것에 희망을 품는 성격이 아니었다. 겪을 일은 다 겪었다고 생각하는 노인들처럼 낯선 것은 우선 경계하고 궁극적으로는 부인하려 했다.

몸과 마음이 한창 자랄 나이인데도 그는 본능적으로 자신의 성장, 그리고 미래가 더 나아지리라는 희망을 믿지 않았다. 그에게 최악은 단지 최악일 뿐, 도약을 위한 발판이나 준비 과정 따위가 아니었다.

"온통 과거에만 얽매여 있는 자이니, 미래는 무無로다. 인간을 이끄는 것은 미래일진대, 지금 너의 현재를 이끄는 것이 무엇인지 아느냐?"

대장장이 노인의 목소리는 처음 만났던 때보다 눈에 띄게 부드러워져 있었지만 자기 생각에 잠긴 보리스는 깨닫지 못했다. 보리스가 대답하지 못하자 노인이 다시 물었다.

"너는, 형제의 일이 해결된 뒤 무엇을 위해 살 작정이냐?"

보리스는 당황하며 되물었다.

"형제를 구원하기 위해서는…… 제가 죽어야 한다고 하지 않으셨던가요?"

"그것도 하나의 방법이긴 하지. 허나 유일한 방법이라고 하진 않았다. 어쨌든 대답해보아라. 스승의 일도 여인의 일도 너의 손을 떠났고, 너도 예전과는 달라져서 생존을 위협당할 일은 적어졌다. 형제의 고통이 해결되고 나면 무엇을 목표로 살려 하느냐?"

보리스는 놀라서 노인의 얼굴을 쳐다보았다. 노인은 보리스가 겪어온 삶을 모두 알고 있었다.

"아마도…… 저는…… 새롭게 얽매일 문제를 만들지 않고 조용히 사는 것만으로 만족할 것 같습니다. 이보다 나은 답을 드리지 못해 죄송합니다. 본디 보잘것없는 자인지라 남은 삶에 대단한 기대 같은 건 없습니다."

"그래……. 그런 것이로구나."

노인은 고개를 들고 짧게 탄식하더니 말했다.

"그런 너의 상태야말로 겨울검의 힘에 저항하기가 매우 좋구나. 알 것 같아. 하지만 그것뿐이란 말인가."

노인은 잠시 침묵했다. 동굴은 대장장이 노인의 기분에 반응하는 듯 이번에는 지독하게 고요해졌다. 보리스는 두꺼운 얼음벽으로 둘러싸인 동굴에서 마음까지 에이는 추위를 느꼈다. 사랑했던 사람들은 멀어지고, 텅 빈 동굴에서 '남은 삶에 가치 따위는 없다'고 말하는 자신이 터무니없이 무가치한 존재로 보였다.

노인의 말이 다시 시작되었을 때 보리스는 얼음 속에 문득 불의 기운이 스치는 것을 보았다.

"희망 없는 자는 본디 나아지지도 못한다. 그런데 너는 그런 채로도 놀랄 만큼 성장했고, 특히 검술은 십수 년을 수련해도 얻기 힘든 성과를 얻었느니라. 그게 왜인지 모르겠느냐? 완벽히 배우지도 못한 재주를 벌써 꽤 수련한 듯 쓰게 된 이유도 단 하나임을 모르겠느냐? 너의 성장을 이끄는 존재는 의심할 바 없이 겨울검, 윈터러다."

어느 정도 짐작하긴 했지만 그렇다 해도 참혹한 선고였다. 그간 나름대로 했던 노력은 아무것도 아니었단 말인가?

"네가 네 형을 살해한 괴물과 다시 마주쳤던 것이 놀랄 만한 우연이라고 생각하지 않느냐? 겨울검은 본래 여러 세계를 뚫고 다니므로 그 힘에 다른 세계의 괴물이 이끌려 온 것은 이상하지 않으나, 하필 같은 괴물이 네 앞에 나타나준 것은 단 하나, 네가 복수를 원했기 때문임을 모르겠느냐? 겨울검은 당연히 무신경하게 네 소원을 들어주었지! 네가 그 싸움에서 죽든 말든 그건 흰 뱀의 의지와는 무관하니까 말이다!"

보리스는 대답 없이 입술을 떨었다. 벼랑 끝에 몰린 기분이었다. 그간 갈고 닦은 실력마저 윈터러의 힘에 기댄 것이라면, 결국 환영 속에서 본 파멸한 영웅들과 같은 길을 가게 되고 말 것이다. 그렇다면 드디어 검을 포기하고 돌아설 것인가? 생명조차 포기할 수 있다고 말했는데 이제 와서 못 버릴 것은 무엇인가?

그러나…….

"이제 충분히 알았겠지. 그렇다면 겨울검을 내게 주고 돌아가겠느냐?"

노인은 흡사 보리스의 마음속을 들여다본 것처럼 그렇게 물었다. 문득 머릿속에서 맑은 샘과, 거기에 떨어지는 한 방울 물이 떠올랐다. 파문……. 샘은 파문으로 가득찼다. 파문이 가라앉자 다시 영상이 떠올랐다. 온갖 기억. 침묵을 원하는데도 벗어날 수 없는 맹세의 힘.

"아니요. 그럴 수 없습니다."

자신이 아닌, 자신조차 몰랐던 의지가 대답한 듯했다. 말하고 나서도 보리스는 자신이 한 말을 깨닫지 못한 사람처럼 노인을 올려다보았다.

노인이 말했다.

"이유를 말하라."

"저는 아직 제 가능성을 전부 시험해보지 못했습니다. 제 눈에 끝은 보이지 않았습니다."

"패배하리라 하지 않았는가. 의지 굳은 영웅들도 가누지 못한 크나큰 힘을 어린 네가 어찌 감당하리라고 생각하느냐. 끝은, 또 한 영혼의 파멸일 뿐이다."

보리스는 느리게 고개를 저었다. 대답은 한결 분명해졌다.

"당연한 일이겠지만 그건 어르신의 눈에 보일 뿐, 제 눈에는 보이지 않습니다."

다시 한번, 이번에는 먼 곳에서 아련한 망치 소리가 들려왔다. 땅, 땅, 땅……. 그 소리와 함께 노인이 말했다.

"너도 보았을 것이다. 겨울검 안에 든 비극, 검의 주인들이 어떤 식으로 유혹에 지고, 분노에 무릎 꿇고, 세상은 물론 자신조차 망쳐버렸는지를. 악에는 근원이 많아서 어떤 자는 너무 약한 자신을 견디지 못해 악해지고, 어떤 자는 제가 가진 작은 힘을 휘두르고 싶어 악이 된다. 그러나 그런 악함은 단 한 번의 패배도 없는, 순수한 강함, 최상의 힘만이 성취하는 악보다 높지 못하니. 강한 것은 본디 악이다. 강하기 때문에 악이다!"

대장장이의 목소리에 다시 모루의 열기가 서렸다.

"나름대로 강하여 선을 실천했던 영웅들이 평화로운 말년을 누리지 못하는 것은 힘이란, 본질적으로 세상과 반목할 수밖에 없기 때문이야. 그래서 그들은 때로는 비참하게, 때로는 쓸쓸하게 쓰러지지. 그러나 만일 쓰러지지 않고 다시 한번 세상과 겨뤄 이긴다면 어떻게 되는지 아는가? 바야흐로 최고의 악이 그 세상을 지배하게 돼!"

그때 보리스의 머릿속에서도 오래전 얼음 고치 속에서 보았던 파멸의 역사가 다시금 흘러갔다. 그런데 이번에는 영웅들이 끝내 그렇게 될 수밖에 없었던 전후 결과가 모두 보였다.

문명이 사라진 폐허의 대지에 다시 한번 인간의 나라를 일으키고자 한 자, 이방 군주의 패악으로 신음하는 부족을 명예롭게 해주고자 일어섰던 사내, 자신의 잘못으로 비참하게 죽어간 연인을 되살리려 한 남자, 깊이 사랑했던 부모 형제가 실은 진짜 가족을 몰살시킨 원수임을 알아차린 소녀, 모국의 수도로 진격해오는 괴물들 앞에 풍전등화의 운명에 처한 푸른 대지를 지키려던 왕녀, 아내와 자식을 죽인 잔악한 원수를 처단하기 전에는 눈을 감을 수 없었던 자…….

"그들 모두가…… '소원 없는 인간'이 되는 것이 해답임을 몰랐을 거라 생각하는가."

소원 없는 인간

'소원 없는 인간'이라는 말에 보리스는 퍼뜩 정신을 차리고 앞을 보았다. 그것이야말로 유령들의 땅에서 섭정왕이 그에게 말해주었던 단 하나의 방법이었다.

"네게도 얼마나 많은 소원이 있는지 생각해보아라. 형제를 편히 잠들게 해주고 싶다고 했지만, 그럴 수만 있다면 되살아나 곁에 있어줬으면 할 것이야……. 만나지 못하게 된 두 사람은 어떠한가? 그들과 재회하여 행복해지고 싶다면 방해하는 자를 모두 죽여버리면 될 일이 아닌가?"

보리스는 선뜻 대답하지 못했다. 마음 깊은 곳에 그런 욕망이 있었음을 부인할 수가 없었다.

"네가 겪은 모든 불행을 되돌릴 수 있는 힘이 네 손에 있다. 인간의 소원은 미래를 보지 못하지. 그 순간에는 옳다고 생각한 행동이 미래를 어떻게 바꾸는지 결코 보지 못해! 그럼에도 불구하고 그 소원들은 너의 것이 아닌가? 부인할 수 있는가? 소원 없는 인간, 그건 산 자에게 가능하지 않다. 강한 힘은 필연적으로…… 피와 살을 가진 존재를 영원한 죽음으로 이끌고 간다."

보리스는 저도 모르는 힘에 이끌려 반론했다.

"그렇다면 이 검은 죽은 자들에게 주어야 합니까? 유령이라면 되겠군요? 그러나 저는 유령들을 만나보았고, 심지어 죽음이 비껴가는 바람에 천 년이나 살아오고 만 위대한 마법사도 보았습니다. 그들은 모두 세계의 파멸에는 관여하지 않으려 하더군요. 틀린 판단은 아니죠. 이 세계는 결국 산 자의 것이니까요. 하지만 말씀대로 산 자의 결말이 모두 똑같다면, 결국 윈터러는 어르신께서 부수든 영원히 보관하든 해야 할 겁니다!"

"……."

"앞서 말씀드렸듯, 저를 죽일 테면 죽이십시오. 물론 죽는 것은 두렵지만…… 제게 지워진 형제의 빚을 외면할 생각은 추호도 없으니까요. 그런 다음 그 검을 어찌하시든 그건 제 소관이 아닙니다. 그러나 만일 제가 죽지 않고도 형제를 쉬게 해줄 수 있다면, 저는 결코 검을 내놓지 않을 것입니다. 저는 저만의 결말까지 갈 겁니다. 어르신의 예언대로 된다면, 제가 파멸하여 이 검 안에 봉인될 때까지 말입니다!"

싸늘한 침묵이 흘렀다.

사는 것과 죽는 것, 이 동굴에 오기 전까지는 그토록 중대하던 일들이 아득히 깊은 바다에 가라앉아버린 느낌이었다. 그러나 동시에 보리스는 이 추운 동굴 안에서도 심장이 터질 듯 뛰고 뺨은 붉게 달아올랐다.

마침내 노인이 입을 열어 무거운 한마디를 뱉어냈다.

"좋다, 그렇다면 불멸자가 되어라."

보리스는 놀라 눈을 크게 떴다.

"……지금 무어라 하셨습니까?"

"불멸자가 되어라. 최후까지 그 검을 든 채 싸울 작정이라면, 방법은 그것뿐이지. 내 너에게 불사의 생명을 선사하마."

대장장이 노인은 당황해서 멍해진 보리스의 눈을 내려다보다가 몸을 돌려 자신이 나온 통로 쪽으로 갔다. 부서진 채 녹지도 않고 있던 얼음 조각들이 일시에 허공으로 날아올라 통로 벽에 달라붙었다. 그러자 벽이 순식간에 쭉쭉 뻗어오르며 매끈한 벽과 수십 개의 아치를 세웠다.

노인은 그리로 걸어 들어갔다. 그제야 보인 것이지만 진흙을 이겨 빚은 듯한 노인의 발은 동굴 바닥에 붙어 있었다. 걷는 동안에도 계속해서 새로운 얼음과 결합해 흡사 종유 동굴의 석순이 움직이는 것처럼 보였다.

아치의 숲 끝에는 청동색으로 번쩍이는 거대한 모루가 있었다. 망치는 보이지 않았고 화덕 역시 없었다. 노인은 모루 앞에 서서 모아 쥔 두 손을 높이 들더니 누구를 향한 것인지 모를 기도를 경건하게 올렸다.

이윽고 청동 모루에서 녹색 불꽃이 일어났다…….

처음에는 백 배의 빠르기로 자라는 덩굴처럼 갈퀴 달린 곡선을 그리다가, 갑자기 위로 훌쩍 뛰어올랐다. 그렇게 계속 높아져 곧 천장에 닿으려 했다.

그때, 보리스가 노인을 뒤따라가며 외쳤다.

"아니, 안 됩니다!"

보리스가 모루가 있는 쪽으로 뚫린 통로에 한 발 들여놓자, 갑자기 사방의 얼음이 일제히 기이한 빛을 내뿜었다. 눈이 어지러웠다. 그뿐이 아니었다. 더 들어가려 하자 엄청난 열기가 확 끼쳤다. 보리스는 당황해서 멈춰 섰다. 차디찬 얼음처럼 보였던 모루의 방에는 상상을 뛰어넘는 고열이 끓고 있었다. 보리스는 문득 느꼈다. 이곳이야말로 화덕이다. 얼음으로 된 불의 방이다.

"무엇이 안 된다는 것이냐?"

대장장이의 목소리에 퍼뜩 정신을 차렸다. 보리스는 두근거리는 가슴을 누르며 말했다.

"저는, 저는…… 불사의 몸이 될 순 없습니다."

"될 수 없다?"

모루 위의 녹색 불꽃이 움직임을 멈췄다. 노인은 뺨의 근육을 움씰거렸다. 이어진 노인의 목소리는 맨 처음 들었던 무시무시한 음성으로 되돌아가 있었다.

"될 수 없다고? 원하지 않는단 말이냐?"

"예, 원치 않습니다."

"산 자라면 누구나 갖고 싶어 하는 영원한 생명을 원하지 않는단 말이냐? 네가?"

보리스는 입을 다물고 자신의 마음을 설명할 말을 찾았다. 왜 원하지 않는가? 한때는 살아남겠다는 단 하나의 목적만으로 폭풍과 덫을 헤쳐왔던 자신이, 수 번의 대가를 피로 치렀던 자신이, 어째서 불멸자가 되기를 거부하는가.

조금 전에 요르단스가 했던 말이 떠올랐다. 그의 누님에게는 불멸이 필요하다고 했다. 요르단스는 그것을 선사하고자 보리스에게 검을 달라 청했다. 그리고 검에 불멸자가 되는 길이 들어 있다고 했다. 그러나 그건 보리스에게는 열리지 않을 비밀의 문이라 생각했었다…….

"부득이하게도…… 네게 설명을 요구하겠다. 아직껏 필멸자로서 불멸의 생명을 거부한 자는 너 이외에 보지 못했기에, 나의 순수한 호기심이 대답을 필요로 한다."

"저는……."

그때 에피비오노의 목소리가 머릿속을 울렸다.

'나를 이 모양으로 살아남게 만들기까지 한 그 집착과 고통이 이젠 다 생각나지 않아. 희석되고, 닳아 없어지고…… 색깔을 잃어서…… 내가 겪은 일이 아니라 책에서 읽은 이야기가 아닐까…… 그런 생각까지 드니 말이야.'

"너무 긴 삶은 감정을 지워버리지요. 지금의 저를 지배하는 감정들을 잃고서 살아간다면…… 그런 자를 더이상 저 자신이라 칭할 수가 없을 것 같습니다."

에피비오노는 죽음조차 함께하려 했던 에브제니스 왕녀를 잊어가고 있었다. 그렇다면 보리스 역시 이솔렛을 잊지 않는다는 보장이 있겠는가? 그러고 나면 이솔렛 때문에 아파한 시절의 기억은…… 책에서 읽은 슬픈 이야기처럼 허망한 것이 되리라.

나우플리온은? 그와 함께하며 행복했던 시절의 감정이 사라지고 나면 남는 것은 죽은 자의 묘비명처럼 껍데기인 이름뿐. 몇백 년이 지나 '그런 사람이 있었지'라고 가볍게 말하는 자신 따위는 원치 않았다.

그리고 예프넨을 잊는다면……. 보리스는 형의 피 위에서 자신의 생애를 만들었다. 행복도 불행도 가능성에서 시작된다. 보리스의 가능성은 예프넨이 포기한 삶에서 나왔다. 만일 그를 잊는다면……. 그는 더이상 보리스 진네만이 아닐 것이다.

"너는 어리석다. 겨울검의 주인에게 필요한 것은 흔들리지 않는 마음이며, 검보다 더 서슬 푸른 심장일진대, 너는 정반대의 것을 원하지 않는가? 지금처럼 애정과 빚과 책임에 얽매인 마음으로 겨울검을 어찌 지배하겠는가? 네가 말하는 감정이야말로 너를 검의 힘, 힘의 유혹에 빠지게 만들 것이다."

보리스는 고개를 끄덕였다. 그의 눈에 겨울의 서늘한 잿빛이 감돌았다.

"저는 '소원 없는 인간'을 하나 알고 있습니다. 그는 천 년 전에 죽을 장소를 찾았으나 운명의 장난으로 죽지 않는 몸을 얻었지요. 그의 나라는 멸망했고, 연인은 죽었으며, 남은 것은 폐허뿐인데 그는 홀로 미친 유령들에게 둘러싸여 온전한 대화의 기쁨조차 누리지 못한 채 살아갑니다."

그런 최악의 상황에서 에피비오노는 자아와 인간성을 꽤 많이 유지한 셈이었다. 만약 같은 세월을 견뎌야 한다면, 그보다 잘해낼 자신이 없었다.

"어떤 노력도 그를 죽음 곁으로 데려갈 수 없고, 그동안 감정은 풍화되어 찌꺼기만 남았습니다. 그가 산 자입니까, 죽은 자입니까? 애정도, 존경도, 분노도 다 닳아버리고 옛 감정에 대한 '기억'만 갖고 살아가는 그는 아직은 산 자입니다만……

남은 감정을 모두 잃을 때 죽은 자가 될 것입니다. 몸은 살아 있되, 마음은 죽어 시체가 된 자……. 그건 천 년을 살아도 한 조각 감정조차 얻지 못하는 인형들과 다를 바 없을 테니까요!"

보리스는 착잡함으로 잠시 눈을 감았다가 떴다. 모루의 방은 여전히 녹색으로 번쩍이고 있었다.

"어르신께서 요구하시는 '소원 없는 인간'은 그런 것입니까? 예, 맞습니다. 예전에 만났던 어떤 분도 그러셨지요. 산 자로서 '소원 없는 인간'이 되기는 매우 어렵다고요. 그러나 제 생각에 그건 어려운 것이 아니라 불가능합니다. 어르신께선, 저를 불멸하는 인형으로 만들어 검을 쥐여주실 생각이셨습니까?"

갑자기 천둥 같은 웃음소리가 울려 퍼졌다.

"하하, 하, 으하하하하……."

방 전체가 진동했다. 보리스는 모루의 방을 바라보며 대장장이의 웃음소리를 들었다. 그건 분노나 허탈함이 아니라 흔쾌하여 내는 웃음소리였다.

"네가 결단코 나를 놀라게 하고야 마는구나. 필멸자에게는 그가 필멸하기에 얻을 수 있는 지혜가 따로 있다고 하더니 그 말이 진실이로구나. 인형이 된다? 그렇지, 그건 인형이지. 오래전, 나는 이 검을 견뎌낼 자는 강하긴 하되 이성이 없는 '인형'이 아닌가 생각한 일이 있었다. 그러나 문제가 있었어. 만일 그런 인형 놈이 있다면 어떤 산 자와도 마주치지 못하게 동굴 감옥에 가둬놓지 않으면 안 되거든! 으하하하…….”

노인은 모루를 돌아 보리스가 있는 얼음 방으로 돌아왔다. 그가 들어서자 방안에 새로운 한기가 더해지는 듯했다.

“자, 그러면 현명하면서도 어리석은 필멸자야, 네가 방금 한 말이 겨울검뿐 아니라 네 삶에 대한 해답이라는 것도 알겠느냐?”

“예?”

대장장이는 어리둥절하여 눈을 깜빡이는 보리스를 내려다보았다. 그러더니 얼음으로 된 손을 내밀어 그의 머리를 매만졌다. 손이 닿자마자 머리카락이 얼어붙으며 고드름 같은 서리 가지가 앞머리를 타고 자라다가 멈췄다.

“너의 형제 ‘예프넨 진네만’이 네게 요청한 건 ‘살아남으라’는 것뿐이었지. 그리하여 너는 사 년 동안 너도 모르는 사이에 네 뜻이 아닌 형제의 주문대로 살아왔다. 온갖 시험을 피해 살아남고, 살아남고, 또 살아남는다면 결국 불멸이 아닌가? 너는 너 자신이 불멸자가 아님을 알면서도 자신도 모르게 불멸자인 양, 너의 소원들을 미루고 억누르지 않았느냐?”

쉽게 받아들이지 못한 보리스가 항변했다.

“제가 무슨 소원을 억눌렀단 말입니까?”

“하나하나 돌이켜보아라. 왜 복수하지 못했는가? 형제의 유언 때문이 아닌가? 왜 삼촌을 징벌하여, 또는 용서하여 자신의 과거를 깨끗이 씻지 못하는가? 왜 사랑하는 소녀를 붙잡지 못했는가? 필멸자일수록 짧은 생애를 양보 없이 살아야 하는 법인데, 너는 타인의 마음을 위해 사랑하는 사람을 포기했다. 너희 인간은 소원의 존재, 욕망의 존재, 그렇기에 한시라도 살아 있을 내일을 위해 살아간다."

보리스는 깜짝 놀라 노인의 얼굴을 보았다. 그 말은 오래전, 벨노어 성에서 월넛 선생이었던 나우플리온이 했던 말 아닌가?

처음 보았을 때 그렇게 두려워 보였던 노인의 얼굴은 어느새 신비로운 인자함마저 띠고 있었다. 마치 손자에게 충고하는 할아버지의 얼굴 같았다.

"그런 식으로 끝내 모든 것을 잃고 나면 그때도 내 앞에서 네가 '소원의 인간'이라 말할 수가 있을까? 인간은 소원을 잃지 못하기에, 그리고 불멸하지 않기에, 마음을 돌궤처럼 닫고 살지 못한다. 열어버려라! 네 형제가 닫아버린 마음을 열고 네 소원을 찾아내어 이루어라! 살아남기 위해 닫았던 욕망을 다시 꺼내놓으란 말이다!"

"……."

뺨을 타고 무언가가 흘러내렸다. 목도 막히지 않고 코도 시큰해지지 않았는데, 단지 눈물만이 흘렀다. 어깨에 놓여 있던 무거운 짐을 지금까지 몰랐는데, 갑자기 누군가가 번쩍 들어주는 순간 그동안 자신이 얼마나 힘들었는지 깨달은 것 같았다. 짐을 진 줄도 모르고, 한 발짝 떼어 나아가기가 이토록 어렵다고 생각하며 살아왔는데. 살아남아야 한다는 말이 보리스에게 가져다주었던 중압감, 이제 제안받은 영원한 생명……. 다른 듯했으나 본질은 같았던 그것을 이제 내려놓아도 될 듯했다.

살아남는 것보다 더 큰 것.

오래전 보리스를 껴안으며 외친 나우플리온의 목소리가 귓가에 쟁쟁했다. 그때 흘렸던 눈물은 쓰디썼으나, 이제는 맑았다. 아니, 이번에는 웃을 수도 있을 것 같았다. 나우플리온의 말대로 삶의 가치는 그것이 길거나 짧은 것에 있지 않았다. 비 오던 날, 대륙의 용사들에 대한 이야기를 해주던 나우플리온은 이렇게 말했다.

'죽으면 정말 끝이라고 생각한다면, 죽은 자들 따위 모조리 끝장내버리고 넌 너대로 네 욕망을 좇으며 새롭게 살아라. 아니면! 그들을 위해서라도 더 힘껏, 더 충만하게 살아야 하는 것 아닌가? 네가 불멸자가 되지 못하는 한, 너는 네 삶의 밀도를 높여서 죽은 자들이 잃어버린 삶을 대신할 수밖에 없다. 네가 그러고 싶다면!'

언제까지나 하나뿐인 스승일 사람……. 나우플리온이 보리스에게 해준 최초의 충고대로, 짧든 길든 '한시라도 살아 있을 내일'을 위해 살아가면 된다. 불멸조차 거부한 자신이 짧은 생애를 최선을 다해 행복하게, 소원을 이루며 살아가지 않을 이유가 있을까?

"모든 문제가 해결된 것은 아니지만……."

그렇게 말을 꺼내며 보리스는 노인을 향해 미소지었다.

"무슨 말씀인지 알겠습니다. 제 삶의 나머지 조타操舵는 스스로 잡아야겠죠. 복수를 하는 것도, 누군가를 선택하거나 포기하는 것도 제 선택이란 걸 알겠군요. 지난날은 어쩌지 못하더라도 이제부턴 좀더 나은 삶을 누릴 수도 있겠다는 기분이 듭니다."

"허허, 이토록 오래 기다린 끝에 어린아이의 인생 상담역이나 하게 될 줄은 내 미처 몰랐느니. 좋다. 내가 겨울검을 새로이 벼려줄 것이다. 그것을 가져가 네가 원하는 방식대로 지켜가도록 해라."

"제게…… 허락해주시는 겁니까?"

'소원 없는 인간'이 되지 못하겠다고 한 이상 이런 답을 듣게 될 줄은 몰랐다. 노인은 고개를 끄덕이며 말했다.

"내가 널 이곳까지 부른 것은 겨울검의 봉인이 깨어진 것 때문이기도 하지만 그것만이라면 다른 누군가의 손을 빌려 검만 가져와도 되었으리라. 그러나 내가 보고 싶은 건 검보다도 너였다."

보리스를 바라보는 노인의 회색 눈이 눈 녹은 빛을 띠었다.

"수많은 세계의, 수많은 영웅들을 타락시킨 검이다. 그런데 왜 너만은 지금껏 바른 의식을 유지하는지 이해가 가지 않았다. 네 말대로 네겐 특별한 능력이 없다. 결단코, 옛 영웅들보다 네가 뛰어나다고 생각하지 않는다. 그러나 그들에게 없던 무엇인가가 네게 있었다."

노인이 한쪽 손을 내밀었다. 그러자 보리스의 손에 있던 윈터러가 허공으로 떠올랐다.

"이제는 곁에 있지도 않은 자들을 잊고 싶지 않다는 이유로, 최고의 선물인 불멸조차 거부해버리는 편협함이 해답일지도 모른다. 세상의 현명하다는 자들이라면 불멸이 가져다주는 크나큰 힘과 윈터러의 힘 모두를 갖고 어떤 놀라운 일을 하려고 했을 것이다. 그러나 너에게는 그런 계획이 없었다. 네게 필요한 건 단지 몇 명의 사람들뿐이었다."

윈터러는 모루의 방으로 들어가 청동빛 모루 위에 놓였다. 이번에는 청색 불길이 일어나 칼날을 휘감았다.

"내 너의 그 마음을 한번 믿어보려 한다. 가장 빛났던 필멸자들도 이 검 한 자루를 가누지 못해 괴물이 되었다. 그런데 너는 봉인이 깨어져 뱀의 본성을 드러낸 검을 갖고도 신비롭게도 자신의 마음을 지켜냈지 않은가?"

그리고 몇 번인가, 검은 오히려 보리스를 구해주기까지 했다…….

"아까 네가 얻은 재주는 모조리 겨울검의 힘이라고 말했지만 그건 사실이 아니다. 처음에는 겨울검이 부추겼지만 그 덕택에 너는 새로운 힘을 손에 넣었다. 그리고 그 힘에 힘입어 비약적으로 강해지고 있다. 너도 곧 깨달을 테지. 그 힘이 너를 도와 겨울검과 싸워주리라. 그 힘의 순수함은 수천 년간 수많은 사람의 손으로 갈고 닦아져 정수를 획득했기 때문에 성스럽고, 마침내 마법에 가까워졌다. 그렇기에 가능한 것이다. 역설적인 일이지. 겨울검이 아니었으면 네가 그런 힘을 이리도 빨리 손에 넣지는 못했을 테니까."

직감이 속삭였다. 지금 대장장이는 그 검술을 말하는 건가? 그가 배운 적조차 없다고 생각했던 그것을?

"내 이제 검을 새로이 벼릴 것이나, 거기에 또 다른 봉인은 하지 않으리라."

모루에 놓인 겨울검은 눈이 아플 정도로 새파랗게 타올라 시선을 두기도 힘들었다. 이윽고 망치질도 없이 검의 모습이 변하기 시작했다.

"알다시피 검은 너의 소원에 반응한다. 내가 어떤 봉인을 하더라도 윈터러의 주인인 너는 쉽사리 그것을 부수고 말 것이다. 그러니 네 마음을 믿고, 소원을 신중하게 생각하며, 짧은 생애를 힘껏 살아라."

익숙한 자루의 모양이 나타났다. 날밑이 형태를 갖추고, 날이 가다듬어졌다.

"네가 소원을 가누지 못하면, 검은 당장 봉인을 깨고 네 앞에 무한한 힘을 보이고야 말 것이다. 그런 후에도 그걸 다룰 수 있으리라는 생각은 아예 하지 마라. 그건 불멸자조차 힘든 일이다……. 그러니 이 모습으로 지켜나가거라. 한 손에 악마를 움켜쥔 채, 필멸자의 겨울을 헤쳐나가는 것이다."

보리스는 그 순간 본능에 이끌려 무릎을 꿇고 불멸의 대장장이에게 고마움을 표했다. 그가 자신에게 이토록 큰 신뢰를 주는 것은 보리스가 특별한 힘을 가졌기 때문이 아니었다. 다른 선택이 없어서일지도 모른다. 그러나 검을 지배할 방법을 찾다가 마음의 자유를 되찾게 되었기에, 망설임 없이 한판의 싸움을 택해도 좋을 것 같았다.

"다만, 이 자리에서 선택해야 할 것이 있다. 넌 여전히 네 형제가 편히 쉬기를 바랄 테지? 그자의 너에 대한 집착은 바로 흰 갑옷, 스노우가드에 깃들어 있다. 스노우가드에 혼을 담는 힘이 있기 때문에 원혼이 거기에 깃들어 엄청난 파괴력을 갖게 된 것이다."

보리스도 유령들이 보여준 영상을 기억하고 있었다. 그후로 또 어찌되었을지, 상상만으로도 두려웠다.

"그러나 스노우가드는 윈터러의 부속물에 불과한 것. 지금 내가 겨울검을 새로이 벼릴 때 흰 갑옷과의 연결을 끊어버리면 갑옷은 파괴되고, 원혼은 그릇을 잃게 된다. 그러므로 그걸 할 수 있는 건 지금뿐인 것이지. 원혼이 된 네 형제는 수십 명도 단숨에 해칠 힘을 갖고 있지만 스노우가드의 힘을 잃으면 다시 평범한 영혼으로 변할 것이야. 그러고 나면 길어야 몇 년 안에 영원한 휴식에 들어가게 되겠지."

노인은 잠시 말을 멈췄다가 보리스의 얼굴을 지그시 들여다보며 말했다.

"그러고 나면 네가 죽은 형제와 재회할 가능성은 영영 사라진다. 하지만 이대로 내버려둔다면 스노우가드는 윈터러와 반응하는 물건, 만일 마주친다면 두 물건이 감응함과 동시에 너희 둘도 서로를 알아볼 것이야. 그 가능성을 잃어도 좋은가?"

"……."

예프넨에게 휴식을 주는 것, 예프넨을 다시 만나고픈 욕구, 둘 다 절실한 소원이었다. 입술을 깨물던 보리스는 조금 후 서글픈 미소를 지으며 대답했다.

"영혼은 떠돌기보다는 휴식함이 옳을 것입니다. 저의 욕망보다…… 그쪽이 옳습니다."

그렇게 말하는 마음이 너무나 쓰라렸지만 보리스는 분명하게 말을 맺었다.

모든 것이 결정되었다. 보리스의 손으로 돌아온 윈터러는 고귀한 자태로 차디차게 빛났다. 예프넨의 손에서 처음 넘겨받던 날과 똑같이 아름다운 모습으로.

마지막으로 보리스는 조심스럽게 대장장이의 이름을 물어보았다. 노인은 고개를 저으며 말했다.

"나는 이름이 없다. 다른 자들이 나를 겨울 대장장이라고 부를 뿐이다."

'겨울 대장장이'가 반들반들한 얼음벽을 향해 손을 내젓자, 모루의 방이 나타날 때 그랬던 것처럼 얼음이 밀려나며 통로가 뚫렸다. 통로는 매우 길어 끝이 보이지 않았다. 보리스는 노인에게 인사하고, 그곳으로 들어갔다.

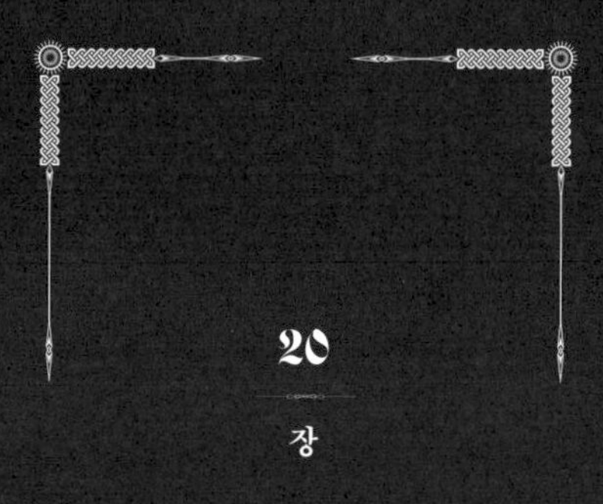

20

장

ONE MEETS HIS DESTINY OFTEN IN THE ROAD HE TAKES TO AVOID IT

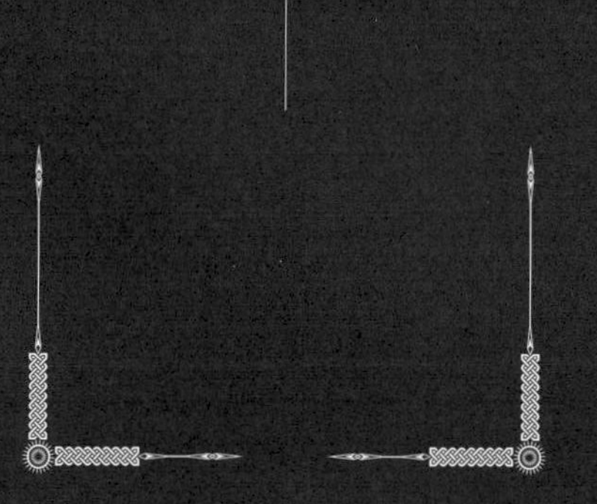

최초의 평화

통로를 감쌌던 얼음이 점차 엷어졌다. 그러면서 젖은 흙이 드러났다. 통로의 끝에 이르러 보리스는 커다란 손잡이 같은 것을 찾아냈다. 그것을 비틀어 밀고 밖으로 나갔다.

잠시 후, 그는 자신이 밝다 못해 희게까지 느껴지는 햇빛 아래 서 있음을 알았다. 하늘을 가로지르며 수많은 나선을 그리는 허공다리가 보였다. 쓰러진 기둥의 머리를 장식한 잎사귀 장식도 눈에 띄었다. 여기는 아르카디아였다. 처음 출발한 바로 그곳이었다.

그런데 아르카디아의 어디쯤일까?

에피비오노와 함께 걸으며 보았던 눈에 익은 건물은 하나도 보이지 않았다. 늙은이의 우물이 있던 곳도 어딘지 찾을 길이 없었다. 보리스는 방금 나온 문을 돌아보았다. 폐허가 된 건물 속에 묻히다시피 한 낡은 문짝이 보였다. 다가가서 만져보니 그 문은 어이없게도 경첩이 떨어진 채로 벽에 기대 세워진, 버려진 문짝이었다. 보리스는 문짝을 번쩍 들어보고는 당황하여 헛웃음을 흘렸다. 오던 길로 돌아가는 것은 고사하고 문은 아무데로도 통하지 않았다. 깨진 벽돌들과 함께 방치된 잔해에 불과했다.

보리스는 폐허에서 빠져나와 큰길로 나왔다. 큰길을 더듬어 가다 보면 다시 우물을 찾아내지 않을까 싶었다. 에피비오노가 기다리고 있을 거라고는 기대하지 않았지만, 마음 한구석에 아쉬움이 남았다. 정말로 그는 다시 나타나지 않을 작정일까?

에피비오노와 헤어진 후 기껏 하룻밤 정도 여행한 느낌이었다. 이곳의 시간도 마찬가지라면 아직 아르카디아에서 떠나지도 않았을 것 같은데. 짧은 시간 함께했을 뿐이지만 그의 유쾌한 말투와 재미있는 관점이 조금은 그리웠다.

"이제 왔구나."

보리스는 놀라 고개를 들었다가 잠시 후 피식 웃고 말았다. 빙글빙글 돌다가 바닥에 닿은 허공다리의 한 가지에 은빛 머리를 땋은 익숙한 소녀가 앉아 있었다. 부서진 난간 사이로 한쪽 발을 늘어뜨리고 다른 쪽은 무릎을 세워 기댄 자세로 보아 꽤 오래 보리스를 보고 있었던 것 같았다.

"언제부터 거기 있었던 거야?"

"한참 전부터."

"왜 부르지 않았어?"

힘든 여행을 끝내서인지 반가운 마음이 든 보리스는 전보다 친근하게 말을 걸었다. 그러나 나야트레이는 전혀 변하지 않은 목소리로 답했다.

"네가 에피비오노를 찾는 것 같아서."

보리스는 조금 당황했다. 나야트레이는 가끔 사람의 마음을 읽는가 싶을 때가 있었다.

"물론 그분을 찾았지만…… 너도 찾고 있었어. 넌 어디에 있다가 왔어? 내가 간 곳에서 네가 어디에 있나 한참이나 찾았는데."

그때, 나야트레이가 앉은 허공다리 뒤쪽에서 낯선 짐승이 느리게 몸을 일으켰다. 보리스가 경고하려 했을 때, 나야트레이가 한 손을 내밀더니 짐승의 목덜미를 쓰다듬었다. 자세히 보니 조금 큰 고양이처럼 생긴, 별로 위협적이지 않은 동물이었다. 새끼 호랑이 같달까? 햇빛 때문인지 털이 황금빛으로 빛났다.

"나도 널 찾았어."

나야트레이는 늘어뜨렸던 다리를 올리더니 허공다리 아래

로 가볍게 뛰어내렸다. 제 키의 세 배는 되어 보이는 높이인데 망설이지도 않았다. 호랑이인지 고양이인지 모를 놈도 따라 뛰어내리더니 어슬렁거리며 나야트레이 뒤를 따라왔다.

"새 친구를 얻었구나."

"응."

"그럼 갈까?"

에피비오노가 말했던 남동쪽 광장을 찾기는 어렵지 않았다. 광장이라기보다 잘 꾸며진 정원처럼 생긴 곳이었다. 중앙에 바짝 말라 갈라진 분수대가 있었다. 그것을 중심으로 방사형으로 길이 뻗어갔다. 길과 길 사이에 색 바랜 돌을 두른 것을 보면 예전엔 화단이 아니었을까 싶었다. 물론 식물은 한 줄기도 남아 있지 않았다.

클라자니냐에서 보았던 것과 같은 모양의 받침대가 저만치 광장 머리 쪽에 서 있었다. 둘은 방사형 길을 통해 광장 안으로 걸음을 옮겼다. 화단을 지나쳐 분수가 있는 곳까지 가는 동안 놀라운 일이 벌어졌다.

가장 먼저 물소리가 들렸다.

쏴아…….

뜨거운 땅을 걸어와서일까, 물소리가 마치 음악 같았다. 분수에서 물이 솟아나고 있었다. 키의 두 배나 되는 중심 줄기, 그 주위로 낮은 물줄기 여섯 개가 나선을 그리며 솟아올랐다. 둘은 걸음을 멈췄다. 이 죽은 도시에서 인형들 외에 움직이는 것을 본 건 지금이 처음이었다.

그것이 전부가 아니었다. 분수 안에는 여러 가지 색을 내는 광원들이 흩어져 있었다. 반딧불보다 조금 큰 그것들은 차례로 신비로운 빛으로 변했다. 유령들의 전당에서 본 쿠션들처럼 형언하기 힘든 빛깔들이었다. 분수 안을 들여다보니 수십 개의 작은 물줄기들이 꽃대처럼 솟아오르고 있었다. 꽃이 없는 화단에도 저절로 물이 뿌려지기 시작했다. 모든 화단이 하얗게 빛나는 물줄기로 가득찼다.

뜻밖으로 나야트레이가 짧은 감탄사를 냈다.

"와아……."

왜 갑자기 움직이는지는 몰랐지만 아름다운 광경이었다. 아르카디아는 사막 속의 도시인만큼 덥고 건조했다. 그런 곳에서 솟아난 분수는 감탄을 넘어 일종의 신성한 기분마저 안겨주었다.

가장 높이 솟는 물줄기를 멍하니 바라보다가 보리스가 말했다.

"사람이 찾아와야만 움직이는 걸까?"

나야트레이가 말했다.

"너와 내 몸에 다른 세계의 마법이 묻어 와서, 마법으로 움직이는 것들이 반응하는 거야."

근거가 있는 말인지 몰랐지만, 보리스는 반박하지 않았다. 그러면서 에피비오노를 생각했다. 이 광경을 그가 보았더라면 좋았을 텐데. 그가 사랑하던 왕국이 잠시라도 옛 모습을 찾은 걸 보았더라면 얼마나 기뻐했을까.

그러나 아름다운 유희는 오래가지 않았다. 둘이 넋을 놓고 서 있는 가운데 점차 물줄기는 힘을 잃고, 잦아들고, 소리도 멎었다. 광채도 스러졌다. 보리스와 나야트레이가 목격한 유일한 가나폴리의 마법은 다시 사라졌다. 남은 것은 분수대 속에 남은 물, 그리고 두 사람의 몸에 튄 물방울들뿐이었다.

"가자."

이번에는 보리스가 먼저 말했다. 둘은 곧 거울 받침 앞으로 가 섰다. 하늘로 솟은 금속 침을 올려다봤지만, 에피비오노가 없으니 찬트를 불러줄 사람이 없었다. 보리스 역시 청석 그릇에 남기고 온 머리카락 때문에 함부로 찬트를 사용할 수 없었다. 정말 생각만으로도 충분한 것일까?

"가고 싶은 곳이 있는데……."

무심코 말을 꺼내는 순간이었다. 금속 침 꼭대기에서 거울을 녹인 듯 반들거리는 물이 흘러내려 순식간에 거울 모양으로 변했다. 클라자니냐에서 본 것과 꼭 같은 일렁이는 거울이었다.

나야트레이가 불쑥 말했다.

"그럼 이제 헤어져야겠네."

지난번에 에피비오노는 이런 거울이 가나폴리 전역에 흩어져 있었다고 말해주었다. 본래 거울은 마법사들이 먼 곳으로 급히 여행할 때 사용하던 이동 수단이었다. 보통은 한 거울에서 다른 거울로 이동하지만, 때로는 거울이 없는 곳으로 갈 때도 있었다. 그것이 가능한 거울을 '소원 거울'이라고 불렀다. 소원 거울은 머릿속에 떠올린 장소로 바로 보내주는 힘을 가지고 있어서 예전에는 사용이 엄격히 통제되었다고 했다. 물론 이제 그곳에 거울을 지키는 사람들은 없었다.

"어디로 갈 거야?"

나야트레이는 당연한 것을 묻는다는 표정으로 돌아보았다.

"아노마라드."

"아노마라드는 굉장히 넓어. 정확히 어디로 갈 건데?"

"언니가 있는 곳."

나야트레이에게는 언니가 있었구나, 하고 생각하고 있을 때 나야트레이가 한쪽 손을 인사하듯 들어 보이며 거울 앞으로 다가섰다. 순식간이었다. 은발을 땋아 늘인 소녀와 금빛 새끼 호랑이의 모습은 눈앞에서 지워졌다.

이제 보리스의 차례였다.

가고 싶은 곳이 어딜까 생각해봤지만 마땅한 곳이 없었다. 섬으로도, 고향으로도 갈 수 없는 자신이었다. 그렇다고 나우플리온이 소개해준 렘므 사람들을 이런 기회까지 이용해 찾아갈 마음도 나지 않았다. 어디로든 가도 되지만 어디에도 환영할 사람은 없었다. 역시 그가 가야만 하는 곳은 아무데도 없는 걸까.

그때 에피비오노가 목적지를 모를 경우, 가야 할 곳을 거울이 대신 알려주는 경우도 있다고 했던 것이 떠올랐다. 거울이 정말로 알고 있을까?

보리스는 아무 곳도 생각하지 않은 채 거울을 향해 걸어갔다. 자신의 마음이 원하는, 그러나 자신도 모르는 장소는 어딜까.

"맥주 가져와, 맥주!"

"스튜는 도대체 언제 나오는 거야, 아가씨? 시킨 지 반시간은 됐잖아!"

"금방 나오니까 조금만요!"

소리가 먼저였다. 여러 사람이 왁자지껄하게 떠드는 소음이 귀로 스며들다가 서서히 커졌다. 그리고 눈을 떴다…….

분주한 여관 식당이었다. 저녁 식사가 한창인 모양이었다. 사람들이 테이블마다 둘러앉아 술잔을 기울이고, 두어 명의 급사들이 바쁘게 뛰며 접시를 날랐다. 아무리 서둘러도 성질 급한 사람들의 불평은 어디서든 터져 나왔다. 활짝 열린 문밖에서 말들이 투레질하는 소리가 들려왔다. 위층으로 오르는 계단참에서는 별것 아닌 이야기를 목청 높여 하는 사람들 때문에 악의 없는 소란이 빚어졌다.

그 속에서 보리스는 구석 테이블 하나를 차지하고 앉아 있었다. 당연히 일행은 없었다.

눈을 몇 번 비벼보았다. 이렇게 구체적인 장소로 올 줄은 몰랐기에 상당히 놀랐다. 게다가 이곳이 어디인지 기억이 나지 않았다. 와본 적이 있는 곳인지조차 애매했다. 어딘가 익숙한 듯도 했지만 그가 여행하면서 가본 여관 겸 식당은 한두 군데가 아니었던 것이다. 날씨는 여전히 여름, 렘므식 말투는 들리지 않았고…….

"자, 무얼 주문하시겠어요? 어머, 손님은 어디서 오셨기에 이렇게 먼지투성이가 되셨어요?"

급사의 쾌활한 목소리가 자신을 향한 것임을 깨달은 보리스는 흠칫 놀랐다. 그러고 보니 두건을 내려 쓰는 것을 깜빡했다. 이러고 있었으니 상대는 그의 얼굴을 정확히 보았을 것이다.

이제 와서 새삼 두건을 쓰기도 뭣했다. 보리스는 무엇이라도 주문해 상대를 돌려보내야겠다고 생각하고 급사를 올려다보았다. 그리고 다시 한번 놀랐다. 분명 어디선가 봤던 얼굴인데, 기억이 나지 않았다.

"에, 저……."

그런데 급사도 비슷한 느낌을 받은 모양이었다. 그녀가 고개를 갸웃하며 보리스의 얼굴을 빤히 보는 바람에 보리스는 허둥지둥 고개를 도로 숙이고는 말했다.

"매…… 맥주 주시지요."

주문을 받자 급사는 호기심을 접고 돌아섰다. 그녀의 뒷모습 너머로 주방으로 통하는 문이 보였다. 그 옆에 묘하게 익숙한 작은 문이 눈에 띄었다. 마침 그 문이 열렸다. 손님에게 내주기엔 지나치게 작다 싶은 그 방에서 열 살 남짓한 아이가 나와 주방으로 들어갔다.

"토냐?"

저도 모르게 입에서 이름이 튀어나왔다. 급사가 몸을 홱 돌리더니 경이로운 눈으로 보리스를 보았다.

"저, 그러니까……. 그때 부닌 아저씨네 대장간에서 일할 뻔했던 그 아이?"

토냐는 보리스의 이름을 기억하지 못하는 모양이었다. 보리스는 웃음이 나왔다. 자신이 지금까지 '토냐'라는 이름을 기억하고 있을 줄은 전혀 몰랐다. 둘은 서로를 향해 고개를 끄덕였다. 토냐가 먼저 탄성을 터뜨렸다.

"진짜 많이 자랐구나! 난 정말로 아닌 줄로만 알았어! 키도 커지고……. 그새 어른이 다 된 것 같네?"

이럴 때 '누나도 많이 예뻐졌네요' 같은 말을 생각해낼 줄 모르는 보리스는 그저 미소만 지었다. 사 년 전이건만 아득히 멀게 느껴지는 곳에 갑자기 돌아온 기분이 이상야릇했다. 황야를 헤매다 찾아든 보리스에게 처음으로 친절을 베풀어준 토냐의 여관, 그러다가 벨노어 백작을 만나 따라가기로 결정한 후 부닌 아저씨한테 말씀 좀 전해달라고 다시 한번 찾아왔던 그곳이었다.

"조금만 있어봐. 저쪽 주문 좀 받고 다시 올게. 아참, 너 저녁 먹었니?"

예전과 같은 질문을 받자 어쩐지 웃음이 나왔다. 사실 그들이 잘 아는 사이라고 하긴 어려웠다. 하지만 토냐는 몹시 반가워했다. 손님들 사이를 뚫고 가면서도 뒤돌아보며 '가지 말고 꼭 기다려' 하는 손짓을 해 보였다.

혼자 남은 보리스는 미소를 거두며 고개를 갸웃거렸다. 하필 이곳으로 오게 된 이유가 무엇일까? 어느새 기억 속에서 흐려져가던 트라바체스, 어쩌면 위험할지도 모르는 이곳으로 그를 보낸 가나폴리의 거울은 자신의 마음에서 무엇을 읽었던 걸까?

그나저나 마치 시간이 흐르지 않은 기분이다…….

한참 만에 다시 돌아온 토냐의 손에는 널찍한 쟁반이 들려 있었다. 맥주 두 잔, 구운 닭다리, 찐 달걀, 수프, 호밀빵 따위가 가득 담긴 쟁반이었다. 음식을 테이블에 내려놓은 토냐는 의자를 끌어당겨 맞은편에 앉더니 물었다.

"그때 어느 외국 귀족님을 따라가게 됐다고 하지 않았어? 그 집에선 나온 거야?"

벨노어 백작의 양자가 되기로 했다는 말은 그때도 안 했으니 이제 와서 새삼 할 필요는 없었다. 보리스는 고개를 끄덕여 긍정했다.

"그랬구나. 어디 보자, 그게 벌써 햇수로 세면 오 년이 됐네. 참, 나랑 같이 저녁 먹어도 되지? 실은 그때도 나, 네가 저녁을 굶은 것 같아서 걱정했단다. 오랜만에 보니까 제일 먼저 '저녁 먹었을까?' 하는 생각이 떠오르지 뭐니. 후후훗……. 그래서 가져온 거니까 사양 말고 먹어. 돈은 남아돌면 주고, 아니면 안 줘도 돼."

잘 아는 사이도 아닌데 따뜻하게 대해주는 것은 예전과 마찬가지였다. 어쩌면 토냐가 보기엔 보리스가 많이 컸다 해도, 오래전에 갈 곳 없이 헤매던 아이의 느낌이 남아 있는지도 모른다. 그래도 고향은 역시 고향이구나…… 하는 생각에 보리스는 수프를 뜨다가 조금 감상적인 기분이 되고 말았다.

"그나저나 여긴 어떻게 다시 왔니? 무슨 볼일이라도 있는 거야?"

볼일이 있을 턱이 없었다. 이제부터 어떻게 해나가면 좋을까 궁금해졌다. 이런 곳에서 적당한 일자리를 찾아도 될까? 그렇게 생각하다가 문득 보리스는 열두 살이었던 자신과 지금의 자신이 똑같은 생각을 하고 있다는 걸 깨달았다.

바로 이 여관에서, 갈 곳 모르고 방황하던 보리스는 일자리를 찾으려 했다. 그러다가 벨노어 백작을 만나 고민하다가 대장간 일을 버렸다. 갈림길에서 택한 한쪽 길……. 그쪽 길을 충분히 가보았으니 이제 원점으로 돌아와 다시 선택을 해보라는 뜻인가?

보리스는 수프를 먹다 말고 웃음을 터뜨렸다. 토냐가 따라서 싱긋 웃더니 물었다.

"왜 웃어? 재미있는 생각이라도 났니?"

가나폴리의 거울이란 정말로 신기한 물건이었다. 이제 보리스는 그가 왜 이곳으로 왔는지 이해했다. 그리고 자신조차 모르는 마음을 알아본다는 거울의 힘도 납득하게 되었다.

"후후훗……. 아뇨. 저, 토냐 누나. 그때 대장간 하시던 분, 아직도 그 일 하시나요?"

"부닌 아저씨 말이니? 물론이지. 그분 생업인걸."

"잘됐네요. 이따 대장간 가는 길 좀 가르쳐주시겠어요?"

"그러자. 그런데 대장간에 볼일이 있는 거야?"

살아가며, 한쪽 길을 택해 지나쳐 갔던 갈림길로 다시 돌아오기란 쉽지 않다. 그러나 거울은 그곳으로 그를 돌려보냈다. 그때 택한 길에서 나우플리온을 만나며 수많은 일이 시작됐지만 이제 모두 끝이 났음을 깨달았다. 가지 못했던 새로운 길 끝에는 무엇이 있을까?

"좀 늦긴 했지만……. 다시 저를 써주실지 여쭤보려고요."

여름이 다 불탄 자리에 가을이 왔다.

그사이 보리스는 나이를 한 살 더 먹었다. 그의 생일을 아는 사람은 아무도 없었기 때문에 다른 날처럼 조용히 지나갔지만 그편이 오히려 마음에 들었다.

보리스가 안드레아 부닌의 대장간에서 일하게 된 후로 넉 달이 흘렀다. 대장간 일은 최근에 겨우 익숙해졌다. 힘이나 체력 등에서 또래 소년들보다 월등한 보리스였지만, 화덕의 열기까지 더해진 한여름 더위와 싸우면서 집중력을 유지하는 것은 쉽지 않았다. 조금만 흐트러지면 금방 어딘가를 다치기 마련이었다. 부닌은 보리스를 꽤 사납게 가르쳤다. 어려운 일이든 쉬운 일이든 가리지 않고 맡겨서 얼마가 걸리든 반드시 해내게 했다.

그러나 일이 끝난 뒤에는 보람 있는 휴식이 찾아왔다. 저녁이 오면 부닌 아저씨와 함께 근처 시냇가로 가서 하루 동안 땀투성이가 된 옷을 빨고 목욕을 했다. 그러다가 흥이 나면 물장난도 쳤고, 잘 차린 것은 없어도 열심히 일했기에 흡족한 저녁 식사를 마치고 나면 바람을 쐬며 별밤 구경도 했다. 사나흘에 한 번씩은 토냐의 여관에 가서 맥주를 들이켜며 더위를 달랬다. 토냐가 직접 주방을 보고 있을 때면 어김없이 별식도 나왔다.

여름이 끝나갈 무렵부터 보리스는 부닌 아저씨와 막대를 들고 대결하는 것에 재미를 붙였다. 이곳은 트라바체스였으니 혹시라도 자신을 노리는 자가 있을지 몰라 평소에도 규칙적으로 검술 수련을 했다. 하지만 상대가 있는 쪽이 확실히 재미있었다. 부닌의 나이는 보리스의 세 배 이상이었지만 막대 대결에 있어서만은 보리스가 선생이었다. 처음에는 혹시 부상이라도 입힐세라 조심조심 했는데, 요새는 부닌도 실력이 늘어서 방심하다간 얻어맞는 경우도 생겼다.

"실은 젊었을 때 아노마라드 쪽에서 벌어진 전쟁에 참전한 적이 있었어. 그냥 잡병이었지만……. 그래도 몇 해나 따라다녔으니 얻어 건진 요령은 좀 있었더랬지. 보는 눈도 생겼고. 그래서 그런지 네 실력이 범상하게 보이질 않아."

여름이 저물고 밀 수확기도 지났을 즈음, 그날도 별을 보며 나와 앉아 있자니 부닌이 불쑥 그렇게 말했다. 대장간은 야트막한 언덕 꼭대기에 있어서 별을 보기에 좋았다. 보리스는 평소 버릇대로 그냥 웃기만 했다.

"그사이에 무슨 일이 있었던 게냐? 아노마라드에 가서 검술 학교라도 들어갔었나? 널 처음 보았을 땐 정말 앳된 꼬마였는데 세월이 바뀌놔도 너무 바꿔놨단 말이야."

부닌은 뭔가 아쉽다는 것처럼 한탄조로 말을 이어갔다.

"그 시절을 모르고 이제 널 봤더라면 지금처럼 지내긴 힘들었을 게야. 아닌 게 아니라 토냐가 널 데려와서 그때 그 애라고 했을 땐, 어디 가서 뱃놈질이라도 몇 년 하다 온 게 아닐까 했다."

배를 타다 왔다라, 그것참 적절한 지적이었다. 섬사람은 모두 뱃사람이라고 해도 틀린 말은 아니니까.

보리스가 여전히 미소만 짓자 부닌이 불만스럽게 중얼거렸다.

"참 말이 없어. 열다섯 먹은 녀석답게 떠드는 것도 괜찮을 텐데. 마을로 내려가서 친구도 사귀고. 열여섯 되려면 이제 얼마나 남은 거냐?"

올해도 몇 달 남지 않은 터라 문득 생각난 모양이었다. 보리스는 빙긋 웃으며 말했다.

"이미 열여섯인데요."

"뭐야? 이 녀석이……. 그럼 생일인데 말도 안 하고 넘어갔단 말이로구나!"

예상대로 대뜸 한 대 쥐어박혔다. 부닌은 대장장이답게 손 쓰는 것이 거칠었으나 보리스는 별로 싫지 않았다. 아니, 오히려 지금 같은 행동은 나우플리온과 지내던 시절의 기억을 불러일으켰다. 씁쓸하기도 하고, 그립기도 해서 보리스는 고개를 흔들며 다른 화제를 꺼냈다.

"아저씨 생신은 언제인데요?"

"몰라. 챙겨줄 사람도 없고 하니 희미해져서……. 잘 생각이 안 나."

부닌은 오래전 트라바체스 남부에 퍼졌던 돌림병으로 부인과 두 아이를 한꺼번에 잃었다고 토냐가 말해준 일이 있었다. 아마 그러고서 마음이 허해져 전쟁 같은 곳에 나갔을 것이다.

"실은 너도 그동안 안 좋은 일을 겪었던 모양이지……. 안 그러냐? 그때의 네 녀석도 열둘 먹은 어린애의 눈빛은 아니었지만, 지금도 열여섯 살짜리의 얼굴은 절대 아니다. 그렇지만 내 굳이 물을 맘씨까진 없다. 훌훌 털기로 했으면 이번에야말로 오래오래 시골에 묻혀서 살아봐."

"예, 그럴 생각이에요."

몇 년이 될지는 몰랐다. 때로는 이대로 영영 숨어 지낸다면 그것도 좋겠다는 생각을 하곤 했다. 전처럼 도피하고 싶어서가 아니었다. 그냥 지금처럼, 단순하고도 보람 있는 일상을 보내다 보면 상처가 많은 그의 마음도 어쩐지 정화되는 느낌이었다.

때로는 처음부터 벨노어 백작을 따라가지 않고 대장장이

조수가 되었더라면 어땠을까 생각하기도 했다. 지금 같아서는 그것도 나쁘지 않았을 것 같았다.

남은 해가 순식간에 흘러갔다. 짧은 가을을 건너 긴 겨울을 나고, 섬을 떠나 처음 맞는 봄이 왔다.

몇 번이고 바다에 나갔지만
동전 몇 개도 남기지 못했네.
짠물 젖은 과자 질리게 먹고
굵어진 잔뼈뿐인 늦은 청춘

무심코 낯선 항구를 걸어봤지.
해질녘 바닷가 모퉁이 선술집
누군가 리라를 타고 있구나.
남편 잃은 늙은 여자이려나.

난 공허한 눈으로 들어갔었네.
아무런 기대도 없이…….

4월 즈음부터 그와레 성은 크게 활기를 띠었다. 봄 축제를 앞두고 근처 마을들이 돌아가며 대목장場을 여는 시기가 돌아온 것이다. 보리스는 토냐네 여관이 바쁠 즈음 종종 가서 바깥일을 도와주곤 했는데 그날도 그 사내가 와서 노래를 부르는 소리가 들렸다.

빛나는 여신 앞에서 정신 잃고서
평생 처음으로 더듬대며 말했네.
시름이 있어 슬픈 곡조를 타오?
깎다 만 생선뼈뿐인 빈손이지만

못난 선원 놈 이야기도 들어보오.
일곱 바다의 보물과 빛나는 금화
집채만 한 문어 얘기도 들어보오.
물론 그 모든 것은 거짓말이지만

위로가 된다면 무슨 말이든 하리.
아무런 사심도 없이…….

장작을 옮기던 보리스는 사내에게 보이지 않도록 고개를 돌리며 싱긋 웃었다. 노래하는 사내는 남쪽 어느 항구 출신이라는 젊은 등짐 상인이었는데 웬일인지 한 달이 되도록 사들일 것도 없는 작은 성 그와레에서 떠날 생각을 하지 않았다.

여관을 드나드는 사람들은 물론, 보리스까지도 그가 토냐의 관심을 끌고 싶어서 사흘이 멀다 하고 갖은 노래를 불러댄다는 것을 알고 있었다.

사내는 자그마한 키에 다부지고 재빨랐다. 영리한 눈매에 순진하게 웃는 얼굴도 호감 가는 인상이었다. 게다가 노래도 퍽 잘했다. 토냐는 시치미를 떼고 모르는 체했지만 사내가 그리 싫지는 않은 눈치였다. 며칠 전에 듣자니 부닌 아저씨가 심심해서 여관 주인인 토냐 아버지 의향도 떠본 모양인데 아무래도 곧 경사가 있을 것 같다는 전언이었다.

"아, 가져왔니?"

다 팬 장작을 부엌에 가져다주자 토냐가 냉큼 받으면서 뒤꼍을 흘끗거렸다. 노랫소리가 멈췄으니 갔는가 궁금해서 그러는 것일 터였다. 보리스가 빙긋 웃자 토냐는 자신의 행동을 들킨 것이 무안한지 얼굴을 붉히며 다른 얘기를 꺼냈다.

"사흘 뒤에 대목장 열릴 때 큰 경매가 있을 거라는 얘기 들었어? 값진 골동품도 끼어 있어서 아노마라드에서도 손님들이 여럿 왔다더라. 너도 구경 갈 거니?"

"아저씨께서 대장간 낮일만 끝내고 가자고 하시던걸요."

보리스가 대장간 조수가 된 지도 열 달이 흘렀다. 토냐의 여관이나 부닌의 대장간에 드나드는 그와레 사람들도 말수 적고 성실한 대장간 조수 소년을 대부분 알고 있었다.

"오오, 다행이구나. 너희 또래 애들은 누구나 대목장을 기다리지만 요번에는 너 때문에 기다린 애들도 많을걸."

토냐가 눈을 찡긋거렸지만 농담을 눈치채지 못한 보리스는 무심히 반문했다.

"누가 저를 기다리는데요?"

"점잔만 빼는 너 때문에 속태우는 여자애들이지 누구긴 누구겠어? 대목장쯤 되면 여자애들도 용기를 내서 목석같은 사내애한테 말도 걸어보고 그러는 거지."

"누가 저 때문에 속을 태운다고 그래요?"

"생각보다 많단다. 오오, 그 애들이 멀리 가지도 못하고 맴돌거든 가능한 한 골고루 기회를 주렴. 잘생겼다고 소문난 대장간 조수님, 네 반들반들한 긴 머리를 보면 누나도 마음이 두근두근한단다."

"……놀리려고 그러는 것 다 알아요."

그 무렵 보리스의 머리는 등을 덮도록 자라 끈으로 헐렁하게 묶고 다녔다. 토냐는 여관 일을 오래한 쾌활한 아가씨답게 말씨가 짓궂었고, 보리스를 놀리는 것도 좋아했다. 다른 사람 같으면 토냐 주위를 맴도는 젊은 상인 이야기로 대번에 반격했을 텐데, 보리스는 그냥 그 자리를 피하는 것으로 상황을 해결하려 했다. 뒤꼍으로 통하는 문을 밀고 나가는데 등뒤에서 토냐가 까르르 웃으며 소리쳤다.

"그러니까 내가 전에 말했잖아. 귀찮은 일 만들기 싫으면 머리를 좀 짧게 자르라고!"

근처 마을에서 연이어 열린 대목장 때문인지 오늘은 새로 들어온 손님이 많았다. 여관이 바쁠 테니 일을 좀더 도와줄까 싶어 뒤꼍을 가로질러 마구간 쪽으로 갔을 때였다. 바삐 길을 가던 어떤 남자가 보리스의 모습을 보고 놀란 듯 우뚝 멈추어 섰다. 보리스는 눈치채지 못한 채 건초를 한아름 안고 마구간으로 들어갔다.

남자는 방향을 바꾸어 여관으로 들어갔다. 그리고 마침 밖으로 나온 급사 한 사람을 붙들고 보리스 쪽을 손가락질하며 몇 가지 질문을 했다.

대목장이 다음날로 다가오자 손님은 한층 많아졌다. 그날도 일을 돕다 보니 점심 식사도 여관에서 했고, 대장간으로 돌아온 것은 3시가 다 될 무렵이었다. 토냐가 챙겨준 식료품을 한아름 안고 언덕을 올라와보니, 고급스러운 마차와 낯선 사람 몇 명이 대장간 앞에서 서 있었다.

볼일이 있어 보이는 사람은 한눈에 봐도 부잣집 마님인 화려한 옷차림의 중년 여인이었다. 부닌 아저씨는 잠시 자리를 비웠는지 보이지 않았다.

"이제야 누가 오는구나. 네가 여기 조수라는 애니? 뭘 좀 고치고 싶은 것이 있는데 주인은 어디로 갔니?"

보리스는 이 부인이 부자이긴 해도 영주나 귀족은 아니라고 판단했다. 뒤에 하인들이 있건만 부인은 당연한 것처럼 자신이 나서서 말을 걸고 있었다.

"주인아저씨께선 잠시 자리를 비우셨습니다. 고칠 물건은 뭔가요?"

"요런 것도 고칠 수 있는가 모르겠다. 좀 작아서……."

뒤에서 하인이 상자를 꺼내 왔다. 보리스가 받아들고 보니 보석 따위를 담도록 세공된 빨간 상자 안에는 엄지손톱만 한 흑진주가 스무 개쯤 꿰어진 값진 목걸이가 들어 있었다. 자세히 보니 목걸이 줄 끝의 걸쇠가 떨어져나가 걸 수가 없게 된 모양이었다. 이런 것은 세공사에게나 가져가야겠지만 이곳은 외지이고 해서 마땅한 사람을 찾지 못한 모양이었다.

"아저씨가 돌아오셔야 대답을 드릴 수 있겠어요. 혹시 시간이 있으시면 조금 더 기다려보시지요."

"이런, 안 되는데. 지금도 잠깐 빠져나온 건데 이미 늦었어. 게다가 목걸이는 내일 당장 필요한 거란다. 그러지 말고 네가 목걸이를 갖고 있다가 아저씨한테 보여주고, 만일 안 된다면 내게 다시 가져다줄 수 없을까? 심부름값은 넉넉히 줄 테니까 말이야."

차림새로 보아 아노마라드에서 왔으리라고 짐작했는데, 그곳 귀족들처럼 막무가내로 자기 입장만 강요하지 않는 것이 마음에 들었다. 보리스는 조금 생각하다가 수락했다.

"그러시지요."

부인은 자신이 묵고 있는 여관의 이름을 말해주고는 자리를 떠났다. 그런데 부닌은 저녁이 다 되도록 돌아오지 않았다.

이 정도로 시간이 걸렸으니 그 부인은 분명 고쳐서 가져다 줄 거라고 생각할 것 같았다. 아저씨를 찾으러 가려 해도 이렇게 값비싼 물건을 집안에 놓아두고 나가기가 부담스러웠다. 잃어버리기라도 했다가는 갚을 길도 없을 것이다.

저녁 식사 시간도 훌쩍 지났을 즈음, 보리스는 결국 자신이 가져다주는 수밖에 없겠다고 결론을 내렸다. 가다가 토냐의 여관에 들러 부닌 아저씨를 봤는지도 물어보자고 생각했다.

언덕을 내려가다가 문득 이상하다는 생각이 들었다. 그 부인은 무얼 믿고 자신에게 이런 값비싼 물건을 맡겼을까? 분명 외지 사람이었는데 오자마자 '네가 여기 조수라는 애니?' 라고 물은 것도 이상했다. 그와레에서 열 달 동안 살았지만 가능한 한 조용히 지내온 터인데, 어떻게 외지인이 보리스가 누구인지 안단 말인가? 누구인지 몰랐다면, 더더욱 어떻게 이런 물건을 맡긴단 말인가?

토냐의 여관에는 부닌이 없었다. 결국 부인이 묵고 있다는 여관으로 가는 도리밖에 없었다. 그와레에서 가장 비싼 여관인 '사프란 대문'은 오래전 벨노어 백작과 로즈니스가 묵었던 곳이기도 했다. 여관 입구를 올려다보니 오랜만에 감회가 새로웠다.

"롤리아니 부인께 심부름이 있어서 왔습니다."

여관 주인이 확인하려고 급사를 올려 보내자 곧 심부름꾼이 내려와 올라오라고 전해주었다. 뒤따라 올라가니 방조차도 벨노어 백작이 정신을 잃은 보리스를 데려왔던 그 방이었다. 우연치고도 묘한 우연이구나 싶었다. 아니면 이 방이 여관에서 제일 좋은 방이고, 그들 모두는 부자이기 때문인지도 모르지.

심부름꾼이 문을 열고 먼저 들어간 뒤, 막 뒤따라 안으로 들어섰을 때였다.

싸악!

공기를 가르는 소리가 울린 것과 동시에, 보리스의 손은 벌써 검을 뽑아 들고 있었다. 열 달 동안 사람을 상대로 휘둘러 본 일이 없었지만 꾸준히 수련하여 감각만은 그대로 살아 있었다. 정면으로 내리쳐진 검을 정확히 막아 밀쳐냈다. 곧장 연속 공격으로 들어가려는 찰나, 보리스는 이상한 것을 느끼고 자세를 방어로 바꾸었다.

공격해온 검에 날이 없었다. 연습용 검이었다. 보리스는 검을 내리친 상대가 노련해 보이는 검사인 것을 보고 대뜸 물었다.

"이게 무슨 짓입니까?"

"해칠 마음은 없었다. 용서해라."

주위에 무기를 빼든 사람은 아무도 없었다. 검사도 곧 검을 내렸고, 방 안쪽으로 몸을 돌리며 말했다.

"우승자라 하더니 과연 놀랍습니다. 노련한 용병들 못지않게 빈틈없는 솜씹니다."

팔걸이의자에 기대앉아 보리스를 보고 있는 사람은 목걸이의 주인인 롤리아니 부인이었다. 부인이 생긋 웃더니 말했다.

"우선 너를 시험한 걸 사과해야겠구나. 하지만 다치게 할 마음은 없었다는 걸 알겠지? 지난 실버스컬 우승자인 보리스 미스트리에, 그게 네 이름일 거야. 실버스컬을 구경하러 갔던 우리 하인이 네 얼굴을 알아봐서 바로 알려줬단다."

이런 식으로 알아보는 사람이 있을 줄은 생각도 못 했기에 보리스는 난감해졌다. 부인이 말을 이었다.

"네게 좋은 제안이 있어서 무리인 줄 알면서도 이런 일을 하게 됐구나. 아참, 내가 누구인지부터 말해야겠지. 나는 롤리아니 칼츠. 칼츠 상단의 안주인이란다."

칼츠 상단?

너무 유명한 이름이었기에 오히려 얼른 알아듣지 못했다. 그러나 잠깐 만에 깨달았다. 아노마라드 제일의 상인인 드메린 칼츠라면 그도 직접 본 일이 있는 사람 아닌가? 그렇다면 저 부인은 드메린 칼츠의 부인이란 건가?

"……무슨 용건이십니까?"

이 부인은 두 가지로 보리스를 시험했다. 하나는 검술 실력일 테고, 또 하나는 일부러 값비싼 목걸이를 맡긴 일일 것이다. 그런 식의 시험이 간단하고 효과적이긴 할 테지만, 불시에 시험당한 입장에서는 기분 좋은 일이 아니었다. 그러나 이미 상대가 무지막지한 부와 권력의 소유자라는 걸 안 이상 사과를 받아들이지 않겠다고 버티는 것은 의미가 없었다. 최근의 조용한 생활이 마음에 든 보리스는 사소한 일로 문제를 일으키고 싶지 않았다.

부인이 만면에 미소를 띠며 다시 말했다.

"너를 고용하거나, 또는 후원자가 되고 싶단다. 어느 쪽이든 원하는 방식을 선택하렴. 내게는 네 또래의 아들이 하나 있는데 굉장한 말썽덩어리야. 그 애를 가까이에서 지켜줄 친구가 되어주었으면 한단다."

천만뜻밖의 이야기였다. 보리스는 저도 모르게 눈썹을 올렸다.

"호위 검사를 고용한다고 생각하면 간단하겠지만, 사실 내가 원하는 건 조금 달라. 우리 애는 형제도 없고, 너무 귀하게 자란 탓인지 마음을 터놓을 친구도 없어서 앞으로 어찌될지 참 걱정이란다. 최근엔 안 좋은 버릇도 생겼고……. 그러니 네가 친구도 되어주고 때로는 선생님처럼 혼도 내주고 하면서 지내줬으면 해."

물론 보리스는 부인의 아들, 루시안을 기억하고 있었다. 부인이 원하는 것이 무엇인지도 이해가 갔다. 그러고 보니 부인의 눈매와 웃는 표정은 루시안과 상당히 비슷했다.

"네가 저택에 와준다면 나와 남편도 너를 고용인이 아니라 아들 친구처럼 대할 생각이야. 물론 돈이라면 원하는 대로 줄 것이고, 그 밖의 생활도 우리 쪽에서 책임질 테니 너는 몸만 와주면 된단다. 자, 어떻게 생각해?"

롤리아니 칼츠 부인은 막대한 지위에 비해 말씨나 태도가 상냥하고 솔직해서 예전 벨노어 백작 부인처럼 불쾌한 사람은 아니었다. 그러나 그녀의 제안은 처음부터 안 될 말이었다.

"친절한 제안은 고맙습니다만, 결론부터 말씀드리자면 내키지 않습니다."

너무나 빨리, 그것도 딱 잘라 끊는 대답이 나오자 칼츠 부인은 약간 당황했다. 이처럼 좋은 제안을 재고의 여지도 없이 거절할 줄은 상상하지 못한 듯했다.

"왜지? 무슨 다른 문제라도?"

"다른 문제는 없습니다. 그냥 대장장이 일이 더 마음에 들기 때문이죠."

그렇게 말하며 검을 거둬 꽂은 보리스는 목걸이 상자를 꺼내 테이블에 놓았다.

"본래 이것이 목적은 아니셨던 것 같지만, 어찌됐든 고치지 못했습니다. 죄송합니다."

칼츠 부인이 입을 열지 못하는 사이, 보리스는 가볍게 인사를 하고 방에서 물러나왔다. 계단을 내려가며 그는 씁쓸하게 웃었다. 똑같은 여관의 똑같은 방에서 몇 년 전 받았던 제안도 지금과 크게 다르지 않았다는 생각이 들었다. 그러나 자신의 선택은 그때와 반대였다. 이젠 다른 길을 가고 있다는 사실이 묘한 대조를 남겼다.

대목장은 점심 이후부터 크게 붐볐다. 보리스는 어느새 인파 틈에서 부닌 아저씨를 잃어버렸다.

잃어버렸다고 미아가 되는 건 아니니 걱정할 필요는 없었다. 보리스는 그냥 혼자 돌아다니며 사람들의 활기를 구경했다. 과거 화려하고 귀한 것을 많이 봐오기도 했고, 본래 물건 욕심도 없는 터라 장에 나온 물건들에는 별 관심이 가지 않았다. 그저 웃고 떠드는 사람들에게만 눈길이 갔다.

모두가 행복해 보인다……. 부모의 손을 잡고 나온 꼬마들도, 예쁜 드레스와 새 조끼 따위로 한껏 멋을 낸 젊은이들도, 벌써 술이 얼근하게 올라 어깨동무를 하고 돌아다니는 동네 사람들도 근심이라고는 없는 모습이었다. 물론 그들에게도 나름대로 어려움이 있겠지만, 이런 날에는 잠시 잊어도 되리라. 그런 모습이 얼마나 좋은가……. 자신에게는 허락되지 않았던 한가롭고 단란한 일상을, 이젠 전처럼 까마득히 멀게 느끼지 않고 그저 주변 풍경으로 보게 된 자신이 조금은 신기했다.

토냐의 이야기는 거짓이 아니었다. 이름도 잘 기억나지 않는 소녀가 자신에게 말을 건 것도 이것으로 세 번째였다. 아직은 친분 없는 사람 앞에서 짓는 미소가 어색해서 편하게 대답해주지 못한 것이 약간 미안했다. 토냐의 말대로라면 그 애들도 나름대로 용기를 낸 것일 텐데.

그러나 대목장의 풍경에 달의 섬에서 마지막으로 보낸 봄 축제의 모습이 겹쳐지고, 금발 소녀라도 보일라치면 단 한 사람의 모습이 떠오르는 것만은 어쩌지 못했다. 물론 그 사람처럼 짧은 머리를 한 소녀는 어디에도 없었다. 벌써 일 년이 흘렀으나 조금도 흐려지지 않는 기억 속의 소녀도 다가오는 21일에는 스무 살이 되리라. 그날 곁에 있지 못하는 것이 새삼 안타까웠다. 다시 가지 못할 곳에서 그녀는 어른이 되어가고, 그도 점점 어른이 되겠지.

"여기 있었군! 한참이나 찾았다!"

덥석 팔을 잡는 바람에 놀랐지만 부닌 아저씨였다. 예상대로 벌써 술을 몇 잔 얻어 마신 모습이었다.

"얼른 가자! 경매 시작된다! 벌써 좋은 자리는 다 놓쳤겠는걸!"

굳이 구경할 필요가 없던 야외 경매에 가게 된 것은 순전히 부닌 아저씨의 술기운 탓이었다. 경매는 시작되어 있었다. 초반이라서인지 소박한 물건들이 주로 나왔다. 대목장의 경매는 장사보다 구경거리가 목적이었으므로 방식이 비교적 단순했다. 물건을 팔고 싶은 사람이 직접 나와 자기 물건을 경매에 붙이는데, 경매사가 설명을 마치면 구경하러 모인 사람들이 아무나 가격을 불렀다. 물론 최고 가격을 불러놓고 꽁무니를 빼면 안 되므로 섣불리 끼어들 수는 없었지만, 덕택에 분위기는 꽤 소란스러웠다.

네 번째로 물건을 갖고 나온 사람은 직업적으로 골동품을 모으는 늙은 상인이었다. 시작 가격 자체가 높은 대신 볼만한 물건도 많아서 저절로 주위가 조용해지며 관심이 쏠렸다. 물건들은 부유해 보이는 사람들에게 하나둘 팔려나갔다. 보리스는 칼츠 부인이 왔을까 문득 궁금해져서 경매장 안쪽으로 걸음을 옮겼다. 마침 늙은 상인이 새로운 물건을 꺼내는 참이었다. 경매사가 손나팔을 하고 외치기 시작했다.

"자, 이것은! 고상한 장식이 아주 인상적인, 부인네들의 필수품 되겠습니다! 그야말로 궁정에서나 쓸 법한, 덮개 달린 거울입니다! 엄지손톱보다 큰 사파이어가 박혀 있는데 당연히 진품이지요. 보석 가격만 해도 1000엘소가 넘을 물건입니다. 완전히 새것이나 다름없는…….”

그런 비싼 물건을 살 사람은 몇 명 없었기 때문에 경매사의 외침은 구경꾼들의 관심을 끌지 못했다. 보리스는 사람들 틈에서 칼츠 부인을 발견했다. 그녀는 하인을 다섯 명이나 이끌고 와 있었다.

“……한 것이니 약소하게 4000엘소부터 시작하겠습니다!”

부인의 모습을 보고 나니 오히려 눈에 띄지 않는 편이 좋겠다 싶었다. 돌아서려던 보리스는 얼결에 경매사가 하얀 천으로 덮은 테이블에 올려놓은 물건을 보고 말았다. 순간 그의 얼굴이 발갛게 달아올랐다. 가슴이 쿵쾅쿵쾅 뛰었다. 저것은 예프넨이 갖고 다니던 어머니의 유품이 아닌가!

“4100.”

바로 옆에서 가격을 부르는 젊은 부인의 목소리가 들려왔다. 어째서 저것이 저기에 있는 것일까? 혹시라도 다른 물건인가 싶어 사람들을 헤치고 맨 앞줄까지 가서 보았지만 틀림없는 예프넨의 물건이었다. 보리스가 잘못 볼 리가 없었다.

“여기 4200엘소.”

물건이 틀림없다는 것을 확인하고 난 보리스는 판단력을 상실할 지경이었다. 저것이 어떤 물건이었던가. 예프넨이 단 하나뿐인 어머니의 유품으로 소중히 간직하다가, 죽기 직전에 동생을 위해 살을 도려내는 심정으로 팔았던 물건이다. 틀림없이…… 그 물건이다.

자세히 보면 볼수록 그 시절의 아픈 기억이 송두리째 되살아나 가슴을 갈기갈기 찢어놓았다. 몇 달 동안의 작은 행복은 종잇장처럼 구겨졌다. 가슴이 먹먹해지고, 눈시울이 붉어졌다. 흡사 죽은 형이 다시 살아온 기분이었다. 저것을 되찾아야 했다. 또다시 남의 손에 들어가도록 내버려둘 수는 없었다. 아아……. 저것을 되찾는다면 죽은 예프넨이 얼마나 기뻐할 것인가.

"4500."

넋을 놓고 바라보는 사이 어느새 가격이 올라갔다. 4500이 나오고 나서 한동안 손을 드는 사람이 없었다. 보리스는 미칠 듯한 심정으로 그것을 바라보았다. 단숨에 높은 가격을 부르고 사버릴 수 있다면 얼마나 좋겠는가.

그러나 돈이 부족했다. 그에게는 단돈 500엘소도 없었다. 4000엘소나 되는 큰돈은 아마 부닌 아저씨도 갖고 있지 않을 것이다. 현실적으로 볼 때 덮개 거울을 사들이는 것은 불가능했다. 팔 때는 고작 300엘소였던 물건이 사기가 아닐까 싶을 정도로 값이 올랐다. 그때 그들 형제가 얼마나 시세를 몰랐던가 하는 것도 실감이 났다. 불가능하다고 생각될수록 고통이 커져갔다. 우연으로라도 다시 못 보겠지 싶었던 물건을 발견했는데, 되찾을 수 없는 자신이 죽고 싶을 정도로 원망스러웠다. 이 정도로 돈이 필요하다고 생각해본 일은 평생 한 번도 없었다.

그때였다.

"저희 마님께서 잠시 얘기를 나누고 싶어 하십니다."

고개를 돌려보니 칼츠 부인이 보낸 하인이었다. 보리스는 앞뒤 생각할 겨를도 없이 고개를 흔들었다. 지금은 다른 생각을 할 경황이 없었다. 그러자 하인이 다시 말했다.

"마님께서는 혹시 지금 경매되는 저 물건에 관심이 있으신가 궁금해하십니다."

얼른 상황이 이해되지 않았다. 그때 낯선 사람이 보리스와 이야기하는 것을 이상하게 본 부닌 아저씨가 가까이 왔다.

"무슨 일이냐?"

그때 하인도 다시 한번 말했다.

"관심이 없으십니까?"

그 순간, 텅 비어버린 머릿속에서 갑자기 한 가지 가능성이 떠올랐다. 다른 일은 다 잊어버린 보리스가 급히 대답했다.

"관심 있습니다. 데려가주세요."

부닌 아저씨에게 상황을 설명할 시간이 없었다. 덮개 거울의 가격은 이미 충분히 높아졌고, 이제 낙찰자만 기다리고 있는 상황이었다. 조금 후 아마 마지막이리라고 생각되는 가격이 불려졌다.

"4600."

보리스는 칼츠 부인 앞으로 갔다. 부인은 소녀처럼 생기 있는 미소로 보리스를 맞았다.

"저걸 갖고 싶니? 내가 사줄 수 있어."

"대신 제가 함께 가기를 원하십니까?"

"물론이야."

그 순간의 보리스는 예프넨의 물건을 손에 넣기 위해 영혼이라도 팔아넘길 지경이었다. 자유를 파는 것쯤, 못 할 것도 없었다. 결정은 내려졌다.

"그렇게 합시다."

칼츠 부인이 경매사를 향해 손을 흔들었다. 그녀의 입에서 거침없는 가격이 튀어나왔다.

"6000. 이걸로 끝이겠죠?"

부닌은 보리스의 갑작스러운 얘기가 믿어지지 않는 얼굴이었다. 대목장의 기분 좋은 술은 다 깨버렸다. 그가 한참 머뭇거리다가 다시 물었다.

"정말로, 간단 말이냐."

"……예."

보리스에게도 많은 회한이 남았던 결정이었다. 비록 결정하던 순간에는 망설일 정신조차 없었지만 그와레에 남겨두고 가는 아쉬움도 컸다. 열 달 동안 익숙해졌던 조용한 생활을 이런 식으로 접게 될 줄은 상상도 하지 못했다.

"네가 오래오래 있어줬으면 했는데……."

"저도 그럴 생각이었습니다."

그러나 부닌은 보리스가 그런 결정을 하게 된 이유를 듣고는 고개를 끄덕이며 수긍했다. 몇천 엘소라는 돈은 그 역시 대장간이라도 팔지 않는 한 손에 쥐지 못할 거금이었다. 하나뿐인 가족의 유품이라는데, 그걸 가지겠다는 것을 어찌 탓하겠느냐고 했다. 가족을 잃은 사람으로서 둘은 동병상련의 심정을 품고 있었다.

조금 후 부닌은 예의 사람 좋은 웃음을 지으며 말했다.

"아니다. 네가 이만큼이나 머무른 것이 도리어 특별한 일이었는지도 몰라. 처음 봤을 때부터 이런 시골에서 조용히 살아갈 만한 녀석 같지가 않았거든. 좋은 곳으로 간다니 내 마음도 좋구나. 가서 안부 전해다오. 상황이 달라지거든 언제든지 돌아와도 좋다는 건 알고 있지?"

출발은 당장 내일 아침이었다. 그날 저녁, 보리스는 가진 돈을 털어 비단 장갑을 한 켤레 사서는 토냐에게 인사를 하러 갔다. 토냐 역시 갑작스러운 결정에 당혹을 금치 못하는 얼굴이었다. 보리스는 선물을 내놓으며 말했다.

"혼인 잔치하게 되면 꼭 부르세요."

"……."

어색한 미소밖에 보일 것이 없었다. 처음 왔던 때처럼 갑작스럽게, 그렇게 떠나는 수밖에 없었다. 토냐는 눈물이 나는지 제대로 된 인사말도 해주지 못했다.

다음날 아침, 오 년 전에 그랬듯 보리스는 다시 한번 아노마라드로 가는 낯선 사람들의 마차에 몸을 실었다.

"그럼 내가 가르쳐줄까?"

"아니, 관심 없어."

하얀 돌로만 지은 테라스에 늦봄의 햇살이 반짝였다. 흰 테이블 밑에는 청색과 백색의 관상용 돌멩이가 죽 깔렸다. 난간 쪽에는 크고 길쭉한 녹색식물이 그늘을 이루었다. 웬만한 방과 맞먹을 정도로 넓은 그곳에는 의자도 다섯 개나 나와 있었다. 그러나 사람은 하인 하나와 두 소년뿐이었다.

테이블에는 색색의 과일, 건포도를 넣어 구운 과자, 달콤한 푸딩 따위가 접시마다 가득했다. 꽃무늬가 든 찻주전자에서는 약한 김이 올랐다. 그러나 어느 것 하나 손댄 기색이 없었다.

"파티도 싫고, 시장 구경도 그저 그렇고, 인형극 구경도 시들하고, 맛있는 것도 찾지 않고, 마법에도 관심 없고, 카드놀이도 모르고, 넌 도대체 좋아하는 게 뭐니?"

"별로."

루시안 칼츠는 '뭐 이런 일이 다 있지' 하는 표정으로 양손을 펼쳐 올리며 쳐든 턱을 한 바퀴 돌렸다. 어머니인 칼츠 부인이 보리스를 붙여준 이유를 모르는 루시안은 어머니가 또래 친구를 데려왔다고 했을 때 어떤 녀석일까 잔뜩 기대했다. 그때만 해도 이렇게 재미없는 녀석일 줄은 상상도 하지 못했다. 실버스컬에서 우승하는 걸 봤을 땐 멋있어 보였지만 같이 놀기엔 영…….

"아참, 그렇지! 넌 실버스컬 우승자잖아! 검술이라면 분명 좋아하겠지?"

테라스 난간에 기댄 채 바깥 풍경을 보고 있던 보리스가 루시안 쪽으로 시선을 돌렸다. 이번에야말로 보리스의 관심을 끌었구나 하는 생각에 루시안은 신이 나서 눈을 반짝였다.

"나도 옛날에 좀 배웠거든? 그럼 우리 대련할까? 응?"

보리스는 루시안의 얼굴을 가만히 보다가 한쪽 입술을 올리며 미소했다. 수락한다는 의미였다.

"좋았어! 그럼 조금만 기다려. 야, 바나나! 가서 검술 연습장 치워놨냐고 물어봐, 얼른!"

루시안은 분주히 하인을 떠밀다가 무심코 과자도 한 개 집어먹고, 씹으면서 떠들다가 목에 걸려서 기침도 하고, 과자를 녹이려고 차를 따라 마시다가 뜨겁다고 비명도 지르고, 그러다가 갑자기 검술 연습에 맞는 옷으로 갈아입어야겠다며 저택 안쪽으로 달려가버렸다. 그런 루시안을 보고 있던 보리스는 입꼬리를 점점 올리다가, 모두가 사라졌을 즈음 드디어 웃음을 터뜨렸다.

"하하하하……."

웃음소리를 들을 사람은 아무도 없었다. 나뭇가지의 새들만이 푸드덕 날아갈 뿐이었다.

아노마라드 남부의 전원에 자리잡은 드메린 칼츠의 대저택에 온 지 닷새째 되던 날이었다. 고풍스러운 벨노어 성과는 달리 실용성과 아름다움, 그리고 최신식을 강조하여 지은 이 대저택은 놀랍게도 1층으로만 이루어져 있었다. 계단이 있는 곳은 중앙에 자리한 탑뿐이었고, 그 탑을 중심으로 1층뿐인 건물들이 미로에 가깝게 펼쳐져 있었다.

성에서 살아본 보리스도 이 집의 구조에 익숙해지기까지는 다소 시간이 걸렸다. 그러나 그보다 익숙해지기 힘들었던 것은 루시안 녀석의 성격이었다. 보리스는 전에 루시안을 두 번 본 일이 있었다. 한 번은 렘므로 넘어가기 위해 로젠버그 관문으로 가던 길목에서, 또 한 번은 물론 실버스컬 대회장에서였다. 발랄하고 생기 넘치면서 다소 무책임한 녀석이란 것은 짐작했는데, 직접 대해보니 상상 이상이었다. 뒷일을 생각하지 않는 무모함도, 넘쳐흐르는 활기도.

상상 이상이란 좋은 의미가 아니고 감당하기 힘들 지경이었다는 뜻이었다. 그래서 보리스는 저도 모르게 조금 거리를 두며 말려들지 않도록 조심했다. 그러나 볼수록 재미있었다. 이곳은 루시안의 집이고 보리스는 일종의 고용인이니 권위를 세우는 것도, 명령하는 것도 가능할 텐데 루시안은 그런 방법을 몰랐다. 오히려 손님이라도 부른 것처럼 자기 쪽에서 재미있게 해주려고 굉장히 머리를 썼다. 예전에 벨노어 저택에서 도련님과 하인이었던 보리스와 란지에의 관계와는 전혀 달랐다.

고용인이라는 점을 논외로 놓더라도, 보통 자신과 정반대로 보이는 상대를 만나면 와락 뛰어들기보다는 물러서서 떠보려 하기 마련이다. 그러나 루시안은 아니었다. 물이 차가운지 뜨거운지 알아보지도 않고 첨벙 뛰어드는 개구쟁이처럼, 같이 놀겠다는 지상 명제를 위해서라면 아무것도 가리지 않았다.

구김살 없는 성격이라 해도, 실은 조금 지나치다. 나쁜 의미에서 지나친 것이 아니라 이처럼 큰 부자의 집에서 외아들로 귀하게 자란 아이치고는 조금 이상한 성격이었다. 그런 생각을 하던 보리스는 자신이 왜 저 녀석의 일에 이렇게 마음을 쓰는 걸까 싶어 고개를 흔들었다.

"이얏, 찾아냈어! 자, 보라고. 이건 레이피어rapier야. 너도 알지? 나 이거 어렸을 때 꽤 오랫동안 좋아했는데 요새 잊고 있었거든?"

옷을 갈아입고 달려온 루시안이 날이 가늘고 끝이 뾰족한 세검을 내밀어 보였다. 한눈에 봐도 보리스의 검과 맞대련 하기에 적당한 검은 아니었다. 그러나 보리스는 순순히 응하여 함께 검술 연습장이란 곳으로 갔다.

복잡한 복도와 방을 여럿 지나 남쪽 건물로 가니 천장이 환하게 뚫린 널찍한 방이 나타났다. 한쪽 벽을 보니 연습용 검이 여러 개 걸려 있었다. 보리스는 그중에 루시안의 것과 비슷한 것을 하나 골라잡았다.

"어? 그걸로 하게? 네가 쓰던 검은?"

"네 검과는 격이 맞지 않으니까. 시작할까?"

일부러 날이 무딘 것으로 골라잡은 보람이 있었다. 루시안은 오랫동안 검을 잡지 않았는지 기본 동작조차 흐트러져 있어 금방 실수를 연발했다. 보리스의 검이 루시안의 팔에 가볍게 몇 번 명중했지만 상처는 전혀 나지 않았다.

"에이, 나도 예전엔 잘했는데! 나도 다시 검술 배운다고 해야겠다. 바나나! 가서 선생님 좀 구해달라고 아버지한테 말씀드려줄래?"

루시안에게 '바나나'라고 불리지만 본명은 '바나다'인 하인이 옆에서 하품을 하며 대꾸했다.

"주인어른께선 안 믿으실 게 뻔합니다요. 도련님의 변덕이 어디 한두 번이었어야죠. 그렇게 불렀다가 사흘도 안 되어서 내보낸 선생님이 벌써 몇 분입니까? 주인어른 아니라 저부터도 안 믿겠습니다요."

보통 부잣집 도련님 같으면 대뜸 호통을 치고도 남을 반응이었지만 루시안은 고개를 갸웃거리다가 간단히 수긍해버렸다.

"그런가? 그럼 조금 더 생각해보는 편이 좋을까? 그렇지만 목이 말라! 바나나, 가서 음료수 좀 가져다줘."

"그럽죠, 도련님."

바나다가 복도를 통해 멀어지자 루시안은 검을 거두고 눈을 반짝이며 물었다.

"넌 어디서 그렇게 멋진 검술을 배웠어? 너도 처음부터 잘했던 건 아니겠지? 몇 살부터 배운 거야?"

루시안이 한꺼번에 여러 가지를 물을 때는 전부 대답할 필요가 없다는 것을 이미 알고 있었다.

"누구나 처음엔 스승이 필요한 거야."

"그럼 네가 나 좀 가르쳐주면 안 될까?"

보리스는 고개를 흔들었다. 루시안은 실망한 표정으로 물었다.

"왜?"

"내 말을 듣지 않을 것이 뻔하니까."

"잘 들으면 가르쳐줄 거야?"

보리스는 무표정하게 하인이 한 말을 인용했다.

"못 믿겠는데."

"뭐야! 넌 우리집에 온 지 얼마 되지도 않았는데 벌써부터 나를 못 믿겠다는 거야? 난 말이야, 아버지나 어머니가 날 못 믿는 건 이해해. 바나나 녀석이 못 믿는 것도 이해하고. 내가 봐도 그럴 만하거든. 그렇지만 넌 내가 하는 짓을 다 본 것도 아니고 아직은 나를…… 뭐야, 내가 지금 무슨 말을 하고 있는 거지?"

듣고 있던 보리스는 웃지도 못하고 어처구니없는 표정을 지을 수밖에 없었다. 꼬인 말을 도로 다듬으려고 궁리하던 루시안이 갑자기 외쳤다.

"에잇, 좋아! 말을 잘 듣기로 맹세할 테니까 가르쳐달란 말이야! 이기기도 하고 지기도 하고 그래야 재미있는데 내가 지기만 하니까 너도 재미없고 나도 재미없잖아? 뭐로 맹세할까? 음……. 맹세장을 써줄까?"

'맹세장'이라는 말은 평소 아버지의 입에서 얻어들은 '위임장', '임명장', '고소장' 등등을 바꿔서 방금 급조한 말이었다. 스스로도 말이 되나 싶어 머리를 긁적거리고 있는데 보리스가 입을 열었다.

"종이 같은 건 필요 없고, 약속하고 싶다면 이렇게 하자. 하루에 한 번, 한 시간씩 연습. 어길 때는 그날 하루 종일 나를 형이라고 부르고 형답게 대하는 거다. 할 수 있겠어?"

루시안은 매일 한 시간씩 연습이라는 대목에서 고민하는 것 같았지만 내일을 생각하지 않는 낙천적 성격답게 곧 외쳤다.

"좋아!"

"……."

보리스는 대꾸없이 루시안의 얼굴을 들여다보았다. 보리스보다 키가 조금 작은 루시안은 금빛 눈썹을 장난스럽게 번갈아 일그러뜨리고 있다가 자기도 보리스를 올려다봤다. 이윽고 보리스가 말했다.

"왜지?"

"왜라니? 뭐가 왜야?"

루시안은 보리스의 엄숙한 얼굴을 보더니 '표정 풀어'라고 말하듯 두 손을 얼굴 앞에서 흔들어댔다. 그러나 보리스는 웃지 않고 물었다.

"큰 관심도 없으면서, 번거로운 조건을 감수하면서, 굳이 검술을 배우려는 이유가 뭐냐는 거지."

그러자 루시안은 당연하지 않느냐는 표정으로 되물었다.

"네가 검술 말고 다른 것은 재미없다면서?"

기분이 묘했다. 그럴 생각은 없었는데 정말로 루시안에게 검술을 가르치게 되고 말았다. 지금껏 누구를 가르치려는 마음을 먹어본 일도 없었고, 더구나 이곳에 올 때는 꼭 필요한 일만 하면서 이들과 어울리지 않겠다고 결심했는데 어쩌다가 이렇게 된 걸까 싶었다.

처음 아노마라드에 와서 겪었던 달갑지 않은 경험 때문인지, 보리스는 아노마라드 사람의 풍요로운 무신경함을 싫어했다. 그리고 루시안은 어찌 보면 그런 성품의 전형이라고 할 만했다. 걱정도 없고, 만사에 거침이 없었다. 그런 녀석에게 뭔가를 가르치겠다고 약속을 하다니. 나중에 혼자 있을 때 자신의 마음을 몇 번이나 돌이켜봤지만 여전히 왜였는지 모를 일이었다.

그런 식으로 보리스는 마치 나우플리온이 벨노어 저택에서 그를 본격적으로 가르치기 시작한 후로 한 것과 비슷한 고민을 하며 며칠을 보냈다. 생각 외로 루시안은 꽤 오랫동안 시키는 대로 고분고분 연습을 했다. 그러나 보름이 지나자 변덕이 재발하고 말았다.

"오늘은 가야 할 데가 있어. 오늘만 빠지자, 응? 그 대신! 오늘은 종일 형님이라고 불러줄게. 자, 형님!"

"……."

판단 착오였다. 부잣집 귀한 도련님인 루시안은 쓸데없는 자존심과는 거리가 멀었다. 형이라고 부르는 것쯤, 백 번이라도 해주겠다는 태도로 싱글거리는 모습을 보니 할말이 없었다. 루시안은 보리스가 온 후로 떼어놓고 다니게 된 하인 바나다에게 손을 흔들며 낮잠이라도 자라고 말해주는 등 각종 아량을 베풀더니, 이윽고 마구간으로 가서 말 두 필을 끌어내라고 명령했다.

마구간지기는 왠지 머뭇거리면서 물었다.

"또 어디…… 멀리 가십니까?"

"응, 말 타고 이 근처 한 바퀴 돌아보려고."

"산책이십니까요……."

루시안의 애마는 손질이 잘되어 윤기가 흐르는 갈색 말이었다. '형님'한테는 검은 말이 어울릴 거라며 보리스가 탈 말도 직접 골라주었다. 마구간지기의 걱정스러운 눈길을 뒤로하고 둘은 저택을 출발했다.

"어디로 가는 거지?"

"응, 저기 한 시간 정도면 갈 수 있는 데야. 도시 구경 가."

"아까는 근처를 돌아본다고 하지 않았어?"

보리스는 루시안이 거짓말하는 것을 처음 보았다. 루시안은 좀 어색하게 어깨를 으쓱거리며 웃었다.

"그러다가 멀리 가볼 수도 있는 거지 뭐. 안 그래?"

한 시간가량 달려 도착한 곳은 아모치아라는 소도시였다.

파노자레 산맥에서 채취되는 약초를 파는 장이 한 달에 한 번씩 열리기 때문에 외지에서 들어오는 사람이 많은 곳이라고 했다. 특히 마법 시약을 만드는 진귀한 약초를 구하기 좋은 곳으로도 이름났다. 그 이유는 아모치아에서 멀지 않은 곳에 마법 학교 네냐플에서 설치한 시약 제조소가 있어서 안정적인 수요처가 되어주고 있었기 때문이다.

루시안은 익숙한 걸음으로 이 골목 저 골목을 누비더니 어느 잡화점 입구에 이르러 멈추었다. 보리스의 눈치를 좀 보는 듯했지만 결국 안으로 들어갔다. 가게 안에는 젊은 사내들이 모여 앉아 있다가 루시안을 보자 반색을 했다.

"아이고, 어서 오십쇼, 루시안 도련님. 오랜만입니다. 오늘은 친구분도 데려오셨군요?"

보리스가 죽 둘러보니 사내들은 루시안 앞에서 사근사근한 미소를 짓고 있긴 했지만 그리 질 좋은 사람들로 보이지 않았다. 잡화점처럼 보였던 이 가게도 일상적으로 쓸 법한 물건들은 별로 없고 골동품 같은 이상야릇한 물건들이 대부분이었다. 좁고, 또 퀴퀴한 냄새까지 났다.

루시안은 씩 웃더니 말했다.

"친구가 아니고 '형님'이야. 어쨌든 구경만 할 거니까 신경 쓰지 마. 그럼 얼른 가자. 시간이 별로 없어."

형님이라는 말에 사내들이 의아한 눈초리로 보리스를 보았지만 금방 관심을 거뒀다. 사내들은 가게 안쪽의 쪽문을 통해 밖으로 나가더니, 다시 좁은 골목을 이리저리 돌아 어느 큰 집 처마 아래에 난 작은 문으로 들어갔다.

들어가고 보니 그곳은 테이블 십여 개가 놓인 널찍하고 고급스러운 홀이었다. 이미 꽤 많은 사람들이 와서 테이블마다 붙어 앉아 있었다. 특이한 것은 창문이 하나도 없다는 점이었다. 따라서 대낮인데도 방안에는 램프가 여러 개 켜져 있었다. 가까운 테이블 위를 훑어본 보리스는 이곳이 무엇을 하는 곳인지 알아차렸다. 놓인 것은 주사위 통이었다.

사내들과 루시안이 어느 테이블로 다가가자 기다리고 있던 여자가 말했다.

"오셨군요. 시작할까요?"

사람들이 앉자 여자는 서 있는 보리스 쪽을 흘끔 쳐다보더니 말했다.

"손님께선 하지 않으실 건가요?"

그녀는 대답을 듣지 못했다. 보리스는 입을 열지도 않았고, 다른 반응을 보이거나 자리에 앉지도 않았다. 무시당한 셈이 되자 여자는 고개를 흔들며 다른 손님들 쪽으로 관심을 돌렸다.

"그럼, 오늘도 루시안 도련님부터?"

루시안은 아이처럼 흥미에 부푼 표정이었다.

"응!"

자르륵, 주사위 구르는 소리가 들렸다.

보리스는 오늘이야말로 처음으로 호위 무사답게 팔짱을 끼고 서서 그들이 하는 양을 지켜봤다. 놀이 방법은 예전에 보리스가 섭정왕한테 배운 추격자보다 훨씬 간단해 보였다. 점수를 적어넣는 표가 없고, 매번 던진 주사위를 두 번씩 고쳐 던져서 서로의 우위를 비교해 승자를 가리는 방식이었다. 다만 다른 점이라면, 시작할 때 얼마간의 돈을 걸고, 주사위를 한 번 고쳐 던질 때마다 돈을 올리게 되어 있다는 점이었다. 이긴 사람은 다른 사람들이 건 돈을 모두 가졌다.

한 시간이 지날 때까지 루시안은 가장 돈을 많이 딴 사람이었다. 그러다가 어느새 형세가 바뀌었다. 루시안은 드문드문 돈을 잃더니 다시 한 시간이 흘렀을 즈음에는 처음에 땄던 돈을 다 잃고 추가로 500엘소 정도를 더 잃었다.

돈을 잃자 루시안은 오기가 나는지 다음 주사위를 굴리라고 열렬히 재촉했다. 다시 반시간 사이에 300엘소를 잃었는데도 멈출 기색이 없었다. 그동안 보리스는 말리지도 않고 지켜보고만 있었다. 800엘소는 큰돈이었지만, 돈이 넘쳐흐르는 루시안에게는 아무것도 아니었다. 루시안은 돈을 잃어서 불안해하는 것이 아니라 단지 졌다는 것 때문에 열을 내고 있었다.

사내들과 여자가 눈짓을 하더니 두 사람이 먼저 기지개를 켜며 그만 돌아가야겠다고 말했다. 그러자 다른 사람이 말했다.

"도련님도 그만 가시지요. 저녁 시간이 다 되어서 저도 그만 돌아가야 할 것 같군요."

"너무하잖아! 아직 난 회복을 못 했는데……."

"다음번이 있지 않습니까?"

사내가 싱글거리며 말했다. 루시안은 입술을 잘근잘근 씹으며 생각에 잠겼다가 일어서며 보리스 쪽으로 고개를 돌렸다.

"그만 가자."

밖으로 나와 사내들과 헤어지고, 다시 말을 타고 도시를 빠져나올 즈음 보리스가 입을 열었다.

"좋은 취미 같진 않군."

"재미있어. 네가 온 후로 한동안 잊어버리고 있었는데 요새 다시 하고 싶어져서. 난 여러 사람들이랑 같이 하는 놀이가 좋거든."

"그건 놀이가 아냐. 도박이라고 하는 거야."

"상관없어. 어차피 난 놀고 있는걸. 돈이라면 얼마든지 있으니 조금 잃는다 해도 별로 부담되지 않고……."

루시안은 보리스의 기분이 상할까 봐 염려한 것인지, 아니면 다른 이유에서인지 멈칫하다가 말했다.

"돈을 좀 쓰더라도…… 여러 사람들하고 재미있게 노는 게 좋아."

"하인들과 놀면 되잖아."

"하인들은 재미없어. 져주기만 한단 말이야. 이겨서 돈을 따 가도 상관없다고 아무리 말해도 듣지 않아."

해질 무렵이 되어 불그레해진 태양이 루시안의 머리카락을 적금발로 물들였다. 루시안은 우울해졌는지 눈을 내리깔면서 말했다.

"어머니가 동생이라도 낳아줬으면 좋겠다……."

열 살이 되기 전에 떼기 마련인 동생 투정을 아무렇지도 않게 뱉는 것을 보며 보리스는 새삼 동갑내기인 이 소년이 자신보다 훨씬 어리다는 것을 느꼈다. 아이답다는 것은 힘든 일을 별로 겪지 않았다는 말도 된다. 그건 좋은 일일까, 나쁜 일일까. 만일 갑작스러운 어려움이 닥친다면 루시안보다 보리스 쪽이 생존 확률이 높을 것이다. 그러나 웬만한 귀족은 비교도 되지 않는 부자 아버지의 무조건적 보호를 받고 있는 루시안에게 조만간 그런 어려움이 닥칠 것 같진 않았다. 그러니 루시안은 일찍 어른이 될 이유가 없었다. 그런 노력을 할 필요도 없었다. 아이 시절은 아이답게 보내고, 나이에 맞추어 천천히 어른이 되면 된다.

……왜 이렇게 부러운 것일까.

저택에 도착할 때쯤 보리스는 말 위에서 졸다가 깨다가 하는 루시안에게 말했다.

"네가 원한다면 내가 다른 주사위 게임을 가르쳐줄게."

"으음……. 아앗, 정말이야? 언제? 지금 당장 가르쳐줄 거야?"

"일단 집에 들어가서."

보리스도 조금 놀랐다. 아무 생각도, 심지어 끈기도 없어 보였던 루시안은 추격자 게임에 금방 익숙해지더니, 며칠 되지 않아 보리스를 상대로 연승을 하는 지경에 이르렀다.

"조금 더 잘해봐."

보리스 앞에 놓인 세모난 건포도 과자들을 죽 쓸어가던 루시안이 생글생글 웃으며 한 말이었다. 돈을 걸고 하는 것은 보리스가 싫다고 해서 판돈 대신으로 도입된 것이 이 삼각형 모양 과자였다. 덕택에 주방에서는 날마다 똑같은 과자를 쉰 개씩 새로 구워야 했다.

보리스는 그냥 미소를 지었지만, 실은 오래전 섭정왕을 상대로도 이겼던 자신이 이 무사태평의 낙천가 루시안에게 연속 다섯 번이나 지고 말았다는 것이 어이가 없었다. 방금 딴 과자 중 한 개를 집어 앞니로 갉작거리던 루시안이 불쑥 말했다.

"너는 말이지, 너무 칸을 아껴. 그래서 못 이기는 거야."

보리스는 더 설명해보라는 듯 오른손을 펴 보이고는 자신도 과자 한 개를 집어먹었다.

"이런 게임은 과감함이 핵심이야. 아버지가 예전에 말해줬어. '버릴 돈이라면 아예 멀리 내팽개쳐버려라, 미련 남지 않게'라고 말이지. 이것도 똑같아. 총점을 비교해서 1점이라도 높기만 하면 되는 거 아냐? 너랑 나는 지금 둘이서만 게임을 하고 있잖아. 네가 10점이면, 나는 11점만 되면 이겨. 어느 한쪽이 굉장히 잘하는 것이 아니니까 굳이 50점이나 100점씩 따려고 할 필요가 없다는 말이야. 큰 점수가 나는 칸을 굳이 아껴서 뭘 하니? 그러다가 한두 번 질 수도 있겠지만 결국 최종 승률에서는 앞서게 된다고."

잘난 체하며 턱을 쳐들고 손가락을 젓는 루시안을 보니 웃음이 나왔지만 그가 한 말은 타당했다. 보리스는 석판에 그려진 좀 전 게임의 표를 지우면서 말했다.

"좋은 말이야. 네게는 적당한 방식일 거야."

"그럼 너한테는 적당하지 않다는 말이야?"

표를 다 지운 보리스는 루시안의 눈을 들여다봤다.

"네가 아버지 이야기를 했으니 나도 하나 할까. 오래전에 돌아가신 내 아버지는 이렇게 말해주셨지."

루시안은 의심도 흐림도 없는 청색, 맑은 날의 하늘 같은 눈을 갖고 있었다. 보리스의 청회색 눈은 비 오는 날처럼 흐린 하늘빛이었다.

"판을 뒤집을 최후의 한 수는 반드시 남겨놔라. 마지막으로 한 번만 이기면 모두 이긴 것이다."

루시안은 눈을 크게 뜬 채 그 말을 따라 뇌까려보더니 되물었다.

"왜 마지막으로 이기면 모두 이긴 거야? 다음 게임을 해서 상대가 이길 수도 있잖아?"

"다음 게임은 없어. 이기는 순간 상대를 죽여버리니까."

크게 열린 청색 눈이 할말을 잃고 흔들렸다.

지금껏 루시안의 세계에는 그런 것이 없었다. 그런 것이 존재한다는 이야기조차 듣지 못했다. 최초로, 자신이 살아온 세계 밖에 무언가가 있다는 느낌을 받았던 것이다. 정말로 존재하는 세계일까 의심스러웠지만 선불리 부인하지는 못했다. 봄 들판을 걷다가 문득 고개를 들었는데 멀리 솟은 만년설, 영원히 녹지 않는 얼음을 발견한 순간이었다.

"네 말처럼 버릴 것을 쉽게 버리려면 다음 게임이 있다는 확신이 필요해. 나는 그렇게 살아오지 못했어. 이걸 버리면 다음엔 굶어 죽을 것이 틀림없다고 믿었기 때문에, 하나를 버릴 때마다 무한한 용기가 필요했지. 마지막 한 수……. 내일이란 것은 좀처럼 마음대로 되지 않아. 아무리 멋진 승리가 유혹한다고 해도 손에 쥔 마지막 빵을 내기에 걸 사람은 별로 없어. 나라면 절대 걸지 않아."

"넌 도대체 어떻게 살아온 거야?"

보리스는 직접적으로 대답하는 대신 이렇게 말했다.

"네게는 든든한 부모님이 계시고 많은 친구들도 있겠지. 난 검 한 자루 외에 의지할 곳은 전혀 없던 때가 있었어. 내일 죽음이 닥쳐도 이상할 게 없었지. 삶은 게임과 달라서 다음 판 같은 것이 없거든. 버릇이 되어서인지…… 게임을 하면서도 난 너처럼 쉽게 수를 내버리지 못해."

"넌 나랑 같은 나이잖아? 도대체 언제 그렇게 살았다는 거야?"

"열두 살 때부터 지금까지 죽."

"지금도?"

보리스는 미소를 지었다.

"그래, 지금도."

루시안이 눈썹에 힘을 주더니 말했다.

"난…… 이해하지 못하겠어. 부모님이나 친척들이나 친구들이 아무도 도와주지 않았단 말이야? 열두 살 때까지는 누군가와 같이 살았을 거 아냐?"

보리스는 놀랄 만큼 담담하게 대답했다.

"응, 그 누군가들은 모두 죽었어."

"모두 다? 친구나 친척들도?"

"루시안."

보리스가 씁쓸한 표정을 지으며 말을 이었다.

"친척이나 친구도 이해관계가 없어졌을 땐 도와주지 않아. 짐을 맡는 건 누구나 싫기 마련이거든."

하지만 그렇지 않은 사람도 있었다…….

"그렇지 않은 사람도 있을 거야!"

보리스의 마음속 생각이 루시안의 입에서 바로 튀어나왔다.

"나는, 그렇게 좋은 친구가 없지만 아버지나 어머니한테는 친구들이 아주 많단 말이야. 그 사람들은 좋은 일이나 나쁜 일이 있으면 언제나 찾아오고, 어려운 일도 자기 일처럼 나서서 도와줘. 우리 아버지가 빈털터리가 된다고 해서 등을 돌릴 사람들이 아니란 말이야."

"그럴지도 모르지. 모든 일은 닥쳐봐야 아는 거니까."

"넌 너무 회의적이야. 그런 식으로 살면 좋은 일이 있어도 기뻐하지 못하는 사람이 되어버린다고."

"아마 네 말이 맞을 거야."

둘 다 말을 그쳤다. 루시안은 평소 보이지 않던 심각한 표정으로 주사위들을 모아 쥐고 만지작거렸다. 보리스는 그런 루시안을 보며 마음속으로 되뇌었다. 너처럼 그런 것을 알 필요가 없었더라면 얼마나 좋았을까.

"난……."

루시안은 입을 열다가 조금 지체했다. 보리스는 저 정도로 생각에 잠긴 루시안의 얼굴을 처음 본다고 생각했다.

"내게 그런 이야기를 해준 사람은 없었어. 가난한 사람이 많다는 건 알고 있었지만. 그래서 생일 때면 그 사람들한테 선물을 많이 주려고 했어. 음, 그 이상은 잘 모르겠어. 아마도…… 너한테는 삶이 겨울이었는데, 나한테는 봄이었나 봐."

보리스는 루시안과 달리 심각한 얼굴이 아니었다. 심지어 빙그레 웃어 보였다.

"그건 네가 받은 선물 같은 거야. 안타깝지만, 모든 사람이 같은 선에서 출발하진 않으니까. 아까 말했다시피 네 방식은 네 입장에 잘 맞아. 너처럼 많은 것을 갖고 있을 때 그걸 한꺼번에 잃을까 봐 날마다 걱정할 필요는 없겠지. 앞으로도 어려운 일은 없고, 더 좋은 일만이 기다리고 있을지도 몰라. 그렇게 산다면 네 아버지께서 말씀하셨듯 '버릴 것은 버리고, 취할 것은 취하며' 혜택받은 너의 것들을 효과적으로 늘려나가는 방법이 최선일 거야."

비꼬는 어조가 아니었다. 진심으로 한 이야기였다. 그러나 그 이야기가 루시안에게 더욱 기이한 느낌을 주고 말았다. 보리스가 이곳에 온 이후로 매일같이 느껴온 한마디가 처음으로 루시안의 입에서 흘러나왔다.

"너는 나와 많이 다르구나……."

친구

다시 한 달이 흘렀다.

그동안 루시안은 대략 나흘에 한 번씩 도박장에 갔다. 가면 늘 많은 돈을 잃었고, 돈을 잃는 속도도 점점 빨라졌다.

보리스는 죽 동행했지만 처음 같이 갔던 날 이후로 별다른 참견은 하지 않았다. 루시안의 부모에게 이야기하지도 않았다. 가는 날은 늘 검술 연습을 빠졌고, 따라서 어김없이 형님이라고 불러야 하는 일이 벌어졌다.

집에 돌아오면 추격자 놀이를 하기도 했는데 루시안이 규칙을 바꿔서 보리스도 쉽게 지지 않게 되었다. 각 판의 총점을 적어두었다가 마지막에 다시 합산하여 승부를 냈다. 대략 다섯 판가량 한 다음 총점 가감을 정산해보면 매 판의 승률은 루시안이 높아도 전체 점수로는 보리스가 이기는 경우가 많았다.

여덟 번째로 도박장에 갔을 때 루시안은 한참 주사위를 굴리다가 문득 보리스를 돌아보며 말했다.

"그동안 하는 거 자주 봤으니까 알겠지? 너도 해볼래? 돈은 내가 줄게."

보리스는 말없이 고개를 저었다. 그때, 루시안이 보리스를 보려고 고개를 돌린 동안 판 너머에서 수상한 손짓이 오가는 것이 보였다. 볼 때는 무슨 의미인지 몰랐지만 게임이 재개되자 슬슬 짐작이 갔다. 그건 지금부터 이기기 시작하자는 신호였다.

과연 그후로 루시안은 한 번도 이기지 못했다. 꽤 많이 가져왔던 돈은 금세 사라졌다. 테이블에 앉은 지 반시간이 채 안 되어 루시안이 곤란한 표정으로 보리스를 돌아보더니 빈 손을 펼쳐 보였다.

"다 잃었네. 벌써 가고 싶진 않은데……."

그러자 한 남자가 말했다.

"빌려드릴까요, 도련님?"

"아, 정말? 그래줄래?"

"빌려드리고말고요. 얼마나 드릴까요?"

"아, 음……. 대강 1000엘소 정도면 될까?"

그때 보리스가 테이블로 다가갔다. 어깨에 손을 얹자 루시안이 돌아봤다.

"그만 가자."

"싫어! 오늘은 계속 지기만 했단 말이야. 몇 번은 이기고 싶은데……."

보리스는 한쪽 입 끝을 조금 올리며 말했다.

"오늘만 그런 게 아니잖아. 빚까지 지는 건 바람직하지 않아."

"내일 당장 갚을 텐데 뭘!"

"내일도 오겠다고?"

최근 간격이 짧아지긴 했지만 그래도 며칠씩 사이를 두고 온 터라 루시안은 조금 우물거렸다. 그러나 곧 고개를 들며 고집스레 항변했다.

"어쨌든 오늘은 좀더 놀 거야! 1000엘소쯤이야 순식간에 딸 수 있다고! 내일도 올 필요는 없어. 따서 오늘 갚고 가면 되니까!"

"쓸데없는 고집을 피우는군."

그러자 루시안은 보리스를 똑바로 올려다보며 힘주어 말했다.

"난 게임을 계속하고 싶어. 그것뿐이야. 지나치게 참견하지 마. 이러다간 화를 낼 것 같아."

보리스도 루시안을 내려다보더니 말했다.

"오늘 네가 나를 어떻게 부르기로 했는지 기억하지?"

"형님? 그게 뭐?"

그 순간 보리스는 오른손을 뻗어 루시안의 뒤통수 아래쪽을 한 대 쳤다. 세게 때린 것이 아닌데도, 정확한 위치를 가격당한 루시안은 몸을 가누지 못하고 휘청 넘어졌다. 테이블에 머리를 박으려는 찰나 보리스가 왼손으로 받쳐 일으켜 세웠다.

사내들이나 여자는 참견할 명분을 찾지 못해 우물쭈물하며 보리스가 하는 양을 지켜보고만 있었다. 늘 함께 오지만 게임에 참여하지도 않고, 하인도 아니라는데 뒤에 말없이 서 있기만 하는 보리스였기에 섣불리 이러쿵저러쿵하기가 뭣했다. 예상대로 보리스는 그들에게 한마디도 하지 않았다.

축 늘어진 루시안을 일으켜 세워 어깨에 들쳐 메던 보리스가 나직이 중얼거렸다.

"형이란 이런 거다."

한밤중에 침대에서 깨어난 루시안은 분개하여 다짜고짜 보리스를 찾으러 달려나갔다. 그러나 보리스의 방은 물론이고 늘 같이 놀던 테라스나 거실 등에서도 보리스를 찾을 수가 없었다. 이미 잠들었을 하인들을 깨우는 것도 미안하다 싶어 망설이던 루시안은 문득 검술 연습장을 떠올리고는 마음속으로

'그렇지!' 하고 외쳤다.

밤의 저택은 워낙 조용해서 사람들을 다 깨울 작정이 아니라면 낮처럼 맘대로 내달릴 수는 없었다. 조심조심 걷다 보니 저택을 가로지르는 데 꽤 긴 시간이 걸렸다. 연습장 입구가 보이는 곳에 이르러 보니 문은 열린 채였고, 불빛은 없었다. 이번에도 잘못 짚었나 싶었지만 그래도 안을 확인하고 가겠다는 생각에 발소리를 죽여 다가갔다. 연습장은 천장이 없으니 달빛뿐이리라 생각했다.

푸르스름한 빛……. 이것이 달빛인가?

입구에서 우뚝 멈추어 섰다. 그럴 수밖에 없었다. 연습장 바닥에 검 한 자루가 놓여 있었다. 거기에서 광채가 나고 있었다. 서늘한 청백색 광채였다.

그 검에서 조금 떨어진 바닥에 보리스가 앉아 있었다. 광채 덕택에 검을 쏘아보고 있는 보리스의 눈이 루시안에게도 보였다. 평소 보지 못했던 강한 의지가 깃들인 눈이었다. 그러나 세운 두 무릎을 꽉 움켜쥔 손이 가늘게 떨리고 있었다.

시간이 흐르자 빛은 사그라졌다. 빛이 완전히 가라앉고 달빛만이 남았을 때 보리스가 휴, 하고 한숨을 내쉬는 소리가 루시안에게까지 들렸다. 기분이 이상했다. 평소에 보리스는 아무것도 두려워하지 않는 것처럼 보였다. 어려움을 많이 겪어서인지 웬만한 일에는 동요도 하지 않았다. 그런 그가 이번에는 명백히 떨었다는 느낌이 왔다.

이윽고 일어난 보리스는 바닥의 검을 집어 칼집에 꽂았다. 전에도 보았지만 보리스의 검은 두 자루였는데 지금 것은 평소에는 결코 뽑지 않는 두 번째 검이었다. 보리스는 그 검을 칼집째로 들여다보다가 곁에 내려놓고는 숨을 깊이 들이쉬며 두 손으로 얼굴을 감쌌다. 숨을 고르는 모양이었다.

다른 사람의 감정에 잘 동화되는 루시안은 숨을 죽이다시피 하고 보리스를 지켜봤다. 문득 그가 안되었다는 생각이 들었다. 분명 루시안 자신보다는 강하겠지만, 보리스는 자기보다 더 강한 적들과 숱하게 부딪혀왔을 것이다. 아직은 소년이니까 저 애에게도 무서운 것이 있겠지. 도와줄 사람도 없었다고 했으니 모든 걸 혼자 해결해야 했을 텐데, 얼마나 힘들었을까. 그런데도 지금까지 저렇게 잘해냈다.

자신과는 크게 다르다. 다르기 때문에…… 궁금하다.

다시 한참 시간이 흐르고서 보리스의 목소리가 들렸다.

"여기까지 와서 들어오지 않고 뭘 해."

루시안은 어느새 화났던 일은 깨끗이 잊어버렸다. 그는 조금 쭈뼛거리다가 냅다 뛰어 들어가 보리스 옆에 앉았다.

"너, 뭔가 무서운 것을 본 것 아냐?"

"응."

"이젠 갔어?"

"응."

루시안은 바닥에 놓인 검을 흘끔 보았다. 좀 무섭다는 생각은 들었지만 이젠 빛나지도 않았고 별다른 점도 없어서 잘 잊어버리는 루시안은 금세 자신이 뭘 무서워했더라, 하고 의아하게 생각했다. 그래서 보리스를 쳐다보며 말했다.

"밤중에 왜 이런 데 나와 있는 거야?"

"너야말로 밤중에 왜 왔어?"

"그거야…… 아, 맞다! 널 찾으러 왔었어. 왜 찾으러 왔냐 하면……."

루시안이 갑자기 목적을 상기하고 열심히 말하려 하는데 보리스가 심드렁하게 가로채어 말했다.

"왜 때렸냐고 따지러 왔겠지, 뭐."

"그래! 아까 나 왜 때렸어? 별로 맞아본 적이 없어서 놀랐단 말이야."

어느새 따지는 것과는 거리가 멀어진 말투였지만 생각난 이상 끝까지 말했다. 보리스가 피식 웃었다.

"고집 피우는 동생한테 형이 할 법한 일을 한 거야."

"그게 고집 피운 건가? 난 너한테 화도 내지 않았고 '화가 날 것 같아'라고만 말했잖아. 사실 다른 사람들은 내가 그렇게 말하기 전에 이미 내가 하고 싶은 대로 하라고 그랬어. 그런데 넌 좀 이상해. 어제는 형님 역할을 하기로 했기 때문에 그런가?"

"세상 사람들이 다 네 집의 하인 같다고 생각하지 마."

"그렇게 생각 안 했어! 하지만 오늘은 동생이 아니니까 맘대로 해도 되겠지?"

"오늘도 가려고?"

루시안은 대뜸 대답하려다가 고개를 갸웃거리며 지체했다. 조금 후 그가 말했다.

"글쎄……. 지금 생각하니까 별로 하고 싶지도 않네."

"그런 거야. 하지만 이따가 아침이 되면 생각이 달라지겠지."

"그럴까? 그럼 오늘은 검술 연습을 하고 가면 되는 건가? 그럼 참견 안 하는 거야?"

"루시안, 난 본래 남의 일에 잘 참견하지 않아. 내가 널 억지로 데려온 건……."

보리스는 스스로도 이상하다고 생각했던 듯 어색한 표정이긴 했지만 어쨌든 끝까지 말했다.

"네가 주사위 놀이를 대하는 태도가 예전과는 달라졌다고 느꼈기 때문이야. 처음 갔을 때 넌 그저 놀이일 뿐이라고, 여러 사람들과 같이 노는 것이 좋아서 그런다고 했어. 늘 잃는 돈도 내가 보기엔 큰돈이지만 네게는 아무것도 아니니까 네 입장에서 생각하려고 했지. 하지만 어제 일을 생각해봐. 놀이였다면 돈을 빌려서라도 굳이 이기려고 했겠어?"

루시안은 고개를 갸웃대면서도 계속 듣고 있었다. 보리스가 말을 이었다.

"난 도박을 해본 일이 없지만 짐작은 가. 아마 넌 빌린 돈을 다 잃기가 쉬웠을 거고, 그러면 또 돈을 빌리거나 아니면 엉뚱한 것을 내기에 걸려고 했을 거야. 그런 식으로 내기에 심하게 빠진 사람은 재산과 집을 모두 걸어버리고 나중에는 가족들까지 걸어서 잃게 되곤 한다지."

"에이, 말도 안 돼! 어떻게 내기에 사람을 건단 말이야? 넌 내가 그런 사람으로 보여?"

보리스는 고개를 돌려 루시안의 얼굴을 바로 보았다.

"아니라고 생각한다면 내게 약속해. 더이상 그곳에 가지 않겠다고."

"약속……하라고?"

루시안은 망설이는 기색이었다. 그러자 보리스가 쐐기를 박듯 말했다.

"너 자신이 자제심 강한 인간이라고는 생각하지 않을 거야. 어제 너의 행동을 돌이켜봐. 자제하지 못할 것 같은 건, 손대지 마. 아니라면 너를 믿지 않겠어."

잠시 시간이 흐르고, 루시안이 입을 열었다.

"알았어. 다시는 가지 않을게. 약속해."

"믿겠어."

서로의 숨소리 말고는 들리는 것 없이 조용했다. 둥글게 뚫린 밤하늘을 올려다보다가 보리스가 말했다.

"너한테 지나친 참견을 하고 말았어. 내가 왜 그러는지 잘 모르겠어."

손가락으로 별자리를 따라 그리고 있던 루시안이 대꾸했다.

"나는 너랑 다르잖아. 생각이 다르니까 할말이 많지."

"그게 아니고……."

"그게 아니고?"

오랜만에 소년다운 표정을 한 보리스가 고개를 갸우뚱하게 기울이며 말했다.

"실은 네가 도박에 손을 대게 된 건, 저번 실버스컬에서 나 때문에 큰돈을 따보았기 때문이 아닐까 싶어서……."

"아하하하……."

갑자기 루시안이 웃음을 터뜨리자 보리스가 어이없는 얼굴로 쳐다봤다.

"왜 웃어?"

"하하하, 그러니까, 네 생각이 사실 핵심을 찔렀기 때문에……. 그리고, 하하하……. 그렇다고 그런 걱정까지 하는 네가…… 재미있잖아!"

보리스는 한층 어이없는 표정이 되었다.

"그게 뭐가 재밌어?"

루시안은 열흘 동안 약속을 지켰다. 딱 열흘이었다.

열하루째 되는 날, 보리스는 점심 식사 후 루시안이 보이지 않는다는 걸 눈치챘다. 마구간에 가서 물어보니 짐작대로 밖으로 나갔다고 했다. 보리스도 말을 빌렸다.

아모치아까지 가는 길은 쉽게 찾아냈다. 그러나 도박을 하는 건물을 찾기는 조금 어려웠다. 사내들을 따라서 갔던 골목은 잡화점 뒷문을 통해야만 들어갈 수 있었기에 밖으로 빙빙 돌자니 쉽게 위치가 잡히지 않았다.

그럭저럭 시간을 지체한 끝에 목적하던 곳 앞에 섰다. 문고리를 돌리니 문이 잠겨 있었다.

"……."

불길한 예감이 퍼뜩 전신에 퍼졌다. 예지까지는 아니었지만 육감만으로도 확실했다. 다른 문을 찾기 위해 벽을 타고 돌았다. 예상대로 정문에 해당하는 큰 입구가 나타났다. 몇 명의 사내들이 문을 지키고 서 있었다. 보리스가 들어가려 하자, 두 사내가 막아서며 몸으로 밀치려 했다.

"여기가 어딘 줄 알고 들어가?"

시작부터 막말이었다. 나쁜 예감 탓인지 보리스도 좋은 말이 나오지 않았다.

"비켜."

"건방진 놈이……. 저리 꺼지지 못해?"

사내가 한 팔로 밀어내려 하자 보리스는 검을 뽑는 대신 검 손잡이로 사내의 명치를 세게 쳤다.

"욱!"

사내가 쓰러지자 다른 사내가 다짜고짜 검을 뽑으며 덤벼들었다. 검을 뽑아준다면 이쪽도 좋았다. 마주 검을 뽑은 보리스가 사내 셋을 몰아붙이는 데 채 삼 분도 걸리지 않았다. 마침 보는 사람이 없어서 다행이었다.

사내들을 멀리 쫓아버린 보리스는 곧장 정문으로 들어가 도박장으로 이어지는 문을 열었다. 문이 쉽게 열리는 것부터 수상하다 싶었다. 아니나 다를까, 안에는 아무도 없는 것이 아닌가.

"빌어먹을!"

서두르기 전에 주위를 살폈다. 자칫하다가는 갇힐 우려가 있었다. 아까 쫓겨간 사내들이 다른 사람들을 데리고 돌아올지도 몰랐다. 루시안이 있던 테이블 말고 다른 테이블에도 많은 사람들이 있었는데 오늘은 어째서 아무도 없는지 의아했다. 정말로 그 사람들 전부가 한통속이었단 말인가? 아니면, 오늘은 특별히 쉬는 날이란 말인가?

아니, 그럴 리가 없다.

맞은편 벽 절반을 가린 커튼으로 눈이 갔다. 보리스는 먼저

들어왔던 문의 빗장을 뽑고 나무 걸쇠를 부순 다음, 벽으로 다가가 커튼을 홱 젖혔다. 예상대로 거기엔 문이 있었다. 그러나 잠겨 있었다. 바깥쪽으로 자물쇠가 채워져 있었다.

루시안이 혼자 어딘가에 갇힌 게 아니라면, 안에는 루시안 외에 다른 사람들도 있어야 했다. 감시자 한 명만 있다 쳐도 이렇게 바깥쪽으로 잠가놓으면 안에서 나올 방법이 없다. 그렇다면 필시 다른 출구가 있을 것이다.

다시 밖으로 나와서 보니 집은 단층이었지만 외부 통로가 있어 다른 건물과 연결된 형태였다. 아까 그 문은 통로로 통하거나, 또는 통로 밑의 지하나 그런 곳으로 통하겠지 싶었다. 조금 생각하던 보리스는 선뜻 지붕 위로 올라갔다. 있었다. 지붕에서 통로로 내려가는 문짝이었다. 이번에는 안쪽으로 잠겨 있었다.

천장에 달린 문은 부수기가 쉬웠다. 몸무게를 이용해서 대여섯 번 부딪치자 경첩 한쪽이 떨어져나가며 문짝이 안쪽으로 꺼졌다. 몇 번 더 하자 다른 경첩도 떨어졌고, 보리스는 곧 통로 안쪽에 착지했다. 커튼 뒤로 문이 있던 쪽을 보자 예상대로 지하로 내려가는 계단이 있었다.

검을 뽑아 들고 계단을 내려가던 보리스는 걸음을 멈추고 귀를 기울였다. 사람들의 말소리였다. 웃음소리도 간간이 섞여 있었다. 조금 더 내려가자 뜻밖으로 루시안이라고 생각되는 목소리도 들려왔다.

"이번 판도 내가 진 거야? 에이 참……."

아직도 게임중이란 말인가? 대체 무슨 속임수를 썼기에 루시안이 저렇게 아무 의심도 없이 지하방으로 들어갔을까?

환한 불빛이 새어 나오는 방 앞에 도착한 보리스는 흘러나오는 대화를 주의깊게 들어보고서 상황을 깨달았다. 이미 루시안은 큰돈을 잃고 있는 중이었고, 서슴없이 몇 번인가 돈도 빌린 듯했다. 그렇게 계속해서 빌리다 보면 어느 즈음 루시안도 손을 떼려 할 거고, 유혹해도 더 넘어가지 않을 때가 행동을 개시하는 시점일 것이다. 납치일 수도 있고, 집에서 돈을 더 가져오라는 심부름 편지를 쓰게 할 수도 있다. 어느 쪽이든 이 부잣집 도련님으로부터 최대한의 돈을 뜯어내는 것이 목적일 것이다.

그런데 그때, 루시안이 뜻밖의 말을 했다.

"꽤 많이 잃었네. 당신들, 돈이 아주 많이 필요한가 봐? 그 정도로 땄는데 오늘은 그만하자고 안 하네? 조금 더 할 테야? 난 아직 당신들보다 돈이 훨씬 많으니까 더 잃어도 되거든."

그 말에 대한 대답은 들려오지 않았다. 아마 사내들도 당황한 모양이었다. 조금 후 들려온 대답은 이랬다.

"하, 하하…… 물론 도련님이 원하시는 대로……."

"그럼 좀더 하지 뭐. 1000엘소 더 빌려줄래?"

그즈음 보리스도 이 상황을 어떻게 정리할지 판단이 섰다. 더 기다리지 않고 문을 열고 안으로 들어갔다.

"아, 아니……."

세 명의 사내들이 크게 놀라며 보리스를 보았다. 그들 가운데 무기를 가진 자는 아무도 없었다. 밖에 호위를 세워둔 것으로 만족했거나, 아니면 루시안을 아직 위협하고 싶지 않았기 때문일 것이다. 그런 와중에 검을 가진 보리스가 나타났으니 이만저만 사태가 꼬인 것이 아니었다.

보리스는 태연하게 걸어가 루시안 옆에 섰다. 루시안이 보리스를 보더니 겸연쩍게 웃으며 머리를 긁적였다.

"약속을 어기고 말았네……. 좀더 하고 싶어서……."

"내가 더이상 하고 싶지 않도록 만들어줄게."

차가운 목소리로 말한 보리스는 사내들 쪽으로 고개를 돌렸다.

"이번엔 나와 한판 하겠나?"

지금껏 보리스가 도박판에 관심을 보인 적이 없는 터라 사내들은 물론 루시안까지도 놀라 쳐다보았다. 보리스는 대답을 듣지도 않고 의자를 끌어당겨 테이블 앞에 앉았다. 사내들 가운데 우두머리는 억지로 아무렇지 않은 표정을 하며 머리를 재빨리 굴려보았다. 밖에는 분명 호위를 세워뒀는데 이 녀석이 여기까지 들어왔다는 건 모두 당했다는 뜻이거나, 아니면 요령 좋게 다른 길로 들어왔기 때문일 것이다. 설마 소년 혼자 그들 모두를 제압하진 못했을 테니 밖에 일행이 더 있을 가능성도 있었다. 그러나 반대로 아무도 없고, 저들의 호위들이 곧 달려와줄 가능성도 있었다.

일단 자신들은 맨손이니 검을 든 상대를 제압할 방법이 마땅치 않았다. 가능하다 해도 꽤 다치게 될 공산이 컸다. 더구나 루시안에게 정체를 폭로하게 되고 말 것이다. 루시안이 한동안 좋은 돈줄이 되어주었지만 칼츠 상단의 후계자를 언제까지나 벗겨먹을 수 없다는 것쯤은 알고 있었다. 칼츠 상단은 이 일대 상권의 절반 이상을 직간접으로 장악하고 있는 어마어마한 상대였다. 잘못 걸렸다가는 목숨을 부지하기도 어려웠다.

오늘 오랜만에 루시안이 온 것을 보고 이제 마지막이라고 생각한 그들은 도박으로 최대한 빚을 지게 한 다음, 집에 돈을 갖다달라는 편지를 쓰게 할 심산이었다. 그래서 돈이 오면 별일 아닌 것처럼 좋게 돌려보내면 되었다. 돈이 오지 않을 가능성은 별로 없었다. 그간 루시안이 여기 와서 물 쓰듯 써버린 돈을 생각하면 더더욱 그랬다. 그렇게 한몫 단단히 잡아서 다른 지역으로 뜨면 된다. 순진한 루시안이 사기당했다고 생각하지 않는 한 추적을 당할 우려도 없었다. 다만, 사기를 당했다고 생각하면 일이 곤란했다.

어쨌든 밖에는 호위가 있었고, 시간을 끌어볼 가치는 충분했다. 상황이 어느 쪽인지는 기다려보면 알 일이었다.

"이런 덴 관심이 없는 줄 알았는데. 뭐, 하고 싶다면 거절할 이유는 없지. 그런데 돈은 갖고 있나?"

보리스는 주사위들을 내려다보며 무심한 어조로 말했다.

"난 본래 도박을 즐기지 않으니 다른 사람은 빼고 너와 나, 단판으로 하자. 네 쪽에서는 내 친구가 진 빚 전부를 걸어라."

우두머리 격인 사내가 어이없어하는 웃음소리를 냈다.

"얼마인지 알고 하는 소리냐? 4000엘소나 되는데? 그럼 네 쪽에서도 그만한 돈을 걸겠다는 뜻이겠지?"

"돈? 그런 것은 없어. 내가 걸 것은 네 머리야."

"내 머리라니? 그게 무슨 소리냐? 네 머리를 걸겠다는 것이 아니고?"

보리스는 테이블에 흩어진 주사위들을 모아 쥐며 태연하게 대꾸했다.

"무슨 말인지 이해를 못 한 모양인데, 내가 여기 들어오는 순간 네 머리는 이미 내 수중에 있어. 네가 이기면 그걸 보존할 수 있는 거고, 내가 이기면 판돈 대신 잘라 가겠단 말이야."

맞은편에 앉아 있던 루시안의 눈이 경악으로 커졌다. 우두머리 외에 다른 두 사내의 얼굴은 엉망으로 일그러졌다. 막 고함을 치려는 참인데, 우두머리가 갑자기 손을 들어 제지하고는 크게 웃기 시작했다.

"핫핫핫……. 대담한 녀석이군. 너처럼 어이없는 소리를 하는 녀석은 이십 년 넘게 주사위를 굴리면서도 처음 본다. 좋아! 네 녀석의 무모한 도전을 받아들여주지. 대신 네가 져도 머리를 내놓을 수 있겠나?"

보리스는 고개를 들며 우두머리의 눈을 쏘아보았다.

"허세를 부리는군. 그런 입장이 아니란 것을 알 텐데. 그보단 차라리 이십 년을 갈고 닦았다는 자신의 실력을 믿는 쪽이 어떤가?"

보리스는 우두머리 사내가 말하는 것을 보고 이들이 무슨 생각을 하고 있는지 알아차렸다. 그들은 보리스가 단신으로 왔는지, 아니면 무사들을 끌고 왔는지 그것이 궁금할 것이다. 보리스가 검을 쥐고 있으니 당장 덤빌 재간은 없고, 시간을 끌어 저들의 편이 구원하러 오면 보리스 한 명쯤은 쉽게 해치울 수 있으리라 생각하고 있을 터였다. 그러나 보리스 쪽에서는 그 구원이라는 것을 별로 두려워하지 않았다. 녀석들의 실력은 밖에서 볼 만큼 보았다.

지금 상황을 모르는 사람은 루시안뿐인데 이들은 아직 루시안을 위협하지 않은 모양이었다. 처음부터 납치할 셈이었다면 지금껏 한가하게 주사위 놀음을 하고 있을 필요가 없었다. 그렇다면 짐작 가는 이유는 한 가지, 이들은 루시안을 끝까지 속이고 싶어 하는 것이다. 어쩌면 칼츠 상단의 복수가 두려워서, 오늘 빚을 잔뜩 지게 해서 빼앗을 만큼 빼앗고 점잖은 체하며 돌려보낼 속셈인지도 모른다.

보리스가 당장 검을 들이대어 그들을 제압하지 않은 것은 오직 루시안 때문이었다. 그는 루시안에게 보여주고 싶은 것이 있었다.

"뭐……. 어찌됐든 네가 이길 가능성은 없으니까. 자자, 잔소리는 집어치우고 시작하자. 루시안 도련님과 하던 걸 계속할 테냐?"

우두머리 사내는 어떻게든 체면을 구기는 것만은 면하려고 억지스럽게 목소리를 높였다. 보리스는 루시안을 보았다. 위험이고 뭐고 모르는 동그란 눈동자가 흥미로운 표정으로 그를 쳐다보는 것을 보니 한심하다고 해야 할지 순진하다고 해야 할지 헷갈렸다.

"난 복잡한 규칙 따윈 몰라. 단판답게 간단하게 가지. 높은 눈을 낸 쪽이 이기는 거다."

그렇게 말하며 모아 쥐었던 주사위를 우두머리 앞에 탁, 내려놓았다. 우두머리는 주사위를 쥐더니 희한한 웃음을 흘렸다. 조금 후 주사위가 던져지자 모두의 눈이 휘둥그레졌다. 6, 6, 6, 6, 6이었다.

"헤에……. 세상에, 말도 안 돼."

루시안이 중얼거렸다. 눈의 합산으로 승리를 결정하기로 한 이상 이것보다 나은 눈이 있을 리 없었다. 잘해봤자 무승부다. 보리스가 주사위를 주워 들어 만지작거리고 있자 우두머리가 신경질적으로 말했다.

"자, 대담한 소년도 던져보실까?"

그 말과 동시에 손을 올린 보리스가 주사위들을 천천히 테이블에 떨어뜨렸다. 하나씩 눈이 나타났다. 맨 처음은 6, 다음도 6……. 그리고 나머지도 모두 6이었다.

"엇……."

모두가 얼어붙은 표정으로 보리스가 던진 주사위들을 내려다봤다. 가능하다고 생각하지 않았던 무승부가 나자 우두머리의 낯빛도 창백해졌다.

"어떻게 이런 일이 가능하지? 둘 다 전부 6이라니 말이야."

루시안은 기분이 이상해지는지 어깨를 움츠렸다. 보리스는 루시안을 흘끗 보며 주사위들을 모아 쥐더니 말했다.

"무승부로군. 이걸로 결판을 내긴 어렵겠지. 그렇다면 이런 건 어때."

보리스가 다시 주사위를 던졌다. 주사위들이 차례로 붉은 점 한 개를 보이며 떨어지는 것이 보였다. 루시안의 눈이 조금 더 커졌다. 보리스는 다시 한번 주사위를 모아 쥐더니 이번엔 한꺼번에 던져 모조리 2를 만들어 보였다. 사람들은 감탄하는 것도 잊고 있었다.

"계속해볼까?"

3 다섯 개, 4 다섯 개, 5 다섯 개가 차례대로 나오는 것을 본 사람들은 귀신이라도 본 것처럼 꼼짝도 못했다. 요령이나 행운에도 정도가 있었다. 세상의 어떤 도박사도 이런 주사위를 던지지는 못했다.

보리스는 마지막으로 다시 손쉽게 6 다섯 개를 던져놓고는 우두머리를 봤다.

"나를 이길 수 있을 것 같거든, 계속 던져보든지."

우두머리는 침을 꿀꺽 삼키더니 떨리는 목소리로 외쳤다.

"마, 말도 안 돼! 이건 뭔가 이상하잖아! 속임수가 있는 것이 틀림없어!"

"속임수를 먼저 쓴 것은 네 쪽일 텐데."

딱딱한 대꾸가 끝나자마자 보리스는 갑자기 의자를 박차며 일어났다. 동시에 단도를 뽑아 테이블 위의 주사위 중 한 개를 내리찍었다.

퍽!

박살이 난 주사위에서 이상한 액체가 흘러내리는 것이 보였다. 루시안이 놀란 눈으로 그것을 내려다보았다.

"하지만 세상에는 속임수보다 더 놀라운 수도 많이 있거든."

당황한 사내들이 무어라 대꾸하기도 전에 보리스는 단도를 꽂고 허리에 찬 검을 뽑았다. 그 순간, 우두머리는 보리스가 내기에 걸었던 것이 무엇이었는지 생각해냈다. 결코 질 리가 없다는 생각에 호기롭게 수락해버리고 말았던 것이다.

"그, 그것만은……. 그건……."

"이걸로 루시안의 빚은 탕감이겠지. 약속대로 내 판돈을 가져가겠어."

보리스의 검이 우두머리의 목을 똑바로 겨누었다. 우두머리 사내는 숨도 제대로 못 쉬며 칼끝을 내려다봤다. 보리스가 검을 뽑아 겨누는 짧은 순간, 속도는 물론이고 정확한 동작과 안정된 자세 모두 평범한 소년의 것이 아님을 깨달았다. 그 정도 실력이라면 처음부터 무방비인 세 사람을 간단히 없애고도 남았을 터인데, 무슨 이유에서인지 지금까지 지체했다.

보리스의 검이 가로로 살짝 그어졌다. 칼끝은 우두머리의 턱끝에 가느다란 상흔을 남기며, 루시안의 머리 위에서 멈추었다. 보리스가 말했다.

"하지만 네 목을 가져가봤자 거름으로도 못 쓸 테지. 대신 내 친구를 데려가겠다. 반대는 없겠지?"

"어떻게 한 거야? 응? 가르쳐주면 안 돼? 궁금해죽겠단 말이야!"

방금 자신이 납치 감금될지도 모르는 끔찍한 자들의 소굴에서 빠져나왔다는 것도 모른 채, 루시안은 보리스가 주사위를 던진 요령을 가르쳐달라고 못 견디도록 졸라댔다. 도시를 빠져나올 때부터 지금껏 그 얘기였다.

“그걸 알면 어쩔 건데? 다시 가서 써먹어보려고?”

루시안은 할말이 없는지 혀를 쏙 내밀며 뒷머리를 긁적거렸다.

“아냐……. 이젠 안 갈 거야. 그놈들, 나를 속였거든. 방법은 모르겠지만 그냥 주사위는 절대 아니었으니까. 그렇지만 그것보다 네가 한 방법이 백배 궁금해! 그 녀석들이 내 돈을 많이 따 가긴 했지만 그런 것도 네가 감추고 있던 비법을 배울 기회가 생긴 것에 비하면 아무것도 아니라고!”

“넌 그런 기회가 안 생겼어. 가르쳐주지 않을 거니까.”

“힝……. 정말로 안 가르쳐줄 거야? 내가 궁금해서 죽어도?”

“궁금해서 죽는 사람은 없어.”

“네가 그런 식으로 계속 안 가르쳐주면 내가 그 최초가 될지도 모른다고!”

보리스는 루시안이 황당할 정도로 고집을 피우도록 내버려두다가 제풀에 지쳐 잦아들었다 싶을 즈음에야 입을 열었다.

“그건 속임수였어. 너도 그런 일이 가능하지 않다는 것쯤은 알잖아? 내가 무리해서 너에게 그런 걸 보여준 건, 세상에는 수많은 속임수가 있다는 걸 알려주고 싶어서였어. 네가 눈치채지 못한 그자들의 주사위도 속임수였고, 내가 한 것은 더한 속임수였지."

루시안은 여전히 그 속임수를 알고 싶은 눈빛이었지만, 보리스의 표정이 워낙 단호해서 바로 졸라대지 못했다.

"도박이란 보통 사람들에게는 마술의 세계 같은 거야. 거기에 들어가면 모두가 잃고 나오게 돼. 그 세계에 진짜 실력 같은 것은 없어. 오직 행운과 속임수뿐이지. 행운이라 해도, 내가 아까 보여준 것처럼 주사위 눈을 자유자재로 나오게 할 정도가 아닌 한 결국 잃을 뿐이야. 난 네가 성장해가는 방식을 존중하지만 이번만은 네가 스스로 깨닫기 전에 더 큰 악영향을 받을 것 같아 끼어들고 말았어. 속임수 같은 것을 알려고 하지 마. 그런 걸 알아봤자 자꾸만 빠져들 뿐이야."

"그럼 넌 그런 방법을 알면서 어떻게 도박에 빠지지 않을 수가 있어?"

보리스는 그제야 얼굴을 조금 풀며 말했다.

"너도 알잖아. 난 베팅을 못해."

"에이! 말도 안 돼! 그렇게 잘하는데 왜 베팅을 하지 않겠어? 뭘 걸어도 이길 텐데."

"루시안. 내가 방금 한 말 잊었어?"

"으음……."

루시안이 말문이 막혀 우물대는 동안 보리스는 앞을 바라보며 말을 재촉했다.

아까 보리스는 주사위를 던지기 직전, 그 안에 엔디미온의 주사위를 섞어놓았다. 그러므로 그가 보여준 마술적인 주사위 눈은 한 개의 마법 주사위가 만들어낸 환각이었다. 아직 그보다 강한 환각은 쓸 줄 모르지만, 열 달 동안 그와레에서 지내면서 나름 연습해본 결과였다.

엔디미온은 가나폴리의 소년왕이었고, 그의 주사위는 세월을 넘어 보관된 귀한 물건이었다. 그런 것을 도박판 같은 데서 사용했다는 것이 오히려 마음에 걸렸다. 가능하다면 다시는 그런 일에 쓰고 싶지 않았다.

루시안은 여전히 투덜거리며 말을 몰았지만 그건 보리스의 주사위 요령에 대한 궁금증일 뿐, 도박에 대한 미련은 거의 버린 듯했다. 루시안은 본래 싫증을 잘 내는 성격이었다. 한동안 열렬히 빠져 있던 놀이에 속임수가 섞여 있다는 사실을 알자 곧바로 흥이 깨지고 말았다. 보리스가 그동안 지켜본 사람됨 그대로였다.

저렇게 조심성이 없으면서도 끝낼 때는 망설이지 않는 깨끗한 성격이다. 어쩌면 기억력이 별로여서일지도 모르지만. 그리고 금방 다른 일에 또 빠져든다. 보리스와는 너무나 대조적이었다. 보리스는 과거를 잊는 법이 없었다. 한번 갖게 된 회의적 세계관이 지금껏 변하지 않았을 정도로.

신중한 성격에도 장점이 있지만 루시안에게는 보리스에게 주어지지 않았던 태생적인 선물이 있었다. 저런 성격이 만들어지려면 사람을 믿었을 때 긍정적 결과가 오는 환경이 꼭 필요했다. 그것이야말로 루시안의 마음에 그늘을 만들지 않는 태양과 같은 존재였다.

심지어 루시안은 자신에게 얼마나 많은 혜택이 주어졌는지 실감도 못 했다. 돈을 마구 써대지만, 그건 어린아이가 정원에서 딴 꽃잎을 주변에 흩뜨리며 노는 것과 다를 바 없었다. 그 돈으로 사람을 억누르고, 조롱하고, 괴롭히고, 심지어 소중한 것을 빼앗아 가질 수 있다는 사실은 모른다……. 아니, 그런 일에서는 재미를 느끼지 못했다. 그런 식이니 도박장에서 연패하면서도 용돈 주는 기분이었던 것이다. 일껏 모았던 조개껍질을 흩어버리고 다른 재미를 찾아 달려가는 해변의 꼬마처럼……. 정말이지 이상한 녀석이다.

"잠깐, 잠깐, 보리스, 재밌는 생각이 났는데 말이야, 들어볼래? 보름 뒤였던가, 한밤중에 하는 파티가 있거든. 아아, 파티 싫어하는 것은 아는데 이번에는 달라. 이건 아이들끼리만 모이는 파티야! 벌써 초청장 받은 지 열흘쯤 됐는데 깜빡 잊고 답신을 안 보냈지 뭐야. 오늘 가서 답신을 써야겠어. 너도 꼭 같이 가자. 이번에는 재미있을 거야. 내가 보장할게!"

보리스는 대답 없이 앞으로 나아가기만 했다. 루시안은 자신이 재미있다고 생각하는 일에 상대가 감탄하지 않으면 못 견뎠으므로 보리스 곁으로 말머리를 붙이면서 파티에 올 사람들, 하기로 한 놀이 등에 대해 신나게 설명하기 시작했다. 조금 전까지 궁금해 안달하던 문제 따위는 까맣게 잊어버린 것 같았다.

"이래도? 이래도 재미없을까? 어른들의 지루한 무도회가 아니라니까. 나도 그런 건 싫어하거든. 점잔만 빼고 앉아 있다가 느릿느릿 춤이나 추는 건 정말 지겨워. 아이들 파티라고 모두 재미있는 건 아닌데, 이번에는 이엔의 파티란 말이야. 이엔은 재미있게 노는 방법을 아는 애거든. 이엔은 너도 만나보면 알겠지만 귀족치고는 정말 특이한 아이야!"

저 정도로 맑게 갠 성격 앞에서 사소한 먹구름 따위는 비 한줄기도 뿌리지 못하고 달아나고 말리라. 상처에서 배운 신중함, 경험에서 우러난 현명함, 그런 것은 없지만 꼭 있어야 할까? 언젠가, 먼 훗날엔 깨어질지 몰라도 지금은 잘 닦은 유리 장식처럼 반짝반짝 빛나고 있었다. 이미 빛을 잃어 불투명해진 자신과는 비교도 안 될 열일곱 살의 빛이었다.

타고난 그대로 훼손되지 않은 '좋은 성격'이란 조개가 진주를 품을 가능성보다 더 적은 확률로 만들어지기에, 미숙하더라도 놀라운 빛을 갖고 있지 않은가, 그런 생각이 드는 것이다.

다시 한번 그 생명, 내게 맡겨줄 수 없겠어?

이엔이라는 아이는 아마란스 백작가의 후계자라고 했다. 그 이상의 설명은 듣지도 못했고 물어보지도 않았다. 루시안은 닷새 전부터 파티에 갈 준비를 한다고 법석을 떨어댔다. 이 파티는 평범한 파티와 달라서 준비가 필요하긴 했다. 그런 준비에 몰두하다 보니 주최자에 대해서는 여기서 마차로 반나절쯤 걸리는 곳에 산다는 이야기가 설명의 끝이었다.

기후 좋고 풍광이 아름다운 남부 지방에는 여름 저택을 지어놓고 늦봄 무렵부터 초가을까지 머무는 부자들이 많았다. 그중에서도 유력한 귀족들의 저택은 벨 골짜기라는 곳에 모여 있었다. 북부의 귀부인들은 아이들을 데리고 내려와 저들만의 사교계를 즐기며 여름을 보내곤 했다. 평민들은 특별한 볼일이 없는 한 그 근처에 얼씬하지 않았다. 잠깐 다니러 온 귀족들은 현지인들과 풍습 차이가 커서 예상 못 한 트집을 잡혀 경을 치는 경우가 많았기 때문이었다.

보리스가 머물고 있는 칼츠 가문의 저택도 벨 골짜기에 있었다. 작위가 없는 가문이 그쪽에 저택을 지은 것은 극히 드문 경우였다. 불평하는 귀족들이 없지는 않았지만 대부분은 칼츠 가문이 예외가 될 만하다고 인정해주었다. 칼츠 가문의 막대한 부와, 거느린 세력과, 그리고 종종 빌려주는 급전을 생각한다면 말이다.

그렇다 보니 귀족 아이들끼리 여는 파티에도 루시안은 당연히 초대를 받았다. 무엇보다 칼츠 가문이 편의를 봐주지 않으면 이 근방에서 한철만 지내려 해도 식료품에서 사치품에 이르기까지 어떤 상품도 손에 넣기가 쉽지 않았다. 그건 수도에서 온 귀족들도 예외가 아니었다.

이번에 열린다는 소년 소녀들의 파티는 왕국력 971년부터 976년 사이에 태어난 아이들만 초대한다는 불문율이 있었다. 주축 회원인 아이들이 나이 차이가 큰 새 회원과 사귀는 것을 귀찮아해서 만들어낸 일종의 텃세였다. 하지만 저들의 동생들은 또 자연스럽게 끼어들어도 아무도 뭐라 하지 않았다. 어떤 경우든 처음 오는 사람은 기존 회원 중 누군가와 동행해야만 했다.

그들은 이 파티에 남부 들판에 흔한 종 모양의 보랏빛 꽃 이름을 따서 '블루벨'이라는 이름을 붙였다. 그러나 실은 귀족을 뜻하는 파란색과 벨 골짜기의 이름을 합했다는 해석 쪽이 좀더 신빙성이 있었다. 블루벨 파티는 한 해에 많아야 세 번쯤 열렸다. 이런저런 규칙이 많아 늘 오는 축들은 거의 정해져 있었다. 루시안은 작년에 처음 가기 시작했다고 했다. 아마란스 저택까지는 세 시간이 넘는 길이어서 루시안과 보리스, 그리고 두 명의 하인은 저녁 식사를 마치자마자 일찌감치 출발했다.

마차 안에서 루시안은 내내 불만스러운 기색이었다.

"너 말이야, 정말로 이 근방에서 아는 사람은 나밖에 없는 거지? 혹시라도 알아보는 사람이 있으면 진짜 큰일이라고. 이번엔 꼭 내가 이겨야 되거든. 응? 정말 없는 거지?"

보리스는 생각에 잠긴 것처럼 팔짱을 낀 채 고개를 숙이고 있다가 대꾸했다.

"없어."

루시안은 기도하듯 손을 모아 쥐며 마차 천장을 올려다봤다.

"제발 없어야 되는데……."

오늘 참석할 귀족 가문들이 어디어디인지는 미리 들어두었다. 그중에 폰티나 공작가나 강피르 자작가, 벨노어 백작가 같은 곳은 없었다. 어쩌면 실버스컬 우승자 보리스 미스트리에를 알아보는 사람이 있을지도 모른다. 하지만 당시에도 파티에 참석하지 않고 급히 떠난데다 이번 파티는 가면을 쓰므로 그것도 가능성이 적은 이야기였다.

이엔이라는 아이가 연 이번 블루벨 파티의 주제가 바로 가면 놀이였다. 갖가지 분장을 하고 파티를 하는 것은 어른들의 가장무도회와 비슷했지만, 단지 사교로 그치지 않고 상대가 누구인지 알아맞히는 것이 놀이의 핵심이었다. 가면 쓴 상대의 정체가 짐작이 갈 경우, 그 사람한테 딱 세 번의 질문이 가능했다. 세 번 안에 맞히면 정체가 탄로난 아이는 가면을 벗어야 했다. 하지만 틀리면 같은 사람에게 다시 질문할 권리는 없어졌다. 마지막까지 정체가 드러나지 않은 아이는 다음 블루벨 파티를 열어 아이들을 초대할 권리를 갖게 되었다.

루시안은 오래전부터 이 파티의 주최자가 되어보고 싶었던 모양이었다. 그러나 루시안은 말하는 방식이 워낙 별난 아이인지라 입만 열면 누구나 금방 알아차릴 것이 뻔했다. 그래서 루시안은 이곳에 아는 사람이 없을 보리스에게 잔뜩 기대를 걸고 있었다. 그러나 유감스럽게도 보리스는 아는 사람이 없으니 숨길 것도 없다면서 간단한 가면 하나만을 쓰는 걸로 분장을 마치고 말았다.

루시안의 불만이 바로 그것이었다. 마차가 가는 내내 그는 시시때때로 중얼댔다. 아무도 몰라야 해, 아무도 모르겠지,

아무도 모를 거야…….

아마란스 백작의 여름 저택은 파놀라 산으로 오르는 구릉지의 옛 성을 개조한 것이어서 칼츠 저택에 비해 예스러운 멋을 풍겼다. 심지어 해자까지 있는 성이었다. 도개교를 넘어가 하인들에게 마차를 맡기고 내성으로 들어가자 비슷한 또래의 시종들이 열을 지어 기다리고 있었다. 그들 중 한 명이 얼른 나서서 루시안 일행을 안내했다. 어른은 전혀 눈에 띄지 않았다.

2층으로 올라가자 날씬한 테이블과 우아한 의자들이 즐비한 대기실이 나왔다. 거기에 초대된 소년 소녀들이 앉아서 기다리고 있었다. 다채로운 분장이 꽤 구경할 만했다. 전설 속의 인물을 흉내내어 옛날 복식으로 차린 아이들이 가장 많았다. 하지만 평민이나 용병, 동물, 괴물 모양으로 차린 재미있는 아이들도 있었다. 그중에는 이 더운 여름에 새끼곰이 되어 허덕거리고 있는 루시안도 있었다.

얼굴을 가릴 필요가 없는 분장을 한 아이들은 쉽게 알아보는 것을 막기 위해 화려한 천으로 만든 가면을 썼다. 루시안의 고집 때문에 일행이 아닌 듯 앉아 있던 보리스는 자신도 대륙을 떠도는 용병으로 분장한 것처럼 보일지도 모르겠다고 생각했다.

아이들끼리의 파티인데도 성에서 두 번째로 큰 연회장이 준비되어 있었다. 시간이 되자 어린 시종들이 와서 연회장으로 이동해주십사 부탁했다. 무슨 까닭이라도 있는지 연회장은 고작 램프 서너 개로 밝혀져 있어서 어두컴컴했다. 모든 아이들이 들어가고 나니 옅은 빛을 내고 있던 램프들이 갑자기 꺼졌다.

"어?"

저도 모르게 목소리를 낸 아이들도 있었지만 대부분은 입을 꾹 다물고 있었다. 그때 연회장 앞쪽에서 낭랑한 목소리가 들려왔다.

"다들 와줘서 고마워! 오늘 블루벨을 준비한 이엔이야. 초대장에 써 보냈으니 오늘밤의 규칙은 알지? 먹을 것과 음악과 놀거리는 모두 준비되어 있으니까 즐겁게 놀다가, 상대가 누구인지 알 것 같다 싶을 즈음 딱 세 번의 질문만 해서 누구인지 알아맞혀야 해. 무조건 상대가 '응', 또는 '아니'로 대답할 수 있는 질문만이야. 반칙하는 사람은 다음엔 초대 안 한다?"

이엔이 킥킥 웃더니 말을 이었다.

"이름을 맞히면 정체가 드러난 사람은 가면을 벗어야 되지만 그래도 계속 다른 사람들의 정체를 밝히러 돌아다녀도 상관없어. 마지막 한 명이 남을 때까지! 최후로 가면을 벗는 사람이 속한 집안에 다음 블루벨을 열 권한을 넘기겠어. 그럼, 나도 너희 틈에 섞여 들어갈 테니까 조금만 기다려. 이따가

시종들이 하나, 둘, 셋을 세고 불을 켤 거야!"

누군가가 걸어오는 소리가 들리더니 잠깐 동안 조용했다. 보리스는 이엔이라는 아이의 목소리가 사내애치고는 가늘고 높다는 느낌을 받았다. 시종들이 하나, 둘, 셋을 세는 소리가 들리고, 연회장의 불이 한꺼번에 켜졌다. 분장한 아이들이 저마다 웃음을 터뜨렸다. 그리고 곧 삼삼오오 모여 여기저기로 흩어져갔다.

아이들의 연회일지라도 수준은 어른들의 것 못지않았다. 매끈한 플로어 좌우로 줄지어 놓인 둥근 테이블에는 아이들이 선호하는 화려한 푸딩, 초콜릿, 케이크, 캔디 들과 금빛 샴페인이 담긴 크리스털 잔이 가득했다. 청록색과 흰색의 의자 덮개와 리본들은 아마란스 가문의 빛깔이라고 했다. 흰 덧창이 달린 테라스들은 오렌지빛 램프들로 환하게 밝혀졌다. 연회장 주위에는 잠시 둘만의 이야기를 나누고 싶어 하는 사람들을 위해 작은 방들도 딸려 있었다. 정면 단상은 비어 있었지만 단상 좌우에서 아이들처럼 재미있는 복장을 한 악사들이 경쾌한 음악을 연주했다. 또한 같은 또래의 시종들이 부지런히 오가며 테이블을 치우거나 음료를 날랐다.

보리스는 '새끼곰'을 데리고 한쪽 테이블로 가서 앉는 것을 도와준 다음 맞은편에 앉았다가 그만 웃음을 터뜨리고 말았다. 테이블에 머리를 박고 쓰러지다시피 한 '새끼곰'이 우는 목소리로 이렇게 말했던 것이다.

"으으아아……. 곰들은 여름을 어떻게 나는 걸까. 난 그 녀석들을 동정하게 돼버렸어. 가엾은 곰들, 나처럼 파티 끝나고 털가죽을 벗어버리지도 못할 테고. 녀석들은 겨울잠이 아니고 여름잠을 자야 해."

"난 곰보다 네가 더 비참해 보이는데. 뭣하면 너라도 여름잠을 자든가."

그때 머리에 귀여운 외뿔을 단 하얀 가면의 여자아이가 다가와 테이블에 앉으며 새끼곰을 향해 빙긋 웃었다.

"귀여운 새끼곰, 많이 더운가 보다. 내가 얼른 네 정체를 맞혀서 털가죽을 확 벗겨줄 수 있다면 좋으련만."

새끼곰은 황급히 앞발(?)을 내저었다.

"아냐, 아냐. 난 괜찮아. 참을 수 있거든?"

"덥지? 레모네이드 먹여줄까?"

"돼, 됐다니까! 내 정체를 알아내려고 하지 마!"

여자아이는 고개를 갸웃거리고 있었다. 짐작이 가기 시작한 모양이었다. 당황한 새끼곰은 의자 위에서 한층 더 버둥거리다가 그만 주스를 엎지르고 말았다. 외뿔 분장의 여자아이가 깜짝 놀라 발딱 일어나며 저도 모르게 부르짖었다.

"어머, 뮤리에!"

그 순간 새끼곰이 질문하는 것도 잊고 소리쳤다.

"너! 수이지 다 페리파노지? 뮤리에는 네가 늘 데리고 다니는 시녀 이름이잖아!"

이리하여 새끼곰을 사냥하려 했던 외뿔 아가씨는 도리어 새끼곰이 무심코 내민 앞발에 걸려 첫 번째 사냥감이 되고 말았다. 수이지라는 아이는 거의 울 듯한 표정으로 가면을 벗었는데 그다음이 문제였다. 자기를 골탕 먹인 새끼곰의 정체를 밝히고야 말겠다며 끈덕지게 달라붙어 갈 생각을 하지 않았다. 의외의 수확을 올린 새끼곰도 두 앞발을 다 들 지경에 이르렀다. 보다 못한 보리스가 말했다.

"이봐, 새끼곰. 다른 사람들 쪽으로 가자."

수이지는 보리스를 쳐다보더니 혼란스러운 표정이 되었다. 거의 확신했었는데 보리스의 존재 때문에 헷갈리는 모양이었다. 조금 후 수이지가 첫 질문을 던졌다.

"첫 번째 질문이야. 형제가 있어?"

"아니."

"그럼 오늘 데려온 하인이 연회장에 같이 들어와 있어?"

"아니."

모두 보리스가 누구인지 떠보는 이야기였다. 루시안은 보리스가 하인이 아니라고 생각했기 때문에 걸려들지 않았다. 둘 다 실패하자 수이지는 굉장히 고민하다가 마지막 질문을 던졌다.

"네가 제일 싫어하는 음식은 삶은 당근이지?"

새끼곰은 갑자기 굉장히 좋아하면서 앞발을 흔들어 보였다.

"아아니."

"에잇, 모르겠어! 너, 리어폴 폰 도므레트 아냐?"

"오오, 아닌데."

수이지가 화가 나서 자리를 뜨자 새끼곰은 더위도 잊고 신바람이 나서 의자 위에서 들썩거렸다. 이어 수이지가 보이지 않게 되자 하고 싶어 못 견뎌 하던 말을 꺼냈다.

"수이지는 반쯤 눈치챘던 것 같아. 그런데 난 얼마 전부터 삶은 당근보다 더 싫은 음식이 생겼거든. 그건 북부식으로 계란을 잔뜩 넣은 느끼한 푸딩이야!"

파티가 중반에 이르자 가면을 쓴 사람은 절반 이하로 줄어들었다. '새끼곰'은 놀랍게도 이때까지 정체가 탄로나지 않았다. 그러나 더위에 지쳐 반쯤 맛이 가 있다가 어떤 아이가 "바나나 좋아해?"라고 물었을 때 지나친 반응을 보이는 바람에 결국 들키고 말았다. 이 아이들도 루시안이 데리고 다니던 하인의 별명을 잘 알고 있었다. 털가죽 분장을 벗은 루시안은 어쩐지 기뻐하면서 연회장을 나갔다가 몸을 닦고 준비해뒀던 새 옷까지 갈아입고는 보리스에게 돌아왔다.

물론 보리스가 누구인지 맞힌 사람은 없었다. 사실 알아내려 시도하는 사람도 거의 없었다. 말을 걸어도 대화가 잘 이어지지 않고, 분위기 자체가 낯설어 맞힐 가능성이 없다고 판단하고는 자리를 뜨는 것이 고작이었다. 그렇게 다시 반시간가량이 지나자, 남은 사람은 보리스를 비롯하여 세 명으로 줄어들었다. 그러나 사람이 적어지자 이곳에 올 사람의 구성이 뻔한지라 나타나지 않은 사람이 파악되어서 다른 둘의 정체는 순식간에 밝혀졌다.

그리고 보리스가 남았다.

루시안은 좋아서 죽을 지경이었지만 모르는 체 입을 꾹 다물고 다른 아이들 틈에 섞여 있었다. 수이지와 같은 아이들은 이미 보리스가 루시안의 일행이라는 사실을 알고 있었다. 수군수군 이야기가 돌았지만 아무도 정체를 아는 사람이 없었다. 보리스는 어느새 집요한 아이들에게 빙 둘러싸였다.

"새로 온 사람인가 봐."

"전혀 짐작이 안 가는데."

"어쩐지…… 얼굴 봐도 모를 것 같아."

"마지막이니까 이제 그만 정체를 밝히는 편이 좋지 않아?"

"아무래도 모르겠어. 이엔, 어떻게 할 거야?"

그때였다.

입구에서 뜻밖으로 아직 분장을 벗지 않은 사람이 성큼성큼 걸어왔다. 수도사들이 입는 거친 망토에 달린 커다란 두건이 가면 없이도 얼굴을 완전히 가리고 있었다. 다급한 일이 있는 사람처럼 빠른 걸음이었다.

기세에 놀란 아이들이 저도 모르게 옆으로 비켜났다. 그자는 보리스 앞으로 걸어오는 동안 이미 첫 번째 질문을 시작했다. 오늘 보리스에게 세 가지 질문을 시작한 사람도 그가 처음이었다.

"첫째, 아노마라드가 아닌 다른 나라 출신이지?"

소년의 목소리였다. 보리스는 오늘 저런 복장을 한 자를 보았던가 돌이켜 생각해봤지만 전혀 기억이 나지 않았다. 질문이 정확했기에, 그는 긍정했다.

"그래."

"오래전에 헤어진 형제가 있지?"

보리스는 퍼뜩 긴장하여 상대를 노려보았다. 누구지? 이런 목소리를 전에 들어보았던가?

상대는 목소리에 힘이 있었고 의전관들처럼 말 맺음이 정확했으나 까닭 모를 흥분이 섞여 조금 쉰 느낌도 났다. 만일 예전에 알던 사람이라 해도 변성기 전이었다면 지금의 목소리로 알아보는 것은 무리였다. 그리고 단순히 형제 이야기, 그리고 헤어졌다는 말만으로는 아는 사람이라고 판단하기 어려웠다.

"있다."

그자는 보리스 앞에 와 걸음을 멈췄다. 키는 보리스보다 조금 작고 체격도 당당한 편은 아니었다. 그가 마지막 질문을 하는 순간, 머릿속 기억의 바다에서 과거의 편린 하나가 불쑥 솟아올랐다.

"하얀 검은…… 여전히 힘껏 지켜내고 있겠지?"

복숭아꽃이 휘몰아치던 날 책장에 찍혔던 자국, 음모의 땅에서 말고삐를 당겨 돌아서며 남겼던 마지막 인사…….

"물론……이다."

"그래, 다시 만날 때를 약속했었지. 너의 이름을 부르겠다고. 보리스, 다시 만날 줄 알았어."

보리스는 가면을 벗어 떨어뜨렸다. 상대가 맞힌 자신의 정체를 인정하는 행동이었다. 모든 아이들이 두 사람을 바라보는 가운데 보리스는 두건을 쓴 상대를 뚫어져라 쏘아보았다. 두건 안쪽에서 가벼운 웃음소리가 흘러나왔다. 선뜻 올라간 손이 두건을 젖혔다.

하늘빛을 닮은 짧은 머리카락이 한결 성숙한 소년이 된 그의 곧은 이마에 흩어졌다. 이런 곳에서, 이렇게 만날 줄은 상상도 못 했던 소년의 진홍빛 눈매가 한 번도 본 일이 없는 빛으로 환했다.

보리스도 그의 이름을 불렀다.

"란지에."

"다시 만날 줄 알고 있었다고 말한다면 믿지 않을까?"

"믿을지도. 난 예전부터 네게 이상한 힘이 있다고 생각해 왔거든."

파티장에 딸린 여러 별실 중 하나에 들어왔다. 방안에는 보리스와 루시안, 그리고 란지에와 이엔이 전부였다. 루시안은 다 이긴 줄 알고 있었는데 느닷없이 나타난 란지에가 보리스의 정체를 밝혀버린데다, 심지어 란지에가 이엔의 집에 머무는 손님이라는 것을 알자 잔뜩 토라져 있었다.

이엔은 별실로 그들을 안내한 장본인이었다. 그제야 보리스도 알아보았다. 아마란스 백작의 후계자라고 들었던 이엔은 소년이 아니었다. 호리호리하고 귀염성이 있는 개구쟁이 같은, 그러나 사내애의 옷을 입고 있는 소녀였다. 머리는 짧았지만, 마치 세상과 타협하려는 것처럼 등뒤로 한줌의 머리카락만 길게 길러 남긴 것이 희한했다.

란지에가 의자 등받이에 몸을 기대며 웃었다.

"기대는 고맙지만 어쩔 수 없이 솔직하게 말해야겠는데. 하필 이런 곳에서 만날 줄은 전혀 짐작하지 못했다."

보리스에게 반말을 하는 란지에는 생소하기도 하고, 더 가깝기도 하고, 그때와 다른 사람인 것처럼 낯설기도 했다. 그러나 뜻밖의 만남으로 둘 다 흥분했다는 사실만은 변함이 없었다. 그건 루시안을 더욱 기분 나쁘게 하는 부분이기도 했다. 자신만의 신기한 친구라고 생각했던 보리스가 옛친구를 만나서 즐거워하는 모습이 어쩐지 달갑지 않았다.

"자, 그럼 우리한테도 뭔가 설명해줄 때가 됐잖아. 루시안도 나도 어리둥절하다고. 두 사람은 어떻게 아는 사이야?"

이엔이 테이블을 톡톡 치면서 말하자 란지에가 고개를 돌려 미소를 보냈다.

"이엔도 알고 있을 B씨의 사건 이전에, 함께 그 집에서 지냈지. 이를테면 같은 적에게서 빠져나온 동병상련이랄까."

"그래? 그러면 사 년 만의 만남이군? 진짜 반갑겠다. 그런데 둘만의 수수께끼가 많나 봐. 구경하는 우리에게도 소개 정도는 해줘."

그제야 이엔 쪽으로 고개를 돌린 보리스가 그리 유연하지 않은 태도로 자기소개를 했다.

"나는 보리스…… 미스트리에라고 해."

"보리스 미스트리에?"

이엔이 팔짱을 끼며 미간에 주름을 잡더니 갑자기 아, 하고 소리를 질렀다.

"그렇구나! 실버스컬 우승자, 보리스 미스트리에! 어디서 들어봤던가 했더니. 난 경기는 못 봤지만 거기 갔다 온 녀석들한테 귀에 못이 박히도록 들었거든. 정말로 실버스컬 우승자 그 사람, 맞아?"

루시안이 대답했다.

"그래, 맞아. 지금은 우리집에서 내 친구로 지내고 있어."

"비슷하네? 란지에도 우리집에서 내 친구로 지내."

그러나 보리스는 그 관계가 미묘하게 다르다는 것을 눈치챘다. 만난 지 얼마 안 된 보리스와 루시안과는 달리, 란지에와 이엔 사이에는 단순한 친구 이상의 뭔가가 있는 것처럼 보였다. 스스럼없이 대한다는 정도로는 설명되지 않는 유대감이었다.

보리스는 란지에에게 물었다.

"여기서 오래 지냈어?"

"아니, 얼마 되지 않았어. 두 달 정도인가."

이엔과 란지에가 서로를 안 지 두 달밖에 안 됐다고는 생각되지 않았다.

"그전에는?"

"켈티카에서 학교에 다녔어. 좋은 후원자를 만나게 되어서 말이지. 이엔도 그곳에서 만났고."

"잠깐, 거기 혹시…… 왕립 그로메 학교라는 곳인가?"

란지에가 놀란 눈으로 바라보았다.

"어떻게 알고 있지?"

오래전, 실버스컬 대회에서 로즈니스를 만났을 때 란지에와 비슷한 외모를 가졌다는 사람의 이야기를 들은 적이 있었다. 그러나 그때는 학교에 다니면서 귀족들과 친하게 지내고, 파티에 오고 그런다는 사람이 란지에일 리 없다고 마음속에서 일축하고 말았다. 그런데 좋은 후원자에, 학교라……. 굉장히 부드러운 일상이다. 보리스가 짐작했던 것과는 좀 다른 길을 걷게 되었던 걸까.

기분이 조금 이상했다. 눈앞의 란지에는, 자칫 산산이 부서질 듯 예리한 날이 섰던 예전의 모습은 사라지고 유연한 사람으로 변한 것처럼 보였다. 오래전에 헤어졌던 사람들 중 자라서 어떤 모습이 될지 가장 궁금했던 사람 중 하나가 란지에였다. 몇 번인가 떠올려보기도 했었다. 얼마나 더 놀라운 사람이 될지, 또는 그 모습 그대로 자라날지. 그러나 어느 쪽도 지금의 모습은 아니었다.

얼굴에는 아직 예전의 느낌이 남아 있었다. 그 시절, 진홍빛 눈동자가 문득 시선을 잃고 흔들릴 때 그는 이상을 보고 있었다. 까마득히 멀어 일생을 바쳐도 닿지 못할 것만 같은 먼 이상을, 닿지 못하게 될까 두려워하는 마음조차 없이 바라보고 있었다.

보리스는 머리를 흔들며 생각을 지워냈다. 세월은 흐르고 사람은 변하는데 남의 인생을 놓고 마음에 들고 안 들고 평가할 입장은 아니었다.

"아니, 뭐……. 그 비슷한 학교에 대해 들은 일이 있어서."

"그렇군. 음, 우린……."

란지에는 말을 멈추더니 이엔에게 언뜻 곁눈질을 했다. 그것이 무슨 의미일까 짐작해보기도 전에 이엔이 갑자기 벌떡 일어나며 루시안에게 말했다.

"루시안, 두 사람은 굉장히 오랜만에 만났으니까 옛이야기를 하고 싶을 것 같은데 우리 둘은 잠깐 자리를 피해주는 것이 어떨까? 밖에서 궁금해하고 있을 애들에게 얘기도 해줘야 되고."

"나가자고? 음……. 애들한테 무슨 얘기를 해줘야 되는데?"

루시안은 내키지 않는 얼굴이었는데 이엔이 다음 말을 하자마자 표정이 밝아졌다.

"무슨 얘기라니? 모르는 거냐? 애들한테 다음 파티 개최자가 너라는 것을 어서 알려줘야 할 것 아냐. 란지에는 파티에 참석한 것이 아니기 때문에 참석한 사람들 중 마지막까지 남은 사람은 보리스니까 말이야."

"정말이야? 다음 파티는 내가 열어도 되는 거야?"

"당연하지. 다음 파티를 또 여기서 열겠다고 했다간 관대하신 우리 부모님도 날 켈티카로 도로 보내버리실 거라고."

루시안은 보리스를 보았다. 이엔의 말이 기쁘긴 했지만 그래도 그렇게 나가려니 마음에 걸렸던 것이다. 보리스가 말했다.

"조금 있다가 따라갈게."

보리스까지 그렇게 말하자 루시안도 어쩔 수 없이 고개를 끄덕였다.

"그럼 먼저 나가 있을게."

둘은 밖으로 나가고 별실에는 보리스와 란지에만이 남았다. 테이블 하나를 마주한 두 사람은 오랫동안 서로를 바라보았다.

탁해졌다고 생각한 눈이 밝아지는 느낌이다……. 새로운 빛이 나타나 시선이 맞닿는 곳에서 맴돌다가, 갑자기 커지며 사방을 뒤덮어버렸다. 하얗게 변한 세계에 벨노어 성 창밖에 피었던 복숭아 꽃잎이 폭풍처럼 휘몰아치다가 이윽고 잠잠해졌다.

"이렇게 다시 만난 것은 어떤 의미가 있어서일까."

란지에의 목소리가 들리자 환각은 사라지고 보리스는 다시 맞은편 의자에 단정하게 앉아 있는 란지에를 발견했다. 란지에의 입가에 미소가 떠올랐을 때 깨달았다. 키가 커지고, 뺨과 턱선, 목젖이 뚜렷해지고, 소녀처럼 가늘던 몸에도 열일곱 살 사내아이다운 윤곽이 드러나기 시작하고…… 그런 변화만큼이나 내면도 달라졌다. 치명적인, 그러나 그만큼이나 불안한 칼날처럼 빛나던 소년은 자신의 길을 정하여 돌아서지도,

망설이지도 않는 강인한 젊은이가 되어가고 있었다.

자랐다…….

그때 란지에도 말했다.

"많이 자랐구나. 그때의 너라고는 믿기 힘들 정도다. 몇 번인가 네가 어떻게 살고 있을까 궁금했는데 지난 실버스컬이 끝나고서야 소식을 들었어. 금방 너라는 걸 확신했지. 일부러 만나려 하기보다는…… 이렇게 우연히 길이 겹치기를 기다리고 있었어."

"너는 어떻게 된 거야? 난 네가 나처럼 조용한 삶을 목표로 하는 녀석이 아니란 걸 알고 있었기 때문에 조금 전엔 많이 놀랐다. 하지만 역시……."

"잘 봤어. 네가 너의 길을 충실하게 걸어왔듯, 나도 마찬가지다. 벨노어 백작의 집에서 나온 것부터 이야기해야겠군. 네가 떠나고 그해 겨울이 시작될 무렵에 예정된 일이 벌어졌어. 시간이 없으니 자세한 이야기는 다음 기회에 하도록 하고……. 나는 그가 나를 놓아줄 수밖에 없도록 만들었어. 그리고 어떤 사람을 만나서 함께 켈티카로 갔지."

란지에의 얼굴에 옛일을 떠올리는 고통은 없었다. 흉터는 남았을지언정 아프지 않은 상처처럼.

"그 사람의 도움으로 들어갔던 학교는 사정이 생겨서 졸업하지 못했어. 켈티카에서도 더 머물지 못할 입장이 됐는데 학교에서 만난 이엔이 도움을 주었고, 그래서 여기서 숨어 지내고 있어."

보리스는 란지에가 필요 이상의 자세한 이야기는 적당히 끊고 하지 않는다는 것을 알았다. 그런데 마지막 말이 묘한 울림으로 귓전을 때렸다.

"숨어 있다고?"

그 말의 불길한 뜻과는 달리 란지에는 편안한 얼굴로 웃었다.

"그래. 네가 저 루시안이라는 아이와 지내는 것과 비슷하게, 이엔의 말동무가 되어주는 걸로 사람들의 눈을 속이고 있지. 내가 아까 두 달 되었다고 했지? 앞으로 한 달쯤은 더 있을지도 모르겠어."

"잠깐, 그럼 너와 이엔은……."

갑자기 란지에가 등받이에 기댔던 몸을 일으키며 테이블 앞으로 바짝 다가앉았다. 팔꿈치를 올리고 상체를 내민 그가 착 가라앉은 목소리로 말했다.

"내가 어떤 것을 추구할지 너라면 짐작할 줄 알았는데?"

"그건……."

단 하나가 떠오를 뿐이다. 란지에가 살고자 했던 세상.

란지에의 강한 눈동자가 보리스의 마음을 꿰뚫어 보려는 것처럼 못박혔다. 시선이 닿는 곳을 불태워버릴 듯한 눈이었다. 그의 입에서 비밀이 쏟아졌다.

"그래, 난 지금 공화정 실현을 추구하는 비밀 조직의 일원으로 활동하고 있다. 나를 도와준 사람 역시 그곳의 간부였고, 학교에 들어간 것도 켈티카에서 정치적 힘을 갖게 될 귀족 아이들을 조직에 끌어들이기 위해서였어. 활동은 성공적이었지만, 대신 공화주의자 괴멸을 목적으로 하는 국왕 직속 부대의 추적을 받게 됐지. 우리 조직은 발각되기만 하면 즉결 처분이 가능할 정도로 국왕에게는 눈엣가시다. 내 목에는 상금도 걸려 있어. 그리고 이엔은 학교에서 만난 뒤 뜻을 같이하게 되어 나를 도와주고 있다. 다시 말해 이엔은 내 동지지."

"……."

이엔과 란지에 사이에 존재하는 특이한 유대감의 정체는 그것이었다. 놀라운 일이었다. 루시안처럼 놀기 좋아하고 아무것도 부러울 것 없는 아이로 보였던 이엔이 공화주의자 비밀 조직의 일원이라고? 란지에의 동지고?

"조금 뜻밖이었나."

란지에가 얼굴을 살짝 풀며 탁자에 팔꿈치를 짚은 채 깍지를 꼈다. 그걸 보며 보리스는 란지에가 자신의 감정, 상대의 반응, 대화의 강약, 이야기의 흐름 모두를 자유롭게 조절할 줄 알게 됐다는 걸 느꼈다. 보리스가 조금 전부터 낯설게 느꼈던 '유연함'이 바로 그것이었다. 전부터 '힘의 흐름을 느낄 줄 안다'고 했던 란지에의 재능이 덮을 뚫고 나온 순간부터 거칠 것 없이 자라난 결과였다.

보리스가 말했다.

"짐작은 했지만…… 역시 그렇구나. 하지만 그런 이야기를 나 같은 사람에게 이렇게 해도 상관없는 건가? 너도 알다시피 난 공화정에 호감이 없고, 지금은 귀족들과 어울리는 상인의 집에서 고용인으로 지내는 처지야. 숨어 지내고 있다고 했으면서, 내가 널 고발할 것이 걱정되지 않아?"

란지에는 말없이 미소를 지었다. 당황도, 자신감도 아닌 그냥 부드러운 미소였다. 그걸 보며 보리스는 란지에가 과거 어느 날 밤처럼 '그렇게 할 만한 사람에게 이런 이야기를 꺼낼 저도 아니고요'라고 말하는 기분이 들었다.

란지에가 말했다.

"내 선택이니 어떻게 되든 내 책임이겠지. 난 말하는 쪽을 택했어. 그것은 얻고 싶은 것이 있어서야. 얻고 싶은 것이 있을 땐 무언가 걸어야만 하는 거지."

"얻고 싶은 거라고?"

"그래, 기억나? 네가 음모가 벨노어의 손을 떠날 때 나를 믿고 따라와줬던 것. 처음엔 의심했지만, 결국 내게 신뢰를 주었지."

벨노어 성의 비밀 전시실 열쇠를 건네주던 란지에의 모습이 눈앞에 선했다. 그리고 사냥 도중 도망치라고 제안하던 목소리도……. 그가 준비해주었던 여행 물품은 모두 절대적으로 필요한 것들뿐이었다.

란지에의 현명한 선택이 있었기에 지금의 자신도 있다. 새삼 그날을 생각하며 감상적인 기분이 된 보리스의 귀에 란지에의 목소리가 들려왔다.

"그때처럼…… 다시 한번 그 생명, 내게 맡겨줄 수 없겠어?"

긴 침묵이 흘렀다.

문을 두드리는 사람은 없었다. 두 사람만의 세상에서, 시간이 느려졌나 싶은 착각이 들 정도로 어떤 것도 움직이지 않았다. 보리스가 가진 회의주의자의 눈에 비하면 저 눈동자는 얼마나 선명하게 불타오르는가. 란지에가 무엇을 말하든 진지하게 들어주고 싶게 만드는, 심지어 고개를 끄덕이도록 밀어붙이는 시선이다.

자신이 택한 길로 의심 없이 달려가는 것은 물론이고 다른 사람을 끌어들이는 것도 겁내지 않는, 그런 눈은 도저히 흉내 낼 수가 없었다. 보리스라면, 스스로 아무리 옳다고 생각하더라도 저런 눈으로 누군가를 보며 자신을 따라와달라고 말하지는 못할 것이다. 그것도 심지어 목숨을, 가치 있는 일로 반드시 이끌어줄 테니 맡겨달라고 한다……. 그 확신이 보리스를 감탄하게 했다.

그러나…….

루시안의 해맑은 눈이 지난 몇 달 동안 놀랄 만큼 자신을 움직였음을 알고 있었다. 란지에와 함께 지내던 때 그를 보며 놀라워했지만, 호감을 느꼈지만, 그럼에도 불구하고 거울상처럼 가까이할 수 없었다는 것도 기억했다.

다시 만날 때는 이름을 부르겠다고 했듯, 둘의 관계는 달라졌다. 란지에는 당시에 이미 예상했고, 보리스에게는 일종의 예지로 다가온 미래가 있었다. 두 소년은 근본 속에 묘하게 닮은 부분이 있었다. 그러나 언젠가 다시 만날 때, 둘은 태생부터 달리 태어난 종족처럼 다시는 닮지 않으리라고 느꼈다.

둘의 세계가 만났던 점은 오래전에 지나가버렸다.

마음속 깊이 동의하고 따르지 못하는 뜻을, 반쯤 가식으로나마 받아들이는 체하지 못하는 자신이 때로는 답답했다. 란지에가 이루고자 하는 이상은 저 사려 깊고 강한 소년이 자신을 전부 바칠 정도로 분명 숭고한 것이겠지. 그러나 따라갈 수가 없었다. 따라가는 체할 수도 없었다. 그 뜻을 싫어하고 부정해서라기보다, 그런 삶이 자신의 근본과 조화되지 않았다.

결국 먼저 입을 연 것은 란지에였다.

"네 대답을 알 것 같다."

보리스는 대답하지 않고 시선을 내리깔았다. 란지에가 담담한 목소리로 말을 이었다.

"뜻밖이었겠지. 알아. 하지만 너를 보는 순간 문득 참을 수가 없어서…… 섣부르게 이야기를 꺼내고 말았다. 후회한다는 말은 아니야. 왜냐면 방금 알았거든. 내가 훗날 어느 때 말했더라도 네 대답은 같았으리란 것을."

보리스는 짧게 답했다.

"미안하다."

"아니, 이것이 네겐 공화정에 대한 믿음의 문제가 아니었을 거야. 넌 나와 삶을 느끼는 방식이 다르고, 난 네 방식의 행복을 존중해. 결국 우리가 만들 것은 그런 사람들이 살아갈 세상이니까. 모두가 투사가 되어야 하는 건 아닐 거다. 그리고 조금 전 내가 한 말, 어쩌면……."

란지에의 왼손이 한쪽 이마를 짚었다가 이윽고 머리를 쓸어 올렸다. 희미한 미소가 떠올랐다.

"지금의 내게 너란 존재가 반드시 필요하지는 않았다고 생각한다. 그렇다면 벌써부터 이런 말을 꺼내진 말았어야 했겠지. 그런데도, 심지어 대답조차 짐작 가능했던 질문을 끝내 하고 만 것은 너와 함께했던 시절에 대한 향수가 내게도 있어서가 아닐까 싶다. 나도 모르게 이번에는, 함께 가고 싶다고 생각한 것이겠지."

예전 모습으로는 상상하기 힘든 솔직한 말투였다. 어쩌면 그때 란지에는 자신과 동생을 보호하기 위해 신중하게 마음을 감췄고, 이제 원하는 길로 나아가고 있는 그는 자신의 감정을 풀어내는 법도 조금쯤 배운 것일지 모른다.

"하지만, 난 혁명을 준비하는 자다."

조금 전까지 부드럽던 목소리가 '혁명'이라는 한 단어와 함께 확연히 다른 흐름으로 변했다. 란지에의 눈동자가 다시금 그 빛깔에 어울리는 열의를 띠었다.

"너에 대한 내 감정은 공화주의자인 나와는 별개다. 자연인인 내가 아무리 너와 친교를 나누고 싶어 하더라도, 공화주의자인 나와 양립할 수 없다면 그건 불가능해. 우리가 이렇게 헤어진다면 다음엔 어쩔 수 없이 적으로 만나게 될 가능성이 크겠지. 그때를 위해서……."

보리스는 란지에가 이어질 말을 하기 위해 다시 한번 마음을 다잡는 것을 느꼈다. 조금 전, 란지에는 숨어 있는 처지였으면서 굳이 위험을 무릅쓰고 수많은 사람들 앞에 나섰을 정도로 보리스를 반가워했다. 그러나 또한, 란지에가 목표를 향해 한 발짝 나아가기 위해 스스로의 마음조차 갈기갈기 찢어버릴 수 있는 인간이란 것도 알고 있었다.

"다시 만날 땐, 모르는 사이로 하는 편이 좋겠다."

"……."

그렇게 끝나는 것일까. 한때 우정보다 강한 교감을 느꼈지만, 서로의 마음에 감춰진 힘을 발견하고, 감탄하고, 돕고 싶어 했지만, 이제 최초의 추억부터 부정하는 한마디가 둘 사이에 가로놓여 있었다.

보리스는 시선을 내렸다가 이윽고 고개를 끄덕였다. 그런 말을 하는 란지에의 심정을 모르지 않았다. 인간인 이상 어찌 미련이 없겠느냐마는, 그 미련이 자신과 상대를 동시에 그르칠 선택은 하지 않으려는 것이다.

"지금 나눈 이야기를 다른 누구에게 하지 않는 것만은, 오래전의 약속에 기대어 믿어도 되겠지?"

대답을 바라는 질문이 아니었다. 그러나 보리스는 란지에의 도움으로 벨노어 백작의 손아귀에서 빠져나갈 때 "잊지 않고 꼭 갚겠어"라고 말했던 것을 기억하고 있었다. 란지에가 만약 그걸 내세웠더라면 보리스는 아무리 자신의 삶과 배치되는 선택일지라도 서슴없이 약속을 지켜 그를 도왔을 것이다. 그러나 란지에는 그런 말을 하지 않았다. 아쉬워하면서도 보리스의 진심을 물었고, 예상했던 결과에 따라 스스로에게도 아픈 결단을 내리고 말았다.

이야기는 끝났다. 보리스는 조금 머뭇거리다가 물었다.

"란즈미는 어떻게 지내지?"

"다행히 아직 살아 있어. 고마운 사람들이 보아주고 있지."

그 말과 함께 란지에는 의자에서 일어났다. 그리고 보리스에게 마지막 악수를 청했다. 그건 그들이 최초로 나눈 악수이기도 했다. 오랫동안 검을 잡아 단련된 손, 연약한 듯해도 단단한 뼈대를 가진 손이 처음으로 서로를 맞잡았다.

그러나 손을 놓고 별실을 나가는 란지에는 뒤를 돌아보지 않았다.

그리고 운명은 깨어나고

"생일 축하해!"

7월 중순경의 어느 날, 잠자리에서 일어나 거실로 나온 보리스는 난데없는 악사들과 마주치고는 잠이 덜 깬 눈을 도로 비벼야 했다. 물론 눈을 비비고 다시 봐도 악사들은 없어지지 않았다. 그러나 성과가 전혀 없지는 않아서 악사들 사이에 섞여 큼직한 상자를 들고 있는 루시안이 발견되었다.

"자, 시작!"

루시안의 신호에 맞춰 악사들이 경쾌한 춤곡을 연주하기 시작했다. 보리스가 얼떨떨하게 쳐다보는 동안 악사들은 저들끼리 싱긋거리며 연주를 마쳤고, 루시안은 어깨를 다 가릴 정도로 큰 상자를 덥석 보리스의 품에 안겼다.

"얼른 풀어봐!"

오늘이 생일이었던가? 갑자기 물어보는 루시안에게 무심결에 대답한 것이 보름쯤 전인 것 같은데, 저 잊어버리기 잘하는 녀석이 잘도 기억하고 있었구나 싶었다. 사실을 말하자면 보리스 자신도 어제오늘 사이에는 깜빡 잊어버리고 있었다.

그나저나 리본으로 맨 상자라니, 이런 걸 마지막으로 받았던 게 열 살 이전이었나? 성의가 고맙기도 하고, 자기 주변에서 이런 우스운 축하를 생각해낼 만한 사람은 루시안밖에 없을 것 같아 저도 모르게 웃음이 나왔다.

외관상 꽤 무거울 것 같았던 상자는 의외로 가벼웠다. 그런데 리본을 풀고 뚜껑을 열어본 뒤 또 한 번 놀랐다. 상자 안에는 처음보다 조금 작은 상자가 역시 리본에 묶여 들어 있었다.

"열어봐!"

보리스는 이상한 표정을 지으며 두 번째 상자를 열었다. 안에서 방금 전의 상자보다 약간 더 작은 상자가 나타나자 즉각 루시안을 째려봤다. 루시안이 키득키득 웃으며 말했다.

"인내심을 좀 발휘해봐. 아직 많이 남았단 말이야. 벌써부터 그러면 어떻게 해?"

인내심은 많이 필요했다. 보리스는 상자 일곱 개째를 열면서 점차 이 상자들이 생일 선물 그 자체가 아닐까 의심쩍어졌다.

"이제 얼마 안 남았어!"

열 개를 열었을 즈음에는 고용주가 맡긴 일을 끝낸 악사들도 전대미문의 다중 상자 열기에 도전하고 있는 보리스를 응원하기 시작했다. 열일곱 개째 상자를 꺼냈을 때 거기에는 "열일곱 살 생일을 축하해!"라고 쓴 쪽지도 붙어 있었다. 보리스는 이미 내용물 따위는 포기한 심정으로 마지막 상자를 열었다.

그리고 손을 멈췄다.

"……."

루시안은 보리스가 숨을 가다듬으며 상자 안에 손을 넣는 모습을 지켜보고 있었다. 두 손으로 감싸쥐었다가, 믿을 수 없다는 듯 내려놓고 물러나는 것도 보았다. 이윽고 한 가닥을 집어 올려 손끝으로 비볐다. 파스스 부서져 떨어지는 마른 풀의 가루……. 이곳까지 가져오느라 바짝 마른 그것은 남부 트라바체스의 풀, 니들그래스였다. 고향 벌판에 지천으로 깔려 있던 줄기 긴 잡초였다. 본래 아무 쓸모도 없는 풀이지만…….

어둑해지는 저녁 벌판에서 머릿결처럼 물결치는 그 풀을, 몇 번이나 꿈에서 보았다. 고향은 그립지 않건만 니들그래스가 자라는 들판만은 흐릿해지지도 않고 잊을 만하면 나타났다. 뒹굴고, 짓이기고, 뛰어다니며 옷자락에 묻혔던 니들그래스의 땅에는 그의 형이 있었다.

한 움큼 집어 코에 대고 심호흡을 했다. 어렴풋하긴 했지만 가을 무렵이면 자주 맡았던 냄새가 났다. 어머니의 냄새를 기억하는 아이처럼 보리스에게는 그지없이 아늑한 기분을 주는 냄새였다.

"일부러 트라바체스까지 가서 가져오도록 한 거야. 어때? 네가 살던 곳에도 이 풀이 있었어? 트라바체스 남쪽에서는 가장 흔한 잡초라던데."

조금 후 보리스는 고개를 들며 미소를 지었다.

"물론. 정말로 좋은 선물이었다."

루시안과 함께 지낸 지 넉 달이 흘러갔다. 무더위가 기승을 부리는 7월 말에는 하인들과 사냥꾼 몇을 데리고 근처 강가로 야영 여행을 갔다. 풀벌레한테 팔다리를 물려 울상을 짓는 루시안을 달래느라 보리스는 나우플리온에게 배웠던 대로 작살로 물고기 잡는 법을 가르쳐줬다. 이런 것을 처음 해보는 루시안은 금세 철벅거리고 뛰어다니다가 옷을 다 적시고도 신이 나서 어쩔 줄 몰라 했다. 보리스도 야영은 거의 일 년 만이었다. 바지자락을 걷어올리고, 나우플리온처럼 길게 자란 머리를 나우플리온이 그랬듯 위로 올려 묶고, 루시안과 함께 작살 한 개만 갖고도 하루 종일 즐겁게 지냈다.

저녁 무렵 큰 물고기 대여섯 마리를 잡아서 올라오니 하인들이 오두막을 다 지어놓고 모닥불도 피워두었다. 야영 준비를 안 해도 되는 것이 생소하긴 했지만 덕택에 바로 저녁 식사를 만들었다. 루시안은 귀하게 자란 아이치고 입맛이 까다롭지 않았다. 보리스가 나우플리온과 다니던 시절 적당히 배워둔 솜씨로 끓인 생선 수프도 맛있다고 감탄을 연발하며 몽땅 긁어먹었다.

"넌 참 할 줄 아는 게 많다. 난 잘하는 게 별로 없는데."

저녁 식사를 끝내고 잠자리로 들어가기 전에 잠시 별을 보고 있던 때였다. 두 손으로 턱을 받친 채 고개를 치켜들고 있던 루시안이 중얼거리자 같이 하늘을 올려다보던 보리스가 말했다.

"뭐든 재미있어하는 게 네 재능이지."

바닷가 바람이 불어오는 8월로 접어들자 더위도 한풀 꺾였다. 그동안 루시안이 연 블루벨 파티도 있었지만 란지에는 오지 않았다. 이엔에게 물어볼까 싶기도 했지만 약속을 지키자면 그만두는 게 좋겠다는 생각이 들어 보리스는 파티 장소에도 오래 머무르지 않았다.

칼츠 저택에도 꽤 큰 서재가 있어서 서늘해진 뒤로 보리스는 한동안 책을 빌려 읽으며 지냈다. 어느 날 저녁, 검술 연습을 끝낸 루시안이 보리스에게 진지한 얼굴로 말했다.

"나, 학교에 갈까 해."

"학교라고?"

"응. 나 말이야, 열일곱 살이나 됐는데 지금까지 제대로 배운 게 없는 것 같아서. 너무 재미있는 것만 하려고 했나 봐."

루시안의 입에서 나온 말치고는 뜻밖이었다. 보리스는 고개를 갸웃거리다가 곧 끄덕이며 물었다.

"뭘 배우러 갈 건데?"

"응, 마법! 여기서 산맥 따라 서쪽으로 가면 대륙에서 제일 좋다는 마법 학교가 있거든. 마법만 가르치는 데는 아니고 검술이랑 역사, 고전 같은 것도 가르친대. 그런데 입학시험이 되게 어려운가 봐. 나, 요번 가을이랑 겨울에 열심히 공부해서 연말에는 거기 시험 칠까 하는데……. 보리스."

"왜?"

루시안이 보리스의 팔을 와락 움켜잡더니 말했다.

"같이 가지 않을래?"

"으응?"

하긴 루시안 성격에 같이 가자고 하지 않는다면 이상한 거겠지, 라고 생각했지만 보리스는 쉽게 대답할 수가 없었다. 솔직히 시험 공부할 자신도 없었지만 그보다도…… 학교란 자기 또래의 아이들이 잔뜩 모여 어울리는 곳일 것이다. 루시안의 경우는 좀 특별했지만, 보리스는 아직 또래 아이들과 잘 지낼 수 있을지 자신이 없었다. 스콜리 시절에도 즐거운 기억은 많지 않았다.

무엇보다 그런 곳에 올 법한 유복한 가문의 아이들은 보리스가 이런 모습으로 자랄 수밖에 없었던 과정을 이해하지 못할 것이다. 반면 자신은 그 아이들의 평범한 모습과 섞이기가 어려울 것이다. 그런 곳에 굳이 가서…….

그때 루시안이 말했다.

"보리스, 음……. 난 말이지, 너랑 같이 지내면서 너를 보니까, 내가 참 내키는 대로만 살았구나 하는 생각이 들었어. 물론 지금도 재미있는 일이 좋고 장난치는 게 좋지만, 그래도…… 내가 잘할 수 있는 일을 찾아서 열심히 해보는 것도 좋지 않을까, 처음으로 그런 생각을 했단 말이야. 넌 어려서부터 굉장히 어려운 일을 많이 겪었다고 했잖아? 난 그렇지 않았으니까 너랑 동갑이어도 너에 비하면 너무너무 어려. 지금까지 이것저것 건드려서 소질 있다는 말은 많이 들었지만, 결국 지루해져서 다 그만두고 말았어. 끝까지 해내겠다는 생각도 없었고."

오늘은 루시안이 하는 말이라고는 믿기 힘든 이야기가 계속 나왔다. 이어 루시안이 양손을 꽉 모아 쥐더니 말했다.

"이번에는, 처음으로 진짜 잘할 때까지 해보려고! 그런데 말이야……. 네가 옆에 있지 않으면 계속 열심히 하지 못할까 봐 걱정이 돼. 그러니까 같이 가자. 네 학비도 아버지한테 내달라고 부탁할 테니까, 제발 같이 가자!"

"……."

보리스는 선뜻 대답하지 않았다. 만일 루시안 혼자 학교에 가게 된다면 보리스는 칼츠 저택에 머무를 필요가 없어진다. 다시 새로운 곳으로 떠나야 할 것이다. 그와레로 돌아가서 부닌 아저씨와 지내는 것도 좋겠지만……. 역시, 그걸로 좋은 걸까?

보리스가 대답하지 않자 이윽고 루시안이 고개를 끄덕거리며 말했다.

"금방 결정을 못 하겠거든 얼마 동안 생각해봐. 아, 그리고 너한테 시험은 별로 어렵지 않을 거 같아. 그 학교에는 중요한 과목이 아홉 가지 있는데, 그중에 두 가지만 확실히 잘하면 다른 과목은 아무리 못해도 상관없이 입학시켜준대. 그중에 검술이 있다는 거야. 그러니까 한 과목은 따놓은 당상이잖아? 그러니까 천천히, 긍정적인 방향으로 생각을 해봐! 알았지?"

다음날은 비가 내렸다.

테라스에 나와 앉은 보리스는 빗줄기 너머로 보이는 풍경을 멍하니 바라보고 있었다. 루시안은 공부를 시작하기 위해 책을 사 오겠다며 가정교사와 함께 밖으로 나갔다. 보리스는 오랜만에 혼자 오전을 보내며 책을 읽다가 빗소리를 듣고 테라스로 나온 참이었다.

늦여름 비는 꽤 많이 내렸다. 이 테라스는 저택의 서쪽 귀퉁이에 있어서 평소 석양을 보기에 좋았다. 저택 밖의 들판도 멀리까지 내다보였다. 보리스는 곧잘 지평선을 보러 이곳에 나와 앉아 있곤 했는데 오늘은 물안개 너머 숲 그림자에 눈길이 갔다. 저곳에 숲이 있는 줄은 알아도 한 번도 가보지 못했다. 루시안과 지내다 보면 혼자 나가서 산책할 시간은 거의 없었다. 저택 안의 정원이 작은 숲이라 해도 좋을 정도로 잘 꾸며져 있기도 했다.

숲이 흔들린다.

빗줄기는 한순간 거세어지다가 잦아들기를 반복했다. 비가 잦아들었을 때, 좀 두드러진 나무처럼 보이던 것이 실은 꽤 가까이 있음을 알아차렸다.

똑, 똑, 똑.

처마에서 떨어지는 물방울 소리가 빗소리와 구별될 정도가 됐을 즈음 빗속에 선 것이 말을 탄 사람임을 알아봤다. 멀찍이 서서, 이쪽을 바라보고 있었다. 노르스름한 머리 정도를 알아보았을까.

그 사람이 보리스 자신을 보고 있다는 걸 깨닫는 순간 다시 비가 쏟아지기 시작했다. 알아볼 듯했던 얼굴은 빗발로 지워져버렸다.

"보리스, 이것 봐. 엄청 멋지지? 대단하지?"

루시안이 보리스의 소매를 잡아끌며 테이블에 놓인 책들을 가리켰다. 아직 한 줄도 읽지는 않았으므로 내용보다는 가죽 냄새가 물씬 풍기는 표지들이 멋지다는 이야기였지만. 물론 루시안은 자기집의 서재에서 그런 책쯤은 실컷 보았다. 하지만 자기가 보려고 사 온 책은 처음이었으므로 뭐든 멋있게 생각되는 모양이었다.

보리스는 쌓여 있는 책을 몇 페이지씩 들춰보고서 물었다.

"너, 정말로 이 책들을 읽을 수 있겠어?"

"읽는 것만으로는 안 돼. 좋은 점수를 받으려면 외우다시피 해야 한대. 아홉 가지 과목이 무엇 무엇인지도 알아냈어. 마법 교과, 전사 교과, 학문 교과로 나누는데 마법이나 전사 교과는 주문이나 무기의 종류에 관계없이 잘하는 게 하나라도 있으면 된대. 그리고 학문 교과는……."

학문 교과에는 연금술, 고문학, 수학, 음률, 역사학, 논리학, 웅변술이 있었다. 그리고 또 한 가지, 시험에 통과하지 못했다고 해도 학장이 따로 부르는 경우가 드물게 있다고 했다. 학장과의 대화 끝에 '룬Rune'이라는 걸 받게 되면 무조건 입학이 확정되었다.

"하지만 마지막으로 룬을 받은 사람이 오 년 전에 입학한 사람이라니까 그런 요행을 기대할 순 없을 것 같고."

"그래서 어떤 과목을 공부할 건데?"

"반년도 안 남았으니 모든 과목을 공부하는 건 무리겠지? 책은 일단 다 사 왔지만 뭘 하는 게 좋을까? 두 가지를 아주 잘하든지, 아니면 세 가지를 적당히 잘해야 합격이래. 검술은 너한테 배우고 있으니까 일단 계속하고, 마법은 전혀 모르니까 어렵겠지? 수학은 어떨까? 나, 아버지가 계산하는 거 옆에서 많이 봤는데."

옆에서 루시안의 가정교사가 웃으며 말했다.

"루시안 도련님, 수학도 쉽지가 않답니다. 계산을 잘하는 것만으로는 안 돼요. 열심히 하실 자신만 있으시면 모조리 외우기만 하면 되는 역사학이 좋을 겁니다. 제일 어려운 건 고전문학과 웅변술일 것 같습니다. 고대어는 초반부가 매우 익히기 어렵고, 웅변술은 도련님 성품에 맞지 않을 것 같네요."

루시안은 그러고도 한참 동안 이게 좋을까 저게 좋을까 중얼거리며 과목들을 저울질하는 데 몰두했다. 보리스는 웃으며 바라보기만 했다. 그러면서 학교에 갈 결심도 하지 않은 주제에 자신이라면 무슨 과목을 택할까 생각해봤다. 검술은 당연한 선택이고, 찬트만 써도 된다면 음률이 가장 낫겠지만, 노래를 못하니 역시 무리였다. 그렇다면…….

"……하니까, 역시 역사학이랑 수학이 좋을까……. 아참,

보리스! 깜빡 잊고 있었네."

"뭘 잊었는데?"

루시안은 품속에서 편지를 한 장 꺼내어 건네주었다. 비에 젖었다가 마른 것처럼 얼룩진 편지였다. 보리스는 얼결에 받아들고 봉투를 살펴봤지만 발신인의 이름은 없었다.

"아까 돌아오다가 집 근처에서 예전에 본 적이 있는 사람을 만났어. 왜 있잖아, 네가 실버스컬에서 우승했을 때 너한테 돈을 걸라고 말해준 예쁜 누나가 있었거든? 그 누나가 너한테 이걸……."

루시안은 말을 더 이을 수가 없었다. 보리스가 갑자기 루시안의 어깨를 와락 움켜잡았던 것이다. 평소 한 번도 들은 적이 없는 다급한 목소리로 질문이 쏟아졌다.

"실버스컬에서 봤다고? 어떻게 생긴 사람이지? 나이는?"

"왜 그래? 스물쯤 된 누나인데 굉장히 예쁘고, 검을 두 자루 갖고 있고, 머리가 아주 짧고……. 아, 금발머리에 하얀 머리카락이 요만큼 섞여 있고…… 보리스?"

"……."

보리스는 루시안의 어깨를 놓았다. 루시안은 그동안 함께 지내면서 보리스가 저토록 동요하는 모습을 처음 보았다. 얼굴이 창백해졌다가 다시 빨이 달아올랐다. 이미 루시안을 보고 있지 않은 눈이 살짝 초점을 잃었다가 창가 쪽으로 홱 돌려졌다. 있을 리가 없는데, 찾으려는 것처럼. 그러나 밖은 이미 캄캄했다.

몇 걸음 물러난 보리스는 편지를 뜯었다.

잠시, 만날 수 있다면

서쪽 테라스 밖으로.

밤 10시.

이름도 서명도 없었지만 그런 것은 필요 없었다. 익숙한 필적에 문득 눈이 흐려졌다. 아니, 보리스는 고개를 흔들었다. 그럴 필요는 없다. 그녀가 찾아왔다면 분명 중대한 용건이 있어서일 것이다.

"루시안, 잠시 나갔다 올게."

"만나자고 씌어 있어?"

루시안의 눈에 일말의 불안감이 스치는 것을 본 보리스는 조용히 대답했다.

"곧 돌아올게."

서쪽 테라스에는 담 밖까지 밝힐 정도로 큰 램프가 세 개나 놓여 있었다. 보리스는 그걸 누가 갖다 놓았는지 알고 있었다.

담벼락에서 조금 떨어진 곳에 말이 한 필 세워져 있었다.

하루 종일 내린 비로 질척해진 바닥이 걸음마다 끈적거리며 달라붙었다. 비는 그쳤으나 젖은 공기에 코끝이 시렸다. 서늘한 밤이었다.

검은 윤곽이 조금 움직였다.

"오랜만."

"……."

목소리를 듣는 순간, 감정이 주체되지 않아 말을 삼켰다. 보리스가 아무 말도 못 하자 그녀가 가까이 왔다. 살아생전 다시 만나지 못하리라 생각했던 사람의 입김이 밤공기 속으로 하얗게 흩어졌다.

얼굴은 어둠 속으로 숨고 머리카락을 타고 흐르는 빛의 윤곽만 보인다. 그 금빛……. 마지막날 받은 머리카락을 소중히 간직하고 있긴 해도 애써 한 번도 꺼내보지 않았는데. 그의 일생에 이런 일이 일어나도 좋은 걸까.

"또…… 자랐구나."

보리스는 그녀의 목소리도 조금 떨리는 것을 깨달았다. 그걸 느끼는 순간 갑자기 가슴이 갑갑해지면서 무언가를, 아니 실은 그 어떤 말보다도 하고 싶은 한마디를, 하지 않고는 못 견디도록 숨이 가빠졌다.

말해도 좋을까 판단하려 했지만 모든 것이 뒤섞이기만 할 뿐이었다. 미치도록, 그 한마디가 하고 싶었다.

"보고 싶었어요, 이솔렛."

헤어진 것이 백 년인지, 단 하루인지 알 수 없게 돼버렸다.

어둠 속에서 보리스가 그토록 좋아했던 대리석 같은 목소리가 대답해왔다.

"나 역시도."

후둑, 툭, 툭…… 투두둑.

쏴아…….

비가 다시 쏟아지기 시작했다. 낮에 내렸던 것보다 세찬 빗발이 순식간에 두 사람의 머리와 옷을 흠뻑 적셨다. 비가 이성을 흩어놓는 느낌이었다. 빗소리가 귀를 마비시키고, 젖은 몸에서는 열기가 하얗게 피어올랐다. 호흡이 불규칙해졌다. 손을 내밀어…… 이솔렛의 손목을 붙들었다. 연약한 온기에 몸이 저릿했다. 빠른 맥박이 겹쳐졌다.

"후……."

손목을 붙잡힌 채 이솔렛은 말이 없었다. 캄캄한 하늘에서 쏟아지는 비를 맞으며 세상 누구도 없는 곳으로 달아나고 싶다고, 함께 가고 싶다고 생각한 시간이 어둠 속을 훈향薰香처럼 흘러 흩어져갔다.

이솔렛의 다른 손이 다가와 보리스의 손목을 잡고, 자신의 손목으로부터 떼어냈다. 손이 떨어지자 마음은 온통 소음으로 막혀버렸다. 이기적인 소망들이 마지막 이성마저 밀어내기 직전, 등뒤에서 목소리가 들렸다.

"저…… 비가 오는데 들어와서 이야기하세요. 방해하지 않을게요."

하인도 없이 직접 우산을 들고 나온 루시안이었다. 그답지 않게 조심스러운 목소리를 들으며 보리스는 점차 평소의 자신으로 되돌아왔다.

벽난로에는 불이 지펴졌고 따뜻한 차도 준비되어 있었다. 루시안의 손님이 올 때 쓰는 작은 손님방인데 평소에는 거의 쓸 일이 없어서 닫아두는 곳이었다. 하인들이 늘 치워서인지 내부는 말끔했다. 다만 사람이 머무는 방이 아니라서 어딘가 서늘했다.

그 방으로 두 사람을 안내한 루시안은 놀랄 만큼 주인다운 모습으로, 이솔렛에게 잠자리도 봐놓을 테니 걱정 말고 편히 지내시라고 이야기했다. 갈아입을 옷도 내주겠다고 했지만 이솔렛 쪽에서 정중히 거절했다. 보리스는 이솔렛이 하룻밤도 머무를 마음이 없음을 알았다.

루시안이 나가고 나서 한동안 소리를 내는 것은 벽난로의 불티뿐이었다. 한참 후 보리스가 어떻게 여길 알고 찾아왔느냐고 물었다.

"나우플리온 사제님께서 너란 사람은 새로운 모험을 시작하는 성격이 아니라고 말씀하셨지. 대륙으로 돌아가더라도 본래 알던 곳 중 어딘가에서 지낼 거라고. 그리고 네가 한때 그와레라는 성의 대장장이 조수가 될 뻔했다는 이야기를 해 주셨어. 그때 그걸 택했더라면 삶이 바뀌었을 거라고 말한 일이 있다면서."

가나폴리의 거울이 주기 전에는 자신도 몰랐던 해답을, 나우플리온이 이미 꿰뚫어 보고 있었다는 사실이 놀라웠다. 나우플리온은 보리스가 어떤 사람인지 정말로 잘 알고 있었다.

잠시 후 이솔렛이 불쑥 말했다.

"사제님께서 많이 편찮으셔."

이솔렛은 보리스의 눈이 몇 번 깜빡이다가, 점차 커지는 것을 지켜보았다. 보리스는 한참 만에 목소리를 억누르며 물었다.

"나우플리온 사제님을…… 말씀하시는 건가요?"

"그래."

"어째서, 어디가 편찮으신 거죠? 사고라도 당하셨나요? 결투라도 벌이신 겁니까?"

"그럴 리가. 그분의 오랜 지병이야. 악화되었어."

'지병'이라는 말에 무언가 물으려던 보리스가 동작을 멈췄다. 고개를 숙였다가 흔들고, 입속으로 되뇌다가 가늘게 입술을 떨었다. 온갖 일이 빠른 책장처럼 머릿속을 스쳐갔다. 스스로에게 알고 있지 않느냐고 물었다. 그랬다. 알고 있었다. 그것이 무슨 병인지를.

"많이…… 나쁜가요?"

"유감스럽지만 올해 말이 한계일 거라고 해. 모르페우스 사제님의 말씀으로는."

고개를 숙이고 있던 보리스가 갑자기 주먹을 꽉 쥐며 벌떡 일어났다. 고개를 든 이솔렛은 보리스의 얼굴이 눈물로 범벅이 된 것을 보았다. 표정을 가누지 못한 보리스가 허공을 향해 소리질렀다.

"왜…… 내게 그런 거짓말을! 왜, 도대체 왜!"

이솔렛은 시선을 내렸다. 보리스가 하는 말의 의미를 그녀도 알고 있었다. 나우플리온이 섬을 떠나는 보리스에게 무어라 거짓말을 했는지도, 보리스가 섬을 떠나지 못할까 봐 그랬다는 것도 알고 있었다.

"그런 줄 알았더라면…… 죽는 한이 있어도 떠나지 않았어……."

목이 막혀 갈라진 목소리가 띄엄띄엄 흘러나왔다. 이솔렛은 벽난로 한구석에 시선을 둔 채 입을 다물었다. 조금 후, 눈을 감았다가 뜬 그녀가 말했다.

"모든 것을 알았을 때, 나 역시 무슨 말을 해야 좋을지 몰랐어. 그래, 나를 미워하는 것이 좋아. 그분은 자신의 생명을 살려낼 마지막 물건을 나를 위해 써버렸고, 단 한 명밖에 고쳐주지 못하는 그것으로 그분도 치료되었다고 네게 거짓말을 했지. 내가 '붉은 심장'의 존재를 알게 된 것은 얼마 전, 데스포이나 사제님으로부터 자초지종을 듣고부터야. 더 거슬러가자면 그분의 일은 온전히 나와 아버지, 즉 우리 부녀 때문인 셈이지."

보리스는 붉어진 눈으로 테이블 끄트머리만을 쏘아보고 있었다. 이솔렛의 목소리가 이어졌다.

"내가 '붉은 심장'이라는 것의 존재와 그것이 지닌 치유의 힘을 안 후 가장 먼저 의심했던 것은 그렇다면 왜, 최초의 괴물이 남긴 심장을 나우플리온 사제님의 치유에 사용하지 못했는가 하는 거였어. 어차피 그 전투에서 생존자는 사제님 혼자였으니까. 아버지께서 살아 돌아오실 수 없었다는 건 내가 누구보다도 잘 알아. 자신의 생명을 뽑아내는 것으로 적까지 함께 죽이는 기술, 그걸 쓰셨을 걸 알았으니까. 얼마 전에 모르페우스 사제님으로부터 아버지의 연구용 일지를 받아 살펴보니 그 심장의 용도를 알았다는 기록도 있었어. 그렇다면 도대체 왜?"

옷에서 흘러내린 물이 바닥을 적시며 번져갔다.

"난, 그것이 아버지의 고집 탓이 아니었을까, 처음으로 생각해보았어."

보리스는 알고 있었다. 일리오스 사제는 제자의 일로 화가 나서 일부러 붉은 심장을 부수었다. 그러나 이솔렛에게 그 이야기를 해주고 싶지는 않았다.

"오래전에, 어렸던 내가 우연히 아버지의 검에 새겨진 글자의 비밀을 알고서 같은 것을 만들어달라고 조른 일이 있었어. 아버지께선 미안하지만 당신께선 만들 줄 모르신다고, 그 검의 출처조차 모르신다고 하셨어. 그후 아버지의 검은 내가 물려받았지만, 아주 나중에야 검의 제작자가 누구였을까 생각해보게 되었지. 너도 같은 검을 갖고 있는 걸 본 후에."

이솔렛의 목소리는 젖은 머리처럼 착 가라앉아 있었다. 이미 수없이 번민을 겪어 더이상 동요할 것이 남지 않은 것처럼.

"너는 그 검을 나우플리온 사제님께서 빌려주셨다고 했지. 그분의 검이라면 누가 만들었을까? 그후 한 번 더 같은 검을 보게 되었고, 결국 예상대로 오이노피온, 나우플리온 사제님을 가르쳤던 그 어르신이 검을 만드셨다는 사실을 알았어. 그래, 사실을 말하자. 아버지께서 죽음의 길을 택했던 운명의 새벽에, 나는 나우플리온 사제님을 만났어."

밤이 깊어갔다. 감춰졌던 모든 비밀과 함께.

"그분은 내게 반드시 아버지를 지키겠다고, 그렇게 해서 오래된 빚을 갚겠다고 했어……. 약혼 사건 이후로 그분과 내가 말을 나눈 건 그때가 처음이었고, 그후로 오랫동안 마지막이 되었지."

이솔렛은 잠시 말을 그쳤다. 꼭 다문 입술이 미세하게 떨렸다.

"난 나우플리온 사제님이 아버지가 죽든 말든 자신만 살아오려 했으리라고…… 단 한 번도 생각하지 않았어. 그런데도 네게 그렇게 말하고 만 건 증오가 너무 커서였겠지. 살아남았다는 이유만으로 증오를 품었던 거야. 단지 죽은 사람이 돌아오지 않는 것이 미치도록 아쉬웠기 때문에."

보리스는 고개를 젖혔다. 천장 쪽으로 눈을 돌렸지만 눈물이 멎지 않았다.

"그러나 시간이, 때로는 다른 일들이 부당한 분노를 부숴놓고 말지. 이젠 내 쪽이 채무자가 되었어. 그분에게 생명의 빚을 지고, 그리고…… 너를 빚졌어."

"……."

이솔렛이 고개를 젖히며 회한 어린 숨을 내뱉었다. 분홍빛 눈동자가 흔들리고 있었다.

"갚을 방법을 찾을 수가 없어서…… 나는 맹세를 하고 섬을 나왔어. 올해가 가기까지 무슨 수를 써서든 치유의 붉은 심장을 찾아내기 위해. 물론 나우플리온 사제님은 헛된 일이라며 애쓰지 말라고 했지. 아니, 오히려 웃으면서 차라리 너를 만나고 돌아오는 것이라면 보내주겠다고 하시더군…….

내가 끝내 가겠다고 하자 사제님은 내게 맹세를 받아내셨지. 슬픈 일이 일어나면…….”

이솔렛의 목소리가 완연히 떨리기 시작했다. 지금껏 억지로 버티며 지켜온 평정이 일시에 무너져 내리고 있었다.

“내게…… 뒤를 이어달라고……. 내 아버지께서 돌아가시고 내게 돌아갔어야 할 그 자리를…… 이제 도로 받아달라고…… 내게 맹세하게 했어. 그 해쓱해진 얼굴…… 너는…… 상상할 수 없을 거야…….”

참고 참았던 울음이 터지며 두 손이 얼굴을 가렸다. 어떤 일이 있어도 울지 않을 것 같던 이솔렛이었는데, 손가락 사이로 눈물이 쉴 새 없이 흘러내렸다. 마음의 숲에서 들었던 젊은 나우플리온의 목소리가 귓가를 때렸다.

‘저는 이솔렛의 눈물을 보고 싶지 않습니다……. 정말로, 정말로 그 어떤 것보다도 보고 싶지 않단 말입니다!’

“나…… 돌아가게 해주세요.”

대답이 없는 이솔렛에게 보리스는 다시 힘주어 말했다.

“돌아가서, 그분 곁에 마지막까지 머물도록 해주기만 한다면…… 정말로 그 뒤엔 어떻게 하든 상관없어요. 절벽에서 떨어졌던 그 아이들처럼…… 죽인다 해도 상관없습니다. 제발 저를 데리고 가주세요. 도저히 이대로 있을 순 없어요. 이러고 있다간 이 자리에서 목이라도 맬 것 같은 기분이군요.”

"나우플리온 사제님이…… 그걸 원할 것 같니?"

고개를 숙인 이솔렛의 입에서 까칠하게 쉰 목소리가 흘러나왔다.

"네 행복을 세상 무엇보다도 바라는 분이야. 죽어도 좋다고? 너 혼자만의 것이 아닌 목숨을 함부로 던질 수는 없어. 죽는다는 말은 다시는 꺼내지 마."

"제가 다시 순례자로 돌아갈 방법은 없나요? 전혀 없을까요?"

그러자 이솔렛이 고개를 들며 나직이 말했다.

"리리오페와 약혼하면 되지 않을까."

보리스는 얼어붙은 것처럼 이솔렛을 내려다보았다.

"……이제 와서…… 그런 농담은 마세요."

"농담이 아니야. 그 애, 네가 떠난 후로 시름시름 앓았어. 낫고 나서도 예전의 그 애가 아니야. 섭정 각하의 큰 걱정거리가 됐지. 네가 돌아와서 그 애의 건강이 좋아진다면 용서받을 가능성도 조금은 생길 거야."

"……."

얼마나 우스운 딜레마인가. 마치 그들 세 사람을 놀리기 위해 만들어진 것 같았다. 수없이 돌고 돌아도 항상 원점으로 돌아오는 순환에서 어느 고리를 끊어야 할까. 결국 어떤 고리도 잘라내지 못하는 자신이 죄인처럼 혐오스러웠다. 이 순간에도, 방금 전까지 진심을 말하던 이 순간에도 망설이며 대답할 수 없는 것은…… 그가 갇힌 이 딜레마의 상자가 너무도 견고하여 빠져나갈 구멍이 보이지 않는 까닭이었다.

무거운 침묵이 흐르는 가운데 남은 차가 싸늘하게 식었다.

괘종시계가 12시를 치는 소리가 들려왔다. 이상한 일이지만 갑자기 그 소리만큼이나 모든 생각이 또렷해졌다. 이솔렛이 여기 와 있는 이유도, 어떤 선택도 하지 못하는 자신도 유리 속에 든 인형들처럼 잘 들여다보였다. 그와 함께 자신이 할 수 있는 일이 남아 있다는 것을 깨달았다.

마지막 하나가 남아 있지 않나? 분명히…… 있다.

"여기 오지 않는 편이 좋았을까. 하지만 네게 아무 말도 하지 않을 수는 없다고 생각했어. 그분은 물론 알리길 원하지 않으셨지만, 그건 아버지의…… 일을 아들에게 알리지 않는 것과 같을 테니까."

아버지의 죽음을 겪어보았기에 할 수 있는 말이었을 것이다. 그런 그녀조차 '죽음'과 같은 단어는 쉽사리 입 밖에 내지 못했다. 보리스도 마찬가지였다. 그건 나우플리온을 놓고는 도저히 실감이 나지 않는 단어였다.

"또는, 이런 상황에서조차 그보다 다른 이유 때문에 왔는지도 모르고."

그 말이 보리스를 흠칫 놀라게 했다. 이솔렛은 고개를 숙이고 있어 표정이 보이지 않았다.

"이만 갈게."

보리스는 그가 내린 결정을 이솔렛에게 말해줄 것인가 조금 망설였다. 그러나 입을 열었다가는 이솔렛마저 위험에 처하고 말리라는 생각이 들자, 결코 말할 수 없다는 결심이 섰다. 그것은 혼자 해결해야만 하는 일이었다.

둘은 함께 밖으로 나왔다. 늦은 시각인지라 루시안은 잠든 모양이었다. 그들은 저택 입구에서 짧은 인사만을 두고 헤어졌다. 오랫동안 이솔렛에게 하고 싶었던 말들을 모조리 억눌렀다. 지금은 말할 수 없었다. 멀어지는 이솔렛의 뒷모습을 보며 미칠 듯 안타까웠지만, 결심한 일을 해내면 재회할 수 있다는 확신으로 견뎌냈다. 만일 해내지 못한다면, 이 순간 더더욱 아무 말도 해선 안 되었다.

더이상 악몽 속에서 눈 가리고 달아나는 어린아이가 아니게 되는 날.

그날이 오면 모든 것을 말할 수 있을 것이다.

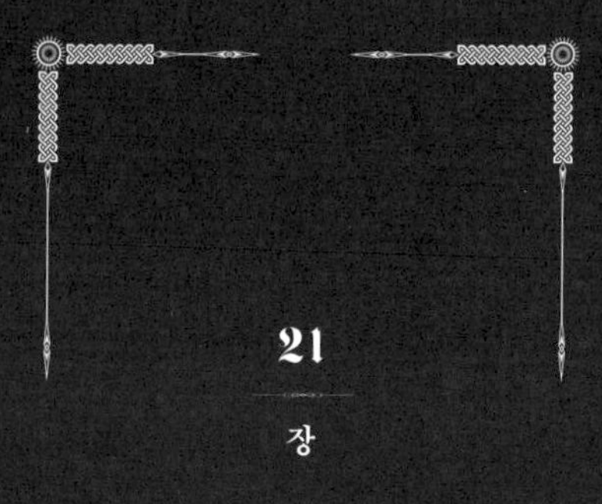

21

장

NATURE SEALS HER PROMISE OF SPRING IN WHITE

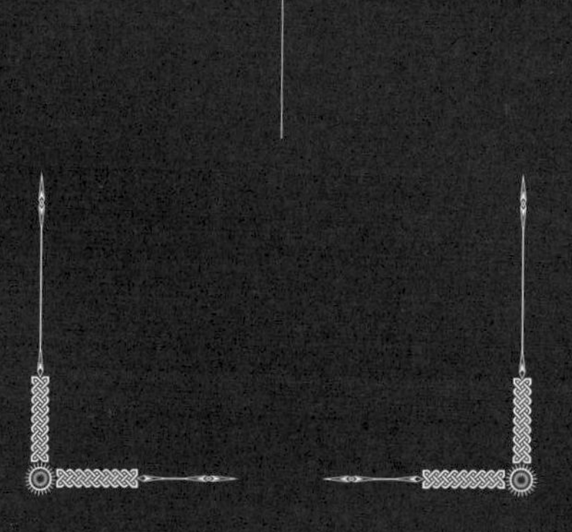

마침내 돌아온 잔盞

바람이 많이 부는 8월 초순, 보리스는 넉 달간의 머무름에 마침표를 찍었다. 이솔렛이 찾아왔다가 떠난 지 이틀 만의 일이었다.

루시안은 아무 말도 하지 않았다. 가지 말라고 잡거나 왜냐고 묻지도 않았다. 보리스가 칼츠 씨를 만나 과거의 중대한 문제를 해결하고 돌아오겠다고 말할 때 루시안도 곁에 서 있었다. 루시안의 표정을 한번 쳐다본 드메린 칼츠는 별말 않고 가도 좋다고 허락해주었다.

떠나는 날 아침 일찍, 루시안이 저택 입구의 기둥에 기대 선 채 기다리고 있는 것이 보였다. 올 때와 마찬가지로 간단한 여행자 복장에 검 두 자루, 검은 망토만을 걸치고 나오던 보리스는 루시안을 향해 다가갔다.

바람에 망토 자락이 나부꼈다. 칼츠 저택의 정원에 선 수많은 나무들이 일제히 나뭇잎을 뿌렸다. 잎을 쓸어 가고 풀을 쓰다듬던 바람이 이윽고 루시안의 흰 옷자락을 부풀게 했다.

"나 말이야, 너 처음 왔을 때……."

기댄 채로 한쪽 무릎을 접어 기둥에 신발 자국을 비벼 남기고 있던 루시안이 보리스가 가까이 오자 입을 열었다.

"나랑 다르기도 달랐지만, 자꾸 보고 있자니까 이렇게 심심하게 살아온 녀석이 있다니 필히 재미있는 일을 가르쳐주어야겠다는 사명감이 들더라고."

루시안 앞에 멈춰 선 보리스는 어이없는 미소를 지으며 중얼거렸다.

"그런 것도 사명감인가."

루시안은 고개를 저으며 갑자기 큰 소리로 말했다.

"넌 정말 이상한 애였어! 나한테 지금까지 친한 친구가 없었던 건 내가 싫증을 잘 냈기 때문이었어. 난 뭐든 싫증을 잘 내거든. 그래서는 친구 같은 거, 금방 다 잃잖아. 그런데 너는 나랑 너무 달랐어. 내가 모르는 세계에서 살고 있는 너를 보면 기분이 자꾸 이상해져. 나로서는 상상도 못 하고 겪을 수도 없는 세계랄까. 내가 고집을 부릴 때 기절시켜서라도 고집을 꺾은 사람도 너뿐이었어. 넌 말이지, 음……."

루시안은 눈동자를 이리저리 굴리며 말을 고르다가 말했다.

"아무리 알고 또 알아도, 다 알 수가 없을 것 같았어. 그래서는 절대 싫증을 낼 수 없잖아?"

보리스의 얼굴에 곤란한 듯한, 그러나 부드러운 미소가 떠올랐다. 그의 입에서 평소라면 쉽게 하지 않을 말이 흘러나왔다.

"나도 네가 나와 달랐기 때문에 좋았어."

"그래서 우리 재미있게 지냈잖아?"

루시안이 다문 입술을 한껏 움직여 미소를 만들었다. 양 뺨이 동그랗게 도드라지며 아이 같은 표정이 되었다.

"그래."

바람이 다시 불었다. 늘 묶고 지냈는데 여행을 떠나며 오랜만에 풀어놓은 긴 머리가 나부꼈다. 루시안은 바람 속에서 짤막한 금발이 눈을 찌르는지 몇 번이고 눈을 비볐다. 자꾸만 그러고 있다가 불쑥 말했다.

"사실은 너, 가지 말라고 잡고 싶었어."

보리스는 하늘을 올려다보았다. 너무나 여행하기 좋은 날씨였다…….

"너한테, 내가 모르는 많은 일들이, 있다는 것, 알아. 하지만 이번에는, 나도 모르겠지만, 정말 위험한 일일 것 같다는 생각이, 그런 생각이 들었어. 말릴 수 없다는 것, 알면서도, 그런데도, 돌아오지 않을 것 같은 생각이, 자꾸, 들지 뭐겠어."

"……."

잠시 후 보리스는 한 걸음 다가가 무언가 꾹 참고 있는 루시안의 어깨에 손을 얹었다. 그리고 말했다.

"이번에 돌아오게 되면…… 너와 함께 학교에 갈게. 약속해."

"……."

이번에는 루시안 쪽에서 아무 말도 못 했다. 보리스는 확인하듯 고개를 끄덕여 보였다. 자신이 쉽지 않은 약속을 한다는 것을 알고 있었다. 지키지 못할 가능성이 훨씬 크다고 생각했다.

학교에 함께 가기 위해선, 살아 돌아와야 한다.

"그럼…… 꼭 약속이다?"

"그래."

목숨을 걸고, 아니 어쩌면 목숨을 버리러 가면서 돌아올 약속을 하는 것은 기만이라는 것을 모를 그가 아니었다. 그러나 이 순간만큼은 보리스도 진심이었다. 이 약속이 부적처럼 자신을 살려 돌려보낼지도 모른다고 생각해보았다. 그러자 미소가 떠올랐다.

어느 쪽이든 좋았다. 반드시 해야 할 일을 위해, 그는 유년의 터널로 돌아갈 것이다. 운명의 호의가 그를 살려 보내든, 그렇지 않든.

손을 거두며 물러선 보리스는 입구를 나섰다. 루시안이 마구간에 말해 준비시켜놓은 말 한 필이 그곳에 서 있었다. 루시안이 늘 타던 가장 좋은 말이었다.

말에 오른 보리스는 돌아보지 않고 떠났다.

산과 들이 스쳐갔다.

달리는 말 위에서 아노마라드가 멀어져갔다. 그럴수록 또 다른 땅이 가까워졌다. 더 가까이, 조금 더 가까이, 그가 두고 도망쳤던 어둠을 향해 달려갔다.

지체할 여유가 없는 여행이었다. 8월 하순이 되기 전에 보리스는 식민령 티아를 가로질러가 곧장 트라바체스 국경을 넘었다. 루시안의 아버지가 배려해준 신분 증명이 큰 도움이 되었다. 국경을 넘고부터는 진로를 북동쪽으로 잡았다. 닷새 더 달려가 8월이 끝나기 직전, 간신히 첫 번째 목적지에 도착했다.

트라바체스의 수도, 론.

보리스가 최후로 가려 하는 땅은 이곳이 아니었다. 그러나 그전에 반드시 찾아가야 할 곳이 있었다. 그가 가려고 결심한 곳은 목숨을 걸지 않으면 안 되는 최후의 승부처였다. 그 전에 한 사람을 만나 과거의 일을 매듭지으려 결심했다. 지금이 아니고는, 다시는 기회가 없을지도 모르니까.

론 시내에서 그 저택을 찾아내는 데 반나절이 걸렸다.

"누구시라고요?"

중년의 문지기는 긴 여행으로 먼지투성이가 된 보리스를 위아래로 훑어보다가 의심쩍은 어조로 되물었다. 보리스는 오른손을 들어 이마에 흐트러진 머리를 걷어냈다. 땀에 젖은 머리카락을 모아 쥔 다음 문지기에게 자신의 얼굴을 보게 했다.

조금 후 문지기의 눈이 의혹으로 흔들렸다.

"당신도 눈이 있다면 내가 주인의 조카라는 걸 의심할 수 없을 텐데요."

보리스는 그들 집안의 사람들이 비슷한 얼굴을 타고난다던 유모의 옛이야기를 자라면서 스스로의 얼굴로 확인했다. 어린시절에는 몰랐지만 보리스와 예프넨이 닮은 것은 물론이고, 자신은 나이가 들수록 아버지 율켄을 닮아갈 것이며, 율켄은 친동생 블라도 진네만과 닮아 있었다. 파충류처럼 노르스름한, 잊을 수 없는 눈빛만이 다를 뿐.

"흐음……. 맞는 것 같지만 주인님을 만나 뵙긴 어려울 겁니다. 엊그제부터 아니 계시고, 또 조만간 돌아오실 것 같지도 않습니다."

그때였다.

"마님, 제발!"

"이러지 마세요, 마님!"

하녀 몇 명이 간청하는 소리가 들리더니 조금 후, 무언가 깨지고 부서지는 소음이 들려왔다. 보리스가 불길한 낌새를 채고 대뜸 물었다.

“집안에 무슨 일이 있습니까? 삼촌에게 문제라도?”

자신이 블라도를 ‘삼촌’이라고 다시 부르게 될 날이 오리라고는 생각하지 못했다. 문지기는 망설이다가 보리스의 얼굴을 다시 한번 보고는 안으로 들어가게 했다.

넓은 응접실로 들어갔을 때 보리스는 예상 밖의 광경에 놀랐다. 겉으로는 훌륭하고 깔끔해 보이던 저택이었는데 내부는 황량하기 이를 데 없었다. 한때 응접실을 장식했던 것으로 보이는 물건들이 곳곳에 부서져 흩어져 있었다. 의자는 쿠션이 찢어진 채 넘어졌고, 초상화는 떨어져서 틀이 어긋났다. 목 긴 꽃병이 부러진 채 떨어져 있었는데 꽃은 이미 시든 채였다. 짓밟혀 구겨지고 찢긴 양탄자도 누구도 손대지 않았다.

“누구지? 당신, 소식을 갖고 왔어?”

젊은 부인이 응접실 한 구석에 아이처럼 웅크리고 있다가 고개를 번쩍 들고 보리스를 쳐다보았다. 부인을 내려다본 보리스는 대답을 지체할 수밖에 없었다. 부인은 보기에 애처로울 정도로 흐트러진 옷매무새에 헝클어진 머리를 하고 미친 사람처럼 떨고 있었다.

하녀들이 부인을 일으키려 했지만 그녀는 막무가내로 기다시피 보리스가 있는 쪽으로 다가왔다. 어깨에 걸친 숄 자락을 끌어당겨 움츠리며 눈물자국으로 얼룩진 얼굴을 보리스의 눈 앞에 갖다 댔다.

"말해줘! 어디 있어? 그 애는 어디 있어? 아버지 손으로 돌아온 거야? 그렇지? 그 애는 아무렇지도 않겠지?"

"누구를…… 말하는 건가요?"

보리스는 이 부인이 자신의 숙모라고 짐작했으나 그런 이야기는 꺼내지 않았다. 꺼내보았자 알아들을 것 같지도 않았다. 부인은 계속 숄 속으로 몸을 움츠리면서, 그러면서도 일그러진 얼굴로 계속 소리를 질렀다.

"그 애를 데려와! 우리 아기를 데려와! 우리 아기가 울고 있어! 그 애가 우는 소리 때문에 미칠 것 같아!"

"……."

보리스는 갑자기 두 손을 내밀어 부인의 양 손목을 잡았다. 부인은 흠칫 놀라 손을 빼려 했지만 그럴 수가 없었다.

"말씀하시는 아이가 숙모와 삼촌의 아기입니까?"

'숙모', '삼촌'이라는 말이 그녀에게 어떤 충격을 가져다준 모양이었다. 무언가 생각하듯 눈을 크게 뜨고 있던 부인은 갑자기 온 힘을 다해 보리스의 손을 뿌리치고 뒤로 넘어졌다. 그리고 덜덜 떨면서 하녀들을 불렀다.

"루치카! 보로냐! 나, 나를 데려가줘……. 나, 나는……."

보리스는 뚜벅뚜벅 하녀가 있는 곳으로 다가갔다. 하녀는 보리스가 조금 전 한 말을 듣고 그가 누구인지 알았기 때문인지 어쩔 줄 몰라 하며 말했다.

"저, 저…… 밀라나 마님께서는 좀…… 불편하세요."

"아기가 어떻게 된 겁니까?"

"아가씨는…… 없어졌어요. 엊그제, 아가씨 생일날 사라져 버려서…… 주인님은 아가씨를 찾으러 나가셨어요. 애기로는 집사님이 데려가셨다고……."

"집사?"

"네, 튤크 집사님이……."

그 순간, 보리스는 뒤통수를 한 대 얻어맞은 충격을 느끼며 되물었다.

"튤크 집사라고?"

그 이름은 오랫동안 잊고 있었다. 튤크 집사라면 진네만 가문의…… 아버지 율켄의 심복이 아니었던가! 아버지와 함께 죽은 줄로만 알았던 그가 어째서 이곳에 있었던 거지?

"튤크 집사라는 사람은 본래부터 이 집에 있던 사람입니까?"

"주인님께서 데려오신 분이라고만 알고 있어요."

보리스는 고개를 돌려 주위를 둘러보았다. 제대로 된 설명을 해줄 사람이 필요했다. 그때, 저택 안쪽에서 일흔은 되어 보이는 늙은 하인이 나오다가 낯선 사람을 보고 멈추어 섰다. 하녀가 얼른 달려가 그 노인에게 속삭였다.

"하인장님, 저…… 주인님의 조카라고……."

하인장의 낯빛이 창백해졌다. 그는 보리스를 한참이나 뚫어져라 쳐다보다가 물었다.

"그러면…… 돌아가신 율켄 어르신의?"

보리스가 하인장과 말하려고 응접실을 가로지를 때 이 집의 안주인인 밀라나 진네만 부인은 마치 행려병자처럼 몸을 끌며 옆으로 피했다. 그녀는 여전히 두려워했지만 들을 이야기가 있다고 느낀 듯 그곳을 떠나지는 않았다.

하인장에게 다가간 보리스가 말했다.

"맞습니다. 율켄 진네만이 제 아버지입니다. 저를 아십니까?"

하인장의 눈이 커졌다.

"오오, 이럴 수가……. 정말로 살아 계셨단 말씀이십니까? 이렇게 다행할 데가……. 저는 옛날, 예니치카 아가씨께서 돌아가시기 전부터 진네만 저택에 있었답니다……. 그땐 병사였지요. 그러나 두 형제분께서 의절하시고 나서 블라도 주인님을 따라오게 됐습니다. 통령 각하께서 론의 사병을 모두 거두게 하셨을 때 저는 너무 늙어서 하인이 되었지요. 도련님께서는 기억 안 나십니까? 제가 목마도 자주 태워드렸는데요…….”

보리스는 이 하인장을 기억하지 못했다. 그러나 문득, 예니치카 고모가 죽을 때 자신은 태어나지도 않았다는 데 생각이 미쳤다. 그렇다면 이 사람은 지금 자신을…….

“전…… 예프넨 진네만이 아닙니다.”

“예? 그럼…….”

“예프넨 형은 오래전에 죽었습니다. 저는 동생입니다.”

“아…….”

노인은 너무 늙어서 예프넨의 나이도, 그의 외모도 정확히 기억하지 못하는 듯했다. 그저 그 시절 진네만 저택에 아이라고는 예프넨 한 명밖에 없었으므로 그 아이를 잊지 않았을 따름이었다. 그러나 조금 후 보리스를 바라보던 노인의 눈에 눈물이 맺혔다.

“그 착하던 도련님이 돌아가시다니…….”

보리스도 말문이 막혔다. 전혀 모르는 사람이 형의 죽음을 슬퍼하는 것을 보니 새삼 무언가가 울컥 치미는 기분이었다. 간신히 마음을 추스르며 노인에게 물었다.

“아이는 어떻게 된 겁니까?”

“튤크 집사를 기억하시지요?”

“그분이 이곳에 계셨던 겁니까?”

“예……. 그 사람이 이곳으로 온 걸 보자마자 율켄 어르신께서 살아 계시지 않으리란 건 짐작했습니다만…… 참으로 뜻밖이었지요. 아시다시피 그 사람은 율켄 어르신의 제일가는 충복이 아니었습니까? 저야 그 사람이 진네만 저택으로 오기 전에 먼저 블라도 주인님께 왔습니다만……. 어쨌든 그리 쉽게 배신할 사람이 아닌지라 마음을 바꿨다는 이야기가 도저히 믿어지지 않았지요."

그건 보리스도 마찬가지였다. 노인의 말이 이어졌다.

"몇 년 동안 튤크는 블라도 주인님을 잘 섬겼습니다. 그게 블라도 주인님께…… 가장 치명적인 복수를 하기 위한 기나긴 준비였음을 이제야 알게 된 겁니다. 그 사람은 정말로…… 무서운 자였습니다."

"그러면……."

보리스의 머릿속에서도 상황이 그려졌다. 그도 기억하고 있었다. 어린시절에 보아서일지, 기억 속 튤크는 음험하고 속을 모를 인물이었다.

"그 사람이 예니 아가씨를 납치했습니다. 그날은 예니 아가씨의 생일이었지요. 예니 아가씨를 보러 온 손님들이 너무 많아서 잠시 아가씨가 보이지 않아도 다른 손님과 놀고 계시겠거니 생각했습니다. 그러나 파티가 끝났을 즈음 몇 시간이나 아무도 예니 아가씨를 보지 못했다는 걸 알게 됐습니다. 마님도, 주인님도, 유모도, 하녀들도……. 집안이 발칵 뒤집히고 나서 튤크 집사의 방에서 편지가 나왔습니다. 편지를 보시고 블라도 주인님께서는 미친 사람처럼 되어 예니 아가씨를 되찾아오겠다고 저택을 떠나셨지요."

아이 이름이 예니란 말인가?

보리스는 블라도 삼촌과 예니치카 고모의 일을 자세히 몰랐으므로 오히려 뜻밖이라고 생각했다. 그렇게 비참하게 죽고 만 고모의 이름을 딸에게 붙이다니.

"그 편지를 볼 수 있습니까?"

"주인님께서 가져가셨습니다만, 대략 이런 내용이었습니다. '어린아이의 생명이 죽은 사람의 피를 갚게 될 것'이라고요. 어디로 간다는 말은 없었지만 주인님께서는 어디로 가야 할지 아시는 것 같았지요."

보리스도 알 것 같았다. 튤크가 어린아이를 데리고 어디로 갔을지, 그리고 블라도가 그것을 어찌 알 수 있었는지. 이 운명에 얽힌 자들만이 깨달을 수 있는 마지막 장소, 그곳뿐이었다. 율켄 진네만의 피를 갚기에 그보다 더 좋은 장소가 있을까?

더구나 이제부터 보리스가 가려던 곳이기도 했다……. 수년간 침묵하던 악몽이 온갖 목소리로 그를 부르기 시작하는 것 같았다.

곁에서 중얼거리던 숙모의 목소리가 점차 외침으로 변해갔다. 처음엔 정확히 알아듣지 못했던 섬뜩한 말이, 목소리가 커지자 낱낱이 들려왔다.

"핏값을 치르게 된 거야! 이런 날이 올 줄 난 알고 있었어……. 하늘의 맷돌은 느리게 돌지만 밀알 하나도 놓치지 않느니! 끝난 줄 알았겠지? 하지만 죽은 자는 잊지 않아! 당신의 죄가 예니를 데려간 거야! 당신의 죄가!"

우는 건지 웃는 건지 모를 소리로 떠들어대는 숙모를 바라보던 보리스의 얼굴이 굳어졌다. 이윽고 그는 하인장을 보았다. 몇 년에 걸쳐 쌓아온 블라도에 대한 원한……. 그것이 보리스보다 강할 사람이 있을까?

"본디 이곳에 올 때 저는 삼촌에게, 과거 그 모든 일을 저지를 수밖에 없었던 이유가 무엇이냐고 물으려 했습니다. 삼촌의 무서운 고집 때문에 아버지와 예프넨 형이 끝내 목숨을 잃었고, 혼자 남겨진 저는 몇 년 동안 헤아리기 힘든 고비를 넘기며 살아왔습니다. 죄라면 진네만 가문을 섬긴 것뿐인 하인이며 사병들도 수없이 목숨을 잃었고요."

보리스의 눈에 차가운 회색이 번져갔다. 이미 그곳, 안개 자욱한 호수에 서 있는 것처럼.

"그만한 결과를 낳는 일을 저질렀을 때는 분명 그래야만 했던 중대한 까닭도 있으리라 믿었기에……. 그것을 들어야만 제 마음이 정해지리라고 생각했던 겁니다. 그러나 이제는 물을 수가 없게 되었군요. 나중에 삼촌께서 이리로 돌아오시거든 이렇게 전해주십시오."

"무엇이라고……?"

"당신의 죄는 사람의 손이 아니라 운명의 손으로 거두게 될 것이며, 마침내 독이 든 잔이 돌아왔을 때는 결코 피할 수도 용서받을 수도 없을 것이다, 라고 말입니다."

보리스는 몸을 돌렸다. 늙은 하인장과 하녀들, 그리고 반쯤 정신이 나간 숙모는 소년의 검은 망토가 문밖으로 사라지는 것을 멍하니 바라보았다.

"종그날 님의 전언이다."

칸 통령의 1익, 류스노 덴이 통령을 뵙지 못한 지도 여러 해가 흘렀다. 윈터러를 가진 소년을 찾아내라는 명령을 받고 나서 어느새 삼 년이었다. 이런 임무에서 최초로, 그는 연달아 실패했다.

몇 번인가 닿을 뻔하긴 했다. 그러나 손에 넣지 못한 이상 '그럴 뻔했다'는 것은 아무 의미도 없었다. 늘 그렇게 생각하며 살아왔다. 최근 류스노는 자신에게도 조바심이란 게 있다는 새로운 발견을 했다. 그렇게 오래 기다리고, 처음으로 돌아가 조사하기를 몇 번, 마침내 실마리를 잡은 곳이 시작 지점이나 마찬가지인 장소였던 것이다. 다름 아닌 그와레 성이었다.

4의 유리히 프레단도 오랜만에 함께였다. 몇 번이나 보리스의 종적을 놓쳐 자존심이 상할 대로 상한 두 사람은 한동안 서로의 얼굴까지 꼴 보기가 싫어지는 바람에 헤어져서 조사를 벌였다. 그런데 자신들이 가진 전 대륙의 정보망을 총동원하다시피 한 결과는 어처구니없게도 재회였다.

"형님도?"

"너도냐."

보리스가 필멸의 땅에 들어갔다가 그와레로 간 방식이 소원 거울이었음을 생각하면 두 사람 다 경이로운 조사를 해낸 셈이었다. 둘은 그와레 성 사람들이 '보리스'라는 이름을 가진 소년을 기억한다는 것을 확인했다. 그리고 끝내 부닌의 대장간도 찾아내고 말았다.

옛친구인 양 위장해서 접근한 결과, 보리스가 대상인 드메린 칼츠에게 고용되어 아노마라드로 떠났다는 정보까지 손에 쥐었다. 드디어 행동을 개시하려 했을 때, 칸 통령의 마법사 종그날로부터 전혀 엉뚱한 정보가 전해져왔다. 류스노의 설명을 듣자마자 유리히는 다짜고짜 비명에 가까운 외침을 내질렀다.

"그 녀석이 론에 나타났다고요? 으악, 젠장!"

"블라도 진네만의 저택에 나타났다가 사라졌다고 한다. 늙은 하인이나 하녀들의 말을 어디까지 믿어도 좋을지 모르겠지만."

"으……. 난 이제 그놈을 존경하기 시작했단 말입니다! 이번에는 론이라고요? 완전 마법사도 아니고 이건 뭐, 내가 그놈한테 쫓기고 있지 않은 게 천만다행이지!"

류스노는 유리히의 반응을 무표정하게 보고 있다가 말했다.

"그런데 블라도 진네만이 딸을 도둑맞았다는군."

"뭐? 그 딸이 몇 살인데 벌써 도둑맞는단 거죠? 대체 어떤 녀석이?"

"그런 얘기가 아니고, 블라도 진네만이 데리고 있던 심복 중 한 명이 배신을 해서 어린아이를 데리고 사라졌다고 한다. 그 심복은 블라도의 친형, 즉 우리가 쫓고 있는 소년의 아버지가 데리고 있던 자였지. 그자가 복수를 하기 위해 몸을 숙이고 오래 기다렸던 모양이다."

"체, 자기 주인을 배신한 놈을 데려다 쓰니까 그렇죠. 배신이나 하는 놈 따위, 아무리 능력이 있다고 해도 결국은 화가 된다니까."

전형적인 트라바체스 사람다운 의견을 내뱉은 유리히는 이어서 물었다.

"이제 우리는 론으로 가야 하는 건가요?"

"그 점을 생각하는 중이야. 두 가지 가능성이 있어. 일단 보리스 진네만이 블라도의 저택에 나타난 것이 사실이라면, 복수 때문이 아닌가 생각한다. 자신의 아버지를 죽인 삼촌이니까. 그게 아니면 이제 와서 찾아갈 이유가 달리 있겠나?"

"그거야 그렇다 치고 다른 가능성은 뭐죠?"

"너도 알다시피 이미 몇 년이나 지났지. 그 아이의 모습은 많이 변했을 거야. 이곳에서 물어봐서 너도 알지 않나? 그렇게 달라진 얼굴을 고향도 아닌 곳에서 제대로 알아볼 사람이 과연 있을까? 하인들이 엉뚱한 사람을 잘못 보았을 가능성이 없다고 생각하나?"

"……있겠죠."

류스노는 최근 뜻밖의 실패가 계속되는 바람에 예전보다 더더욱 신중해졌다. 하나의 가능성도 놓치지 않으려 했다. 그렇다 보니 생각이 다소 지나치게 많아진 감도 없지 않았다.

"그래서 다짜고짜 그쪽으로 갈 일은 아니라고 생각한다. 그런데 또 하나 석연치 않은 것이 바로 블라도의 딸 문제다. 블라도가 정말로 딸 때문에 저택을 비운 것일까?"

"무슨 소리죠? 딸 때문이 아니라면 혹시 블라도 놈이, 그 녀석을 피해서 달아나기라도 했단 말입니까?"

"그럴 수도 있지. 유리히 너도 조사를 했으니 알겠지만 보리스 진네만은 우리가 찾지 못하는 동안 상당한 수준의 검사로 성장한 것 같지 않나? 블라도가 딸이 없어졌다느니 하는 핑계를 대고 일부러 숨었을 가능성이 있다고는 생각하지 않나?"

"그것참 복잡하군요. 끄응…… 어떻게 해야 한담."

"갈라지자."

당연하고 효율적인 답이었다. 유리히는 고개를 끄덕이며 물었다.

"어떻게 할까요? 한 사람은 아노마라드로, 한 사람은 론으로?"

"아니, 론은 갈 필요가 없어. 그 아이가 복수를 위해 사라진 블라도를 추적하고 있다면, 또는 블라도가 정말로 딸을 데려간 놈을 찾으러 떠난 것이라면, 그리고 그 딸을 데려간 자가 바로 배신한 심복이었다면, 갈 곳은 론이 아니야."

"어디죠?"

"롱고르드, 그들의 고향이다."

조금 후 유리히도 고개를 끄덕였다.

"그리 멀지도 않군요."

트라바체스의 피바람과 함께 성장해온 두 암살자에게 그 정도의 상상은 어려운 것이 아니었다. 옛 주인을 죽인 자에게 복수하려고 몇 년 동안 고개를 숙이고 있다가 드디어 딸을 납치한 자가, 옛 주인의 저택으로 가서 딸을 죽인다. 그럴듯한 각본이 아닌가? 게다가 정말로 트라바체스인다운 이야기다.

둘은 고개를 끄덕이고 행동을 개시했다.

최후의 인사

바람 소리가 났다.

바람이 깊은 구멍을 통과하는 소리였다. 인간이 목구멍만으로 호흡을 한다면 날 법한 소리였다. 그런 소리가 눈앞에 선 집에서 났다.

슈우우우우…….

보리스는 말에서 내려 변해버린 저택을 올려다보았다. 그가 마지막으로 본 모습은 항쟁의 불꽃에 휩싸인 어둠 속의 윤곽이었다. 그래서 더 실감이 나지 않는 것일까. 열두 살까지 보았던 기억 속의 저택과는 너무나 달라졌다.

오랫동안, 진네만 저택에는 아무도 살지 않았다. 들러서 돌보는 사람도 없었다. 한때 독액에 부식된데다 비바람과 기온 변화가 겹쳐지자 나무로 된 곳은 거의 삭아버렸다. 돌로 된 부분도 곳곳이 부서져 떨어지거나 금이 갔다. 저택을 한 바퀴 도는 동안 온 벽을 뒤덮은 검은 이끼를 보았다. 마치 섬의 이공간에서 본 고대의 폐허 같았다.

보리스 자신이 이곳에서 열두 해 동안 살지 않았더라면 이 집이 버려진 지 십 년도 안 됐다는 사실을 믿기 힘들었을 것이다. 아니, 누군가 살긴 한 걸까 궁금해하다가 고개를 젓고 말았을지도 모른다. 거대한 무덤처럼 보여도 그곳에는 누구도 잠들어 있지 않았다. 있는 거라고는 썩어가는 가재도구들뿐이리라.

이상한 일이지만 보리스는 저택의 모습에서 스산함을 느꼈을 뿐, 슬픔이나 아쉬움은 그리 느끼지 못했다. 오히려 남의 집 같았다. 그러나 저 안에는 그와 예프넨이 웃고 장난치던 방이며 복도, 계단, 식당 같은 것들이 그대로 있을 것이다.

이곳까지 오는 동안 보리스는 예니라는 아이에 대해 생각했다. 물론 그는 그 아이를 한 번도 본 일이 없었다. 그러나 예전에 렘므에서 여자 암살자를 붙잡았을 때, 블라도에게 딸이 있다고 떠들어대던 것은 기억했다. 그 여자의 말을 믿는다면 예니는 순진하고 사람을 잘 따르는 아이일 것이다.

따지고 보면 사촌누이다. 한 번도 동생을 가져본 일이 없는 보리스는 그 애의 존재가 묘하게 신경을 건드린다 싶었다. 어린아이이고 아무 죄도 없으니 가능하다면 구하는 것이 당연한데, 그렇게 생각하려 할 때마다 블라도에 대한 해묵은 적개심이 고개를 쳐들며 결론을 가로막았다.

보리스가 블라도 진네만을 찾아간 것은 그를 용서하기 위해서가 아니었다. 최후의 결전을 결심했을 때, 만일 실패한다면 블라도를 용서하거나 징벌할 기회조차 사라질 것이기에 마지막 대화를 위해 간 것이었다. 형의 유언과 스스로의 증오심, 그 두 가지 선택지를 떠나 용서할 수 있는 인간인가, 그것을 알고 싶었다. 비록 복수가 아닐지라도 블라도와 보리스 사이에는 죽기 전에 청산해야 할 빚이 존재했다.

그러나 블라도는 이 순간 자신이 천벌을 받고 있다고 생각할 것이다.

사라진 어린 딸 때문에 미친 사람처럼 되었다고 했다. 측은하다고 생각하는 순간, 블라도의 손에 쫓겨 달아나야 했던 어린 자신과 예프넨 형의 모습이 떠올라왔다. 튤크 집사가 예니를 데려간 것은 아버지 율켄 진네만의 핏값을 치르게 하려는 것이리라. 집사조차 그러한데 자식인 자신이 거꾸로 그 아이를 구해야 하는가?

그러나 아이는 역시 아이에 불과하다…….

그렇게 생각했을 때였다. 보리스는 2층 창에서 불빛 같은 것이 언뜻 비치는 것을 보았다.

착각이었을까? 금방 사라지긴 했지만 분명히 보았기에 보리스는 떠나지 못하고 조금 망설였다. 이곳에 사람이 살고 있을 리가 없었다. 버려졌다고 해도 이곳은 아직 진네만, 정확히 말해 블라도 진네만의 영지였다. 칸 통령의 측근이 된 진네만 가문의 옛 저택에 함부로 침입해 살 마음을 먹을 사람은 없을 것이다. 더구나 저렇게 귀신이라도 나올 듯 삭은 저택인데.

그러나 틀림없이 보았다.

한나절 내내 쉬지 않고 말을 달려온 보리스는 조금 지쳐 있었다. 해가 지려면 아직 한 시간 정도는 여유가 있었다. 보리스는 저택 입구로 걸음을 옮겼다.

안으로 들어가고서야 보리스는 마지막날 지붕이 뚫렸던 일을 기억해냈다. 사람이 돌보지 않는 동안 그 구멍은 점점 커져서 낙엽과 먼지, 흙과 고인 물이 엉겨 구석마다 켜를 이루고 있었다.

쓰던 방이라도 들여다볼까 했는데, 입구에 커다란 판자를 대고 대못을 쳐놓은 것을 보고 그냥 포기했다. 예프넨의 방 역시 마찬가지였다. 아직 손때 묻은 물건들이 남아 있을지도 모르지만 보리스는 미련 갖지 않고 2층으로 올라갔다. 아버지의 서재 문이 조금 열린 걸 보고 잠시 걸음을 멈췄지만 그대로 지나쳐 연회장이 있던 곳으로 갔다. 거기가 불빛이 보였던 곳이었다.

문은 닫혀 있었다. 철없이 어렸을 때 맛있는 파티 음식을 맛보고 싶어서 빼꼼 들여다보던, 그때와 비슷한 기분으로 보리스는 문고리를 돌렸다. 애써 소리 없이 열었던 문이 갑자기 못이라도 빠진 듯 헛돌며 휘청 젖혀졌다. 보리스는 간신히 문고리를 부여잡아 당겼다. 이어 안을 들여다보려 했을 때였다.

"어서 오시지요."

조금은 예상했지만, 크게 놀랐다. 이곳만은 이 저택이 아닌 듯한 풍경이었다. 쓰레기는 깨끗이 치워지고 바닥의 먼지도 닦아내어 마치 보리스가 살던 시절의 모습으로 잠시 돌아간 듯했다. 게다가 중앙의 긴 식탁에는 식사가 준비되어 있는 것이 아닌가?

"제가 운이 참 좋은 모양입니다. 이런 날, 이런 곳에서 도련님을 뵙게 되다니요. 어서 이리로 와 앉으십시오."

오 년 전 마지막으로 보았던 튤크 집사의 모습이 어렴풋이 떠올랐다. 이 저택에 살 때도 보리스가 튤크를 볼 기회는 그다지 많지 않았다. 그런데도 튤크는 사뭇 변한 보리스를 한눈에 알아본 기색이었다. 반면 보리스는 튤크가 거의 변하지 않았다는 사실에 오히려 놀랐다. 어쩌면 기억 속의 모습과 저렇게 똑같을 수 있을까? 심지어 옷차림조차도.

혹시 일부러 그렇게 한 건가?

튤크 집사는 율켄 진네만이 이 저택의 주인이던 때처럼 어두운 녹색의 긴 재킷 차림이었다. 얼굴은 변함없이 무표정했다. 빗어 넘긴 머리에 새치가 몇 개 섞여 있는 것만 빼면, 완벽히 예전의 모습을 재현하고 있었다. 연회장도, 비록 치운다고 낡은 모습을 전부 감출 수는 없었지만 식탁에는 새하얀 식탁보가, 의자에도 덮개가 씌워졌다. 식기며 나이프, 포크는 은빛으로 반짝거렸다. 차려진 음식도 준準 정찬에 가까울 정도로 격식을 갖추고 있었다.

식탁 아래에 큰 램프가 놓여 있었는데 그것이 보리스가 본 빛의 정체였다. 램프를 다시 꺼낸 튤크 집사는 식탁 위에 놓인 네 개의 촛대에 불을 옮겨 붙이면서 말했다.

"왜 그렇게 계속 서 계십니까?"

너무 기이한 광경을 본 터라 잠시 판단력을 잃었던 보리스는 정신을 차렸다. 튤크는…… 그래, 블라도 삼촌의 딸을 데리고 사라졌다고 했다. 작은 예니는 어디에 있지?

"집사님 당신……. 어린아이를 데려오지 않았습니까?"

"그보다, 보리스 진네만 도련님."

초에 불을 다 켠 튤크가 식탁 왼쪽으로 물러나며 말했다.

"도련님께서는 이제 아이가 아니십니다. 또한 주인어른과 예프넨 도련님께서 돌아가신 이상, 진네만 가문의 주인이 아니십니까? 그런 분께서 어찌 제게 존대를 하십니까. 하대를 하도록 하십시오."

주인이라고?

가문을 떠나 방랑하는 신세가 된 후로 그런 생각은 해본 일이 없었다. 더구나 튤크 집사에게 말을 낮춘다는 것은 굉장히 어색한 일이었다. 그러나 하대를 하지 않으면 대답하지 않을 기색인지라 보리스는 간신히 말했다.

"아이는…… 예니라는 아이는 어디 있지?"

"어린 예니 아가씨 말씀이십니까? 천천히 말씀드릴 테니 일단 앉아서 저녁을 들도록 하십시오."

튤크 집사의 태도는 연극이라기엔 너무 엄숙하고 진지하여 함부로 그런 분위기를 깨뜨리기가 쉽지 않았다. 조금 전까지만 해도 예니를 구해야 하는지 아닌지 혼란스러워했으면서도, 보리스는 일단 예니의 행방에 대해 들어야 한다고 생각했다. 그러기 위해서는 일단 튤크가 하자는 대로 해주어야 할 듯했다.

보리스는 식탁 머리 상석에 놓인 의자를 끌어당겨 앉았다. 잘 보니 가장 먼 맞은편 자리에도 비슷한 음식이 차려졌던 듯 싶었다. 그러나 그곳은 먹은 흔적도 없이 어지럽혀져 있었다.

튤크가 곁으로 다가오더니 냅킨을 펴서 보리스의 무릎에 올려주었다. 잔에 포도주를 따르고, 접시의 덮개를 벗겼다. 안에는 김이 모락모락 나는 송아지 고기 스튜가 들어 있었다.

네 자루 촛불이 흰 식탁보 위에 불안정한 그림자를 던졌다.

식사를 거절하려야 거절할 수 없는 판국이었지만, 보리스는 아직 의심을 거두지 못했기에 먹는 것을 삼갔다. 보리스가 다시 말을 꺼내려 하는데 튤크가 먼저 입을 열었다.

"옛이야기를 좀 해드릴까요?"

"옛이야기라고? 그보다……."

"도련님의 옛이야기지요. 주인님의 옛이야기이기도 하고요. 물론 율켄 진네만 주인님 말씀입니다. 그분께서 도련님을 미워하셨다고 생각하실 겁니다."

전혀 예상하지 않았던 이야기가 나오는 바람에 보리스는 선뜻 답할 말을 찾지 못했다. 말을 끊는 것도 어려웠다.

"전혀 틀린 말은 아닐 겁니다. 그분은 '동생'이라는 존재는 무조건 적이라고 생각하셨던 분이니까요. 예프넨 도련님이 아기였을 즈음에는 그분도 그런 분이 아니었습니다. 그 시절은 가장 좋은 시절이라 율켄 주인님은 물론이고 모든 사람들이 예프넨 도련님을 웃으며 어르고 사랑했지요."

보리스가 한 번도 겪지 못했던 시절의 이야기였다. 들으면서도 상상이 가지 않았다.

"예니치카 아가씨의 사건이 일어나고서 두 형제분께서 반목하셨고, 그후에 이제니아 마님께서 보리스 도련님을 낳고 곧 돌아가셨습니다. 율켄 주인님의 눈에는 도련님의 존재가 집안의 암운처럼 보였을 겁니다. 자라면서도 도련님은 예프넨 도련님처럼 밝고 상냥하기보다는 늘 아버님을 두려워하셨지요. 물론 그것은 율켄 주인님께서 도련님께 정을 주지 않는다는 걸 본능적으로 도련님이 눈치채신 탓이겠습니다만."

"잠깐, 튤크 집사는…… 그때 우리집에 없지 않았어?"

보리스가 어린시절을 다 기억하는 건 아니지만 튤크 집사가 들어오던 때만은 분명 기억하고 있었다. 튤크는 고개를 저으며 말했다.

"그 말씀은 맞지만, 저는 그보다 훨씬 전부터 주인님을 섬기고 있었습니다. 실은 율켄 주인님께서 도련님 또래였던 시절도 기억하고 있지요. 저는 그 시절에도 롱고르드에 살고 있었으니까요. 그렇기 때문에 저는 도련님께 이 말씀을 드릴 수가 있습니다."

"무슨……?"

"그 시절의 율켄 주인님은, 지금의 보리스 도련님과 꼭 빼닮은 모습을 하고 계셨다는 것을요."

보리스는 조금 놀라서 튤크를 올려다보았다. 혈연이므로 비슷하다면 모를까, 자신이 아버지를 특별히 닮았다는 생각은 해본 일이 없었다. 자신의 모습을 한 아버지라…… 어쩐지 이상한 느낌이었다. 아버지라고 해도 율켄은 그에게 너무 어렵고 먼 존재였다.

"사실, 오늘의 일은 오래전에 잉태되어 있었습니다. 저는 돌아가신 예니치카 아가씨의 어린시절 모습도 기억합니다. 그 아가씨야말로 롱고르드의 천사 같은 분이었고, 그런 그분의 존재가 결국 비극을 부르고 말았다는 것을 안타깝게 생각합니다."

"그게 무슨 소리지?"

"예니치카 아가씨께서 그토록 마음 고우신 분이 아니었더라면, 두 형제분께서 십수 년이 넘도록 그분의 기억에서 헤어나지 못하는 일도 없었을 것입니다."

튤크의 표정은 조금도 변하지 않았으나 시선만은 잠시 흔들리며 어딘가 모를 곳으로 향했다.

"두 분은 아가씨의 미래를 처참하게 부수고 만 자신들을 용서하지 못했고, 자책하다 못해 상대를 미워하고 또 미워하다가 끝내 서로를 살해하는 것으로 기억을 지우려 했던 것입니다. 율켄 주인님께서 돌아가신 후에 블라도 주인님께서 잠시나마 평화를 얻었던 것도 그 때문입니다."

보리스는 튤크 집사가 두 사람을 똑같이 '주인님'이라고 부르는 걸 이해할 수가 없었다. 튤크 집사는 아버지의 복수를 하려고 삼촌의 딸을 빼앗아 온 사람이 아닌가?

"블라도 주인님의 평화는 새로운 예니 아가씨의 탄생과 함께 왔지요. 어린 아가씨의 이름을 예니라고 짓도록 유도한 것은 저였습니다. 저는 작은 예니 아가씨의 존재가 예니치카 아가씨의 죽음에서 시작된 집안의 비극을 매듭지을 열쇠가 되리라고 생각했습니다. 한번 열렸던 문은 반드시 닫혀야 합니다."

열쇠라는 말이 기묘할 정도로 섬뜩하게 들렸다. 그러나 튤크는 아무렇지도 않게 말을 이었다.

"그 문을 닫기 위해 태어나고 자라 오신 작은 예니 아가씨께서는 놀라울 정도로 돌아가신 예니치카 아가씨와 흡사했습니다. 저는 감히 확신하건대 트라바체스 전체에서 작은 예니 아가씨보다 사랑스러운 아기는 없으리라고 생각합니다. 저뿐 아니라 그렇게 생각하는 수많은 의원이며 선제후들이 어린 예니 아가씨 한 분을 보려고 론의 진네만 저택을 드나들었을 정도니까요. 그리하여 아가씨가 자라날수록 비극을 끝낼 때가 가까워온다는 생각도 커져갔습니다."

"……."

예니라는 아이를 본 적도 없는데, 어떤 아이인지는 더더욱 모르는데, 그런데도 튤크의 말을 듣고 있으니 그 아이에 대한 측은함이 솟아나 견딜 수가 없었다. 동시에 아무것도 모르는 어린아이를 보며 그런 생각을 한 튤크가 얼마나 무섭고 가차 없는 사람인가 생각했다. 분명 부당하다고 생각했지만, 보리스는 그것을 지적할 수가 없었다. 저렇게까지 해서 죽은 율켄을 끝까지 보필하려 하는 것은 트라바체스 사람이 '강인함'이라고 부르는 덕목과 연결된다는 것을 알고 있기 때문이었다.

"블라도 주인님은 예니치카 아가씨에 대한 정이 율켄 주인님보다 한층 각별했던 분입니다. 예니치카 아가씨의 혼인을 막고 싶어 했던 것도 단지 정파 때문만이 아니라, 누이를 다른 사람에게 내주고 싶지 않은 마음이 컸으리라 믿어 의심치 않습니다. 그랬기에 그분은 작은 예니 아가씨를 끔찍이 사랑했습니다. 저는 그분의 마음을 이해합니다. 예전에 예니치카 아가씨께서는 율켄 주인님에 비해 재주도 풍채도 형편없는 블라도 주인님을 큰 오라버님과 똑같이 사랑해주었습니다. 그런 아가씨를 잃고서 텅 비었던 마음을 작은 예니 아가씨가 채워주었겠지요. 드디어 행복해질 수 있겠다고 생각했을 것입니다. 그러나 저는 이제 그 아가씨가 없어지는 것으로 가문의 비극이 깨끗이 끝나기를 바랄 뿐입니다."

보리스는 고개를 흔들었다.

"어째서 그게 끝이 되지? 예니라는 아이는 예니치카 고모를 닮은 것 말고는 아무 죄도 없어. 이름이 같다고 해서 같은 사람이 아니란 말이야. 왜 그 아이가 대신 죄를 짊어져야 하지? 아니, 그것을 떠나서 누군가 새로운 사람을 희생시키는 것이야말로 비극의 문을 닫기는커녕 새로운 비극을 부르는 것 아닌가?"

튤크가 보리스의 눈을 정면으로 쏘아보았다.

"도련님께서는 블라도 주인님을 용서하실 마음입니까? 어차피 아무도 죽지 않을 수는 없습니다. 이미 예니치카 아가씨와 율켄 주인님께서는 돌아가셨고, 되살아나지 않습니다. 그분들을 기억하는 저 같은 사람은 계속해서 흐르는 피를 막기 위해 새로운 희생으로 찍은 봉인이 필요하다는 걸 알고 있습니다. 도련님은 모르시겠다는 것입니까?"

"예니가 죽으면? 블라도 삼촌이 가만히 있을 리가 없지 않나? 또 누군가를 죽이면? 그것은 비극이 아닌가?"

"블라도 주인님은 더 죽일 사람이 없을 것입니다. 대상이라고 해봐야 저뿐인데, 저는 가족도, 친구도, 아무것도 없으니까요."

"……."

보리스는 말문이 막혔다. 자신이 죽거나 말거나 상관없다는 태도도 섬뜩했지만, 튤크가 그 정도로 죽은 사람들을 생각하고 있었다는 사실이 두려울 정도로 가슴을 압박했다. 자신은 아버지의 죽음에 대해 오랫동안 특별한 감정을 느끼지 못했다. 그 대신, 예프넨의 부재가 가져다준 고통은 이루 말할 수 없이 컸다. 예프넨의 죽음을 복수한다면 대상은 물론 블라도 삼촌일 것이다. 그다음은? 딸을 잃고 정신을 놓은 듯했던 숙모는? 만일 예니가 살아남는다면 그 아이는? 그들이 자신을 용서할까?

아니, 아니다……. 그런 문제가 아니다. 트라바체스에는 대가 없는 용서 따위는 없다. 튤크도 마찬가지다. 예니는 트라바체스에서 가장 사랑스러운 작은 아가씨이고, 블라도는 누이에 대한 죄책감에서 벗어나지 못한 불쌍한 사내일 뿐이라 해도, 튤크에겐 그것이 용서해야 할 이유가 되지 못했다. 먼저 죽은 자, 율켄의 눈이 그의 등뒤를 따라다니고 있었다.

"보리스 도련님."

보리스는 튤크의 목소리에서 기이한 힘을 느꼈다. 튤크는 여전히 침착한 눈으로 보리스를 보고 있었다.

"도련님과 율켄 주인님은 단지 외모만 닮은 것이 아닙니다. 저는 어린시절부터 율켄 주인님의 성품을 보아 알고 있습니다. 참 이상할 정도입니다. 율켄 주인님은 본인을 닮은 보리스 도련님보다 돌아가신 이제니아 마님을 닮은 예프넨 도련님에게 더 각별한 애착을 가지셨던 것 같으니 말입니다. 그러나 그렇다고 해도 부자父子는 부자, 율켄 주인님과 보리스 도련님의 관계가 조금이라도 흐려지는 것은 아닙니다. 그리고 이미 말씀드렸던 것처럼 보리스 도련님은 지금 진네만 가문의 주인이십니다."

예전 같았으면 '아버지고, 아들이고, 가문의 주인이라고 해도, 그런 것들이 지금의 내게 무엇을 주었단 말인가'라고 말했을지도 모르지만 이제는 그렇게 철없는 대답은 하지 않았다. 그런 식으로 말한다면 보리스 역시 그들에게 준 것은 없었다. 그의 집안에 닥친 불운은 누구 한 사람의 책임이 아니었다. 그리고 한 가지 분명한 것은, 다른 땅에 가서 살아간다고 해서 물려받은 피가 변하는 것은 아니었다.

"저는 율켄 주인님을 가장 먼저 모셨습니다. 사람은 살아가면서 두 번째, 세 번째 생명을 얻을 수도 있지만 어떤 것도 맨 처음 받은 생명과 비할 수는 없는 법입니다. 그런 점에서 저는 율켄 주인님을 중심에 두고 행동을 결정합니다. 그분께 한 최후의 약속이 아직도 제 안에서 불타고 있습니다."

튤크의 목소리에 처음으로 희미한 감정이 서렸다. 미간에도 힘이 들어갔다. 보리스는 몰랐지만, 튤크는 복수를 도모하기 위해 율켄의 마지막 숨을 직접 끊었다. 물론 율켄의 허락을 받고서.

"도련님의 중심에는 누가 있습니까? 도련님께서 오랫동안 이름을 떨쳐온 진네만 가문의 마지막 주인이라는 것을 자각하신다면, 작은 예니 아가씨나 블라도 주인님에 대한 마음은 버리셔야 할 것입니다. 아시다시피 그것이 트라바체스에서 가문의 주인이 가져야 할 자세입니다."

보리스는 튤크의 얼굴을 물끄러미 보며 그가 오랫동안 자신에게 이 말을 하고자 했던 것 같다고 생각했다. 그것이 튤크의 관점이었다. 그렇게 살아온 자였다. 배신을 최대의 치욕으로 간주하는 트라바체스에서 튤크의 진정한 주인은 율켄뿐이고, 세상에는 우선순위란 것이 있다. 그렇다면 자신에게는?

"튤크 집사, 당신이 내 아버지의 일을 그토록 목숨걸고 해내려고 하듯, 나 역시 그런 마음으로 따르는 사람이 있어."

"그렇습니까? 뜻밖이군요."

"그래, 뜻밖이겠지. 당신이 보기에 진네만 가문에서 가장 주인다웠던 사람은 내 아버지겠지만, 나는 아니야. 아버지는 그날 밤 호숫가에서 돌아가셨어. 그리고 두 아들이 살아남았지. 내게 가문의 주인 자리를 물려준 사람은 아버지가 아냐. 바로 예프넨 형이었어. 예프넨 진네만이야말로 내가 마지막으로 따랐던 가문의 주인이었다."

비록 짧디짧았던 나날이었지만 예프넨은 보리스를 이끌었다……. 이제야 알 것 같았다. 그때 예프넨은 비록 아무것도 없었으나 진네만 가문의 주인이었다. 그랬기에 그토록 자신의 모든 것을 내던질 수 있었다. 동생에 대한 애정이기도 했지만, 동시에 책임감이었다. 어머니를 닮아 마음이 여렸던 예프넨도 틀림없는 트라바체스의 사내였다.

"예프넨 형은…… 내가 복수를 하기보다 살아가기를 바랐지. 그걸 입으로만 말한 것이 아니라 직접 몸으로 보여주었어. 나를 살리기 위해 죽음을 택하는 것으로……. 형은 내가 복수할 힘이 없을까 봐 내 몸 하나만 지키라고 한 것이 아니야. 형 역시 집안을 파멸시킨 피 냄새가 어디에서 시작되어 어디로 흘러가는지 알고 있었어. 그 고리를 끊기 위해서 튤크 집사, 당신과 같은 방법도 물론 있을 거야. 하지만 당신이 당신에게 유지를 남긴 율켄 진네만의 방식을 따르듯, 나는 예프넨 진네만을 따를 거야. 나는 당신과는 달라. 당신은 집사이고 누군가를 위해 죽기만 하면 되지만, 나는 안 돼. 당신이 말했듯 집안의 주인이니까. 나는 누군가를 위해 '살아야만' 하는 거야. 그것이 내가 택한 가주家主의 방식이다."

보리스는 냅킨을 치우고 자리에서 일어섰다. 튤크 집사는 얼굴빛도 변하지 않고 보리스의 말을 다 들었다. 그리고 일어나 허리를 깊이 굽히더니 말했다.

"보리스 진네만 주인님의 뜻대로 하십시오."

석양조차 자취를 감추고, 허물어져가는 저택의 마지막 연회를 비추는 네 개의 촛불……. 그 앞에서 보리스는 처음으로 '주인님'이라는 말을 들었다. 가문의 일원은 하나하나 떠나갔고, 이제 마지막으로 남은 자들은 각자의 방식으로 비극의 역사를 끝내려 했다. 그것은 끝날 것이다. 이 저택이 무너져 사라지듯, 저 에메라 호수 속에 묻히게 될 것이다.

다 식어 약한 김만을 올리는 요리를 내려다본 보리스는 나이프와 포크를 집어 빈 접시에 올려놓았다. 우측으로 돌려 나란히 놓아 잘 먹었다는 뜻을 보였다.

"튤크 집사, 당신이 내 아버지를 따르는 마음에 깊이 감사한다. � 진네만의 아들의 이름으로, 오늘 당신을 가문에서 놓아주겠어. 이제 당신의 길을 가도록 해. 하지만 오늘 들은 말은 잊지 않겠어. 이제부터는 내가 진네만 가문의 주인이라는 사실을 잊을 수 없을 거야."

튤크는 굽혔던 허리를 펴며 보리스의 얼굴을 묘한 눈으로 바라보았다. 보리스는 그 얼굴에서 오랜 세월이 흘러도 결코 없어지지 않을 상처 같은 것을 읽었다.

튤크가 말했다.

"작은 예니 아가씨는 호숫가에 버려두고 왔습니다. 지금쯤 세상모르고 잠들어 계실 것입니다. 주인님의 기억 속에 있는 그 장소로 가십시오."

보리스는 고개를 끄덕이고 빠른 걸음으로 연회장을 통과했다. 입구를 나가려 했을 때 뒤에서 튤크가 말했다.

"조심하십시오. 얼마 전까지 저곳에 앉아 있다가 간 분과 마주치실지도 모르니까요. 이것이 가문의 집사로서 제가 드리는 마지막 말씀입니다. 진네만 가문의 마지막 주인님, 강인함과 자부심을 지켜 살아가십시오."

튤크의 손이 식탁 맞은편을 가리키고 있었다. 보리스는 튤크의 얼굴을 마지막으로 바라보고 날듯이 계단을 뛰어 내려갔다.

"예니!"

블라도 진네만은 보리스보다 반시간 앞서 있었다. 그는 에메라 호수에 도착하자마자 호숫가를 구석구석 돌아다니며 딸의 흔적을 찾으려 했다.

론에서 이리로 달려오는 내내 블라도는 미쳐 있었다. 진네만 저택에서 튤크를 만났을 때 곁에 예니가 없는 것을 보고 행방을 알아내려고 억지로 마음을 누르며 이야기를 들었고, '에메라 호숫가'라는 한마디 때문에 더 듣지 못하고 뛰쳐나와 덤불과 늪을 헤매었다. 이 며칠 동안 그의 가슴은 예전에 환수 크리갈의 독액으로 삭아들던 저택과도 같았다.

에메라 호수.

형 율켄을 밀어내고 차지한 롱고르드였지만 채 한 해도 머무르지 않았다. 그때 떠난 후로 오늘을 제외한다면 단 한 번 돌아왔었다. 에메라 호수는 최후의 싸움이 있었던 밤 이래로 처음이었다. 블라도는 의식적으로 생각을 떨치려 했다. 늪이 된 에메라 호수, 누이와 형을 차례로 삼킨 곳.

그 둘을 죽인 손이 자신의 것이라는 생각은 그의 걸음에 늘 그림자처럼 따라붙었다. 세월조차 사하지 못한 죄다. 그걸 잘 알면서도 몇 년 동안 용서받을 수 있을 것 같다는 어리석은 희망을 품었다. 예니치카가 다시 태어난 듯 사랑스러운 어린 예니, 그 아이를 키우고 있으면 죽은 누이를 되살려내는 기분이었다. 예니가 커서 행복해진다면 더이상 어떤 죄도 되풀이되지 않을 것만 같았다. 자신에게도, 자신이 해친 사람들에게도, 자신을 해치려 할 모든 사람들에게도.

그러나 망상이었다.

튤크 놈은 어린 예니를 두고 "진네만 가문의 비극을 끝낼 마지막 제물"이라고 말했다. 처음부터, 예니가 태어났을 때부터 황금 꽃처럼 곱디고운 그 아이를 희생자로 점찍고…… 그 애의 남은 생명을 헤아리고 있었던 것이다. 오늘을 위해 충성스러운 개 노릇을 자청하며, 가증스러운 얼굴로 자신을 속였다!

블라도는 광인처럼 분노하면서도 동시에 이해할 수가 없었다. 세상에 예니를 사랑하지 않는 누군가가 있다는 사실을 인정하지 못했다. 이리처럼 그 애를 물어 가려고 노리던 눈빛을 눈치채지 못한 자신도 용서할 수가 없었다.

썩은 식물 더미가 붉은 석양을 등지고 불타며 가라앉았다. 검은 물……. 시체가 썩은 물속에는…….

"예니!"

그날 밤에도 이렇게 그 애의 이름을 불렀었다.

"예니……!"

율켄과 마지막 전투를 벌였던 늦여름의 질척한 밤이 떠올랐다. 두 형제는 서로를 노리면서 동시에 예니의 이름을 불렀다. 천사 같던 예니치카, 이제는 썩어 문드러진 시체도 남지 않았을 예니치카, 이제는 제발 잠들어줘. 너의 저주가 진네만 가문의 사람을 하나도 용서하지 않을 작정이라 해도 예니만은, 나의 예니만은 돌려줘…….

"예니! 예니! 제발 대답해다오……."

블라도는 알지 못했다. 검은 호수 속에 소리 없이 움직이는 무언가가 있다는 것을. 오직 흰옷의 예니만을 생각하며 호수변을 내달렸다. 어딘가에 쓰러져 있을, 또는 위협당하고 있을, 예니를 생각하면 심장이 터질 것 같았다.

소리 없는 움직임은 블라도를 따라갔다. 블라도가 멈추자 따라 멈추었다. 멈춰 선 블라도가 다시 목청껏 예니를 불렀다.

"예니! 어디 있느냐! 아버지다!"

그때 어둠 속에서 가느다란 목소리가 들려왔다. 블라도는 그게 예니의 목소리라는 것을 대번에 알아들었다. 처음에는 실낱같던 목소리가 다시 한번, 이번에는 분명하게 들렸다.

"기다려라, 예니!"

그러나 나타난 것은 예니만이 아니었다.

유년의 겨울은 끝나고

캄캄한 호수변을 걷던 유리히는 간간이 들리는 블라도의 외침에 귀를 기울이고 있다가 불만스럽게 중얼거렸다.

"계집애 하나를 도대체 얼마 동안 찾고 있는 거야?"

유리히는 젊긴 해도 양아들을 두었으므로 예니를 찾는 블라도의 심정을 모르지 않았다. 그 목소리를 듣고 있자니 가슴 속에서 뭔가가 걸리는 느낌이라 차라리 빨리 찾아주기를 바랐던 것이다.

"기다리는 녀석은 오지도 않고. 거참, 기분 나쁜 곳이란 말이야."

유리히는 에메라 호수에 대한 풍문을 들어보긴 했지만 진지하게 관심을 가져본 일은 없었다. 망령이라나 뭐라나, 떠드는 이야기도 알고 있었으나 크게 신경쓰지 않았다. 그러나 직접 가본 호수는 상상 이상으로 음침하고 끈적거리는 곳이었다. 가끔 질척대는 곳을 밟았다가 흠칫하기도 했고, 호수를 메우다시피 한 썩은 식물들의 모양도 느낌이 나빴다. 큰 달이 뜨는 날이라 밤치고는 밝았지만 달빛을 받은 풍경은 한층 기괴했다.

그냥 아노마라드 쪽으로 갈걸, 괜히 이리로 왔다는 생각도 들었다. 공을 세우기 좋을 것 같아 자기가 롱고르드로 오겠다고 우겼는데, 이 귀신 나올 것 같은 늪에서 딸을 잃어버린 아버지의 외침만 되풀이해 듣고 있자니 자신까지 정신이 이상해질 지경이었다. 보리스가 복수하기 위해 블라도를 노릴 거라고 믿지 않았더라면 일찌감치 목소리가 들리지 않는 쪽으로 가버렸을 것이다.

블라도의 목소리가 한동안 들리지 않자 유리히는 뒤떨어졌나 싶어 걸음을 빨리했다. 땅 위로 번져 나온 늪을 빙 돌아가자 널찍하게 트인 곳이 나타났다. 유리히는 몸을 드러내지 않으려고 몇 걸음 물러나 썩은 식물들 뒤로 숨었다. 그리고 그곳에서 놀라운 광경을 보고 말았다.

처음에는 밤 아지랑이가 흔들리는가 했다. 그러나 곧 뭉클거리는 팔이 쭉 뻗어나왔다. 팔이라고 생각한 것의 길이만 해도 어른 둘의 키는 족히 넘어갔다. 유리히가 놀라서 자기 입을 틀어막는 순간, 그 팔은 물풀 속에 있는 무언가를 쳤다.

비명이었던가.

작고 하얀 덩어리가 허공을 날아 떨어지는 모습이 보였다. 동시에 블라도의 짐승 같은 외침이 울렸다. 어둠 속에서 튀어나온 블라도가 검을 뽑아 들고 돌진하여 그 팔을 찔렀다. 유리히는 분명히 보았다. 제대로 찔렀건만 안개 덩어리 같은 팔에는 아무 변화도 일어나지 않았다.

팔이 높이 올라갔을 때, 유리히는 그것이 팔이 아니라, 거대한 날개임을 깨달았다. 핏빛 안개가 커튼처럼 흘러내렸다. 아니, 그것은 날개뼈 아래로 흐늘거리며 펼쳐진 날갯죽지였다. 흡사 호수에서 죽은 혼들이 그 날개에 붙어 한꺼번에 일어나는 듯했다. 또 하나의 날개가 펼쳐지자, 좌우의 너비는 어른 네댓 명의 키를 넘었다.

어둠 때문에 날개 말고는 잘 보이지 않는다……. 그러나 가까이 갈 생각은 추호도 없었다. 암살자로 살아오며 수많은 이상한 것들을 보아온 유리히도 이번만큼은 바닥에 주저앉지 않으려고 버티는 것이 고작이었다. 이런 공포는 처음이었다.

저것은…… 악마다. 다른 세계에서 온 악마야!

그런 괴물을 향해 검을 찔러가는 블라도의 모습에 유리히는 넋이 빠질 지경이었다. 아니, 솔직히 감명마저 받았다. 블라도는 조금도 망설이지 않았다. 비록 아무것도 자르지 못할지라도 엄청난 기세로 찌르고 베었다. 괴물의 날개가 펼쳐진 곳에 바로 하얀 물체가 놓여 있었다. 시잇거리는 소리에 맞서 블라도의 외침이 울려 퍼졌다.

"수백 년 쌓인 시체들로도 부족했나? 이 썩은 고기를 먹는 괴물아! 예니치카를 삼킨 걸로는 충분하지 않았나? 네가, 네가 또다시 예니에게 손을 댄다면 호수 밑바닥에 처박아 다시는 나오지 못하게 만들고 말테다!"

인간이 초자연적 존재를 향해 저 정도의 살의를 품을 수 있다는 것을 믿기 힘들었다. 블라도는 달려들었다. 예니를 되찾기 위해 다시 한번 흑날의 검을 쥔 손을 휘둘렀다. 그러나 역부족이었다. 괴물은 블라도는 상대도 하지 않고 하얀 물체가 있는 쪽으로 날개를 뻗었다. 그리고 유리히는 보았다. 그 날개에서 번쩍이는 이빨 같은 것이 튀어나오는 것을. 그것은 쏜살같이 뻗어나가 하얀 물체를 찔렀다.

"아…… 아, 아, 안 돼!"

쇳소리에 가까운 블라도의 외침과 동시에 하얀 물체에서 핏줄기가 튀어올랐다. 블라도는 아예 미친 사람이 되어 괴물을 향해 몸을 던졌다. 같이 죽으려는 게 아니라면 저럴 수는 없었다. 괴물은 다시 한번, 이번에는 세 개나 되는 발톱을 격출시켰다. 그것들이 블라도를 향해 날아가는 것을 본 유리히는 자신감을 완전히 상실했다. 달아나야겠다고 생각하고 한 걸음 물러났을 때였다.

어딘가에서 전광석화처럼 튀어나온 그림자가 송곳발톱들 중 하나를 부쉈다. 이어 다른 발톱 두 개도 깨끗이 잘려 바닥에 나뒹굴었다. 저자는…….

그자가 쥔 검에서 하얀 불꽃이 이는 것이 보였다. 믿을 수 없을 정도로 찬란한 광채를 본 유리히는 정신을 차렸다. 틀림없었다. 의심할 바가 없었다. 저것이야말로 그가 찾아마지않던 백색의 검, 윈터러다!

발톱들을 잘린 괴물은 탐색하는 것처럼 움직임을 멈추고 상대를 내려다보았다. 그 앞에서 백색 검을 잡은 소년이 나직이 말하는 소리가 들렸다.

"오랫동안 기다려야 했지……. 네 앞에서 달아났던 어린애가 돌아와 이 자리에 서기까지. 네가 앗아간 목숨들 대신 네 생명을 받아가겠어. 공평한 대가가 될 거야."

위기에서 벗어난 블라도는 바닥의 흰 물체, 흰 옷의 소녀를 향해 달려가 부둥켜안았다. 괴물이 등뒤에 있든 말든 신경도 쓰지 않았다. 그가 아이의 옷깃을 헤치고 살피는 것 같더니 잠시 후 비통한 외침이 울려 퍼졌다.

"예니!"

유리히는 소년의 목소리와 블라도의 비명을 들으며, 동시에 후들거리는 다리를 멈추려 애쓰며 생각했다. 진네만 성을 가진 인간들은 이 호숫가에 살아서 모조리 미쳐버린 것이 틀림없다고. 자신은 미치지 않았으므로 여기 숨어서 기다릴 것이다. 저 싸움이 끝날 때까지. 어느 쪽이든 죽어서 그가 원하는 것을 손에 넣을 때까지.

귓가에 블라도 삼촌의 목소리가 들린다……. 오 년 전, 아버지와 형과 자신을 이곳으로 몰아넣었던 자가 어린아이를 부둥켜안고 고통스럽게 몸부림쳤다. 존재한다는 사실밖에 알지 못했던 사촌누이는 결국 죽은 것일까.

보리스는 자신을 굽어보는 괴물을 보았다. 괴물은 섬에서 이솔렛과 함께 죽였던 그놈보다 세 배는 컸다. 그만큼 더 강하리라. 더구나 보리스의 기억 속에서 이 괴물은 목소리도 갖고 있었다. 그렇기에 괴물 앞에서 말을 했던 것이다. 알아들을 수 있으리라 생각했기에.

지체했던 순간은 곧 끝이 났다. 괴물은 눈앞에서 빛나는 검을 적수로 인정한 듯 거대한 날개를 한껏 펼쳐 올렸다. 안개가 허공 그 자체인 양 펄럭인다……. 보리스는 몸을 도사리며 공격에 대비했다. 두렵지 않다면 거짓말이었다. 기억 속의 가장 큰 적, 어린시절의 악몽과 마주하기 위해 왔다.

심장이 속도를 가늠할 수 없을 정도로 뛴다. 검을 든 손이 가늘게 떨린다……. 그러나 동시에 흥분해 있었다. 언젠가

치욕을, 죄를, 원한을 씻기 위해 지금껏 수많은 시험에도 굴하지 않고 여기까지 왔다!

보리스가 긴장하는 것과 달리 윈터러, 백색의 겨울검은 전혀 그렇지 않았다. 보리스는 느꼈다. 오랫동안 사용하지 않았던 이 검이 지금 얼마나 피를 원하는가를. 그러나 그건 검에 사로잡힌 자들의 의지다……. 윈터러 자체는 아무 의지도 갖고 있지 않다. 피의 부름에 지배당해서는 안 된다. '겨울 대장장이'가 말했듯 자신이 원하는 것을 바로 보아야 했다.

보리스는 달려들었다.

트캉!

송곳발톱들이 위로, 아래로, 좌우로, 그리고 정면으로 날아들었다. 가진 것은 검 한 자루뿐이었다. 단 한 번만 저 발톱의 공격에 틈을 준다면 끝장이었다. 죽음보다 더한 고통이라면 이미 보아서 알고 있다. 예프넨이 동생도 똑같은 꼴을 당하길 바랄까? 천만의 말씀이다!

좌우로 두 개를 쳐서 떨어뜨리고, 위로 날아든 것을 올려치며 한 발짝 물러섰다. 아래로 다가온 것이 갑자기 솟구치며 그의 가슴을 스치듯 지나갔다. 발치에서 썩은 물과 진흙이 가슴께까지 튀어 올랐다. 이어 왼쪽으로 꺾어 쥐었던 검을 쳐올려 정면으로 날아들던 것을 바스러뜨렸다.

퍼퍽!

폭발하는 듯한 소리가 났다. 숨을 고를 틈도 없었다. 다시 코앞으로 날아든 송곳발톱이 이번에는 보리스의 머리를 부술 뻔했다. 간신히 고개를 젖히고 반 바퀴 돌아 괴물을 등진 채 발톱을 꿰뚫어 떨어뜨렸다. 등뒤에서 다시 쇄도하는 것을 느끼고, 미끄러운 진흙을 이용해 몸을 빠르게 돌렸다. 하나를 피하고 다른 하나를 반쯤 잘라냈다. 잠깐 사이에 숨이 턱까지 찼다.

부서진 송곳발톱 조각들이 발치에 흩어져 밟혔다. 그것을 밟고, 또 부수고, 물러나고, 달리며 보리스는 이솔렛을 생각했다. 그녀가 이곳에 있지 않아 얼마나 다행인가. 이솔렛에게 괴물의 존재를 말했더라면 이곳으로 오려는 그녀를 막기란 불가능했을 것이다. 나우플리온의 저주받은 상처를 고칠 수 있는 마지막 희망……. 그런 것의 존재를 알았더라면 이솔렛이 물러섰을 리가 없었다.

물론 이솔렛의 도움 없이도 이기리라는 확신 같은 건 없었다. 단지 싸울 뿐이었다. 원하는 것이 있기에. 예프넨이 하지 말라고 했던 복수, 괴물은 거기에 속하지 않는다. 진네만 가문을 부수고, 예니치카 고모에서부터 예프넨에 이르기까지 삼켜버린 적, 자신은 그들을 위해 싸울 수 있는 유일한 사람이었다.

츠컥!

"하!"

희다 못해 푸른빛이 흩뿌려졌다. 함께 겨울을 지샌 검, 윈터러는 보리스를 앞서가려 하는 것인가?

죽음이 한 발짝 앞에 있다. 조금만 발을 헛디디면 붙잡아 삼키려고, 죽음이 코앞에서 그를 지켜보고 있다.

연달아 십여 개나 되는 송곳발톱들을 부수고 나자 온몸에서 땀이 비 오듯 흘렀다. 발톱들은 섬에서 죽였던 그 괴물보다 몇 배 강한 힘으로 날아들어 한번 검과 부딪힐 때마다 팔은 물론 어깨까지 충격을 주었다. 그렇게 쳐내거나 부술 수는 있었지만 한 발짝도 접근할 수는 없었다. 더구나 괴물은 아직 탐색전을 벌이는 모습이었다.

그러는 동안에도 윈터러는 더욱 강하게 불탔다. 날에 닿는 모든 것이 잘리고, 바스러지고, 심지어 가루로 변해버렸다. 조금만 더 실력이 있어서 저 망령조차 단숨에 베어버릴 수 있다면!

"똑같은 짓거리를 반복해서 날 이기겠다고? 나를 죽일 테면 가까이 와라! 단번에 죽여보란 말이다!"

또 하나의 발톱을 부수며 그렇게 외친 순간이었다. 보리스는 머릿속에서 익숙한 목소리가 울리고 있음을 깨달았다. 잊었다고 생각했던 목소리였는데, 이 순간 어떤 기억보다 생생하게 되살아났다.

'마침내 돌아왔구나.'

'마침내 그 검을 쥐고 돌아왔구나.'

보리스는 맞서 소리질렀다.

"그래, 너를 베어 모든 것을 처음으로 되돌리기 위해서다!"

그때 뜻밖의 말이 머릿속으로 파고들었다.

'내가 말했지. 너는 이곳으로 돌아오게 되리라고.'

뭐라고?

보리스는 부서질 듯 이를 악물고 괴물의 불타는 눈을 쏘아보았다. 오 년 전의 비극 속에 그가 되찾지 못한 기억이 있다는 것을 알고 있었다. 섬에서 괴물과 대적했을 때, 약간의 기억이 되돌아와 그에게 '잃은 기억'이 있음을 알려주었다. 그것은 목소리였다. 윈터러에 대해서, 분명히 그렇게 말했다.

'그 검이로구나. 그걸 지닌 자는 반드시 길고 긴 살인자의 밤을 지새우게 된다는 것을 모르느냐?'

"살인자의 밤……."

'윈터러'는 겨울을 지새우는 자라는 의미였다. 그러나 괴물은 '살인자의 밤'을 지새우게 될 거라고 말했다. 그렇다면 이 괴물은 윈터러를 알고 있고, 심지어 그것이 수많은 학살을 일으켰다는 사실까지도 알고 있단 말인가?

'살인자의 밤이지. 네게 가까워진 살인자의 밤이야.'

'어서 와서 네가 살인자라는 것을 증명해 보여라.'

'수많은 인간들이 그랬듯 너 역시 피 묻은 손을 씻지 못할 것이다.'

그때였다. 보리스의 귓가에 이번엔 전혀 다른 목소리가 들려왔다.

'크큭, 크큭큭……. 웃기는구나. 타락한 괴물 골모답이여, 나를 모른다고는 하지 않겠지?'

'나를 모른다고는 하지 않겠지?'

'나를 모른다고는 하지 않겠지?'

'카하하, 그토록 잘 알면서 왜 너는 진짜 살해자가 되어 이 아이를 삼켜버리지 못하지?'

'이 아이를 삼켜버리지 못하지?'

'이 아이를 삼켜버리지 못하지?'

두 개의 서로 다른 목소리였다. 윈터러에 갇힌 영혼들이었다. 몇 달 전부터 윈터러에 갇힌 자들이 저마다 떠들어대기 시작해서 보리스는 그걸 견뎌낼 힘을 기르려고 노력하고 있었다. 루시안이 한밤중에 검술 연습장에서 보리스의 모습을 보았던 때가 바로 그런 때였다.

이번에도 마찬가지였다. 수많은 목소리들이 한꺼번에 키득거리며 웃거나 말하기 시작했다.

'이것 봐, 나도 알고 있을 거야. 나라고. 긴세의 왕 오조테르라고. 네 날개가 아직 희었을 때 나를 보지 않았나?'

'아직 희었을 때 나를 보지 않았나?'

'아직 희었을 때 나를 보지 않았나?'

'누구의 악의가 더 강할까? 내기라도 해볼 텐가? 난 살아생전 내기의 일인자였어. 내가 평생 걸어서 잃었던 건 오직 하나…… 내 목숨밖에 없거든. 크하하하하!'

'내 목숨밖에 없거든. 크하하하하!'

'내 목숨밖에 없거든. 크하하하하!'

보리스는 수십 가지 목소리가 뒤섞여 울리는 검을 꽉 움켜쥐며 소리쳤다.

"실체가 없는 자들은 사라져라! 내 싸움에 끼어들지 마!"

여전히 목소리들은 사라지지 않았다. 그러나 보리스는 개의치 않고 땅을 박차며 베어갔다. 괴물은 십여 개나 되는 송곳발톱들을 격발시켰다. 보리스는 무아지경에 이르러 검을 당기고, 찌르고, 올려쳤다. 잠시 눈을 감고 싸워도 될 정도로 윈터러가 맹렬히 피를 원하고, 심지어 보리스의 몸마저 휘두르려 하는 것이 느껴졌다. 그러나 그걸 따라서는 안 되었다. 그랬다가는 이긴 뒤 결국 패배자가 될 뿐이다. 적이 아닌, 스스로에게 패해버린다.

육중한 발톱들은 보리스의 손목과 팔에 계속해서 강한 충격을 주었다. 뼛속까지 울리고 저렸다. 얼굴을 찢을 듯 날아오는 것을 피하고, 어깨 아래로 들어오는 것은 되돌아서며 잘랐다. 검이 새로운 발톱에 닿을 때마다 매번 퍽, 하고 무언가 터지는 소리가 울렸다.

유리히는 소년의 전투를 보며 지금껏 완전히 잘못 생각해 왔음을 깨달았다. 명검을 지녔을 뿐인 어린 소년이라고? 웃기는 소리다! 저 모습을 봐라. 소년은 자신이 쥔 검을 누구보다도 훌륭하게 다루는 전사로 자랐다. 대륙의 그 누가 저 검을 쥐고 저렇게 싸우겠는가?

본래 암습이 전문인 유리히는 자신이 괴물을 맞아 저 소년만큼 싸울 수 없다는 것을 인정했다. 그러나 상관없었다. 그는 기다릴 작정이었다. 아무리 뛰어나다 한들 어차피 소년은 괴물에게 죽을 것이다. 그때까지 숨어 있다가 괴물이 사라진 뒤 검을 주워 가면 그만이었다. 그러나 괴물과 소년의 전투에 정신을 팔다가 자기가 저도 모르게 몸을 드러냈다는 것은 깨닫지 못했다.

“이렇게 끝일 리가 없어. 예니, 사랑스러운 예니, 지금 어디 있지? 어디로 가는 거지?”

움직이지 않는 아이를 껴안은 블라도가 중얼거렸다. 눈물도 흘리지 않고, 절망으로 울부짖지도 않고, 그저 품안의 아기를 어르듯 조용히 말할 뿐이었다. 이윽고 블라도는 딸을 안고 일어났다. 곁에서 벌어지고 있는 혈투는 보지도 못하는 것처럼, 천천히 걸어 그곳을 벗어나려 했다. 그러다가 썩은 나무들 앞에 이르러 갑자기 멈춰 섰다.

인상이 일그러졌다. 블라도의 노란 눈동자가 쏘아보는 어둠 속에는 아무것도 없는데, 그는 악의가 끓어오르는 표정으로 몇 걸음 물러나 딸을 바닥에 내려놓았다. 검을 뽑아 들며 짓눌린 목소리로 말했다.

"흥, 예니를 데려가려고 왔수?"

그 말이 들려왔을 때, 유리히는 퍼뜩 정신을 차렸다. 돌아보니 블라도 진네만이 눈앞에서 검을 뽑아 든 채 서 있었다. 놈의 얼굴은 이상했다. 웃으려는 것 같기도 하고, 울려는 것 같기도 하고, 증오심에 불타고 있었지만, 동시에 용서를 비는 것 같기도 했다. 그의 눈은 정확히 유리히를 보고 있지도 않았다. 말투도 평소와 달랐다.

"그렇수? 그렇다면 결판을 내야지. 어디, 누가 이기는지 한 번 더 해보잔 말이우."

아무도 말하는 사람이 없는데 마치 대꾸하듯 말한 블라도는 대뜸 검을 내질렀다. 유리히는 깜짝 놀라 물러나다가 문득 생각했다. 이자가 지금 망령을 보나?

"언제고 승부를 내고 싶었수. 어려서부터 죽, 지금까지도……."

목 안쪽에서 그르렁대던 목소리가 멈추고, 블라도는 유리히에게 달려들어 마구 검을 휘둘렀다.

"이, 이것 봐! 블라도 진네만! 뭘 하려는 거야!"

피하려 해도, 말을 걸려고 해도 소용없었다. 블라도는 유리히가 무슨 소릴 하든 알아듣지도 못했다. 단지 들리지 않는 말에만 제멋대로 대답했다.

"미쳤어?"

유리히는 몸이 빨라 블라도의 검을 대부분 피했다. 하지만 아무리 해명해도 소용이 없자 화가 치밀어 이놈을 죽여야겠다고 마음먹었다. 쇠도리깨로 단숨에 후려칠까 하다가 유리히는 생각을 바꾸었다. 저 정도로 허점이 많은 상태라면 오히려 간단하게 처치할 수 있을 것 같았다. 실제로 블라도는 반쯤 정신을 놓았는지 검의 속도는 빨랐으나 계속해서 엉뚱한 곳을 베거나 찔러댔다.

"날 원망 말라고. 네가 자초한 거니까."

유리히는 몸을 도사리고 기다리다가 달려드는 블라도를 살짝 비키면서 소매 안쪽에서 뽑아낸 단도를 낮게 휘둘러 찔렀다. 그의 계산은 적중하여 블라도는 검을 든 팔에 치명적인 상처를 입었다. 그러자 블라도가 갑자기 소리를 질렀다.

"소용없는 짓 마쇼! 나는 형처럼 쉽게 죽지 않아! 내 손에 한번 죽은 상대한테 이제 와서 질 줄 알구!"

노란 눈동자가 이글거렸다. 유리히는 블라도가 팔의 상처는 느끼지도 못하는 것처럼 그대로 검을 휘두르는 것을 보고 아연해졌다. 이럴 줄은 모르고 방심한 터라 손을 쓸 겨를이 없었다. 블라도의 검, 흑날의 하그룬이 유리히의 오른쪽 어깨를 찍었다. 피가 터져 나와 옷을 붉게 물들였다.

보리스는 문득, 뭔가가 달라졌음을 깨달았다.

솨악, 츠컥, 척!

빨라지고 더 빨라져가던 자신의 움직임에 변화가 일어났다. 보리스는 그것이 오래전, 실버스컬 대회에서 느낀 것과 같은 변화임을 알아챘다. 검이 자신의 의지를 넘어 수십 가지의 각각 다른 경로를 그렸다. 어떤 경로에서든 기이한 움직임으로 곧장 공세가 뻗어나갔다. 그는 순식간에 다가온 송곳발톱들을 모조리 부숴버렸다.

실버스컬 때도 이것이 윈터러의 힘인지, 또는 나우플리온이 가르친 티그리스의 힘인지 쉽게 결론을 내리지 못했다. 그러나 이후에 벌어진 일들 때문에 윈터러의 힘일 거라고 거의 확신하게 되었다. 그랬기에 그 힘을 자제하려고 그토록 노력해왔다.

그러나 이번엔 달랐다.

그 변화가 일어나자마자 귓가에서 울리던 목소리들이 일시에 사그라지더니 고요해졌다. 마치 뭔가가 사로잡힌 혼들이 윈터러 밖으로 나오는 길을 차단한 것 같았다. 그때부터 윈터러의 힘은 오직 이 불가사의한 움직임을 구현하는 데 집중되었다. 자신조차도 이 움직임에 합일되어 다른 생각을 떠올릴 수가 없었다.

이것이 무엇일까?

새로운 움직임에 힘입어 보리스는 점차 괴물에게 가까이 갔다. 공격은 더더욱 격렬해졌으나, 그의 움직임은 마술처럼 모든 것을 뚫고 나아갔다. 마침내 날갯죽지 한쪽을 스쳐 베는 순간, 눈앞의 광경이 종잇조각처럼 두 조각으로 갈라졌다가 도로 붙어버리는 기이한 현상이 일어났다. 동시에 쉰 개는 되지 않을까 싶은 송곳발톱과, 몸에서 나온 날카로운 뼛조각들이 보리스를 향해 쇄도했다.

목이 탔다. 뱃속에서 뜨거운 것이 불타는 기분이었다. 자신조차 제어하기 힘든 움직임이 거대한 흐름으로 변해갔다. 보리스는 어느새 자신이 스스로의 다음 움직임을 예측하고 있다는 걸 알았다. 분명 실버스컬에서는 낯선 힘에 끌려가는 느낌이었는데 이제는 동작 하나하나를 생생하게 느끼고, 다음 순간을 떠올릴 수가 있었다. 어째서?

이것은 윈터러의 힘이 아니었단 말인가?

"모두 남김없이 부숴줄 테니까…… 계속해보란 말이다!"

한때 달아났던 자신을 용서할 수 없어서 괴로워했다. 예프넨이 자신의 목숨과 맞바꿔준 목숨을 소중히 지켜야 하는 것은 물론이지만, 지킨 후에 오는 의미는 무엇인가. 예프넨이 항쟁의 밤에 튤크 집사에게 말했듯 '훌륭한 무구란, 최악의 순간에 함께하기 위해 그토록 귀하게 지켜지는 것'이다. 목숨을 무엇 때문에 귀하게 지켜왔단 말인가. 바로 이것 때문에, 그를 옭아맨 묵은 빚을 청산해야만 하기 때문에!

송곳발톱들 중 절반은 부서지고, 절반은 도로 거두어져 날개 속으로 되돌아가는 것이 보였다. 최초로 놈이 전력을 다한 공격을 막아냈다. 그러나 보리스도 기력을 너무 소모했다. 숨을 고르려 해도 자꾸 기침만 나올 뿐이었다. 이 상태로 한 번 더 같은 공격이 온다면 이번에는 막아내기 힘들다고 생각했다. 그렇다면…… 차라리 조금이라도 기운이 남아 있을 때, 방어가 아닌 공격을 해야 하는 것 아닐까?

그때, 낯선 사람의 목소리가 들려와 보리스는 흠칫 놀랐다.

"가까이 오기만 해봐라, 블라도 진네만! 이 아이를 괴물에게 던져버릴 테니까!"

이곳에 있는 줄도 몰랐던 사내가 저만치에서 예니를 끌어안은 채 뒷걸음치는 것이 보였다. 보리스를 노렸어야 할 괴물의 송곳발톱이 이번에는 그자를 향해 뻗어나갔다. 위험해지자 그자는 괴물이 있는 쪽으로 아이를 내던지고는 몸을 솟구쳐 공격을 피했다. 발톱을 부술 검 한 자루도 없으면서, 움직임만으로 발톱 세 개를 모두 피하고, 심지어 멀찍이 뛰어 물러나기까지 했다.

유리히는 블라도의 하그룬에 깊은 상처를 입은 후 모든 계획이 어그러졌다는 것을 깨달았다. 하그룬에 입은 상처는 회복 마법으로도 쉽게 낫지 않는다. 빠른 몸놀림을 장기로 하는 자신이 이런 상처를 입고도 평소대로 공격을 피하는 건 무리였다. 예니를 볼모로 해서 블라도의 공격을 막으려 했는데 오히려 괴물이 먼저 반응을 보였고, 마지막 수단으로 괴물의 시선을 끌기 위해 아이를 멀리 내던졌다. 이젠 윈터러를 빼앗는 것이 문제가 아니었다. 생명이 더 중했다.

예니는 괴물 바로 앞에 떨어졌다. 괴물의 날개가 아이의 가녀린 몸을 후려치려는 순간, 보리스는 저도 모르게 바닥을 박차며 뛰어들었다. 아이가 죽었는지 살았는지, 그런 것은 몰랐다. 그러나 그는 본능적으로 그렇게 했다. 더 지치기 전에 치명상을 입혀야 한다고 생각하긴 했지만 이렇게 당장 실행하게 될 줄은 몰랐다.

무모할 정도로 깊이 뛰어든 보리스는 오히려 괴물의 저항을 거의 받지 않았다. 가까이 온 발톱 두 개만을 부수고, 흰 검을 높이 올려 왼쪽 날개를 둘로 갈랐다. 갈라진 틈에서 악취를 풍기는 흐린 공기가 밀려나왔다. 너무 독해서 눈을 뜨기도 힘들었다.

잘린 날개는 안개 덩어리가 스러지자 순식간에 앙상한 뼈대로 변했다. 보리스는 무릎을 굽히며 바닥에 착지하고는 뒤를 돌아보았다. 그러자 뜻밖의 광경이 보였다. 송곳이빨 세 개가 동시에 예니를 향해 달려들더니 꿰뚫는 대신, 아이의 몸을 휘감아 허공으로 받쳐 올렸다. 흡사 제물처럼, 존재하지 않는 신에 대한 경배처럼 높이 솟아오른 어린아이……. 하얀 옷자락과 금빛 머리가 점차 거세어지는 바람에 휩싸여 펄럭였다.

기이한 광경에 순간적으로 평정심을 잃었던 것일까. 갑자기 등뒤에서 무시무시한 힘이 보리스를 후려쳤다. 괴물의 나머지 한 날개였다. 아름드리나무도 꺾을 듯 강한 타격을 무방비 상태로 받은 보리스는 손쓸 틈도 없이 열 걸음이나 날아가 처박혔다. 에메라 호수의 썩은 진창이 시작되는 곳에 떨어지는 바람에 간신히 죽지 않았다. 보리스가 부딪혔던 썩은 나무는 뿌리째 뽑혀 넘어갔고, 손에 쥐었던 윈터러는 질척한 늪바닥을 뚫고 박혔다.

"……."

한동안 숨도 쉬지 못했다. 피가 역류하여 머리끝까지 솟구치는 느낌이었다. 귀가 윙윙 울리고 목구멍에서 뜨거운 액체가 끓어올랐다. 지체할 틈이 없는데도, 당장 일어나야 하는데도 그만 정신이 아득해졌다.

"드디어…… 끝났군. 이제 내 손에 들어왔어……."

어디선가 들리는 목소리를 듣고도 처음에는 이해하지 못했다. 그러나 곧 깨달았다. 그 목소리는 조금 전 예니를 괴물에게 내던졌던 사내의 것이었다.

보리스는 유리히가 누구인지 몰랐다. 유리히가 그토록 꾸준히 보리스의 뒤를 따라왔지만 아직까지 얼굴 한번 본 적이 없었다. 그러나 유리히는 달랐다. 기나긴 추적이 결실을 보리라는 희열, 이 지독한 상황에서 어서 빠져나가야겠다는 초조함으로 몸이 달아 죽을 지경이었다. 진흙 속에 박힌 윈터러를 발견했을 때, 유리히는 한껏 소리를 지르고 싶은 욕구를 간신히 누르며 검을 뽑아 들었다.

검은 여전히 황홀하게 빛났다. 정신이 혼미해질 정도로 매혹적인 광채였다. 당장 달아나야 한다는 사실조차 잠시 잊었다. 드디어 손에 넣었다, 드디어!

그때였다.

푸욱!

캄캄하던 눈앞이 갑자기 하얗게 변했다. 유리히는 멍한 표정으로 또 하나의 칼날을 보고 있었다. 그것은 등뒤에서 자신의 배를 뚫고 나와 눈앞에 있었다. 칼끝에서 피가 뚝뚝 떨어졌다.

어디서? 적은 쓰러졌고…… 검은 빼앗았는데…… 또?

많은 것을 생각할 수 없었다. 몸이 허물어졌다. 마지막으로 떠오른 것은 이렇게 많은 피를 흘리는 건 처음이라는 생각이었다. 보리스의 목소리가 어렴풋이 들려왔다.

"너는…… 누구지?"

유리히는 대답하지 못한 채 쓰러졌다.

쓰러진 자의 손에서 윈터러를 빼앗은 보리스는 손에 쥔 나우플리온의 검에서 글자가 나타나는 것을 지켜보았다. 윈터러를 노리는 이자의 정체는 뭘까? 이 검으로 맨 처음 베었던 암살자의 일행이 아닐까? 늘 두 자루 검을 지니고 다닌 끝에 결국 윈터러가 아닌 나우플리온의 검으로 다시 한번 베게 되다니, 기이한 인연이다.

덕택이랄지, 정신도 바로 돌아왔다. 보리스는 살갗을 뚫고 박힌 나뭇조각들을 뽑아 내던졌다. 똑바로 서려 하자 몸속에서 덩어리 같은 것이 솟아올라 견디지 못하고 뱉어냈다. 피였다. 그러고도 한참이나 기침이 쏟아졌다. 그는 소매로 입가의 피를 닦아버리고는 다시 섰다.

저만치, 어린 성녀처럼 희미한 빛을 뿌리고 있는 사촌누이가 보였다. 블라도가 괴물에게 덤벼드는 모습도 보았다. 블라도에게서 보리라고는 상상하지 못했던 기세로, 상대가 바위라 해도 베고 부술 것처럼 달려들었다. 철이 들면서부터 늘 무서워했던 흉측한 삼촌, 군대를 끌고 와서 아버지의 파멸을 비웃었던 간악한 사내……. 그러나 무슨 짓으로도 잃은 행복을 찾지 못했고, 이제야 누군가의 죽음이 아닌 탄생으로 행복해질 수 있음을 깨달았던 자였다.

블라도는 윈터러가 아닌 하그룬을 들고도 예니를 붙든 발톱 아래 촉수를 잘라버렸다. 떨어지는 예니를 받아들면서 블라도는 미친 것처럼 킬킬거렸다. 죽은 자가 산 자를 비웃는 것 같은 소리였다. 그때, 보리스는 무언가를 감지하고 저도 모르게 소리질렀다.

"피해!"

그러나 블라도가 채 피하기도 전에 강한 공기의 파동이 밀어닥쳤다. 보리스는 그게 무엇인지 알고 있었다. 섬의 괴물과 싸울 때 본 일이 있었다. 저것에 휘말리면 말할 수 없이 끔찍한 꼴을 당하게 된다는 걸, 두 눈으로 똑똑히 봐서 알고 있었다.

"그으으으…… 으아아……."

딸을 끌어안은 블라도가 바닥에 무릎을 꿇고 떨기 시작했다. 온몸이 오그라드는 진동이 몸을 관통하고 계속해서 밀려들어왔다. 보통 사람 같으면 귀라도 막을 텐데, 블라도는 그러지 않았다. 오직 어린 딸만을, 꼼짝도 않는 아이만을 꽉 안고 자꾸만 품안으로 끌어넣었다. 누구든 정신을 잃고 마는 이 상황에서도 딸을 지켜내려 했다.

보리스는 자신이 무엇을 해야 하는지 깨달았다.

진동이 멈추는 것과 동시에 괴물의 송곳발톱이 저들 부녀를 덮칠 것이다. 한때 죽이고 싶을 정도로 미워했던 사람이었다. 자신의 모든 것을 빼앗아 갔다고 생각했다. 그러나 블라도는 빼앗아 간 것이 없었다. 가질 수 없는 장난감을 망가뜨리는 어린아이처럼, 단지 모조리 부쉈을 뿐이다. 승리하고도 아무것도 얻지 못한 채 홀로 외로워하다가, 어린 예니를 얻고서야 삶을 되찾았다. 블라도도 큰 비극의 일부일 뿐이며…… 이 비극이 끝날 때 그의 역할도 끝날 것이다. 죽음으로, 또는 죽음보다 더한 죄의 대가를 치르며.

"네 상대는 여기 있다!"

이를 악물고 걸어가는 동안 몸 곳곳에서 피인지 늪가의 물인지 모를 것이 질척하게 흘러내렸다. 그러나 계속 걸어갔다. 음파의 폭풍 속으로, 스스로 걸어 들어갔다.

섬의 괴물이 같은 공격을 했을 때를 기억했다. 저 무시무시한 공기의 파동이 몰아치는 중에는 다른 공격을 하지 못한다. 송곳발톱도, 날개도 움직이지 못한다. 그러므로 그 두려운 순간이야말로 유일한 기회였다. 최후가 예정된 상황에서 보리스가 던질 마지막 수였다.

그걸 견뎌낼 수만 있다면.

점차 온몸을 압박하는 기운이 귀를, 눈을, 목을 터질 듯 채웠다. 더 견디지 못할 위치에 이르러, 보리스는 땅을 박차고 달려나갔다. 유년기에 시작된 겨울, 그것을 가져다준 상대를 영원히 소멸시키기 위해 달려들었다. 죽은 자의 이름을 위해……. 살아야 할 자의 생명을 위해!

견딜 수 있을까? 의문이 떠오른 순간, 갑자기 마음이 편안해졌다. 모든 것을 포기했기 때문일까? 이상한 일이지만 동시에 다친 몸은 가벼워지고 움직임 또한 자유로워졌다. 온몸에 시원한 기운이 흐르는 것 같았다. 그러면서도 따뜻했다. 정체 모를 힘이 그의 몸에 들어온 것처럼. 엔디미온이…… 그의 몸에 들어와 도와주던 그때처럼!

몸에서 흐르던 액체가 사방으로 흩날려갔다. 무언가 뜨거운 것이 밀어닥쳤으나 쉽사리 버텨냈다. 그대로 오직 자신을 이끄는 검의 움직임에 모든 것을 맡겼다. 송곳발톱들을 내리치는 윈터러에서 희고 차가운 기운이 뻗어나갔다. 검을 휘두를 때마다 차디찬 바람이 자신의 뺨까지 얼어붙게 했다.

날이 밝아오는 것 같다……. 어떤 것보다 차고 흰 태양이 머리 위에 떠오른 것 같다.

살아남으려 했다. 겨울을 버텨서. 예프넨은 한 사람을 살려내기 위해 최선을 다하는 것으로 가문의 주인 역할을 해냈다. 이제 보리스는 수많은 죽음을 넘고 제자리로 돌아와 누군가를 살려내기 위해 역할을 다하려 했다.

마지막 순간에는 눈조차 보이지 않았다. 최후의 적 앞에서, 모든 것을 소멸시킬 검을 쳐들었다. 내리 베었다.

모든 것을 지워버리는 찬란한 빛!

'겨울을 내리는 아이로구나. 내 살을 뜯어 삼키고 자라서 나의 세계까지 오너라.'

'그 세계의 힘이 너를 부르리라.'

'힘의 열쇠를 지니고 세계의 경계를 넘어서 오너라.'

'겨울은 이제 곧 시작될지니.'

살아남은 자들

바스락, 바삭.

얼음 조각이 발에 밟혀 부서졌다. 다시 앞이 보였을 때, 가장 먼저 눈에 띄었던 것이 얼음이었다. 그리 넓은 범위는 아니었다. 손으로 잡아보자 쉽게 녹았다.

보리스는 섬에서 윈터러가 만들어냈던 거대한 겨울을 기억하고 있었다. 한 마을을 모조리 얼려버렸던 그 힘은 자신의 의지로 발휘된 것이 아니었다. 그러나 지금은 달랐다. 검이 흩뿌린 겨울은 그가 원한 범위에서 멈췄다. 아직 완벽하다고 하긴 어렵지만, 보리스는 폭발해 나오는 윈터러의 위력을 제어하는 데 성공했다.

그것은 티그리스가 준 힘이었다.

겨울 대장장이의 말이 떠올랐다. 윈터러와의 싸움을 도와 줄 힘이 자라고 있다고 했다. 오늘에야 어디서 오는지도 몰랐던 움직임을 예측하고 다룰 수 있게 되었다. 그전까지 그것은 자신의 힘이 아니었다.

실버스컬 대회에서 이솔렛이 했던 이야기가 떠올랐다. 티그리스는 어느 수준에 이르기 전에는 자신이 무엇을 하고 있는지 모르기도 한다고 했다. 나우플리온이 티그리스를 가르쳤다는 사실을 일부러 숨겼기 때문에 보리스는 섬의 청석 그릇에 머리카락을 남기는 의식을 행할 때 이 검술을 금기에 넣고 맹세하지 않았다. 이것은 나우플리온이 보리스에게 준 마지막 선물인 셈이다.

애초에 티그리스를 가르친 적도 없는 것처럼 말하던 때, 나우플리온은 지금 같은 결과를 예상했을까? 섬사람이 되지도 못하고 끝내 곁에 남지도 못한 쓸모없는 자신에게…… 소중한 것을 넘겨주면서 나우플리온은 한마디 언질도 하지 않았다. 마치 소년이 결국 섬을 떠날 것을 알았던 것처럼. 얼마 남지 않은 생명임을 스스로 알았기에 자식을 남기듯 세상에 남겨주었다.

보리스의 입가에 감출 수 없는 미소가 피어났다. 그래, 나우플리온……. 이제 그분을 살려낼 수 있다. 예프넨이 마지막 몇 주 동안 보리스에게 보여줬던 것은 누군가를 살리기 위한 싸움이었다. 보리스도 한 사람을 살리기 위해 싸웠다. 최후의 전투는 끝내 복수가 아니라 삶을 위한 것이 되었다.

보리스의 손에는 괴물의 몸에서 뽑아낸 붉은 심장이 쥐어져 있었다. 모든 것이 너무 늦지 않았기만을 바랄 뿐이다. 보리스의 얼굴에서 미소가 걷히며 문득 눈시울이 붉어졌다. 이제껏 스승을 위해 아무것도 해주지 못한 자신이지만 오랫동안 그분을 닮아가며 자라났다. 그를 이곳까지, 미래로 이끌어준 장본인이었다.

"나우플리온, 만약 내가 돌아갈 때까지 기다려주지 않는다면…… 절대로 가만두지 않을 거라고요……."

오랜 악몽이 사라진 에메라 호수는 여전히 검은 늪이었지만, 어딘가 전과 달라진 듯했다. 귀기鬼氣랄까, 그런 것이 한 꺼풀 걷힌 느낌이었다.

싸움을 돌이켜볼 때, 마지막 순간 음파의 폭풍 속으로 걸어들어간 것은 정말로 무모한 일이었다. 그러나 그때 보리스는 살아남는 것 따위는 잊고 있었다. 끈질기게 집착해온 화두가 그 순간만은 의식 너머에 있었다. 그러나 음파를 견뎌내도록 도와준 갑작스러운 몸의 변화만은 이해하기 어려웠다. 순간적으로 찾아와 힘을 주고, 싸움이 끝나자 도로 사라져버린 이상한 기운은 무엇이었을까?

윈터러가 둘로 가르는 순간 괴물은 말라비틀어진 뼈와 누더기 조각으로 변했다. 보리스가 찾던 심장만이 폐허 속의 보석처럼 번쩍이고 있었다. 그 모양은 섬에서 죽였던 괴물의 모습과도 좀 달랐다. 무엇보다도 괴물의 최후는 보리스의 가슴 속에 일말의 의문을 남겼다. 마지막 순간, 괴물은 그에게 말했다. 겨울이 시작될 것이라고.

보리스가 이 순간 끝냈다고 생각한 겨울이 시작되다니, 그건 무슨 의미였을까? 자신의 세계로 오라는 것은 이곳이 아닌 다른 세계를 뜻하는 것일까? 자신의 살을 뜯어 삼키라는 말은 죽음과는 다른 뜻인가? 이 모두가 풀리지 않는 의문이었지만 한 가지만은 확실했다.

에메라 호수, 그리고 보리스의 과거 속에서 악몽으로 자리했던 괴물은 사라졌고, 다시는 나타나지 않으리라.

다른 사람들은 어찌되었을까.

블라도는 일어나 있었지만 옆에 있는 보리스를 느끼지도 못했다. 괴물의 소멸에도 관심이 없었다. 움직이지 않는 어린 딸만을 들여다보다가 그 아이를 껴안고 어둠 속으로 떠나갔다. 보리스는 그를 붙잡지 않았다. 블라도와 나눌 이야기는 없었다. 그는 이미 최악의 형벌을 받았다.

이어 유리히가 쓰러진 곳을 돌아본 보리스는 그 자리에 아무도 없는 것을 알고 조금 놀랐다. 치명상을 입었을 텐데 도망친 건가? 아니면 늪에 가라앉아버렸을까?

어느 쪽이 진실이든 관계없었다. 조금 후 보리스도 다리를 끌며 걷기 시작했다.

다시 진네만 저택 앞에 이르렀을 무렵, 하늘에는 새벽별이 떠올라 반짝거렸다.

푸르스름한 어둠에 휩싸인 저택을 올려다보는 보리스의 마음에 회한이 어렸다. 이제 이곳을 떠나면 다시 돌아오지 않을 작정이었다. 악몽과 추억을 모두 간직한 채 서서히 무너져가겠지. 떠나던 날 횃불에 휩싸였던 저택, 그리고 돌아와 네 개의 촛불 아래 마지막 만찬을 대접받던 일은 영원히 잊지 못할 것이다.

튤크 집사가 어떻게 되었을까 생각하던 보리스는 이윽고 고개를 흔들었다. 다시 저택에 들어가, 2층으로 올라갔다. 발치에 쓸리는 낙엽은 지난 수년간의 가을이 두고 간 것들이었지만, 보리스는 새로운 가을이 다가오는 것을 느꼈다. 연회장 문을 열기 전부터 보리스는 그 안에 사람이 없으리라고 짐작했다. 그런데 안으로 들어가자 긴 식탁 위에는 여전히 만찬이 차려져 있었다.

아니, 조금 달랐다. 만찬은 그때 차려진 그대로 식어버린 것이 아니었다. 방금 전에 새로 차린 것처럼 여전히 김이 오르고 있었다. 마법일까? 아니면 튤크 집사가 새로 차려놓았을까?

조금 후 보리스는 미소를 지었다. 어느 쪽이든, 만찬은 이 쓰러져가는 저택의 주인인 자신을 위한 것이었다. 여기서 태어나 망령을 무서워하던 어린아이는 이제 더이상 떨지 않는 열일곱 살의 소년이 되었다. 저택은 먼지가 되고 소년은 어른이 된다.

보리스는 자리에 앉았다. 앉고 보니 자신이 식사를 끝냈다는 의미로 접시에 올려놓았던 나이프와 포크도 다시 본래의 위치로 돌아가 있었다. 그는 냅킨을 무릎에 깔고 식사를 시작하기 전에 허공을 향해 말했다.

"고마워."

먼동이 터왔다.

무너진 벽 틈으로 새어 드는 햇빛이 달아오른 쇠처럼 발갛게 익어 있었다. 빛 속에서 먼지가 불티처럼 뱅글뱅글 맴돌았다. 보리스는 연회장을 나와 아버지의 서재 쪽을 보고 조금 열려 있던 문이 완전히 닫혀 있는 것을 알았다. 다가가 밀어보니 안쪽에서 잠겨 있었다.

자신과 예프넨이 쓰던 방 앞에는 여전히 널빤지가 못질되어 있었다. 물끄러미 바라보다가, 손을 내밀어 힘껏 뜯어냈다. 문을 열고 안으로 들어간 보리스는 방안의 모습을 보고 저도 모르게 눈가로 손을 가져갔다.

오 년 전, 예프넨과 보리스가 급히 갑옷을 챙겨 입고 숨겨뒀던 가문의 보물을 꺼내던 날의 모습 그대로였다. 그날 후로 아무도 들어온 적이 없는 것만 같았다. 흩어진 옷가지, 꺼내놓은 서랍, 모든 것이 기억 속의 모습과 똑같았다. 다만 모든 물건에 먼지가 가득 쌓여 있었다.

블라도 삼촌은 저택을 차지한 직후 이 방 두 개는 즉시 못질해버리라고 명령했던 모양이다. 왜 그랬는지 이유는 모르지만, 그러나 그 명령 때문에 그날로부터 오늘까지 시간이 흐르지 않은 듯, 또는 아득한 시간이 흐른 듯 모순적인 감상이 교차했다. 그날 밤 예프넨이 벗어던져놓은 옷을 보았을 때는 형용하기 힘든 감정이 솟아나 목이 메었다. 보리스는 옷을 집어든 채 한참 동안 망연자실하게 서 있었다.

이윽고 보리스는 옆문으로 이어진 자신의 방으로 들어갔다. 먼지 쌓인 침대에서 시트를 걷어내고 장롱을 뒤져 꺼내 온 새 시트를 깔았다. 그리고 예프넨의 옷을 머리맡에 놓았다.

오랜만에 망토와 장화를 벗어놓은 보리스는 침대에 누워 잠이 들었다.

꿈속의 목소리였을까.

보리스는 혼자 들판을 달려가고 있었다. 늘 가지고 다니던 여행자의 짐도, 망토도 없이 홀가분한 몸이었다. 웃자란 풀들이 자꾸만 얼굴을 찔렀지만 아픈 줄도 몰랐다. 그렇게 편하고 즐거울 수가 없었다.

등뒤에서 누군가가 부르는 소리가 나자 보리스는 돌아보았다. 그리고 활짝 웃으면서 말했다.

「왔어?」

「응, 오래 기다렸지?」

「너무너무 오래 기다렸지. 보고 싶어서 죽을 뻔했는걸. 곧 가야 되지? 그전에 조금만 같이 놀지 않을래?」

「그럴까?」

둘은 함께 들판을 달렸다. 달리다 보니 투명한 에메랄드빛 호수가 나타났다. 한참 달려서 더워진 그들은 호숫가에 주저앉아 얼굴과 손을 씻었다. 신발을 벗고 발도 담갔다. 나란히 앉아 맨발을 첨벙거리던 둘은 조금 후 싱긋 웃으며 서로를 바라보았다.

「이렇게 같이 노는 것도 참 오랜만이네. 형은 그동안 나 많이 보고 싶지 않았어?」

「왜 안 그랬겠어. 하지만 이렇게 만났으니 됐지. 혼자 내버려두고 참 걱정을 많이 했는데. 이제 혼자서도 누구보다 잘해 나갈 수 있게 자라서 얼마나 기쁜지 몰라.」

「응, 하지만 난 늘 형이 곁에 있었으면 하고 바랐는걸. 아참, 형! 나 말이야, 어머니의 유품을 도로 찾았어. 우리가 팔 때보다 값이 열 배도 넘게 올라 있더라고. 그렇지만 너무 중요한 거니까 살 수밖에 없었어.」

「정말 잘됐구나! 내 대신 잘 간직해줄래?」

「그럼. 이젠 절대로 잃어버리지 않을 거야.」

호수에 나뭇잎이 떨어져 흘러가는 것이 보였다. 점차 멀어져갔다.

한 잎, 두 잎…….

「보리스, 나 그만 가야 할 것 같은데.」

「벌써 그렇게 됐어?」

연갈색 머리카락이 호수 바람에 부드럽게 날렸다. 보리스가 늘 좋아했던 맑은 하늘빛 눈동자 속에 자신의 모습이 비쳤다. 형은 미소 짓고 있었다. 보리스가 세상에서 가장 좋아하는 미소를 지으며 '이제 정말로 가야겠다'라고 말했다.

보리스는 조금 떨면서, 결코 자신이 원하지 않는다는 걸 알면서 '그래, 형. 잘 가'라고 말했다.

「왜 그래? 우리 꼬마가 울 것 같은데.」

이미 예전의 형만큼이나 키가 커진 보리스였지만 형은 여전히 '우리 꼬마'라고 불렀다. 보리스는 입술을 꾹 다물고 버티다가, 조금 더 버티다가, 마침내 나지막이 소리쳤다.

「왜 내 곁에 계속 있어주지 않았어? 응? 난 지금도…… 형이 내 곁에 없다는 걸 느낄 때마다 이 모든 것이 악몽이어서 빨리 깨어났으면 하고 생각하곤 해…….」

형이 손을 내밀어 뺨을 쓰다듬어주었을 때, 이미 축축한 물기가 흘러 있었음을 알았다.

「넌 악몽에서 이미 깬걸. 네 힘으로 잘해냈잖아. 난 알고 있어. 이제 너한테는 내가 필요 없다는 걸. 내가 너를 놓아줬듯, 너도 이제 나를 놓아주게 될 거야. 내 꼬마 동생은 이제 전사 보리스가 되었으니까.」

형은 마지막으로 보리스의 어깨를 끌어당겨 안아주었다. 모든 것은 무無……. 아무것도 없다는 걸 알면서도 온기는 느껴졌고 눈물은 흘러내렸다. 이윽고 다시 눈을 뜬 세상에는 아름다운 호수와 좋은 날씨, 길게 자란 잡풀들, 그리고 그 자신 외에는 아무것도 없었다.

보리스는 홀로 호숫가에서 일어났다. 여행자의 짐을 가지고, 검은 망토를 걸치고, 장화를 신은 그는 해가 뜨는 쪽을 향해 걷기 시작했다.

9월과 함께 가을이 왔다.

오후에 어디론가 갔다가 론의 통령 관저로 돌아온 마법사 종그날은 갑작스레 늙어버린 것처럼 보였다. 통령이 혼자 기다리고 있는 회의의 방으로 들어가는 동안 그는 병자처럼 발을 끌었다.

"왔는가."

통령은 창문 쪽으로 돌아앉아 있었다. 지난번의 보고가 날아온 뒤로 통령의 심기가 몹시 좋지 않다는 것을 관저 사람이라면 누구나 알고 있었다. 종그날은 통령 앞에 섰지만 지친 표정으로 한동안 말을 하지 않았다.

"그래, 좋은 광경은 아니었겠지."

칸 통령은 고개를 끄덕이더니 창밖의 나무가 가을빛으로 물들어가는 것을 오랫동안 바라보았다.

"계절이 끝나면…… 저렇게 결과가 오는 거야."

바닥을 내려다보던 종그날이 입을 열었다.

"아이가 죽지는 않았다고 합니다. 하지만 그자는 회생 불능입니다. 종일토록 아이를 돌보는 것 말고는 어떤 일도 하지 않는다는군요. 만나보지는 못했습니다."

"아이가 아픈 것이겠지."

"일종의 광증이…… 있다고 들었습니다. 그래서 방에 가두어……두었답니다."

통령은 종그날 쪽으로 고개를 돌렸다.

"무서운 일이군. 그 애 이름이 예니라고 했던가?"

"……."

종그날의 얼굴을 본 칸 통령은 더 묻지 않고 말을 돌렸다.

"유리히로부터는 여전히 소식이 없는가?"

"행방불명입니다. 마법 교감도 모두 끊겼습니다. 어쩌면 죽었을지도 모르겠습니다."

"그것참 놀라운 일이야. 네 날개 가운데 셋을 잃었지 않은가. 고작 어린아이라고 생각한 녀석한테."

생각할수록 기분이 상하는지 통령도 한동안 말이 없었다. 이윽고 종그날이 말했다.

"류스노는 좀 다르겠지요. 목적지를 알아내어 잠입도 끝냈다고 합니다."

"그러기를 바라야지. 정말로 피해가 커. 이거 류스노까지 잃었다가는 나도 블라도처럼 폐인이 되겠어."

물론 부하 몇을 잃는다 해서 폐인이 되거나 할 칸 통령은 아니었다. 그만큼 입맛이 썼던 것이다. 잠시 후 종그날이 물었다.

"그러면 어찌 처분하시렵니까? 블라도 진네만에게 내리신 롱고르드 영지나 론의 저택은 거두실 것입니까?"

"아니. 내버려둬. 그런 자에게서 뭘 더 빼앗으려 했다가는 나도 뒤끝이 안 좋을 것 같아. 우스운 일이지만 그 집안의 일을 보고 있으면 기분이 이상해진단 말이야. 롱고르드에는 전권 대리인을 보내고, 블라도는 직위는 해제할 것이지만 녹봉은 그대로 줘. 그리고 그 아프다는 아이한테도 의사를 몇 명

보내줘."

"유감스럽지만…… 의사는 소용없을 것 같습니다."

종그날은 오래전 율켄이 죽던 자리에 있었던 사람이었다. 괴물의 존재도 직접 보았고, 광기에 대해서도 블라도에게 들어 잘 알고 있었다. 그 끔찍한 괴물을 소년이 죽였다는 이야기를 처음 들었을 때는 온몸이 오싹해졌다. 그것이 검의 힘이라 해도 두려웠고, 소년의 힘이라면 더더욱 등골이 서늘했다.

칸 통령도 같은 것을 생각하고 있었던 모양이었다.

"저주받은 집안에서 마침내 혼자 살아남은 아이지. 그 애 혼자만 끝내 집안의 운명에 말려들지 않았어. 그것이야말로 무엇보다 대단한 일이지. 앞으로 어떤 식으로 해나갈지 궁금해. 이젠 윈터러보다 '보리스 진네만'의 미래가 더 궁금할 정도야."

가장 아름다운 찬트

자디잔 파도가 뱃전을 쳤다. 항해하기에 썩 좋은 날씨였다.

썰물에만 모습을 드러내는 자그마한 섬이 감청빛 물 너머 동쪽에 떠올라 있었다. 이른 아침에 섬 머리를 물들이던 태양은 곧 머리 위로 떠올라 하얀 원반이 되었다. 물에 잠겼다가 드러난 해안선이 물살 사이로 넘실거렸다. 하루를 통틀어 고작 몇 시간 드러나는 자연 선착장이 슬슬 개시하는 중이었다.

얕은 물이 찰랑이는 곳에 작은 배가 들어오더니 한 사람이 뛰어내려 밧줄을 바위에 묶었다. 이미 겨울 날씨라 발을 물에 적시면 추울 테지만, 그 사람은 개의치 않고 물속을 걸어 모래사장을 올라갔다. 곧장 난 바윗길을 걸어 저장고가 있는 쪽으로 가려 하는데 부르는 소리가 났다.

"이솔렛! 성채 꼭대기에서 사람이 기다리고 있어요."

"기다리는 사람이라고요?"

이솔렛은 자기 귀를 의심했다. 마치 손님이 왔다는 듯한 어조였기 때문이다. 하지만 이곳에 섬사람이 아닌 누군가가 올 리 없지 않은가?

성채로 이어지는 바위 계단을 올라가 꼭대기에 이르렀을 때, 이솔렛은 걸음을 멈췄다.

"너……."

한 사람이 그녀를 바라보며 서 있었다.

"아까부터 배를 보고 있었어요."

성채 바람을 받아 검푸른 머리카락이 긴 깃발처럼 날렸다. 더구나 그는 미소 짓고 있었다. 아직 열일곱 살인 주제에 마치 사내처럼 보이는 미소였다.

"어떻게 여기 있지?"

이런 말부터 하고 싶진 않았는데, 어쩔 수 없는 천성이다 싶었다. 보리스는 흐트러진 머리카락을 모아 쥐며 말했다.

"그런 말, 여전히 당신다워요. 썰물섬 수비대 대장이 바뀌었더군요. 말이 잘 통하는 사람으로. 안 그랬다면 사람들을 붙잡고 인질극을 벌일 뻔했는데."

"너는 도대체……."

이솔렛은 말을 멈췄다. 방금 하려 했던 말은 사실 전혀 하고 싶지 않은 이야기였다. 아무 쓸모도 없고 본심과도 어긋나는 이야기, 그런 이야기가 무슨 소용일까.

"용건이 있어서 온 겁니다. 하지만 벌써 꽤 폐를 끼쳤거든요. 당신을 봤으니 곧 가야죠. 다른 방법이 없어서 어쩔 수가 없었어요. 여기 와서 기다려야만 당신을 확실히 만날 수가 있잖아요. 안 그래요?"

썰물섬은 달의 섬으로 가려면 거칠 수밖에 없는 관문이었다. 한때 이곳에 둘이서 들렀다가 저장품을 꺼내어 다시 바다로 나가던 때가 있었다. 이제 그런 날은 다시 오지 않을 테지만 생각하는 것만으로도 눈이 아련해졌다.

이솔렛의 얼굴에 드디어 어설픈 웃음이 어렸다.

"오느라 힘들었겠구나. 항해는 어떻게 했니?"

"배 다루는 법은 그때 당신이 가르쳐줬잖아요. 물론 조종도 잘 못하는 제가 혼자서 이곳까지 오다가 몇 번 죽을 뻔하긴 했지만요."

"무모한 일이었어."

"그랬죠. 하지만 꼭 와야 했거든요. 그러니까……."

보리스는 품에서 주머니 한 개를 꺼냈다. 클로버가 수놓인 작은 주머니였다. 한 걸음 다가오더니 이솔렛에게 건네주었다.

주머니의 끈을 끄르자 붉은 광채에 눈이 부셨다. 이솔렛은 놀란 눈을 크게 뜬 채 말을 잊었다. 늘 강한 바람이 몰아치는 성채 꼭대기에서 마주선 두 사람의 머리카락도, 망토 자락도, 소맷자락도 휘날렸다. 그들이 하려 한 말들도 바람에 날려갔다.

수많은 말을 품은 침묵이었다. 이것을 얻기 위해 어떤 일을 해야 하는지 잘 아는 이솔렛은 그녀가 칼츠 저택으로 찾아갔을 때 보리스가 아무 말도 하지 않았던 까닭을 짐작했다. 죽음을 각오한 싸움이었을 것이다. 그날 나우플리온에 대해 이야기할 때 그들 둘 모두 끝내 견디지 못하고 눈물을 흘렸었다. 나우플리온은 어떤 존재일까. 그들이 서로를 바랄 수밖에 없도록 연결해주었을까, 또는 그 이상 가까워질 수 없도록 가로막고 있을까.

그러나 이 붉은 심장의 존재는 보리스가 나우플리온을 어떻게 생각하고 있는지 보여주는 증거였다. 이솔렛이 고개를 들더니 말했다.

"보리스, 섬으로 돌아가자."

보리스는 이솔렛의 얼굴을 물끄러미 보았다. 무슨 뜻으로 이런 말을 하는지 그녀의 마음을 들여다보려는 것처럼. 곧 그는 고개를 흔들었다.

"그러지 않겠어요."

"아니, 넌 돌아가야 해. 그분 곁에 꼭 있어야 할 사람은 너야. 네가 머물 수 있도록 내가 어떻게든 주선해보겠어. 그러니까 같이 가자."

"이솔렛."

가라앉은 눈동자가 이솔렛의 눈을 들여다보았다. 이솔렛은 보리스의 눈이 섬에서 헤어질 때와는 또 달라져 있다는 것을 알았다. 이제는 초조해하지도 않았고, 과거에 억눌리지도 않았다. 많은 것을 알고, 할 수 없는 것을 알고, 그것을 어떻게 받아들여야 하는지 아는…… 성장한 소년의 눈동자였다.

"전 아직도 포기할 수 없는 것이 있어요."

그 말을 하면서 보리스는 이솔렛의 하얀 머리카락을 바라보고 있었다. 초겨울 햇살에 하얗게 빛나는 한줌의 머리카락. 아직은 손댈 수 없지만, 그녀는 사라지지 않고 이곳에 있다. 그렇기 때문에…… 눈물을 흘릴 필요는 없다.

"……."

이솔렛은 몇 달 전 자신이 "리리오페와 약혼하면 돌아갈 수 있다"고 말한 것에 대해 보리스가 답을 했음을 느꼈다. 주머니를 갈무리해 넣는 손이 미세하게 떨렸다. 마주선 소년은 조금 후 웃으며 말했다.

"그 주머니는 옛날에 로즈니스가 행운의 표지로 줬던 것이에요. 로즈니스는 그분도 아시는 아이죠. 이제 행운이 필요한 사람은 제 쪽이 아닌 것 같거든요. 그리고 제가 그것을 간직할 필요도 없고요."

"전해줄게."

"저, 대륙에 돌아가면 학교에 입학합니다. 제 나이 또래의 아이들답게 살아가게 될지 몰라요. 잘해낼지는 모르겠지만 시도해볼 생각이에요."

"아, 축하해……. 그곳이 어디지?"

"저도 위치는 잘 모르겠어요. 그냥 네냐플이라고 부르더군요."

보리스는 이솔렛이 어색해하는 것을 눈치챘다. 이유는 충분히 알고 있었다. 보리스는 한 걸음 물러나면서 말했다.

"사실 저, 여기 도착한 지 꽤 됐거든요. 한 보름쯤 됐나? 심심했을 것 같지 않나요?"

"그래……. 뭘 하며 지냈니?"

"찬트를 만들었죠."

이솔렛은 약간 놀란 눈으로 보리스를 보다가 말했다.

"그건……."

"물론 알아요. 그런데 말이죠, 이 섬이 섬에서 내린 금기의 사각지대라는 걸 깨달았거든요. 대륙에서는 당연히 찬트를 쓸 수 없고, 달의 섬에는 들어갈 수가 없는데 이곳은 이도 저도 아니더라고요. 본래는 못 들어오는 곳이지만 일단 들어온 이상은 찬트를 부르는 것도 문제가 되지 않던데요?"

이솔렛은 어이가 없어 그만 웃고 말았다. 그녀의 웃음소리를 들은 보리스도 미소를 지으며 말했다.

"들어보고 싶지 않아요?"

이솔렛은 섬사람들처럼 법도에 얽매이는 성격이 아니었기 때문에 곧 고개를 끄덕이며 말했다.

"해봐. 검토해줄게."

"어, 지금도 해줄 건가요? 그런데 문제가 좀 있는데……."

"무슨 문제?"

"그게, 들리지가 않는 거라서……."

이솔렛이 무슨 말인지 이해하지 못하고 있는데, 한 남자가 성채 꼭대기로 올라왔다. 돌아본 이솔렛은 미묘하게 눈썹을 움직였다. 그는 다름 아닌 헥토르였다. 헥토르가 이솔렛을 향해 멋쩍게 웃으면서 말했다.

"새로 썰물섬의 경비 책임자가 된 클란치입니다."

섬사람은 썰물섬에서조차 본명을 쓰지 않기에 처음 대륙에 나갈 때 썼던 가명을 그대로 쓰고 있었다. 이솔렛은 헥토르가 보리스를 썰물섬에 들여보내주었는가 생각하다가 또 한 번 의아해졌다. 백번 양보해서 생각해도 둘의 사이가 좋다고 할 수는 없을 텐데?

어쨌든 헥토르는 보리스를 보며 말했다.

"배를 댈 수 있는 시간이 끝나가고 있어. 이번에 떠날 건가?"

보리스는 고개를 저었다.

"아니, 이솔렛이 가는 것을 보고서 다음 썰물에 가겠어."

그러자 헥토르는 이솔렛 쪽으로 고개를 돌렸다.

"지금 출발할 생각이라면 어서 내려가시는 게 좋겠습니다만."

그들 모두 썰물섬의 간조가 얼마나 순식간에 끝나는지 잘 알고 있었다. 끝나간다고 할 때 바로 내려가지 않으면 배가 떠내려가는 사고도 생겼다. 무엇보다 나우플리온을 위해 붉은 심장을 받은 이상 이솔렛은 한시도 지체 없이 섬으로 돌아가야 했다. 그러나 헥토르가 올라오는 바람에 두 사람은 마땅히 이별의 말을 할 기회도 없었다.

"아아……. 그럼."

"조심해서 가요."

이 정도가 전부였다. 헥토르가 앞장서 내려가고 이솔렛이 계단으로 두 발짝 정도 내려섰을 때 보리스가 입을 열었다.

"그분께…… 이걸 전해주시겠습니까?"

'이것'이 무엇인가 하여 이솔렛이 몸을 돌렸다. 그런데 보리스의 손에는 아무것도 들려 있지 않았다. 의아해하는 순간, 소년의 입에서 찬트가 흘러나왔다.

항해자여,

그대가 연 뱃길을 따라 달리는 나는

바로 그대가 낳은 전사
그대가 날개를 달아준 전사

머물지 않고
늘 새로운 푸른 곳을 가리켜 보이니
따를 수밖에 없는 그대
함께 나아갈 수밖에 없는 그대

변성기가 지나간 소년의 목소리는 이제 바다처럼 깊고 푸르러졌다. 항해자는 물론 나우플리온이리라. 찬트 안에 나우플리온에 대한 보리스의 마음이 모두 담겨 있었다. 존경도, 애정도, 감사도.

보리스가 노래를 끊었을 때, 이솔렛은 문득 정신을 차린 것처럼 놀란 표정을 지었다. 보리스가 약간 웃더니 말했다.

"재주가 없어 이것뿐입니다."

"손대고 싶지 않은 좋은 찬트로구나. 그대로 전해줄게."

그러고 나서 둘은 잠깐 머뭇거렸다. 무언가 말할 것이 있는데 감히 입 밖에 내지 못하는 것처럼. 그러나 이솔렛이 먼저 고개를 돌렸고, 이윽고 금빛 머리카락은 입구로부터 사라졌다.

보리스는 바다가 바라보이는 곳으로 걸어갔다. 보리스가 썰물섬에 들어올 수 있었던 것은 헥토르가 예전에 세 번 도와주겠다고 한 맹세를 아직 지키고 있었기 때문이다. 달의 섬으로 가는 배가 나아갈 바다에서 잔물결이 철썩이며 노래를 불렀다. 처음 나우플리온과 왔던 때처럼 딛고 선 좁은 땅을 제하면 사방이 모두 시선 닿지 않는 곳까지 이어진 이곳은…… 참으로 이상하다. 이 드넓은 세상에 단 혼자만이 있을 수 있다는 것도, 그리고 단 한 사람만이 보일 수 있다는 것도 모두 가르쳐준다.

조금 후 보리스는 하얀 돛배가 나아가는 것을 보았다.

바람은 빠르지 않았으나 가볍게 밀어줄 정도는 되었다. 보리스는 절벽 끝까지 가서 아슬아슬하게 발을 딛고 이솔렛의 배를 보았다. 아니, 이솔렛을 보았다. 얼마 후 이솔렛도 이쪽을 바라보았다. 검은 망토가 휘날리고 있어 눈에 잘 띄었다.

이솔렛은 표정을 알 수 없는 얼굴로 성채 위의 보리스에게서 눈을 뗄 줄 몰랐다. 보리스도 마찬가지였다. 한마디 말도 닿지 못할, 새들에게만 의미 있을 거리에서 서로에게 보이지 않을 열렬한 눈길이 오가고 있다……. 그렇게 바라본다 해도 누구 하나 탓할 사람이 없는 이곳이기에.

보리스가 천천히 손을 올렸다.

이솔렛은 보았다. 보리스가 두 팔로 커다란 동그라미를 만드는 것을. 그녀가 오래전에 가르쳐준 수신호……. 일리오스 사제가 만든 그것이었다. 그것의 의미를 알아볼 사람은 이 세상에 이솔렛 한 명밖에 없었다.

'여길 보세요.'

아아, 바라보고 있다. 이보다 더 바라볼 수 없을 정도로 바라보고 있다. 저멀리 소년이 오른팔을 펴는 것이 보였다. 거기에 왼팔을 구부려 겹치는 것, 그것은…….

'당신 곁에 있고 싶어요.'

아무도 보지 않는 바다 위였다. 이솔렛의 뺨을 타고 눈물 한줄기가 흘러내렸다. 견딜 수 없게 된 그녀도 손을 올렸다. 그리고 똑같은 모양을 그렸다.

'네 곁에…… 있고 싶어.'

말로는 감히 표현하지 못했던 그들도 이 순간만은 더없이 솔직했다. 보리스도 목이 메어왔다. 얼마나 곁에 있고 싶었던가. 날마다 이솔렛의 눈동자와 머리카락을 바라보고 목소리를 듣던 시절은 한 계절도 못 되는 빛처럼 빠르게 사라져버렸다.

보리스는 다시 두 손목을 교차시키며 팔꿈치를 마름모꼴이 되도록 만들고는 높이 올려 보였다. 그것의 뜻은…….

'약속하겠어요.'

무언의 대화는 어떤 말보다도 강했다. 진심보다 더한 진심이었다. 폭풍 같은 바람이 머리카락을 제멋대로 휘몰아갔지만, 보리스는 말없이 팔을 올리며 입안으로 뇌었다.

'당신을 위해…… 살아가겠다고.'

이솔렛이 대답하는 것이 보였다. 눈앞이 흐려져 잘 보이지 않아 급히 눈을 비볐는데 내용을 보고 다시 흐려졌다.

'잊지 않아.'

바람이 눈물조차 흩어갔다. 왜 이제야 서로의 마음을 확인하게 된 걸까. 더 일찍 전했더라면 이 벅찬 마음으로 무엇이라도 말하고, 무엇이라도 해줄 수 있었을 텐데.

그러나 이 순간, 그들이 가진 짧은 수신호들만으로 말하려면 가식도, 망설임도 섞일 수 없었다. 이솔렛이 처음 가르쳐주며 했던 말대로 그것은 무언의 찬트였다. 말할 수 없기에 더욱 간절한 기원이었다. 배는 멀어지고 있고, 시간은 잡을 수 없고, 그리고 그들은 서로의 마음을 보고 있었다. 들리지 않는 찬트를 보내고 있었다.

곁으로 달려가 미뤘던 말들을 이 순간 모두 쏟아낼 수 있다면 얼마나 좋을까. 말하고 싶다, 정말로 말하고 싶다. 그러나 썰물섬의 간조는 끝났고, 이솔렛은 서둘러 돌아가야만 했다. 두 사람 다 그게 얼마나 중대한 일인지 알고 있었다.

그렇다 해도 좋았다. 같은 마음이라는 것을 이렇게 알아버렸으니까. 눈에 담기조차 힘든 새파란 빛이 하늘과 바다 모두에서 쏟아졌다. 그 사람을 기다려도 좋다는 것 하나 때문에 온 세상이 달라져 보였다. 바다와 대륙으로 가로막혀 몇십 년이고 헤어진다 해도, 영영 만나지 못한다 해도…… 다시는 변치 않을 마음을 얻었기 때문에 미래가 두렵지 않았다.

수신호조차 보이지 않을 정도로 배가 멀어졌다. 보리스는 손을 내리고 이솔렛의 모습을 응시하며 오래도록 눈에 담았다. 멀어지고 더 멀어져 작은 점조차 사라져버릴 때까지.

12월의 어느 아침, 며칠 동안 내린 눈이 너무 쌓였는지 정원의 나뭇가지 하나가 부러졌다. 기껏 쓸어놓은 눈을 다시 치우게 생겼다고 투덜대며 하인이 빗자루를 들고 나오는데, 어딘가에서 눈덩이가 연방 날아와 바닥에 떨어졌다. 흰 눈을 뜨고 두리번거리자니 또 한 개가 날아와 이번엔 벽에 눈 자국을 남겼다. 보아하니 담 너머에서 날아오는 것 같아 얼른 담으로 달려가 내다보았다. 그리고 말문이 막혀 더듬거렸다.

"아, 아니, 저……."

눈을 던진 사람은 손가락을 세워 입술에 댔다가 떼며 저택 쪽을 손가락질했다.

"도련님을 불러줘. 내 얘기는 하지 말고, 그냥 슬쩍 데리고 나와. 저기 말이야, 저리로."

두꺼운 책을 맨 끝장까지 열심히 들여다보던 루시안은 조금 후 기지개를 켜고, 하품을 하며 자기 뺨을 톡톡 두드렸다.

아침 식사도 하기 전인데 이렇게 일찍 일어나 책을 들여다보는 이유는 역시 입학시험이 얼마 남지 않았기 때문이었다. 시험 날짜보다 이틀 정도 일찍 도착할 요량으로 닷새 뒤에 출발할 계획을 세워두었다.

선생들은 다들 이만하면 열심히 했다고, 꼭 합격할 거라고 말해주긴 했지만 다른 아이들의 실력을 모르는데 어떻게 확신한담? 루시안은 워낙 느긋한 성격이었는데도 시험이란 걸 쳐본 일이 한 번도 없었기 때문에 솔직히 걱정이 됐다.

하지만 지금껏 어떤 책이든, 이 정도로 파고든 것은 처음이었다. 루시안은 공부 같은 것과 거리가 멀 것처럼 보였던 보리스가 의외로 곧잘 책을 읽는 것을 보고 좀 놀랐다. 그러나 이제 녀석이 돌아오면 루시안도 자신 있게 말해주리라. 너보다 책을 적게 읽었을지는 몰라도, 한 권을 수십 번 읽은 거라면 절대 지지 않는다고.

그렇지만 보리스는 돌아오지 않았다. 학교에 같이 가겠다고 굳게 약속해놓고서, 시험을 코앞에 둔 지금까지 소식조차 없었다. 늦여름에 떠났는데 이미 겨울이 됐다……. 어디에서 뭘 하고 있을까? 나쁜 일이라도 당한 건 아닐까? 하려던 일은 잘됐을까?

친구 덕택에 한결 달라진 자신이 자랑스러운 만큼, 그 친구가 돌아와 자기 모습을 보아주길 바랐다. 그런 얼굴로, 그런 눈빛으로 약속하고 가서 돌아오지 않을 리가 없다고 생각했다. 그렇게 생각할 때면 혹시 위험한 일을 하다가…… 하는 불안감도 뒤따라 일어나곤 했다. 아닐 거라고 고개를 저어버리고 공부에 몰두하긴 했지만, 겨울이 깊어질수록 친구에 대한 생각도 깊어졌다.

참, 겨울을 닮은 녀석이었다. 그 녀석은.

얼마 전에는 학교에 가기 싫어서 일부러 시험 끝난 다음에 돌아오려는 건 아닐까, 하고 엉뚱한 생각도 해봤다. 하고 나니 꽤 그럴듯한 생각인 것 같아서 시험이 끝날 때까지는 그 생각으로 버텨보려고 마음먹었다. 그래서 오늘은 비교적 밝은 기분이었다.

좋은 일이 생길 것만 같다.

"도련님! 루시안 도련님!"

하인이 허겁지겁 달려와서 거실 입구에 서더니 갑자기 표정을 바꾸고 목을 가다듬으며 말했다.

"도련님, 저, 테라스로 잠시 나가보세요."

"테라스엔 왜? 거기 춥잖아?"

"그래도…… 잠깐만 나가보세요. 좋은 일이 있다니까요."

"나 지금 공부하고 있잖아."

이 대답을 하고서 루시안이 스스로 뿌듯해하고 있는데 하인은 칭찬해주기는커녕 고개를 저으며 자꾸만 재촉했다.

"잠깐이면 된다니까요. 안 가보시면 후회하실 텐데요."

"도대체 뭔데 그래?"

드디어 루시안이 책을 접고 테라스 쪽으로 갔다. 여름에 보리스와 같이 앉아 주사위 놀이도 하고, 이런저런 이야기를 나누기도 했던 그곳이었다. 겨울이 오자 녹색식물은 시들었고 찬바람이 몰아쳐서 줄곧 문을 닫아두었다. 하인은 문을 열고 루시안을 내보내더니 자신은 나가지 않고 도로 문을 닫으려 했다.

"어? 넌 안 나와?"

"도련님 혼자 계세요!"

장난이라도 치려는 것처럼 하인은 막무가내로 문을 닫고 달아났다. 어안이 벙벙해진 루시안이 머리를 긁적이다가 도로 문을 열려고 하는데 갑자기 뭔가가 날아와서 머리를 때렸다.

"아얏!"

머리를 문지르며 돌아보는데 다시 한번 눈덩이가 날아와 이마를 정통으로 때렸다. 두 손으로 눈을 털어내며, 도대체 누가 이렇게 무지막지하게 세게 던지나 싶어 테라스 밖을 내다보았을 때였다.

"받아!"

눈덩이 하나가 이번엔 포물선을 그리며 날아왔다. 엉겁결에 손을 내밀어 받은 루시안은 테라스 밑에서 눈을 던진 사람을 발견하고 그만 멍해졌다.

"뭐해? 눈이 녹고 있잖아."

손에 든 눈덩이에서 물이 떨어지기 시작한 줄도 몰랐다. 영영 달아나버린 것이 아닐까 싶었던 검은 머리 소년이 선 것을 보았을 때…… 이럴 줄은 몰랐는데 눈물이 글썽거렸다. 이렇게, 이런 식으로…….

"너……."

그러나 눈덩이는 또다시 날아왔다. 기다리는 동안 잔뜩 만들어두었는지 두세 개가 한꺼번에 날아와 한 개도 어긋나지 않고 얼굴이며 팔, 가슴 등을 때렸다. 그제야 정신을 차린 루시안이 테라스 난간을 넘어 밖으로 뛰어내렸다.

"어, 원정 나오는 거군?"

그 말이 맞았다. 루시안은 보리스에게 달려들자마자 피할 틈도 주지 않고 와락 껴안았다. 허리가 휘청 꺾어지면서 긴 머리칼과 망토가 늘어졌다. 보리스는 조금 당황한 표정이었지만 밀어내지는 않았다.

"다시 만나서…… 정말 반갑다, 이 나쁜 자식아."

그러나 루시안은 만만한 상대가 아니었다. 그 말에 이어 손에 들고 있던 눈덩이를 보리스의 목덜미에 꾹 쑤셔넣었던 것이다.

"재회 선물이야! 게다가 소식 한번 안 준 것에 대한 벌이기도 해!"

보리스가 몸을 움츠리며 루시안을 밀어내는 것과 동시에, 루시안은 바닥에 몇 개 더 놓여 있던 눈덩이를 위로 차올렸다. 눈 조각이 잔뜩 튀었지만 보리스도 지지 않고 물러나 하인이 쓸어 치워둔 눈더미에 발길질을 했다. 그러자 루시안이 그 위로 뛰어 올라갔고 보리스는 그사이를 틈타 남은 눈덩이를 집어 겨냥하면서 말했다.

"소식 못 줘서 미안해."

"미안하면 항복해."

"항복은 안 되겠고, 대신……."

어제 떠났다가 돌아온 사람 같은 미소가 입가에 번졌다.

"약속을 지키러 왔어."

하늘이 맑다.

서부 아노마라드는 2월 말부터 봄이 시작됐다. 남서쪽으로 완만한 경사를 이루며 내려오는 산줄기가 어느새 파릇했다. 그 끝자락에 네냐플 마법 학교가 있었다.

학교에서 가장 눈에 띄는 건물은 마주보며 솟은 높다란 석조 탑 네 채였다. 그중 세 탑은 다리로 연결되어 있었지만 북쪽 탑만은 끊어져 있었다. 묵은 담쟁이덩굴이 빽빽한 탑의 석벽은 누르스름했다. 그 주위로 낮은 건물들이 띄엄띄엄 자리

잡았다. 조금 떨어진 곳에 초록빛 토끼가 웅크린 것처럼 생긴 숲이 있었다. 숲이 그런 모양임을 발견한 건 물론 탑에 사는 사람들이었다. 그들은 그런 관찰을 무척 잘할 수밖에 없는 환경이었다.

반대쪽 사면에는 골짜기가 있었다. 그 아래로 가파른 비탈을 한참 내려가면 꽤 큰 강이 흘렀다. 강에는 학교에서 설치한 선착장이 있어서 북부에서 오는 사람들은 주로 배를 타고 와 이곳에서 내렸다. 남쪽이나 동쪽에서 오는 사람들은 야플리아 가도라고 불리는 길을 따라왔다. 야플리아 가도는 근처 마을에 이르러 끊기고, 거기서부터 학교까지는 '고양이 등'이라고 불리는 너른 평원과 비탈진 오솔길을 걸어서 올라가야 했다.

오솔길이 시작되는 곳에는 돌로 쌓은 아치가 우뚝 서 있었다. 기둥에는 '여기서부터는 학교의 허락을 받은 사람만이 들어갈 수 있다'는 요지의 안내문이 붙어 있었다. 기껏 나뭇조각에 써붙인 소박한 안내문인데도 어기는 사람은 아무도 없었다. 고양이 등 평원은 네냐플 학교의 땅으로 마법 결계가 쳐져 있었다. 섣불리 들어섰다가는 무슨 일을 당할지 몰랐다. 마법 학교 교수들의 분노를 사서 좋을 일이란 하나도 없었다.

그러나 이날 고양이 등 평원은 사람들로 가득해서 평소의 고요한 모습은 찾아보기 힘들었다. 종소리가 세 번 울리자 흩어져 있던 사람들이 네 개의 탑으로 둘러싸인 정원으로 모여 들었다. 열을 지어 놓인 백여 개의 의자들이 곧 가득찼다. 신입생들의 대열 뒤로는 재학생들, 그리고 입학을 축하하기 위해 온 사람들이 앉는 자리가 반원형으로 배치되어 있었다.

"시작하나 봐."

곁에 앉은 루시안이 소곤거리다가 금방 자세를 바르게 했다. 정면 단상에 교수들이 나와 앉기 시작했던 것이다. 보리스도 정면을 보았다. 자리가 정돈되기까지는 조금 시간이 걸렸다.

보리스는 그날 아침, 그와 루시안이 묵던 숙소로 배달된 이상한 상자를 생각하고 있었다. 안에는 최고급 깃펜 상자와 수정으로 만든 값비싼 잉크병이 들어 있었으나 보낸 사람의 이름은 어디에도 없었다. 단지 'P'라는 머리글자가 새겨진 네모진 금패를 발견했을 뿐이었다. 도대체 누가 보냈을까?

"아, 정말로 나 꼴찌로 입학한 것 아닐까?"

루시안은 이날 아침부터 내내 같은 말을 되풀이하는 중이었다. 본인 말로는 시험 때 너무 긴장한 나머지 끔찍하게 많이 틀렸고 검술도 완전히 망쳤다는 것이다. 그런데도 입학 허가가 났으니 자기는 꼴찌가 틀림없다고 생각하는 모양이었다. 보리스가 어깨를 으쓱하며 말했다.

"그런 식으로 말하면 닷새 만에 준비해서 시험 본 나는 꼴찌 아래의 어떤 신비로운 등급 아닐까.”

“꼴찌 아래? 입학 예정자가 중간에 포기할 경우 대기자 입학이란 게 있다고 그러더라고.”

“……진심으로 하는 소리는 아니라고 믿겠어.”

그때 단상에서 한 사람이 마법으로 증폭된 목소리로 말했다.

“모두 조용히 해주십시오. 입학식을 시작하겠습니다.”

맑디맑은 날씨다. 겨울도 다 지난 것처럼 햇빛 좋은 날의 오전 11시였다. 앞에서 교수 한 사람이 말하는 것을 듣고 있던 보리스는 무언지 모를 예감으로 자꾸만 주위를 두리번거렸다. 이곳에 그를 찾아올 사람은 없었다. 칼츠 부인과 하인들을 제외하면 아는 사람도 전혀 없는 그였다. 그런데도 보리스는 자꾸만 입학생들의 가족이 앉아 있는 내빈석을 쳐다보았다. 두 번, 세 번, 그러다가 문득 무언가를 떠올리고 하늘을 올려다봤다.

아…… 있었다.

빛나는 태양을 안고 내려오는 날개가 보였다. 크고 하얀 새였다. 보리스가 너무나 잘 알고 있는 새다. 언젠가 이솔렛이 있는 마법의 계단으로 인도했던 섬의 흰 새들, 그중 하나가 파란 하늘을 빙글빙글 돌고 있었다. 목에 잘 보이지 않는 장식이 달린 것이 보였다. 보리스는 곧 누구인지 알아차렸다.

흰 새의 공주, 요즈렐이었다.

"보리스? 뭘 보고 있어?"

루시안이 보리스의 기색을 눈치채고 같이 위를 올려다봤다. 그러나 뭘 보는지 깨닫지 못하고 고개를 갸웃거렸을 뿐이었다.

단상을 바라보는 수많은 사람들 틈에 앉아 보리스는 홀로 드맑은 하늘과 바람을 보았다. 그리고 아름다운 새를 보았다. 눈을 떼지 못했다. 자유롭게, 한없이 날아서 그 사람이 있는 곳까지 갈 수 있는 새에게서…….

오랜만에 마음에서 우러나는 진실한 미소가 떠올랐다.

(『룬의 아이들 – 윈터러』 완결)

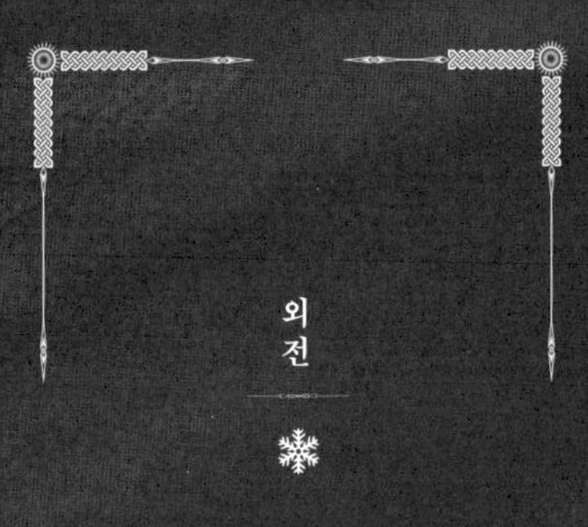

외전

어린 보호자

밤하늘에 번지는 붉은 그림자가 모닥불이라는 것을 알고 있었다. 그것도 여러 개였다. 기세 좋게 타오르며 불티를 뿌리고 있을 테고, 주위에는 허름한 드레스를 입은 검은 머리 아가씨들이 동네 사람들이 얼굴을 붉히고 돌아설 정도로 대담하게 춤추며 사람들을 부를 것이다. 한쪽 벽을 뜯어낸 마차에서 '벨라'와 '이반'과 당나귀가 나오는 카투나 인형극이 곧 시작되려 할 테고, 그 옆에는 구두장이처럼 생긴 아저씨가 쉬지도 않고 인형들을 꿰매고 있을 게 틀림없었다. 아저씨는 지나가는 아이들더러 들으라고 큰 소리로 인형에게 말을 붙이겠지. 주위에는 꼬마들이 두엇 앉아서 목 떨어진 인형들이 웃는 양을 넋 놓고 바라보고 있을 것이다. 새된 목소리로 인형의 말을 흉내내는 아저씨의 목소리가 귀에 어른거렸다. '이봐, 저기 꼬마 친구가 네가 드레스 입고 달걀을 뒤집어쓰는 꼴을 보러 온다는데?' '아이, 창피해! 제발 웃지 말아주세요!'

열두 살 먹은 도련님의 얼굴에 나타난 표정이 무슨 의미인지 유모는 다 알았지만 일부러 시치미를 떼고 조르도록 기다렸다. 아직 철없이 졸라대도 될 나이인데 점잖게 굴려고 애쓰는 도련님을 보니 웃음이 났다. 인형극 보러 갈 나이는 지났다고 제멋대로 생각하고 있는 것일까.

"예프넨 도련님."

"응?"

일부러 한번 부르고 미소도 보냈지만, 예프넨은 고개를 기우뚱하게 기울인 채 찬장 속의 그릇들만 바라보고 있었다. 솜털이 채 가시지 않은 자그마한 얼굴이 유리에 비쳤지만, 스스로는 다 자란 소년의 얼굴이라고 생각하고 있을 것이다. 주방의 동그랗고 높은 의자에 앉으면 바닥에 발이 닿지도 않는 주제에.

"도련님, 놀러 안 가세요?"

결국 유모의 입에서 말이 나오고 말았다. 예프넨은 유모의 팔에 안겨 있는 동생을 흘끗 쳐다보았다. 생각해보면 동생이 생긴 후부터였다. 사랑스러운 꼬마가 형 노릇을 하겠다고, 자기는 어린아이가 아닌 것처럼 자세를 다잡기 시작한 것은.

하지만 열두 살은 아직 어린아이가 맞았다. 예프넨은 머뭇거리다가 말했다.

"보리스는 인형극이 보고 싶을 거야, 그렇지?"

"물론이죠, 도련님. 분명히 보고 싶을 거예요."

"재미있는 거니까 꼭 보여주고 싶은데."

"틀림없이 기뻐할 거예요."

하긴 태어나서 한 번도 본 일이 없으니 말이다. 아이들이라면 누구나 좋아하는 인형극 아니던가? 합의점을 찾아낸 두 사람이 기분 좋게 들떠서 떠돌이 극단이 왔다는 들판으로 출발했지만, 명목상 인형극을 보러 가는 당사자는 세상모르고 푹 잠들어 있었다.

유모는 일찍 돌아가지 않으면 안 되었다. 모닥불에서 날아든 불티가 치마 한쪽을 홀랑 태웠던 것이다. 그런 창피한 모습을 하고 돌아다닐 수 없으니 가야겠다고 하면서도, 예프넨의 마음을 잘 아는 유모는 열두 살이나 된 형이니까 동생을 잘 돌볼 수 있을 거라고, 그러니 인형극을 보고 와도 좋다고 허락해주었다. 아니, 정확히는 동생에게 인형극을 보여주고 와도 좋다고 말했다. 잠에서 깬 보리스는 예상대로 눈이 휘둥그레져서 사방을 두리번거렸다. 동생의 손을 잡은 예프넨은 보람이 느껴져서 즐거웠다. 물론 자기 자신도 좋았지만 말이다. 떠들썩한 소란통, 무대 위에는 여럿이 팔짱을 끼고 다리를 높이 올리는 빨간 드레스의 무희들, 저글링을 하다가 윙크를 보내는 어릿광대, 모자를 벗고 인사하는 신기한 원숭이, 굴렁쇠 묘기를 보이는 잘생긴 형들, 그 모두가 좋지만 무엇보다도 좋은 것은 인형극이었다.

돈 많은 여자와 결혼하기 위해 애인을 버린 이반, 이반에게 버림받고 복수하기 위해 독약을 만든 벨라, 벨라를 짝사랑했지만 독약을 잘못 마시게 되는 돌프. 하지만 독약인 줄 알았던 것은 사람을 당나귀로 만드는 약이었고 당나귀가 된 돌프는 이반의 결혼식에 뛰어들어 잔치를 엉망으로 만든다. 그런 돌프 당나귀를 잡기 위해 마을 사람 모두가 나서고 결국 꽁꽁 묶인 돌프 당나귀 앞에 나타난 벨라는 그와 결혼하겠다고 선언, 모두의 축복을 받으며 우스꽝스러운 결혼식을 올린다는 괴이한 내용이었지만 이 인형극은 카투나 산맥 근방 사람이라면 누구나 좋아하는 유서 깊은 인기작이었다. 예프넨만 해도 이 인형극을 세 번도 넘게 보았다. 당나귀가 나타나 이반의 결혼식을 망칠 때면 아이들은 저마다 소리를 치거나 휘파람을 불며 좋아했고, 벨라가 당나귀와 결혼하는 과정을 하나하나 보여줄 때면 어른들이 주로 키들키들 웃어댔다.

이번에도 예외가 아니어서 돌프 당나귀가 인형극장에 마련된 식탁이며 꽃바구니를 모조리 뒤엎고 신랑과 신부를 관중

석까지 날려보내자 예프넨은 저도 모르게 보리스의 손을 놓고 신이 나서 박수를 쳤다. 엉덩이를 들썩이며 시야를 가리는 아이들 때문에 키 작은 보리스가 잘 보려고 발꿈치를 들었다 놓았다 하던 것까지는 기억하고 있었다. 마을 사람들이 돌프 당나귀를 잡으려고 삽, 빨랫방망이, 그물, 심지어 국자와 주걱까지 들고 뛰어나오고, 한바탕 추격전이 벌어진 끝에 당나귀가 붙잡혀 한숨 돌릴 즈음이었다.

문득, 손이 비어 있음에 생각이 미쳤다.

"어?"

동생의 손을 잡고 있었어야 할 손이었다. 그러나 아무것도 쥔 것이 없었다. 동생의 모습도 없었다. 아무리 둘러봐도 보이지 않았다. 깜짝 놀란 예프넨은 인형극이고 뭐고 다 잊어버린 채 그 자리에서 뛰어나왔다.

"보리스! 어디 있어!"

펄쩍펄쩍 뛰고 있는 아이들, 서로 밀치며 웃어대는 사람들, 인파 속에서 강아지처럼 작은 동생의 모습은 쉽사리 눈에 띄지 않았다. 사람들 틈을 이리저리 뚫고 달렸다. 작은 애만 보이면 와락 붙들었다가 머뭇거리며 놓고 또 뛰었다. 어디 있을까, 이 많은 사람들 속에서 잃어버리다니 어쩌면 좋을까, 혹시 못 찾는 건 아닐까!

인형극이 끝나고 사람들이 흩어지기 시작했다. 빨리 돌아가야 하는 사람들이 여흥을 포기하고 자리를 뜨자 남은 사람은 눈에 띄게 줄었다. 그런데도 동생을 찾을 수가 없었다. 다시 반시간가량 지났을 때 사람들이 썰물처럼 빠져나가고 모닥불마저 꺼져가는 떠돌이 극단 야영터에서 뛰고 있는 사람은 숨이 턱까지 찬 예프넨밖에 없었다.

"얘, 뭘 찾니?"

무희 한 사람이 울상이 되어 천막과 마차 사이를 왔다갔다하는 예프넨을 손짓해 불렀다. 그녀는 모닥불에 술 한 잔을 데워놓고 드레스 자락을 걷어올린 채 다리를 주무르고 있었다.

"동생을……."

"잃어버렸어?"

예프넨은 더 대꾸하지도 못하고 숨을 몰아쉬며 달아오른 얼굴을 끄덕거렸다. 얼굴에서 열이 나는데도 덥기보다는 추웠다. 그런 예프넨을 바라보던 무희가 불쑥 물었다.

"인형극 보고 있었지?"

"네."

"저기, 천막들에 가봐."

"천막요?"

무희는 더 대꾸하지 않고 술을 마시기 시작했다. 극단 사람들이 야영을 위해 쳐놓은 자그마한 천막들은 수십 개, 그중 몇 군데에 램프가 밝혀져 있었다. 이미 사방은 어둑어둑했다.

천막을 들추며 돌아다니는 것도 쉬운 일이 아니었다. 처음엔 조심조심 사람을 불렀지만 대꾸조차 없는 천막이 많았고, 용케 대꾸한다 해도 들어와서 살펴보라고 선뜻 허락하는 사람은 적었다. 억지로 천막을 걷고 들여다봤다가 민망한 광경을 보게 되기도 했다. 사람이 돌아오지 않은 빈 천막도 많았다.

"저기, 안에 계신가요?"

"……."

또 대답 없는 천막이었다. 예프넨은 목소리를 돋웠다.

"아무도 안 계신가요? 여쭤볼 게 있어서요."

그때 캄캄하던 천막 안에서 불빛 같은 것이 반짝했다. 예프넨은 더 참지 못하고 천막 입구를 가린 천을 들췄다.

"들어와."

어두컴컴한 천막 한가운데에 놓인 건 램프가 아닌 화로였다. 화로는 금방 불을 붙일 수가 없으니 뭔가로 가려뒀다가 젖힌 것이 아닐까 싶었다. 화로 불빛에 비친 천막 주인은 주름이 듬성듬성 지고 숱 많은 머리 타래를 꼬아 늘어뜨린 여자였다. 불빛이 약해 얼굴 외에는 아무것도 보이지 않았다.

"들어오라니까."

예프넨은 머뭇거리다가 선 채로 물었다.

"저는 동생을 찾고 있어요. 네 살짜리 남자애예요."

갑자기 여자가 킬킬거리며 웃어대는 바람에 예프넨은 당황했다.

“들어오랄 때 들어와. 후회하지 말고.”

예프넨은 이상한 예감을 느끼며 안으로 발을 들여놓았다. 입구를 가린 천을 놓는 순간이었다.

갑자기 사방이 밝아지고, 또 넓어졌다. 밖에서 봤을 때 세 사람이 둘러앉으면 꽉 찰 것 같던 천막은 어느새 열댓 명쯤이 다리 뻗고 누울 법한 공간이 되었다. 게다가 빛이 나오는 곳은 여전히 화로 하나뿐인데 천막 곳곳을 속속들이 알아볼 수 있게 되었다. 마치 천막 자체가 황동색 광채를 내는 것 같았다.

“앉아.”

예프넨은 이게 어찌된 일이냐고 물으려 했다. 그때 여자 옆에 놓인 모포 뭉치에 모로 누워 잠든 아이가 보였다. 익숙한 머리카락이 흘러나온 것이 즉시 눈에 들어왔다.

“내 동생!”

당장 다가가려 하는데 여자가 이상할 정도로 기다란 팔을 뻗어 그의 앞을 막았다.

“서두르지 마라. 서두르면 다치기 쉽단다. 킬킬킬…….”

“동생을 돌려줘요!”

“기다리라니까. 기다리는 자에게 평화가 있나니. 평화밖에 없을지도 모르지만, 어쨌든 더 나은 것도 없단 말이야.”

여자는 다른 손으로 보리스의 머리카락을 쓰다듬었다. 예프넨은 이 여자가 유모가 가끔 말하던 어린애를 잡아가는 마술쟁이가 아닐까 싶어 더럭 겁이 났다. 무엇보다도 이상하게 변한 천막이 그의 마음을 흔들었다.

"앉으라고 했어."

예프넨은 숨을 크게 들이쉰 다음 입을 꼭 다물며 자리에 앉았다. 유모가 해준 말들이 하나하나 생각났다. 마술쟁이들은 힘이 세고 변덕스럽기 때문에 무슨 일을 저지를지 모르지만, 말을 잘해서 구슬리거나 논리적으로 말해서 이기면 오히려 좋은 일을 해줄 때도 있다는 것이다. 어린애를 훔쳐간 마술쟁이한테 어느 젊은 어머니가 잘못을 조목조목 따졌더니 아이도 돌려주고 아이한테 좋은 마술도 걸어주었다는 이야기도 생각났다. 그 아이는 자라서 보리 농사법을 개발해 사람들에게 가르친 훌륭한 사람이 되었다.

마술쟁이를 만나봤다는 유모가 여기 있었으면 좋았겠지만, 지금은 혼자서 대적하는 수밖에 없었다. 반드시 말을 잘해서 동생을 돌려받아야 했다. 예프넨은 마음을 굳게 다졌다.

예프넨의 눈동자를 들여다보던 여자가 불쑥 말했다.

"너, 괴상한 생각을 하고 있구나. 무슨 생각을 했는지 말해봐."

"마술쟁이들은 왜 어린애를 잡아가요?"

여자는 어이없어하는 표정으로 예프넨을 내려다봤다.

"내가 어떻게 알아?"

"그럼 아줌마는요?"

예프넨은 무척 진지한 태도였다. '마술쟁이라고 해서 꼭 애들을 잡아가야 되는 건 아니다'라는 점을 증명하고 말 셈이었다.

"나 말이냐? 난 말이지……."

여자는 혼자서 키득키득 웃으며 다시 보리스의 머리를 쓰다듬었다.

"나한텐 오래전에 어린애가 있었지. 이 애처럼 머리가 까맣고 파르스름한 빛이 돌았어. 난 그 애를 정말로 사랑했다고. 그 애도 날 좋아했지. 착하고 예쁜 애였는데, 그랬는데, 그 애가 글쎄……."

"어떻게 됐는데요?"

얼굴을 가까이 들이밀며 예프넨의 눈동자를 뚫어져라 보던 여자가 말했다.

"커버렸지 뭐야."

"에엣?"

여자는 아주 슬픈 일이라는 것처럼 한숨을 내쉬었다.

"더이상 예쁘지가 않았어. 얼굴엔 수염이 났지, 목소리는 걸걸해졌지, 팔다리는 통나무처럼 됐지, 내가 얼마나 실망했겠어? 내 어린애는 사라지고 어디서 그런 산귀신 같은 것이 나타나서는…….”

“하지만 어린애는 누구든 자라잖아요.”

“흥. 그런 운명의 굴레 따위에 내가 승복할쏘냐.”

여자는 자고 있는 보리스를 내려다봤다.

“이렇게 새 어린애를 얻으면 된다고.”

예프넨은 갑자기 얼굴이 빨개져서 소리쳤다.

“말도 안 돼요! 아줌마는 아줌마의 애로 만족해야 돼요! 아줌마의 애가 자랐다고 제 동생을 뺏을 순 없어요!”

여자는 빙그레 웃었다.

“어차피 엄마도 없는 애란 걸 다 알고 있어. 너희 집에는 네가 있잖아. 하지만 나한텐 아무도 없어. 공평하게 나도 하나 가져야지. 네가 몰라서 그러는데 난 좋은 엄마라고.”

예프넨은 이 여자가 어떻게 그들 형제에게 어머니가 없는 것을 알았을까 궁금했지만, 동생을 데려가느냐 마느냐 하는 위험한 상황이라 그런 걸 따지고 싶지 않았다.

“그래도 절대 안 돼요!”

“넌 네 동생이 엄마도 없이 자라는 게 좋니? 네가 애 나이였을 땐 엄마가 있었잖아? 하지만 동생에겐 없다는 걸 생각해봐. 그것이 얼마나 슬픈 일인지 상상해 봤니? 동생의 입장이 되어보렴.”

여자는 기묘한 웃음을 짓더니 손을 휘둘렀다. 그러자 화로의 불꽃이 한차례 훅 타오르며 주위에 불티를 뿌렸다. 금빛 재들이 날리는 가운데 희미하지만 검은 뭔가가 언뜻 움직이는 모습이 보였으나 곧 사라졌다.

"하지만, 하지만…… 그럼 보리스에게는 아버지와 형이 없어지잖아요. 보리스도 그걸 바라지 않을 거예요."

"글쎄, 그럴까? 그럴지도 모르지. 그럴 수도 있을 거야. 하지만, 하지만 말이야, 얘야……."

여자가 다시 한번 손을 휘두르자 또다시 금빛 재와 불티가 날아올랐다. 이번에는 허공에 좀더 오래 머물렀다. 예프넨은 눈을 크게 떴다. 조금 전에 보였던 검은 것은 사람이었다. 등을 돌리고 선 남자였다. 어디선가 본 듯한데 기억이 나지 않았다.

"이 애가 네 곁에 없는 게…… 사실 네게도 좋은 일이란 말이야. 킬킬킬……. 암, 좋은 일이고말고."

"무슨 소리예요? 전요, 전 보리스가 반드시 있어야 돼요."

"없는 게 좋을 거라니까."

"멋대로 말하지 마세요!"

예프넨은 화로 앞에서 벌떡 일어섰다. 그와 동시에 화로의 재들도 화르륵 일어나 그의 키에 닿을 정도로 커졌다. 이제는 재 자체가 어떤 모양을 그리고 있었다. 한참 만에 예프넨은 그것이 그의 집, 진네만 가문의 저택이라는 사실을 알았다.

그런데 집의 모양이 이상했다. 지붕 한 부분이 뜯겨나간 것처럼 부서져 있었다.

"이게 뭐죠?"

여자는 음침한 웃음소리를 냈다.

"내가 알겠니? 오직 너만이 알 거란다. 화로가 보여주는 것은 오직 당사자만이 알 수 있는 거야. 잘 생각해보려무나. 이게 무슨 뜻일지. 그런 다음 네 동생이 네 곁에 있는 게 정말로 좋을지 잘 생각해봐. 이건 사소한 문제가 아니니까."

금빛 재들은 살아 있는 것처럼 다시 화로로 돌아갔다. 예프넨은 까닭 모를 불안감에 몸을 약간 떨었다. 어쩐지 입이 쉽게 떨어지지 않았다.

"자아, 그럼 다시 셈을 해보렴. 이 셈은 간단하고도 중요한 거야. 네 앞을 막는 것, 네 발뒤꿈치를 물어뜯는 것, 그건 뭘까? 그건 뭣일까? 막아야 할까? 그냥 둬야 할까? 후후후……. 하지만 분명한 건 말이지, 너희 집안, 그렇지, 롱고르드의 진네만, 그 집안은 말이야……."

화로 속에서 재가 뱅뱅 돌며 여러 가지 무늬를 그렸다. 여자는 뜨거운 기색도 없이 손가락을 재 안에 깊숙이 넣었다. 그 상태로 희미하게 웃었다.

"대대로 동생이 형의 발목을 잡는단다. 형을 넘어뜨려. 본의든, 아니든."

"……."

예프넨은 대답하지 못했다. 어린 그의 마음속에도 의혹이 자라나기 시작했다. 여자의 말이 이어졌다.

"그건 그 집안에 감도는 기운이자 흐름이지. 나조차도 왜인지는 모른단다. 자, 동생을 찾으러 온 형, 동생을 사랑하고 동생에겐 뭐든 줄 수 있는 어린 형, 네 미래는 어떨까? 동생은 그런 너에게 어떻게 보답할까? 애정? 배신? 감사? 외면?"

예프넨은 입술을 약간 떨었다.

"아줌마는…… 예언자인가요?"

"몰라. 난 화로가 말하는 것만 말해. 어린애는 내게 힘을 주지. 난 너희 같은 애들이 좋아. 귀여운 아이, 미래는 어떨까? 산귀신이 될까? 그렇지 않을까? 산귀신이 되기도 전에 끝나버릴까? 난 어려서 죽은 애들이 좋아. 어린애 유령이 제일 좋아. 그 아이들은 영원히 어린애니까. 킬킬킬킬킬……."

여자의 말은 혼란스러웠다. 핵심을 찔러 말하지 않았지만, 그 주위를 부지런히 뱅뱅 돌아서 위치를 알려주었다. 어쩐지 알 것 같은 느낌이었다. 여자가 하려는 말은…….

"그래서 저한테 보리스를 두고 가라는 건가요? 그렇게 하면 저는……."

"그래, 그래."

마지막으로 재가 다시 높이 솟았다. 이번에는 침착하게 바라봤다. 재가 소용돌이치고, 무언가를 만들다가, 갑자기 뒤섞이다가, 이윽고 어떤 형상을 떠올렸다. 그 무렵 재에 감돌던 빛은 꺼지고 도로 검거나 회색인 가루로 변해 있었다. 우거진 나무, 검은 가지들, 그리고 바닥에 고인 검은 물.

한없이 깊고 검어서 들여다보는 소년을 삼켜버릴 듯한 것, 그 심연 속에서 무언가가 흘렀다. 검은…… 아니, 붉은 것이.

보리스는 눈을 떴다. 아직 졸렸지만 너무 흔들려서 깰 수밖에 없었다. 주위가 캄캄했기에 반쯤 감은 눈으로 형을 불렀다.

"형?"

바로 앞에서 지친 목소리가 들려왔다.

"응, 보리스. 깼구나."

그제야 그가 기대어 있던 따뜻한 등이 형의 것임을 알았다. 보리스는 웅얼거리다가 물었다.

"형, 나 업고 가?"

"응."

"힘들어?"

네 살짜리를 업고 먼길을 걷기에는 아직 작고 어린 형이 대답했다.

"그래. 하지만 거의 다 왔어. 곧 집이야. 저기 보이지?"

"응……."

어두워서 집이 보이진 않았지만 익숙한 냄새가 났다. 집일까. 어쩌면 풀의 냄새, 또는 형에게서 나는 냄새였을까.

어느 쪽이든 한없이 마음을 편안하게 하는 냄새였다.

후기

『룬의 아이들 – 윈터러』라는 제목의 글에 룬Rune이 별로 등장하지 않는다는 건 재미있는 문제이다. 이에 관해 독자들의 문의를 몇 번 받았다.

사실 내용에 어울리는 제목은 '룬의 아이들' 보다는 '윈터러' 쪽이다. '윈터러Winterer'는 검의 이름이기도 하지만 그 검과 함께 살아나간 소년 자신이기도 하고, 더 넓게는 겨울이 만연한 땅에서 살아간 모든 인물들이 가질 수 있는 이름이기도 한 까닭이다. 그들은 모두 나름대로 자신의 겨울을 갖고 있었다. 진네만 가문의 율켄, 블라도, 예프넨은 물론이고 섬과 대륙에서 만난 수많은 친구와 적, 스쳐간 사람들, 마지막으로 어린 예니에 이르기까지. 그들 모두는 '겨울을 지새우는 자'다.

달의 섬의 순례자들은 모두 그리스어로 된 이름을 갖고 있다. 물론 그들의 이름에는 뜻이 있는데 지면에서 다 밝히지는 못했다. 예를 들면 데스포이나는 '여주인'이라는 의미이고, 스카이볼라는 '왼손', 안테모에사는 '꽃이 만발한'이라는 뜻을 가지고 있다.

나는 그리스 신화를 오랫동안 좋아했는데, 한때 현대 그리스가 배경인 소설을 읽다가 묘한 기분을 느낀 일이 있다. 소설에는 신화시대의 인물과 같은 이름을 가진 사람이 가끔 등장했는데, 그들의 성격과 역할, 현재의 모습은 신화시대와 아무 관계가 없었던 것이다.

사실 그것은 이상하게 여길 이유가 없는 일이다. 신화의 땅과 지금의 그리스인들의 땅은 같은 곳이니까. 그러나 그리스 신화에 매료되어 있던 내게 그런 이름들은 마치 신화시대의 인물이 몰락한 것처럼 슬픈 느낌을 주었다. 여기에서 첫 번째 착상이 이루어졌다. 위대한 역사를 지닌 민족이지만 작은 섬에 들어가 살면서 점차 모든 것을 잃고 본질조차 변해가는 순례자들의 이미지를 위해 그리스어가 사용된 것은 그 때문이다.

그리스 신화를 좋아하는 사람들 중 헥토르, 엔디미온, 모르페우스, 리리오페와 같은 이름을 아는 분은 많을 것이다.

이들 유명한 인물들의 이름을 쓰면서 그들의 신화적 운명과 조화되는 인물을 만들기 위해 애썼지만 충분하다고 생각하지는 않는다. 다만 어감 문제 때문에 신화적인 이름들과 현대 그리스어의 단어들을 같이 쓰게 된 점은 조금 안타깝다.

'추격자'라는 주사위 게임은 실제로 존재하는 게임의 규칙을 상황에 맞게 조금 바꾼 것이다. 그 게임의 이름은 요트Yacht라고 하며 기본적인 규칙은 거의 비슷하다는 것을 밝혀둔다.

19장의 제목인 'I am the Master of My Fate, I am the Captain of My Soul(나는 내 운명의 주인, 나는 내 영혼의 선장)'은 영국 시인 윌리엄 헨리의 시 「인빅투스Invictus」(1875)의 마지막 구절이기도 하다. 예전 누군가가 선사해주어 좋아하게 된 이 시의 내용이 윈터러의 이야기와 어울린다고 생각하여 다음에 전문을 남긴다.

Invictus

나를 감싸고 있는 밤은
온통 칠흑 같은 암흑
억누를 수 없는 내 영혼에

신들이 무슨 일을 벌일지라도 감사한다.

잔인한 환경의 마수에서
난 움츠리거나 소리 내어 울지 않았다.
내려치는 위험 속에서
내 머리는 피투성이지만 굽히지 않았다.

분노와 눈물의 이 땅을 넘어
어둠의 공포만이 어렴풋하다.
그리고 오랜 재앙의 세월이 흘러도
나는 두려움에 떨지 않을 것이다.

문이 얼마나 좁은지
아무리 많은 형벌이 날 기다릴지라도 중요치 않다.
나는 내 운명의 주인
나는 내 영혼의 선장

Invictus는 라틴어로 '정복할 수 없다'는 의미이다. 『룬의 아이들 – 윈터러』라는 글 안에 다른 것이 많이 섞여 있다 해도, 최초로 획득한 본질은 '보리스 진네만'이 과거의 자신으로부터 미래의 자신에게로 나아가는 이야기일 것이다. 삶은 정복당할 수 있으나, 영혼은 정복될 수 없다.

2002년 9월, 새벽을 기다리며
전민희

17년 뒤의 추신

사람은 변해갑니다. 같은 이야기도 세월이 흐르면 다르게 읽힙니다. 예전에는 지나쳤던 부분이 좋아지기도 하고, 그 반대의 일도 일어납니다. 몰랐던 것을 깨닫고 놀라는가 하면, 명백하던 것 앞에서 멈칫하기도 합니다.

그럴 때마다 그걸 좋아하거나 싫어하던 시절의 자신을 발견합니다. 지금의 자신과 분명 같은 사람이지만, 사람이란 언제든지 지난 순간의 자신을 의아한 눈으로 발견하는 능력이 있으니까 어쩌면 다른 사람일지도 모릅니다.

20년 전에 시작했던 이야기를 다시 한번 고쳐 썼습니다. 거의 같지만, 세세하게 변했습니다. 완성된 한 필의 옷감을 풀어서 새롭게 빗질하고, 세월 탄 색을 물들여 도로 처음과 같은 무늬로 짜낸 느낌입니다. 독자분들이 그때 읽었던 그 이야기라고 느껴주시길 바랐습니다. 동시에 이제 다시, 또는 오늘 처음 읽어도 막 갈라진 얼음처럼 선뜩하게 빛나는 이야기이기를 바랐습니다.

한때 이 이야기가 계속 세상에 존재할 의의가 있는가 의문을 품은 적이 있었습니다. 세상에는 새로운 이야기가 끝없이 나옵니다. 추억 깃든 책을 저도 많이 갖고 있지만 웬만해서 다시 읽지는 않습니다. 이 이야기도 그런 책들 중 하나가 되지는 않았는가 생각했습니다. 대중소설이란 태어난 시대에 가장 사랑받는 대신 미래에는 아주 조금만 살아남기 마련입니다. 객관적으로는 여전히 팔리고 있으니 그대로 놔둔다고 누구 한 명 뭐라 할 사람이 없었겠지만 그저 저라는 사람의 기준과 부딪혔습니다. 저는 이 이야기를 즐거운 독서 경험을 막 만들어가는 세대를 위해 썼다고 생각했습니다. 그런 마술적인 시기를 지나는 독자일수록 낡은 것을 줘서는 안 될 것입니다. 오직 그때만이 단 한 권의 책으로 일상이 조각배처럼 침몰하고, 번개가 내려꽂힌 들판에 선 듯한 경험을 하게 해줍니다.

어떤 이야기들은 수백 년이 흘러도 여전히 독자를 놀라운 곳으로 데려간다는 걸 알고 있었지만, 제가 쓴 이야기였기에 오히려 미심쩍었습니다. 이 이야기에도 그런 힘이 있을까?

그런데 자신이 쓴 글을 한참 뒤에 다시 보면, 저자도 약간은 독자의 입장에 서게 된다는 것을 아십니까?

한동안 들추지 않았던 『윈터러』와 『데모닉』을 다시 읽게 된 이유는 『블러디드』를 쓰려고 생각했기 때문이었습니다만, 그간의 세월이 도움을 주어 저는 이 이야기를 완전히 새로운 자리에서 바라보게 되었습니다. 바로 독자의 자리입니다. 저자인 저는 이 이야기를 속속들이 알고 있었지만, 독자인 저는…… 처음 보는 이야기였습니다. 즉, 저조차도 저를 다시 발견한 것입니다.

그제야 이 이야기가 계속해서 독자를 만나도 되겠다고, 자신의 일부를 인정하게 되었습니다. 새로운 시대에 맞게 재교정할 의지도 갖게 되었습니다.

운이 좋다면, 제멋대로 독자 여러분의 궤도에 뛰어들었다가 반짝이는 잔해를 흩뿌리며 타버린 별 먼지이길 바랍니다. 짧지만 오래 기억될 순간이었기를, 마지막 페이지에 저만의 바람으로 적어놓습니다.

하지만 이 이야기가 오래전 그 시절에 시작되었기 때문에 갖는 가치도 있다고 생각합니다.

우리는 흘러간 자신을 모두 기억하지는 못하고 어떤 강렬한 순간만을 간직하는 것 같습니다. 즉, 그 순간 기억의 셔터를 누릅니다. 사진이 찍히고, 한동안은 들춰보며 즐거워하거나 슬퍼하지만 곧 어딘가에 묻혀 잊힙니다. 그러나 셔터를 눌렀기 때문에 그건 다시 발견될 가능성을 품고 있을 것입니다.

독자분들이 20년이나 된 이 이야기를 여전히 사랑해주시고, 놀라워해주시고, 기뻐해주시는 이유는 그 안에 여러분의 사진 한 장이 들어 있기 때문이라고 생각합니다. 그 사진은 다소 해상도가 낮아 보이겠지만, 그래도 아주 멋지게 웃고 있는 여러분의 모습을 담고 있을 것만 같습니다. 아니, 틀림없이 그럴 것입니다.

제 이야기가 여러분의 셔터를 눌러드려서 기쁩니다.

또, 저의 셔터를 눌러주셔서 고맙습니다.

2019년의 전민희 드림